2019—2020年度安徽省中长篇小说精品创作工程扶持项目

山上的云朵

2019—2020年安徽省中篇小说精品集

SHANSHANG DE YUNDUO

陈先发◎主编

编委会

主　编：陈先发

副主编：许春樵

编　委：方维保　伍美珍　刘楚仁　孙志保

　　　　李凤群　李国彬　陈家桥　赵　焰

　　　　胡竹峰　洪　放　曹多勇　李　云

时代出版传媒股份有限公司
安徽文艺出版社

图书在版编目（ＣＩＰ）数据

山上的云朵：2019—2020 年安徽省中篇小说精品集/
陈先发主编. --合肥：安徽文艺出版社,2021.7
ISBN 978-7-5396-7181-9

Ⅰ．①山… Ⅱ．①陈… Ⅲ．①中篇小说－小说集－中
国－当代 Ⅳ．①I247.5

中国版本图书馆 CIP 数据核字(2021)第 052040 号

出 版 人：段晓静
责任编辑：何 健 姚爱云 装帧设计：沈邦彪 徐 睿
....
出版发行：时代出版传媒股份有限公司 www.press-mart.com
　　　　　安徽文艺出版社 www.awpub.com
地 　　 址：合肥市翡翠路 1118 号 邮政编码：230071
营 销 部：(0551)63533889
印 　　 制：安徽联众印刷有限公司 (0551)65661327
....
开本：700×1000 1/16 印张：17.25 字数：300 千字
版次：2021 年 7 月第 1 版
印次：2021 年 7 月第 1 次印刷
定价：56.00 元
....

目　　录

2019 年

2020 年

月 牙 塘

陈斌先

一

山里还有薄雾，月牙塘上也有。黄晓婉径直走到凸起的石头前，撩起裙裾坐下，才发觉石头并没有想象中的沁凉，毕竟初夏了，石头也温暖了许多。

月牙塘看上去更像一把梳子。老辈人说，阳面儿是地，阴面儿是塘。阴阳环扣，才像一轮满月。月牙塘突出的弧线处有座八角亭，亭内有碑，碑文系魏碑体，刚劲、敦厚，记录了唐家先祖空山虚谷何年考上了进士，主政何方，何年还乡修建的唐园。碑文据史料记载而来，说得严肃而正经。唐氏后人相信碑文，也相信口口相传。传说先祖空山虚谷一辈子无法了却心愿，辞官归隐后便在后花园内建了月牙塘，明示世间难有圆满之事，其中的不了之意尤为明显。也许先祖一时悲愤，做出建塘之举。谁知，月牙塘诞生之日便成了唐家破败的伊始，代代相传，唐园渐渐没落在风霜雪雨的岁月里，最后连仅存的八角亭也坍塌在民国年间的一场雪里。

如果不是振兴乡村旅游，恢复文化古迹，也不会重修月牙塘，不会重建八角亭。修旧如旧，复建的八角亭，咋看都像墓志亭。亭内摆有石桌、石椅。亭柱上书有"人世大难开口笑，红尘苦海落笔闲"的楹联，楹联黑漆绿字，像极了某些馆堂中的碑帖，看上去暮气沉沉的。

修建八角亭时，唐家后人多有不满。但县里旅游发展需要，唐家人反对又有啥用呢？空山虚谷不属于唐家，八角亭也不属于。好在县里没有更多的资金，否则在阳面上恢复唐园旧有模样都不得而知。

黄晓婉不喜欢八角亭，亭内为啥要立黑漆漆的字碑？木瓦椽柱为啥弄得这么暗沉？黄晓婉每次到月牙塘从不入亭，更不会入内小坐。入亭的多是游客，常常驻足流连，啧啧称赞。黄晓婉看到游客饶有兴趣的样子，有点不屑，想，一碑一亭，有啥看的？黄晓婉不屑又有什么用呢？游客照样拥来、导游照例解说，先祖的功与过，变成了别人的巧舌簧片，八角亭也给了别人更多的佐证和猜想。

雾淡了去，想必是晴好天气。黄晓婉有时喜欢下雨，有时喜欢天晴。晴久了稀罕大雨滂沱，阴雨绵绵时又渴望阳光明媚，她的心情都跟着天气来的。今天黄晓婉需要晴好，需要阳光，需要蓝天和白云，更需要一种明亮的东西，以便荡涤心中的郁闷。

锦鲤照例簇拥而来，游荡在凸起的石头下的睡莲、芦苇以及蒲草中。黄晓婉笃信，锦鲤只对她亲，除此之外，不会再亲近别人。谁知，有天早上，她见到婆婆站在凸起的石头旁，婆婆那天有点儿忧伤，当然不是黄晓婉这般忧伤。婆婆站定，并没有看着塘面，而是向着一切花草站着。那些锦鲤照例簇拥而至。黄晓婉突然感到一种悲伤，这些锦鲤咋能簇拥婆婆呢？为此，她故意冷落锦鲤很长时间。好在锦鲤还如过去，只要她出现，依旧扑腾而来，好像道歉似的。后来几次，婆婆学着黄晓婉到了塘边，坐在石关上，可锦鲤再也没有出现过。婆婆纳闷，这是咋了呢？

婆婆的失落让黄晓婉感到特别开心，黄晓婉相信锦鲤只为她而来，别无他人。

接着便跟婆婆说到了善恶问题，黄晓婉说，大善不言。黄晓婉上学时就迷恋古诗词，古诗词读多了，多了沉稳和忧伤。婆婆不懂大善不言是个啥，婆婆信奉善恶都在别人嘴上，婆婆争辩说，自古善恶都由别人评说，何来不言？黄晓婉赌气说，行行行，我只要拿出一百元，找个陌生人试试，看看善恶是不是在他们嘴上？

婆婆说，反正我信。

黄晓婉大声说，那我们就找月牙塘里的锦鲤试试？

婆婆想，锦鲤咋能测试人的善恶呢？看到黄晓婉较劲，婆婆硬着头皮说，试试就试试。

婆婆与黄晓婉一起到月牙塘，站在凸起的石头旁。黄晓婉说，假如锦鲤簇拥而来，说明你就是善人。说这话时黄晓婉心里根本没有底，她不知道那些锦鲤会不会帮她,而她就是要借此证明锦鲤的忠贞。她退到远处,盯着塘面。

婆婆犹犹豫豫地站定,大声喊,锦鲤,你们可要给我争口气。我一辈子行善,不信你们不给我个面子。婆婆喊了很久,锦鲤迟迟没有出现。婆婆糊涂了,锦鲤咋了?咋就不露脸了呢?婆婆不甘心,又喊了几声,锦鲤还是没有出现,婆婆难受至极,弯腰蹲在石头旁。

黄晓婉不管婆婆什么心情,故意装作很镇定,走上前来,让婆婆退后,她深深吸上一口气,然后淡定地看着那些睡莲、芦苇,还有蒲草。不大一会儿,那些锦鲤突然浮出,活泼至极,好像要帮她故意气婆婆似的。

婆婆震惊了,委屈涌上了心头,喃喃地说,我何曾做过一件恶事?

黄晓婉落下一颗忐忑的心,她就是要测试锦鲤,顺便跟婆婆闹下情绪,谁知,锦鲤确实给了她面子。她长长地松了口气,才对婆婆说,善恶不在嘴上,而在这里。说着,黄晓婉指指自己的心口,婆婆差点没吐出血来,大声争辩说,我可从来没有做过恶事。

黄晓婉轻轻地吐吐舌头说,那些鸡鸭狗呢?

说到鸡鸭狗,婆婆更闹心,家里喂养的鸡鸭狗按说该跟她亲近才对,不知为啥,见到黄晓婉却慌不择路地粘在她身后,究竟咋了呢?

过去问过黄晓婉,黄晓婉说,得问问自己。

黄晓婉知道婆婆是个大善人,她就想气婆婆,让婆婆也受些委屈。

婆婆彻底蔫巴下去。

黄晓婉在心里发笑,还没有笑完,忧伤跟着翻滚而出,泪水滴滴答答地往下流。

婆婆犯迷糊,打赌就打赌,咋还哭上了?婆婆不想跟黄晓婉争高低,见黄晓婉哭,婆婆主动认输说,大善不言,不言就是。

今早醒来,黄晓婉突然感到特别难受,她先踢了沙发、椅子,然后又踹了几脚床,要不是怕触电,她甚至还想砸了电视机。等放过了电视机,就看到了床头背景墙上她跟大唐的合影。今早的忧伤,与婆婆无关,与唐家无关,完全因解闷而起,可黄晓婉不管,她觉得所有的忧伤都与大唐有关,与唐家有关,不是大唐,她不会这么难受的。

黄晓婉不知什么时候开始失眠的,失眠不是病,却比病更怕人。夜深人静的时候,一个人辗转反侧,才感到是那么孤单和无助。那会儿,房间里到处充斥着鬼魅和邪性,还有无法说出口的渴望。搅和在一起,使得房间里处处埋着兴奋剂似的。

睡不着的时候,手机成了黄晓婉唯一的依靠,浏览完朋友圈,看新浪、扒拉 QQ,反正,能打发时间的办法黄晓婉都会穷尽所能。可越这样越无法入眠,常常睁眼到天亮。真等到了天亮,黄晓婉的瞌睡反而来了,一直能睡到日上三竿。

婆婆看到睡眼蒙眬的黄晓婉想,年轻人瞌睡大,可也不能每天都起得这么迟吧? 就问为啥。

为啥呢? 黄晓婉不说失眠,单说,瞌睡咋了?

婆婆问,是不是生了啥病?

黄晓婉不高兴,顶撞说,我早得了不治之症,咋的?

婆婆张张嘴,不知道怎么说话了,这个儿媳妇,天天拉脸子,跟谁怄气呢?

黄晓婉不想跟婆婆掰扯,丢下婆婆,想自己的心思。

特别无聊的时候,黄晓婉找到了微信"附近的人""漂流瓶"这些条目,玩漂流瓶的,多是不着边际的,很快失去了兴趣。再点开"附近的人"这个条目,突然新奇地发现还有如她一样没有睡觉的人。屏蔽了女性,单看男性。一直寻找合适的人搭讪。

"附近的人"里,最近的二三百米,远的也就一两公里。那些闪闪发亮的头像,就像一盏灯,引得黄晓婉不能自已。黄晓婉试着留言搭讪,一直小心翼翼的。

女的主动,一般情况下男人都会积极回应的,"淡泊"和"黄庭坚"就是这么认识的。

搭讪上淡泊,黄晓婉只发个微笑表情。

淡泊说,别只发表情,说话呀。黄晓婉半天才回,我不想说话,只想听。淡泊发来了一个调皮的表情,然后幽默地说,那好,借你耳朵一用。淡泊说他是到山里写生的。淡泊说,老婆跟一个小老板偷情,特别强调说,小老板呀! 小老板知道吗? 现在老婆离我而去,痛不欲生。淡泊发信息累了,开始了语音,淡泊的嗓音富有磁性,淡泊说,艺术创作需要空灵的心情,而我却被愤世嫉俗的情绪所包裹，咋能创作出好作品呢？淡泊说，我活着已经死了，有什么用呢？语音说累了，淡泊提出想和她视频，黄晓婉开始不想同意，最后想到淡泊的痛苦，便同意了。打开了视频，黄晓婉发现淡泊原来是个胡子拉碴的人，不说卷头发，单就长长的大胡子，让人看着闹心。黄晓婉想，就是难受，也没有必要糟蹋自己吧？黄晓婉心里这么想，却没有说出声。淡泊见黄晓婉长得还可以，口若悬河地说着他的感受。说到最后，淡泊提高声音说，我需要激情，需要荷尔蒙，需要女人，能来吗？

黄晓婉的手有些发抖，睡不着，没有想到遇到这么不理智的人。黄晓婉在淡泊的哀求下，弱弱地问，你住在附近哪家山庄呢？淡泊还没来得及回答，镜头里突然晃出一个年轻的女人，女人很随意，见到黄晓婉，还主动招了招手。黄晓婉吓得想挂断视频，又不甘心，犹豫间，听到女的问，你老婆吗？咋跟女人聊天还约我？淡泊说，谁让你走进镜头的？黄晓婉想问啥情况，结果，淡泊掐断了视频。黄晓婉想，那个女的是谁？不知道怎么回事，想打语音过去，结果她的微信已经被淡泊删了。黄晓婉想，咋能这样呢？说了一大堆，原来是个不靠谱的人。

打捞出淡泊之后，再次失眠，黄晓婉便有点控制不住自己，就像吸毒，明明知道那是条不归路，可就是有人经不住诱惑，冲动吸食。实在无法入睡，黄晓婉终究又把手戳向"附近的人"那里。

这天晚上她戳到了一个叫"黄庭坚"的人，黄庭坚乃北宋文学家、书法家、诗人，此人难道与他同名？于是黄晓婉主动发出留言，黄庭坚很快回复并加上了好友。黄晓婉还没来得及说话，黄庭坚就主动说上一句，山岚寂寥月空明。黄晓婉好喜欢这种感觉，问，你是黄庭坚？黄庭坚呼呼啦啦发来一大堆古诗词，黄晓婉快速浏览，甚是喜欢。黄庭坚问，了解黄庭坚吗？黄晓婉回复，说的是你？还是北宋的那位？没想到黄庭坚发来流泪的表情，再也不发诗词了，之后居然没有了音信。黄晓婉问，咋了？黄庭坚发来几个流泪的表情，似乎无语。

黄晓婉百度黄庭坚，努力唤起关于黄庭坚的记忆，看到黄庭坚自号山谷道人，便突然想到了唐家先祖空山虚谷，她想，古人为啥都弄些字号呢？黄晓婉为了显示自己也略懂古诗词，发出一句，栅栏通透情正深。可惜她已经发不出去了，黄庭坚也把她删除了。黄晓婉特别不服气，为啥这么快就删除

5

我呢？说错啥了？

往后黄晓婉再搭讪附近的人，见到写诗作画的，一概不理。她想，本来就不是一条道上的，找他们聊天多半不靠谱。

再后来，遇到过感慨人生失意的，扬言真情不改的，还有郁郁寡欢不停骂娘的，愤愤不平想自杀的。黄晓婉这才感到了害怕，想，这些人都咋了？这么不着调呢？反反复复加了无数人，删除无数人，留下几个，早已不太说话了。

那时失眠就像一个顽疾，与她形影不离。咋办？咋办呢？憋不住，最后还是把手指戳向了"附近的人"那里。

解闷签名很有意思，还有什么比偶遇更刺激？偶遇，刺激，这些词语组合在一起，让黄晓婉浮想联翩。黄晓婉想，偶遇咋就刺激了呢？

黄晓婉还是一如既往，发了个微笑表情。

解闷问，常约？

约啥约？黄晓婉没有明白，打上了问号。

解闷说，还是视频吧，视频真实。

不知道为啥，黄晓婉断然拒绝了解闷的视频请求，她想，也许解闷只为解闷，而她不想为了解闷而解闷。

今年的月牙塘里，除了锦鲤，多了黑压压的蝌蚪。刚开始黄晓婉以为黑压压的一片是小鱼儿，想，锦鲤咋繁殖这么多后代呢？仔细凝视，才知是蝌蚪，黄晓婉突然笑了，默默地想，不知它们是青蛙的蛋蛋还是蛤蟆的蛋蛋？黄晓婉看着蝌蚪入神，突然发现一条花斑锦鲤猛地跃起，一口吞噬了几只小蝌蚪。众多锦鲤仿效花斑锦鲤，群起而攻之，蝌蚪瞬间成了锦鲤的早餐。一会儿，蝌蚪就消失得无影无踪。黄晓婉憋不住愤怒，寻出一块山石，朝锦鲤砸去。锦鲤受到惊吓，嗖地翻起一阵水花，隐匿而去。

塘面恢复了平静，黄晓婉心里多了一些难受，不该砸锦鲤，它们不久前才帮了自己，可谁让它们吃小蝌蚪的？小蝌蚪还那么小，咋能一口吞下去呢？再寻蝌蚪，哪里还有它们的影子。锦鲤打断了黄晓婉的心思，黄晓婉惆怅了一会儿，想，解闷也许就是这般讨厌吧。

解闷见黄晓婉没有接受视频，问，约吗？见黄晓婉不说话，解闷打下一段文字：现实生活处处都是挑战和压力，放松需要扯下面具。黄晓婉不知道

2019—2020年安徽省中篇小说精品集

山上的云朵：

解闷想表达什么,而她又不能准确地表达心情,于是发去几个表情,有些文不对题。

解闷说,嗨嗨嗨,不冲浪,不销魂,晃悠啥呢?

黄晓婉听到的都是新名词,什么是冲浪、销魂?黄晓婉忍不住地问,你多大呀?

解闷发来一张照片,中年油腻男,放荡不羁的样子。

黄晓婉对年龄满意,身材满意,包括对放荡不羁也挺满意。只是对解闷的笑不满意,那种笑,像嘲笑,更像狞笑,黄晓婉不喜欢男人拥有这种笑模样,黄晓婉打下一行字:咋看你像坏人呢?

解闷回复:我本来就不是好人。

黄晓婉回:我不跟坏人搭讪,别过。

解闷打来了语音,黄晓婉忍了忍,还是接听了语音。解闷说话声音很好听,是那种正宗的普通话。解闷说,装是吧?要约就约,我可是特别有趣的人。

黄晓婉没有想到解闷越说越直接,脸上火辣辣的。

解闷说,知道不?约并开炮,才叫刺激。

黄晓婉挂断了语音,解闷发来几个问号。

黄晓婉不想回答解闷,解闷接连打下一行字:都是过来人,何必羞羞答答的?

解闷越发放肆,黄晓婉本来渴望放肆一把的,不知道为啥,见解闷越说越露骨,手一抖,果断删除了解闷。

谁知道删除之后,忧伤却走进了她的心底,忧伤如夜岚之气,摸不着、看不见,可又无处不在,好像轻微的男人气息。翻来覆去,卧听山风,心思跟着轻飘的山风一起擦过草木山冈,发出嚓嚓之声。拉开灯,光亮跟着一团含糊不清的气息混合在一起,那种轻微的男人气息跟着灯光一起起伏跌宕,荡漾不止。那会儿身子突然开始酸软起来,那种酸软就像春天的茅草勃然而起,让她一刻都不能安生。只好重新打开电视,电视画面色彩艳丽,看着电视中滑过的男男女女,酸软更加猛烈,蓬勃中多了一些悸动。赶不走酸软,索性关了电视,重回夜岚气息中。可酸软依然顽固地黏附在她的身上,且开始了外泄。她不停地扭动身子,不停地砸腿、砸腹,但整个身体,酸软更甚,好像怎么也挤压不走似的。她恨自己不争气，到了极致，一发狠，猛地揪住大腿，就那么死命揪着。痛让酸软突然停顿了下来，一切都陷入了安静。

折腾中，黄晓婉迷糊了过去。没有想到，梦中她突然变得活力四起，好像她是夜岚中的精灵，山风中的风筝，更像霉烂气息中的尘土，不停地飞扬。飞扬中，她一会儿变成了树叶，一会儿变成了山鸟，她落、她飞，好像天空都是她的，山岚也是她的，还有空气、草木、大地，都是她的。她张牙舞爪，不停地飘飞，甚至她能真切地听到发自内心深处经久不息的喊叫。得意忘形之时，却噗地落进月牙塘里。地上并没有水，她走进一座殿门，门卫让她先拜见锦鲤王。锦鲤王看上去有些老态龙钟，双手合十说，感谢你照顾我的子孙，为了报答你，本王特纳你为妃。说完，老态龙钟的锦鲤王突然摇身一变，变成了胸戴大红花的年轻人，挽着她走进婚姻的殿堂。黄晓婉清楚地记得她是大唐的老婆，不能结婚。她猛地挣脱锦鲤王的手，夺路而去。跑呀跑的，最后跑到茂林修竹之间的一片湾子地，湾子地上有草，她气喘吁吁地仰躺了下去想，这里清静，锦鲤王不会追到湾子地的。谁知道她刚躺下，解闷就出现了，居然压在她的身上。她喊，不能。可怎么也推搡不开解闷，最后她听到解闷大声喊叫，这才是偶遇，这才叫刺激。黄晓婉喊，不要，不要。挣扎醒来之后，很久才缓过劲，原来是南柯一梦。

彻底清醒后，黄晓婉便在心里骂开了解闷，骂着骂着，就骂到了大唐，大唐是她绕不过去的人。骂依然不能解气，便给大唐发微信，她发：大唐，你不是东西。大唐，你不得好死。大唐，你对不起人。大唐一直没有回复，发到最后，黄晓婉的心猛地悲凉起来，控制不住自己的忧伤，发出一段省略号，最后发，大唐，你能回来一趟吗？

二

没认识大唐的时候，大唐和黄晓婉一个住在山这边，一个住在山那边，一座山让他们始终没机会相见。到上海打工后，他们先后落脚在一家电子厂里。那时候大唐是质检员，黄晓婉是流水线上的装配员，厂子大，一年多里，他们还是无缘相识。

要不是黄晓婉粗心大意，焊接错了配件，可能他们今生都无法认识。

　　说起那次失误，黄晓婉总要后悔，也许人生不该有那次失误，否则她就不会认识大唐，也不会有现在的忧伤。

　　那天黄晓婉有点心不在焉，也许因为机械劳动让她失去了耐心，也许有点想家，焊接配件，张冠李戴，出了废品。

　　大唐查找下来，找到了黄晓婉后，暴跳如雷，骂线长，都这么不负责任，厂子迟早要完蛋。线长不停地道歉，线长兼任线上质检员，初检时，他反复解释说，线长确实没有发现问题。

　　大唐一副得理不饶人的样子，回头骂黄晓婉。黄晓婉像犯了错的孩子，一直低着头。线长对大唐说，不要骂了，真想追究，报上去，开除她就是。

　　黄晓婉那会儿猛地哭诉起来，哭诉声引起了大唐的注意。为啥像老家人的口音？

　　黄晓婉过去一直说着蹩脚的普通话，这时有可能被辞退，黄晓婉啥也不顾，发出本该属于她的口音。大唐越听越好奇，听到最后猛地打断了黄晓婉，你究竟是哪里人？黄晓婉生气，她讨厌大唐得理不饶人的样子。大唐追问急了，黄晓婉说，山里人，好欺负咋的？黄晓婉哽咽着说完自己来自哪里，大唐听完后喜不自禁地说，哪有这么巧的事？

　　黄晓婉糊涂了，什么意思？

　　大唐说，嗨，一个地儿的，咋就不认识呢？

　　黄晓婉说，谁跟你一个地儿的？老家没有你这种人。

　　大唐知道是老乡后，不在意黄晓婉的顶撞，态度来了一百八十度大转弯，满脸堆笑，笑完之后，转脸对线长说，你看看，大水冲了龙王庙，我们居然是老乡呢。

　　线长不高兴，刚才要打要杀的，知道是老乡，想徇私情？

　　大唐对线长鞠躬说，对不起，今天也许心情不好，保不定我出错了呢。

　　线长说，你出错，却在这里乱骂人。

　　大唐再次向线长赔不是，说自己不该这么急躁，都是坏心情闹的。

　　线长见大唐承揽下责任，自然不会跟着较真的，怎么说都不能驳了大唐的面子，大唐是质检员，质量这关，他说了算。线长说，我说呢，我的线上咋会出现质量问题！

　　大唐知道线长推卸责任，没有办法，谁让是老乡出的废品，于是他装作没事的样子,镇定地对其他装配员说,今天我错怪了黄晓婉,都是我的责任。

那时候黄晓婉很瘦,瘦得就像山里的细竹。没想到大唐打小就喜欢瘦削的女孩儿,见到黄晓婉就喜欢得不行。大唐不瘦,看上去胖乎乎的,那种胖让他看上去更像管理层的人。黄晓婉跟大唐熟悉后问过大唐,为啥别人都喜欢胖乎乎的你呢?

大唐说,喜欢吗?我咋不知道呢?

黄晓婉嘿嘿地笑,笑完之后想,说白了,大唐到底是打工的。

认识大唐的时候,员工们都住在工厂提供的板房里,说是板房,实际就是夹芯板做墙壁搭起来的工棚。板房冬天冷夏天热。就那样的条件,一个房间还住着七八个人,嘈杂、局促、拥挤可想而知。好在板房的外部环境被整治得有模有样的,有花草,有路径,男女员工吃完饭一般不会马上回到板房,多半会在板房的院子里走动一会儿。女员工板房之间的院子都是相通的,与男员工的板房之间却隔了一道铁栅栏,栅栏上面还焊接上了带刺的铁丝网。为此,男女员工想串门必须得绕到街上去,须得经过门卫盘查才行。

好在栅栏毕竟只是栅栏,男女员工可以隔着栅栏说话的。

黄晓婉看着栅栏两边站着那么多说话的男女,开始感到好奇,有啥话非要站在栅栏两边说呢?当黄晓婉发现男女板房隔着栅栏竟然啥也不顾地拉着手时,脸火辣辣的。以后散步,她都尽量躲开栅栏这边。

这天不知道为啥,黄晓婉还是走到了栅栏这边,也许那晚有点伤感,也许那晚院子里人太多,她想从栅栏这里躲开别人。她刚走到栅栏这里,突然听到大唐隔着栅栏喊,黄晓婉,黄晓婉,正找你呢。

黄晓婉停下脚步,看着大唐呵呵笑,之后,好奇地问,找我?

大唐说,喊你几遍,你都听不见。

黄晓婉问,有事?

大唐说,来了几个老乡,想请你一起吃顿饭。

那些年手机还是稀罕物,大唐想约黄晓婉只能这么等着。黄晓婉显然有些犹豫,大唐怕黄晓婉拒绝,解释说,不怕的,都是一个乡镇的。黄晓婉听大唐说得自然,便点了头。

黄晓婉收拾干净后才到了饭店的,到了包厢,黄晓婉一直问,老乡呢?

大唐吭哧了半天才说,实际我是专门请你的。

黄晓婉有点生气,想,大唐不该骗她。

大唐不停地解释说,认识了,还没有单独说过话呢。

黄晓婉想想也是,不再生气了,最后受到大唐的细心照顾,竟然多了感动,话语间,脸上还时不时地飘出轻松的笑意。

话到随意处,大唐有些想表达心意,黄晓婉突然问,你不是有女朋友吗?

大唐问,谁说的?

黄晓婉说,常常跟在你后面的那几个是谁?

大唐后面确实黏着几个女人,都是结过婚的,大唐说,她们?玩伴。

玩伴?咋能这么随意?忍不住问了句,结过婚的还跟你一起玩?

大唐说,玩伴嘛!

黄晓婉不再说话,大唐见黄晓婉低头想心思,就哧哧地笑,笑到最后才问,说明你在意我了,要不咋知道我后面跟着几个女的?

黄晓婉说,我这个人挺认真的。

大唐收住笑说,我们那地儿的人都认真。

后来发生的事情没有什么特别的,因为一个乡的,交往久了,就离不开彼此了。黄晓婉心思缜密,见大唐衣服脏了,吃饭的时候会说,换了吧,从栅栏那里递过来。大唐很享受,脏衣服啥的都是黄晓婉洗。为了表达感激,大唐偶尔上市区给黄晓婉买件衣服或者化妆品。黄晓婉在收到大唐送的香奈儿香水之后,再也控制不住自己,对大唐说,我们结婚吧。

大唐问,结婚?

黄晓婉说,交往这么久了,不为结婚?

大唐说,这样就能结婚吗?

黄晓婉糊涂了,结婚是两个人的事,咋就不能呢?

大唐见黄晓婉沉默,解释说,结婚需要礼金和房子,我还做不到呢。

黄晓婉松了一口气说,我不在意的,干吗在意那些东西?

大唐感到惊讶,没有想到黄晓婉并不看重物质。

大唐说,这么说,我还真想结婚了呢。

黄晓婉羞红了脸,低下头,哧哧地笑。

大唐被黄晓婉笑得有点不好意思,试探说,到街上开间房好好说会儿话吧。

黄晓婉说，那怎么行？还没结婚呢。

大唐说，结婚是迟早的事，再说，就是说说话嘛。

黄晓婉的心扑通扑通地跳，最后说，只能说说话啊。

大唐答应了。到了宾馆，就由不得黄晓婉了，大唐蛮不讲理，一个劲儿要。最后黄晓婉也控制不了自己，就在身下垫上几张卫生纸说，我可是清白的。

大唐说，不用的，我知道你清白。

黄晓婉说，光说不行，得有证据。黄晓婉还是垫上了雪白的卫生纸。

完事后，黄晓婉晃动卫生纸说，看清楚了，得记着。

大唐笑，笑到最后说，我不在意呢。

黄晓婉说，怎么可以不在意呢？

那次之后，黄晓婉天天催大唐结婚，大唐说，结婚这种大事总得跟爹娘说说吧。

黄晓婉说，那是自然的。

大唐说，等过春节回去再说吧。可后来，大唐再也不提结婚的事了，黄晓婉急了，追问大唐，大唐说，不是还没到春节嘛。

大唐怎么可以这么不认真呢？不想结婚干吗要开房？心里不舒服，便不见大唐，大唐几次邀约也不见。后来黄晓婉怀孕了，她没有想到这么快就会怀孕。肚子不争气，得问问大唐。

大唐问，真的怀孕了？

黄晓婉点头，大唐说，怀孕也不是坏事。

当然不是好事。黄晓婉嘟哝道。

大唐说，那行，我们请假回家，告知下爹娘，想来他们会同意的。

黄晓婉都怀孕了，双方父母能有什么意见呢？最后托媒人，按照老家的规矩，草草把两人的婚事办了。

黄晓婉事后一直有遗憾，兴致高的时候便对大唐说，我就像流水线上的电子设备，最终进了你这个破袋子里。

大唐没有想到黄晓婉还会遗憾，摇头说，我还不想结婚呢。

黄晓婉想，不想结婚干吗开房？

七个月之后，黄晓婉挺着大肚子无法上班了，只能回老家待产，那时候她已离不开大唐了,一天几个电话,大唐接听电话后一直说忙。也不知道忙什么。黄晓婉无事的时候便喜欢遐想,想到大唐后面黏着的几个女的,心里疙疙瘩瘩的,担心大唐随意,每次挂电话时总会提醒几句。好在大唐态度好,信誓旦旦地说,怎么会呢?

又过了一年多,孩子断奶了,把孩子丢给公公婆婆,黄晓婉又回到了厂里。

令黄晓婉吃惊的是,她离开的近两年时间里,大唐跟一个外号"小蜻蜓"的四川妹子搞在了一起。黄晓婉认识小蜻蜓,是黏着大唐的几个女人之一。过去她知道大唐不稀罕小蜻蜓。大唐曾开玩笑说,小蜻蜓到处飞扑,是个男人都不会真心喜欢的。

既然不喜欢,又为啥跟她搞在了一起?黄晓婉心里憋气,暗地里开始调查小蜻蜓。

有人说小蜻蜓早年结婚又离婚,男女之事从不介意;有人说,小蜻蜓功利,没有好处绝不会主动付出的;也有人说,小蜻蜓真性情,敢爱敢恨,男人惹上了她,只怕要吃苦头呢。黄晓婉听得多了,心里更憋屈,难道自己还不如小蜻蜓吗?

黄晓婉把难受压在心里,天天注意大唐的行踪。看起来大唐一直很正常,上班、下班,两点一线,下班之后就闷在家里。唯一与过去不同的是大唐闷在家里不像过去那么爱说话了,常常坐在沙发上发呆。黄晓婉看到大唐的样子,也不追问。时间长了,大唐变得唉声叹气起来。黄晓婉听到大唐光叹气不说话,心里更生气。有几次深夜,大唐的手机突然响了。手机当时还是稀罕货,很贵,为了能跟黄晓婉通话,大唐买了一部,也给黄晓婉买了一部。大唐心疼,黄晓婉也心疼。手机响铃声不大,大唐听到手机响,一把抢了过去,接着揿了电话。

黄晓婉冷淡地说,接呀。

大唐说,闹铃。

黄晓婉不信,也不说破。她想看看大唐还能玩出什么把戏。

大唐一夜都惴惴不安的,等到天亮,见黄晓婉并没有说啥,才惶恐不安地上班去了。

黄晓婉到了班上,焊接配件时,脑中一直响着铃声,那铃声顽固地响着,比装配线上的噪音还大。她想，为啥这么假呢？干吗要欺骗呢？回家几次想问问大唐，见大唐不买账，想亲自问问小蜻蜓，又想，真问了，也许会把事情闹大，还是忍了的好。回到家里，依然期待大唐主动解释，可大唐还是唉声叹气，闷声不说。

黄晓婉的苦恼就在这里。

实际大唐几次想说的，只是无法说清，只能选择沉默。

真实情况是黄晓婉回家待产、生孩子，夫妻房里只剩下大唐一人，几个女的没有好去处便喜欢结伴到大唐的夫妻房里聊天。开始只是喝茶说话，没有啥特别过分的。谁知聊久了，小蜻蜓动了心思。有天晚上小蜻蜓不知道在哪儿喝醉了酒，一个人摸到大唐的夫妻房里，进屋躺下就嚷，给我倒杯水。

大唐想，咋了？醉醺醺的。

小蜻蜓躺在床上嚷，大唐，你究竟喜欢谁？

大唐说，我没有喜欢谁。

小蜻蜓说，别装蒜，以为我看不出你花心？

大唐说，我咋就花心了呢？我有老婆的。

不提老婆还好，提了，小蜻蜓说，黄晓婉？麻秆似的，她不配。

大唐说，你喝多了，喝点水。

小蜻蜓说，反正我来了就不会走的，我什么也不怕。

大唐说，怎么越说越离谱呢？

小蜻蜓说，咋了？难道你不乐意？

大唐说，我没有你想的那么随意。

小蜻蜓说，别跟我装正经，以为我看不懂你的心思？

小蜻蜓说完扒光了自己的衣服，随手拉灭了灯，然后说，下不了手，就把我当成黄晓婉，你喊黄晓婉的名字就是。说完一把扯过大唐，大唐想推，可是摸到小蜻蜓滑溜溜的身子，什么都忘记了。

有了第一次，便会有第二次。大唐想了，或者小蜻蜓想了，一个眼神，彼此就能心领神会。

现在黄晓婉回来了，小蜻蜓再也不能那么随意了，开始装模作样地忍着，时间长了，如何能忍？找到大唐说，难道就这么结束了？

2019—2020年安徽省中篇小说精品集

山上的云朵：

大唐说，说好的，不当真。

小蜻蜓说，我也不想当真，可想到你跟黄晓婉抱在一起，心里直冒酸水。

大唐说，咋能这样呢？

小蜻蜓说，你说咋样？

大唐知道麻烦来了，整天躲着小蜻蜓，小蜻蜓恼了，专门夜晚打电话，一次不行，两次。

黄晓婉等不到大唐的解释，心里更加生气，这天正在下班路上，另外两个黏着大唐的女人拦住了黄晓婉的去路，叽叽喳喳说了很多小蜻蜓的坏话。为首的辣椒说，本来大家都是好姐妹，她居然动了坏心思，还不让我们跟大唐说话。听到这些，黄晓婉感到身子发软，头发疼，走路也跟跟跄跄的。

黄晓婉回到家里，再也不想说话，见到大唐还唉声叹气的，就想发火。

好在黄晓婉还没崩溃，小蜻蜓率先崩溃了，她主动找到黄晓婉说，不行，我快疯了。黄晓婉的头嗡地一下，看着小蜻蜓想，怎么能这么不要脸呢？

小蜻蜓说，你走了，大唐和我就没闲着。小蜻蜓厚颜无耻，黄晓婉脸上热辣辣的，黄晓婉知道那是怒火，也是委屈。想到小蜻蜓可能故意刺激她，黄晓婉很快冷静下来，满不在乎地说，辛苦你了，还没来得及感谢你呢。

小蜻蜓问，你不生气？

黄晓婉说，难得你瞧得起大唐，说明我找对了人。

小蜻蜓说，大唐花心，到处拈花惹草的。

小蜻蜓把黄晓婉约到一个茶吧，那个晚上阴雨绵绵的。听到小蜻蜓说大唐花心，黄晓婉把碟中的黄桃填进嘴里才没有失声。等黄晓婉能正常呼吸的时候，才挤出一句，难道你弄不清大唐在意谁？

小蜻蜓突然大声说，可是我怀孕了，你说怎么办吧？

黄晓婉失去了定力，不敢看小蜻蜓，想到自己曾经大着肚子的艰辛，眼泪都要出来了。好在到底忍住了，咬牙说，那是你跟大唐之间的事情。说完，黄晓婉再也坐不下去了，站起来趔趄而去。外面的雨不大，牛毛雾雨的那种，黄晓婉刚走进雨地里，眼泪就哗地滚落出来。好在是夜晚，加上雾雨在，大家看不到黄晓婉流泪。黄晓婉哭好了，在雾雨地里收拾干净了情绪，摇摇晃晃地走进家里。

刚开门，大唐扑通跪倒在黄晓婉的面前。大唐说，现在说迟不迟？

黄晓婉忍住忧伤，问，说什么？

大唐说，我知道小蜻蜓找你了，实际不是她说的那样，那晚她喝醉了，让我把她当作你。

黄晓婉再也控制不了自己的情绪，积攒的泪水夺眶而出。

大唐愣怔住了，他没有想到黄晓婉的无声哭泣这么吓人，作揖说，晓婉，我不是故意的，我确实有些糊涂呢。

黄晓婉不想说话，她感到大唐特别肮脏，她甚至不想跟大唐多说一句话。

从那以后，大唐确实表现出重新做人的样子，按时上下班，见到女人绕道走，他要极力证明彻底悔改的决心。

黄晓婉慢慢软了心肠，表面上看，接受了现实。

小蜻蜓见没有起到作用，还把大唐推远了去，再次找到黄晓婉。

黄晓婉说，我原谅了大唐，也原谅了你，你不是怀了大唐的孩子吗？生下来，我养。

小蜻蜓没有想到黄晓婉这么有定力，她知道自己完了，情绪突然失控，猛地伏在黄晓婉怀里说，不行，你得考虑我的感受。

黄晓婉说，人不是东西，无法送人，再说，我得为我儿子着想。

小蜻蜓见黄晓婉还是不为所动，发飙说，世上哪有你们这样的夫妻？你们是不是联手欺负人？

黄晓婉扑哧笑了，黄晓婉想，到底谁欺负谁呢？

小蜻蜓见黄晓婉笑，嚷嚷说，那不行，即使跟大唐分手，也得算下明白账。你让大唐算算，做了多少次，一次一百不多吧？

黄晓婉张大了嘴，小蜻蜓如果不这么说，她还能高看一眼，小蜻蜓这么说话，让黄晓婉心里生出的全是鄙视，她不屑地看了几眼小蜻蜓说，你说多少钱，我给。

小蜻蜓突然被抽走了筋骨似的，她低估了黄晓婉，本想用这种方式做最后一搏，没有想到黄晓婉软硬不吃。最后小蜻蜓捂着脸跑了，也是跟跟跄跄的。

再往后，小蜻蜓居然不闹了，再也不找大唐，也不跟黄晓婉说话，好像大唐和小蜻蜓之间根本没有发生过啥事似的。

某一夜晚,大唐摸摸黄晓婉的胳膊,大唐想,都几个月了,难道还不能在一起?

谁知道大唐的手刚搭上黄晓婉的肌肤,黄晓婉浑身打起了哆嗦,随之黄晓婉莫名其妙地恶心起来,彻底反胃的样子。

大唐问,咋了?

黄晓婉说,我也不想。

大唐问,为啥这么大反应?

黄晓婉指指心口说,这里想吐,控制不住呢。

大唐摊开双手,无力地摇摇头。

黄晓婉说,也许以后会好的。

大唐说,行,我等。

等到黄晓婉能说能笑的时候,许是心理上能够接受大唐了。大唐洗好了澡,见黄晓婉脱得一丝不挂地躺在床上,大唐问,咋了?

黄晓婉羞答答地说,我也不知道。

大唐糊涂了,黄晓婉为啥会变成这样呢?

大唐很久没有跟黄晓婉在一起了,见到黄晓婉主动,不再多想,主动扑到黄晓婉身边。完事后,大唐要到卫生间洗漱,黄晓婉说,不行,说说你跟小蜻蜓是怎么做的?

大唐糊涂了,黄晓婉闹什么呀,一会儿恶心,一会儿这么放肆。这么下去怎么行?

黄晓婉说,谁让我活过来了呢?

一个晚上,黄晓婉要了五次,最后大唐穿上衣服的时候,一个人坐在沙发上流泪。黄晓婉看到大唐流泪才开始发疯的,先是扔下床上的衣服,然后开始拍打沙发,夫妻房沙发陈旧不堪,被黄晓婉拍打得皮屑乱飞。大唐看着坠落一地的皮屑发呆,黄晓婉说,你不是想吗,要吗?从此一晚上五次,不做都不行。

大唐见黄晓婉恶狠狠的,小心翼翼地问,难道这道坎真过不去了吗?

黄晓婉说,想想你家祖上,想想儿子,想想能不能过得去?

大唐不敢提祖上,大唐说,我重新做人还不行?

三

山外到了割麦的季节，月牙塘的水依然沁凉。锦鲤不知道游到哪儿去了，沉溺的蝌蚪再次聚在一起。芦苇叶子上攒动着露水，蒲草上也有，睡莲被锦鲤闹翻了叶子，缝隙中落下了浮游生物，蝌蚪你争我抢地游动在空隙里。

凸起的石头下面涌出了成群的蚂蚁，褐色的居多，也有黑色大蚂蚁夹杂其中。薄雾散了，太阳果然红彤彤的。有风，不大，带有热气，拂在脸上，暖烘烘的。裂开的石缝挡住了蚂蚁的去路，褐色的蚂蚁用身子搭桥，余下的爬上了蚂蚁桥，快速穿行而过。蚂蚁越聚越多，最后翻过凸起的石头朝另一边的香樟树爬去。黄晓婉容不得蚂蚁气势汹汹的，折断了树枝挡住蚂蚁的去路。树枝上瞬间爬满了蚂蚁，黑压压一片。黄晓婉还没有见过一根树枝上爬上了那么多蚂蚁，吓得一哆嗦，便把树枝丢进月牙塘里。蚂蚁落到水里，快速抱成一团，浮在水面上，最后挣扎着向睡莲叶片滚去。不知埋伏在何处的锦鲤，突然浮出水面，不停地吞噬蚂蚁团。蝌蚪早惊慌而去，蚂蚁至死都不知道发生了什么。硝烟之后，水面渐渐陷入平静，看到那么多蚂蚁很快被锦鲤消灭干净，黄晓婉心里又有些难受，想到梦中的锦鲤王，脸上情不自禁地开始发烫，然后羞羞答答地想，月牙塘里会不会真有锦鲤王呢？

胡思乱想的那会儿，黄晓婉受到了蚂蚁的攻击，成群结队的蚂蚁顺着她的光腿，不停地爬上去。黄晓婉低头看时，差点吓晕了过去，蚂蚁咋会突然攻击她呢？急忙撩起裙子，发现满腿都是蚂蚁，哇地尖叫起来。好在月牙塘周边没有人，她脱下了裙子，不停地怕打，拍打中，有的蚂蚁开了口，腿上、肚子上到处都是蚂蚁叮咬的痕迹，她离开凸起的石头，不停地检查身上、腿上，发现没有蚂蚁时，整理好裙子逃也般离去。

走到八角亭，黄晓婉依然不想坐进亭子，蚂蚁叮咬处痒痒的，那种痒不同于酸软，是一种实实在在的痒，黄晓婉不停地抓挠，一会儿腿上就布满了红包，黄晓婉想回去抹点风油精，往回赶的路上，看见二叔又在填塘。

二叔骂月牙塘和八角亭是出了名的，犯糊涂时就骂。有次二叔骂完月牙塘后开始骂空山虚谷，那是唐氏先祖，骂不得，可二叔不管，说骂就骂。说来二叔是唐家几代人里学问最高的一位，"大跃进"那会儿考上的师小，后来当上了公办小学老师。唐家先祖很多史料都是二叔研究并发掘出来的。二叔已经八十六了，早到了风烛残年之际，可只要二叔开骂，不知哪来的力气，一弯腰就能抱起百来斤的山石，丢进月牙塘里，边丢边说，灭了你。二叔过去寡言少语，八十二岁那年神志不清的。刚开始没有这么严重，最多只会骂天骂地骂世道。后来二叔病得越来越重，才开始填塘并骂祖上的。

黄晓婉不怕二叔，二叔骂人、填塘，却不打人。黄晓婉知道二叔无法填实月牙塘的，即便能填上一些，来年镇村安排人清淤时同样会清理走的。前两年镇村逮到二叔填塘还教训了他一番，知道二叔是病人后，也就随二叔去了。

黄晓婉每次见到二叔搬石头填塘，就心疼二叔，想，二叔咋就清醒不过来了呢？

二叔变得神志不清，与孙子媳妇、孙女有关。孙女婷婷好端端地出去打工，后来却做了夜女。虽说半道嫁了富商，体面了几年，却不知道珍惜。后来丈夫有了外遇，婷婷受不了，开始吸毒。谁不知道毒品碰不得呀！婷婷偏偏碰了，强制戒毒后，自然离了婚，几番折腾，瘦骨伶仃地回到山里。孙女如此这般，孙子倒有个好呀，殊不知孙子非但生性懦弱，还好吃懒做，挣不到钱，让老婆跟妹妹一起当夜女，最后，孙子自己也到了夜店当起了保安。

二叔是要面子的人，孙儿辈如此不堪，哪有颜面做人？

孙女和孙子媳妇灰头土脸地回到山里后，二叔低矮下去了，常常一个人坐在月牙塘边上生闷气。

孙子媳妇叫李子，多半夏天生的。李子跟婷婷知道爷爷心里窝气，不但不收敛，见到爷爷坐在塘边想心思反而故意奚落，挑衅道，爷爷，月牙塘是不是装着死脑筋呀？

爷爷见孙女、孙儿媳妇轻薄，早气得面红耳赤。

姑嫂俩并不在意爷爷的心情，故意做出嘻嘻哈哈的样子。

婆婆看不惯，骂李子，李子便打婆婆，婆婆嘴角出血，李子还打。按说嫂子打娘，作为女儿，婷婷得帮娘吧？婷婷倒好，还帮李子说话。世上哪有这么混蛋的孙女？二叔想想就来气。一家人过不到一起去，最后儿子、儿媳妇带着二叔住在一起，婷婷和李子住在一起。婷婷、李子住在一起后，成天出双入对的,最后就把别人家废弃的民房租来,捣鼓出八角亭民宿。

山村旅游火爆后,开民宿也是一条生财的路子,可婷婷和李子请来了五六个足浴小姐,美其名曰按摩技师,弄得乌烟瘴气的。

二叔管不住,常常摇头说,我这哪是一张脸?是屁股,天底下人的屁股,撑不住呢!

婷婷听到爷爷感叹,不屑地说,不偷不抢,有啥撑不住的?

我呸,二叔常常气得捶胸顿足。

那天二叔见到婷婷和李子跟一个男的说话,样子十分亲密,二叔路过,咳嗽了几声,李子见到爷爷,主动说,爷爷散步呀。

二叔懒得说话,李子就回头跟那个男的说,死脑筋,越老越拉脸子。

二叔回家开始吐血,吐血之后,开始发烧,发烧之后说起了胡话。二叔一直嘟嘟囔囔,明十五帝朱由校罢免了辽东经略熊廷弼,先祖受到牵连,从此辞官归山。说完过往,二叔开始抱怨先祖,二叔说,你想圆满,干吗修月牙塘呀?你可知,修了月牙塘后,唐家非但没有圆满,还生下这等不肖子孙。抱怨完先祖,二叔开始自言自语,说的都是过往祖上,言语多有不敬。吓得看护在身边的儿子直哆嗦。第二天起床,二叔糊涂了,张口就开骂,狗日的月牙塘,狗日的祖上,我灭了你!

儿子被二叔吓到了,爹怎么会骂祖上呢?先祖是爹一辈子恭敬的人,收集先祖事迹,爹不知道费了多少心血,咋回事呢?

二叔推开诧异的儿子,大笑着出门,高声嚷叫,我要灭了你!

爹要灭谁?儿子跟在身后,见二叔走到塘边,搬起石头往塘里扔,边扔边喊,灭了你。

二叔儿子这才知道,爹生病了呢。

大清早的,谁又惹到了二叔呢?黄晓婉朝二叔走去,拦住二叔说,灭不了的。

二叔早不认识人了,也不认识黄晓婉,二叔见黄晓婉拦住他,依然疯疯癫癫地喊,灭了你,灭了你!

黄晓婉说,我是大唐家的。黄晓婉死死地拉住二叔。

二叔想了半天,想不起大唐家的是谁。

黄晓婉见二叔雪白的胡子上都是汗,眉毛上也是。心有不忍,松开二叔,捞出几片睡莲叶子,替二叔擦汗,之后黄晓婉问,二叔,谁又惹到您了?

二叔并不搭理黄晓婉,见黄晓婉松手,突然又抱起石头往月牙塘里扔,扑通、扑通。

二叔的儿子跟了出来,看见黄晓婉在,二叔儿子说,大唐家的,走走呀。算起来,二叔儿子属于黄晓婉的远房大伯子,见黄晓婉替爹擦汗,他有些感激。

黄晓婉跟二叔儿子平时不太说话,虽说年龄相差较大,山里人封建,一般弟媳妇不跟大伯子啰唆。见二叔儿子面目讪讪的,黄晓婉问,谁惹了二叔呀?

二叔儿子说,昨晚婷婷跟李子回来,给爹带点吃的,爹撒了一地不说,今早又糊涂了。

黄晓婉不想多嘴,想,这是二叔的心病,大家都知道的事情。见二叔儿子拉住了二叔,不想再说什么,一个人软绵绵地往家里走去。

走到半道,开始可怜自己,想来自己还不如婷婷和李子呢,就说李子吧,同为唐家媳妇,人家就能拿得起放得下,啥都不管不问的。

婷婷和李子四十不到,跟黄晓婉差不多大,按说能玩到一起的。可她们名声坏了,差不多大的小媳妇都不敢和她们一起玩耍。过去黄晓婉到过八角亭民宿,十来间房子,中间大厅做了书画展览室,四周挂有收集来的字画。展览室中间放上一张大平台桌子,桌面铺一张白色的毡毯,码起一摞宣纸。院子内有亭阁,有戏台,还有刻意摆放的盆栽。外面辟有一块坡地,栽种一些葱、蒜、莴笋、黄瓜,还有其他时令蔬菜。民宿内建有一个大灶台、劈柴烧火。灶台的另一边空闲地上时不时置放一些农耕器具,弄得很原始的样子。按说,没有什么的,就是足浴室,也放在了民宿的外面,顾及了二叔的面子。

见黄晓婉专门过来查看,李子辩解说,婶子你看,有啥? 你说爷爷闹个啥呀?

婷婷跟着帮腔说,我们把足浴室承包给了河南人,爷爷还闹,你说是不是不讲道理?

黄晓婉看完后想,说起来不算大不了的事情,二叔为啥闹呢?

李子说,脸面都是自己给的,爷爷没有颜面是他自己的事情。

黄晓婉不好说二叔,只是低头不语。

李子拽住黄晓婉的胳膊说，再说，脸面算个啥呀！你说是不是？

婷婷接话说，啥年代了？婶子，你抠脚丫子想想，大唐叔在外能好？

婷婷不该这么说话，这是黄晓婉的心病。她能猜到大唐不会安分，又怎么办呢？孩子上学，她得回到山里。

黄晓婉面对婷婷和李子，不知说啥合适，急忙跑开去。

想到二叔的糊涂，还有婷婷、李子的委屈，黄晓婉心口更堵。捂住胸口，慢慢往回走时，突然看到李子疯疯癫癫地往山上跑。

黄晓婉停了下来，想，跑啥呢？愣怔中，见李子跑到山上在一个男人身边停了下来，递上啥后，又颠颠簸簸地跑了回来。

黄晓婉想躲开李子，李子见到黄晓婉，大大咧咧地喊，婶子，干吗呢？

黄晓婉想，啥也没干，忧伤呢。可是黄晓婉不想说这些，看了看李子，又看了看山上那个男人，准备回头。

李子话多，接着说，一位游客，叫解闷。

解闷？黄晓婉忍不住说出了声。

微信名，真名打死不说呢。

黄晓婉头嗡地一下，咋会是解闷呢？

李子说，挺好玩的，早上忘了带相机，打电话让我送上山去。

黄晓婉不会说话了，张大了嘴巴。想到昨晚解闷的放肆，脸色煞白，好半天才喘上一口气，由不得自己，黄晓婉突然撇开李子，情不自禁地向解闷走去。

李子弄不懂黄晓婉，看黄晓婉走得火冒三丈的，不再追问，想，干啥气鼓鼓的，我又没有说错啥。

山上正是鲜花盛开的季节，映山红漫山遍野，扶桑花、凌霄、一串红到处都是，紫薇和夹竹桃、合欢等高高地立在低矮花的上面。解闷一会儿蹲着，一会儿弯腰，没有发现黄晓婉站在他身后。等解闷拍好了照片，回身看到黄晓婉时，吓了一跳，问，旅游的？你看看，寻常人家藏花海，多美呀。解闷无头无脑说了一大通话，让黄晓婉确信他就是昨晚的解闷，黄晓婉不想说话。

解闷说，站着别动，我给你拍几张照片。

黄晓婉根本不听，挪动身子，并用手遮住了脸。

解闷问，本地的？

黄晓婉还是不想说话。

解闷问,喜欢照相?

黄晓婉知道解闷不认识她,每次搭讪附近的人,黄晓婉都会屏蔽资讯,她知道解闷没有看到她的照片。黄晓婉想到解闷不知道她是谁,嘴角便挂上了冷笑,偶遇、刺激,咋能跟李子混在了一起?

解闷见黄晓婉不说话,面目讪讪的,无头无脑又来了一句,寻常人家最相宜。

黄晓婉问,你认识李子? 黄晓婉这时用的是蹩脚的普通话,昨晚毕竟有过语音,她不想让解闷发现。

解闷说,李子? 送相机的? 怎么啦?

黄晓婉不想解释,又看看解闷,心里有些瞧不起。

解闷笑笑,连说,八角亭民宿不错,李子不错,都不错。

黄晓婉不想再问了,什么都再清楚不过了,她想,也许删除了解闷,解闷并没有安分,搭讪上李子,实现了真正的解闷。

黄晓婉想到这里,再也不能控制自己的情绪,扭头就跑,边跑边在心里骂,什么解闷? 骗子,骗子。

四

大唐七点四十多发来信息,黄晓婉手机没带在身上,没及时回复。大唐信息说,忧伤的只是闲人。又说,儿子在家,爹娘在家,别身在福中不知福。

黄晓婉不想回复了,回家伴读的几年里谁知道大唐又会生出啥幺蛾子。

儿子十二岁了,刚上初中,住在山上的学校,周末回来。儿子回来的时候,黄晓婉就亲自下厨给儿子做好吃的。儿子不会说感谢的话,见黄晓婉端上饭菜,边吃边挑剔,说没有奶奶做的好吃。儿子的味蕾适应了婆婆的做法,她改变不了。现在儿子对她一直有抵触情绪。想到儿子的抵触,黄晓婉便生气,儿子是爷爷奶奶带大的,咋会跟娘抵触呢? 说不定是婆婆使坏呢。

黄晓婉能做的,就是尽量多陪陪儿子。中间离开几年,正是儿子语言发育的关键期,她不在,大唐也不在,儿子不太说话。奶奶带孙子看医生,医生说,孩子有些自闭,需要多给些关爱。黄晓婉便丢下大唐,回到山里。现在的孩子越来越难教育，黄晓婉回来后问儿子，咋就不想说话呢？儿子不回答。她回来的头几年里，儿子跟她说话，不是摇头就是点头。现在儿子愿意跟她说话了，只是态度冷冷的。

黄晓婉知道，还算回来得及时，要不孩子就废了，以后再苦也要留在家里。留在家里的唯一好处，想儿子了可以直接到学校去，哪怕躲在外面看看也行。

儿子不喜欢黄晓婉常到学校，见到黄晓婉去，抱怨说，以为我还是孩子。

不是孩子是啥？在娘的眼里，儿子永远都是孩子。黄晓婉忍让着儿子，儿子好好的，她心情就好，即便儿子抱怨。于是她把儿子换洗的衣服带回家，又把洗好的带去，留点钱，丢下点水果啥的，才离开。

后来儿子不让她去，为此她跟儿子大吵了一架，儿子委屈地说，你去了，有的同学难受。

同学难受啥呢？

儿子说，他们的娘没有回来。

黄晓婉没有想那么多，原来自己探望儿子，勾起别的同学想娘。黄晓婉说，那我不去就是，只是你周末必须回来，我受苦受累都是为了你。

儿子说，谁让你乱操心？你陪爹就行。

黄晓婉那会儿比谁都难受，儿子咋能这么说呢？为了儿子，她忍受了多少委屈，可是儿子非但不领情，还这么抵触，咋不体谅当娘的难处呢？

今天不是周末，儿子不会回来，黄晓婉看完了大唐的信息，到厨房吃饭。

早餐照例是稀饭、馒头，外加几碟小菜。小菜同样还是生姜片、腌制的腊菜。时不时会有小瓣咸鸭蛋。婆婆一般会把咸鸭蛋切成三份，半个给她，另外一半切成两小瓣，婆婆和公公只吃一半中的小瓣。黄晓婉看不惯婆婆的节俭，便把留给她的这片夹给公公，想，咸鸭蛋又不是好东西，弄得金贵八宝似的。

婆婆见黄晓婉走进厨房，便问，溜达好了？

黄晓婉嗯了一声，公公说，山上的茶还能摘点，才到芒种，还是行的。

黄晓婉知道公公想让她跟婆婆一起上山采茶，她明白公公的意思。

婆婆说，那点茶采不采的没啥，晓婉没啥精神，算啦。

公公不说话，看黄晓婉满脸忧伤，便放下碗，走出去拿起锄头对婆婆说，

2019—2020年安徽省中篇小说精品集

山上的云朵：

我锄玉米地去了。玉米和黄豆都在坡地上,很小的两片地,公公天天收拾,好像不到地里,他浑身发痒似的。婆婆说,知道了。

黄晓婉放下碗,背起茶篓,不跟婆婆说话,上了山。

婆婆随后到的,婆婆说,实际你不用来的,这点活做不做都行。

黄晓婉闷声不说话。

婆婆问,咋了呢? 无精打采的。

黄晓婉说,二叔又填月牙塘了,二叔的病难道真的好不了啦?

婆婆说,二哥性子强,咋能受下那么大的打击呢?

黄晓婉说,婷婷和李子也没做啥出格的事情。

婆婆说,啥才叫出格呢? 二叔扛不住,搁谁能扛得住呢?

说到了李子和婷婷,黄晓婉便想到了解闷,心想,他跟李子咋认识的? 难道昨晚解闷就住在八角亭民宿里? 解闷这个家伙究竟干啥的? 想到这里,黄晓婉的脸上又火辣辣的,想,昨晚解闷为啥会出现在梦里?

茶叶上的露水弄湿了黄晓婉的裙子,裙子贴在身上,显露出身子的轮廓。黄晓婉是生过孩子后丰满起来的,只是看起来依然不胖,丰润得很。

采茶是手上活,得眼尖手快。黄晓婉双手翻舞,尽量采摘干净。婆婆上了岁数,采摘动作不利落。黄晓婉不想提醒婆婆,初夏的茶,多半不值钱,采摘下来,炒制好,不跟谷前茶混在一起,卖不上价。每每混茶时,黄晓婉都感到对不起买茶的人。所以初夏采茶,黄晓婉一般不太卖力。今天黄晓婉心里添堵,采得格外起劲。太阳升到半山腰后开始热了,露水干了,衣服也干了,汗水上了身,比露水还怕人,上半身几乎汗湿了,紧紧贴在身上,连乳罩颜色都看得清清楚楚的。婆婆看了看黄晓婉,试图说上几句啥,抬头看自己,也是大汗淋漓的,婆婆便噤了口。低头看看自己穿的蓝布褂子,还好,到处裹得严严实实的,婆婆才抬头歇歇。婆婆抬头那会儿,发现一个男人正拿着相机对着她和黄晓婉拍照。

婆婆问黄晓婉,那人照啥呢?

黄晓婉抬头,见是解闷,心里呼啦窜上了气,大声喊,照什么照?! 信不信砸了你的相机!

解闷说,空山茶女,太美了。

黄晓婉讨厌游客说些奇奇怪怪的话,什么空山茶女? 只有空山虚谷,那是唐家先祖。黄晓婉喊,美啥美?

婆婆抬头看了看解闷,问黄晓婉,你们认识?

黄晓婉没好声气地说,怎么可能认识!

婆婆低下头小声说,不认识搭啥话呢?

解闷端着相机朝黄晓婉这里走来,婆婆看到黄晓婉衣服毕露的,大声喊,不能进茶园,没看过采茶咋的?

解闷停了下来,看着黄晓婉说,好像在哪里见过你。刚才黄晓婉没注意,说的是昨晚语音时的口音。

黄晓婉赌气说,没见过这样搭讪的。

婆婆见黄晓婉没有好声气,更加不客气,大声喊,不要拍照,闲得咋的?

解闷郁闷而去,走出很远,还回头看黄晓婉。黄晓婉知道解闷看她,只是她不想看解闷,她想到了李子,感到恶心。

快到中午时分,黄晓婉跟婆婆一起回到家里,刚走到院子门外,鸡鸭狗一起拥向了黄晓婉,黄晓婉让狗儿卧倒在家里,狗儿听话,卧下,样子有点失落。黄晓婉放下了背篓里的茶叶,站在外面喊,散步去。

鸭子本来在一宕水窝里,看见黄晓婉回家,主动上来的。鸡在树下啄食,看见几只鸭子啪嗒啪嗒往黄晓婉身边跑,不甘落后,一起飞扑到黄晓婉的身边。黄晓婉摸摸鸭子又摸摸鸡,然后向月牙塘走去。今天大公鸡不知道咋了,有些跟黄晓婉怄气,黄晓婉没有散发面包渣子,大公鸡跟到半道,就嘀嘀咕咕唤母鸡。母鸡有点分心。黄晓婉生气,对着公鸡喊,大唐,就你不省心。黄晓婉早把大公鸡唤作大唐了,看到大公鸡后面整天跟着母鸡,她才那么叫的。过去想大唐了,黄晓婉常常单独给大公鸡吃面包渣子,然后故意挑逗大公鸡说,大唐,说自己不要脸。公鸡得到吃的,喔喔打鸣。黄晓婉笑,心想,大唐承认不要脸了呢。大公鸡后面都是老态龙钟的母鸡了,多数三五年的,早不能下蛋了,婆婆本来要杀了的,黄晓婉不让,黄晓婉想,就让老母鸡陪着大唐,大唐想开心,门都没有。

相对于鸡来说,黄晓婉更喜欢鸭子,这些鸭子每次见到黄晓婉回来,即便游耍在水里也会上岸,实际黄晓婉并没有给它们多少吃的,一块面包,几条小鱼,间或几个螺蛳,鸭子们却忠贞得很。领头的公鸭身上几根大羽毛是

2019—2020年安徽省中篇小说精品集

山上的云朵:

彩色的,黄晓婉喜欢称公鸭为大彩。大彩跟黄晓婉亲近,不像大公鸡三心二意的。今天黄晓婉心里不爽,面对大彩的讨好一点也不领情,还特地对大彩说,往后,你就叫解闷。

大彩不知道黄晓婉说的什么,嘎嘎直叫。

黄晓婉笑了,说,得有叫婷婷、李子的。想到了鸡,把一只芦花的,叫了婷婷,一只麻花的叫了李子,把一只眼有点斜的叫了小蜻蜓。给所有鸡起上了人的名字,黄晓婉心情好多了,她想,今后忧伤起来,想骂谁就骂谁。

没有吃的,鸡鸭有些失望,尤其大彩,被称作解闷后,迷糊起来,不知道黄晓婉咋了。迷糊中,大彩嘎嘎地带着母鸭跳进月牙塘里。公鸡见鸭子走了,也失去耐心,轰地散去。

黄晓婉看看远去的鸡鸭,心里落寞得很。

站了一会儿,回家看狗。狗还卧在院子门口,像是等着她似的。狗是当地笨狗,正值壮年,也算有灵性。上次这只笨狗看上了游客带来的一只哈士奇,追赶几里地,最终被人家打回。黄晓婉喜欢对着笨狗说它的糗事,笨狗吐出舌头,好像有些窝火,意思说,谁还没有点糗事呢?

黄晓婉走到院门,狗主动站了起来。适才黄晓婉冷落了它,有些不忍,主动摸了摸狗的头。狗多了一些感激涕零,激动地突然躺下,翻起了肚子。黄晓婉知道狗承欢最放松的时候便是翻过肚子,今天狗不知道咋了,翻过肚子居然露出了翘翘的家什。黄晓婉的脸上又是一阵火辣,想,今天咋遇到恁多无厘头的事情?

吃完中午饭,黄晓婉对婆婆说,我想看看大唐,有点想大唐了呢。

婆婆说,去吧,大唐回不来,就应该多去看看。

公公说,去了告诉大唐,说我们好好的。

黄晓婉说,知道了。

婆婆说,大唐不容易,一家人就指望他呢。

黄晓婉不开心,婆婆咋这么说话?好像都应该感谢大唐似的。如果不是为了儿子,她也不比大唐差,也能挣钱的。

下午一般不采茶,烘焙杀青。土法做茶,婆婆熟门熟路的。婆婆做茶那会儿,黄晓婉说,想看看李子。

婆婆说,少去,你看山里谁家媳妇去看她。

黄晓婉说，我去问问李子有啥要带给侄儿的。

婆婆想了想说，去吧。

李子正在跟一帮游客说话，有要退房的，有要上山的，八角亭民宿到处都是人。黄晓婉没想到民宿生意这么好，站在外面等游客散去。

游客进进出出的，黄晓婉站在树荫下，背对着行人。见行人少了，才转身。刚转身，李子发现黄晓婉了，喊，婶子，快到屋里坐呀。

黄晓婉说，我明天想去上海，你有什么要带给侄儿的？

李子说，带给他？我有什么好带的？

黄晓婉哦哦的，最后说，我知道了，那我走了。

李子说，别走，婶子难得来一趟，说说话吧。

黄晓婉不想跟李子说话，她留意到游客里没有解闷，一刻都不想耽误。正想离开，突然听到李子说话声变得柔软起来，娇滴滴的。原来解闷从外面进来了。

黄晓婉看到了解闷，突然想离开了。解闷见到黄晓婉，开玩笑说，不大会儿，三次相见了，是不是有缘呢？

李子说，她是我婶子，不带乱说的。

解闷说，婶子？看起来差不多大嘛。

李子说，辈分跟年龄有关吗？

解闷说，起码不是亲的。

李子拍打着解闷的肩膀说，就你贫。

解闷回头又问黄晓婉，我好像见过你。

黄晓婉说，见鬼了，你怎么能见过我呢？

解闷说，听声音熟悉。黄晓婉的脸唰地红了，扭过头，喘了几口气，回头问，做啥工作的？

解闷低头想了会儿，呵呵笑了，然后说，现在谁还问工作呢？

黄晓婉见解闷嘻嘻哈哈的，不太开心，想，像解闷这样的男人不可能好的，不说也罢。说完对李子招招手，然后走出八角亭民宿。

黄晓婉的心头涌上失落感，想到凸起的石头上坐会儿，想想阳光正盛，就往家走了。到了卧室，她想，还是给大唐打个电话吧。转头一想，不行，打了，他就会准备，还是突然袭击的好，说不定还会给大唐一个惊喜呢。

2019—2020年安徽省中篇小说精品集

山上的云朵：

五

电子厂快要下班的时候黄晓婉赶到的。

黄晓婉知道大唐当上了质检总监,电子厂效益不好时,大唐也想辞职,老板说,都能,你不能。厂里决定给大唐升职加薪,这些黄晓婉都是知道的。

厂房还是过去的样子,不同的是厂房外边的板房已经建成了标准宿舍区。黄晓婉问保安,大唐住在哪里?

保安新来的,不认识大唐。

黄晓婉就找老板。老板不在,行政助理在,黄晓婉问,大唐呢?

行政助理见黄晓婉大包小包的,问,你是唐总监什么人?

黄晓婉看看行政助理,年轻人,不认识。离开的四五年时间,变化太大了,黄晓婉有恍如隔世的感觉。黄晓婉对着年轻人笑笑说,我是他家里的。

行政助理说,唐总监跟老板出差了,这几天不能回呢。

黄晓婉后悔没有提前通知大唐,想给大唐惊喜的,现在好了,大唐不在,急急忙忙扎到这里,还不知道住哪里呢。黄晓婉有点失落,问,知道大唐住在哪里吗?

行政助理有点犹豫,最后说,你还是联系唐总监吧。

黄晓婉便打大唐的电话,大唐好半天才接,冲上来就发火,上班时间,整天都是电话。

黄晓婉问,你在哪里?

大唐说,厂里。

黄晓婉说,我在厂里呢,人家说你跟老板出差了。

大唐沉吟一会儿说,哦哦,是的。

黄晓婉说,怪我没有提前告诉你。

大唐说,谁让你不声不响地来的?

黄晓婉说,我是你老婆,不能来吗?

大唐说,能来。大唐挂了电话,好像忙其他事情了。

黄晓婉大包小包的,不知道走向哪里。她手脚冰凉,只能到街上开房,先把自己安顿下来。想了半天,没有熟悉的宾馆,最后想到第一次跟大唐开房,于是往那家宾馆走去。宾馆经过重新装修,黄晓婉差点不认识了。住下后,黄晓婉怎么都感觉不对劲,大唐为啥不让她到宿舍去?不在家,不能找个熟悉的朋友招待下吗?现在弄得自己好像成了外人。

又打大唐电话,大唐不接。

这个大唐,咋能这样呢?

黄晓婉发信息,大唐也不回。

大唐咋了? 这么不近人情。

黄晓婉没有吃饭,气不过,到宿舍区找大唐住处。问了很多人,听到是大唐的老婆,大家都说不知道大唐住在哪里。黄晓婉感觉不对劲,大唐肯定又出什么事了。又打大唐的电话,大唐接了,大唐说,你不停地打电话发信息,啥事?

黄晓婉说,我在宾馆里,找不到你的宿舍,你说,我来了,见不到你能走吗?

大唐似有难言之隐,大唐说,你先住着也行,要不你先回去,过几天我回去看你。

黄晓婉说,难道你住在哪里我也不能知道吗?

大唐说,别人又没有我的钥匙,就算告诉你,你怎么进去?

黄晓婉想想也是。

即便这样,黄晓婉还是特别不舒服,感觉大唐好像有事瞒着她。黄晓婉这会儿真的生气了,就到女员工宿舍问,她不信找不到一两个熟悉的人。转了一圈,好不容易找到了过去喜欢黏着大唐的辣椒。大唐跟小蜻蜓的事就是辣椒告诉黄晓婉的。当时那几个女的都有外号,不知道谁起的,小蜻蜓、辣椒、板栗啥的。小蜻蜓早离开了厂子,板栗也走了,只剩下辣椒。辣椒见到黄晓婉,惊讶得张大了嘴,问,你怎么来了?不是离婚了吗?

离婚? 什么时候的事?

熟悉大唐的都知道呀。

从何而来的流言蜚语? 黄晓婉说,我回家伴读去了,什么时候离婚的?

辣椒连说,哦哦,可能大家传错了。

黄晓婉见辣椒欲言又止的,知道事情没有想象中的简单,要不大唐不会一直说自己忙的,连春节回去也是急马三枪的。黄晓婉冷静地问,是不是他跟小蜻蜓还藕断丝连？

辣椒撇开嘴角说，小蜻蜓？算个啥呀。

黄晓婉张大了嘴巴，等着辣椒说话。

辣椒忍住了话题，什么也不说了。

黄晓婉急得豆大的汗珠滚落下来，快要晕倒了。

辣椒终于不忍心，拍拍心口说，现在大唐可是厂里的大红人。

黄晓婉睁大了眼睛。

辣椒说，老板娘认识吧？就是过去大白天也喜欢戴墨镜的。前几年，老板陪上级领导喝酒，死了，厂子差点倒闭了，小蜻蜓等一帮人就是那个时候走的。本来大唐也要走的，老板娘不让，说需要帮手。现在大唐就住在老板娘的别墅里。

这个大唐，咋能这样呢？即便这样，也该提前说一声，这不是欺负人吗？一次次的。

黄晓婉有点失态，问辣椒，咋发生这么多事情？我还一直蒙在鼓里。

辣椒说，通过小蜻蜓那件事，我们几个服了你。你是好人，小蜻蜓都说，欺负谁都不能欺负好人。

黄晓婉突然被抽走了精气神，忘了跟辣椒打招呼，一个人踉踉跄跄地往外走。

一个晚上，黄晓婉都不能入睡。她想发信息给大唐，也想打电话，可她想到行政助理的话，唐总监跟老板一起出差了，又感到恶心。出差？算吗？为啥对外人说自己离婚了？居然登堂入室、上门服务了？半夜时分，黄晓婉再也忍不住了，还是打了电话，大唐不接。很长时间过去，大唐才打来了电话，大唐说，开会时开了静音。你先回去，过两天我回去看你。

半夜时分还开会，鬼信，黄晓婉控制住悲伤，平静地说，大唐，你觉得骗来骗去有意思吗？黄晓婉用她自己都感到陌生的口气说，就算你巴结上了老板娘，也不能说我们离婚了呀！我们什么时候离婚的？黄晓婉挂断电话开始哭。那天晚上她哭得死去活来，凌晨时分，哭够了，想找个附近的人把自己卖出去，可惜天快亮了，没有人搭讪。亮实了，黄晓婉匆匆忙忙地起床的。昨晚就没有吃饭，清早起床还感觉不到饿，大包小包的，不是茶叶就是糯米粽子，还有一些瓜果、菜蔬，本来想好好给大唐做几顿饭的。现在看来，没有这个必要了。黄晓婉找到宾馆老板说，我要走了，本来带了很多吃的用的给朋友，可惜朋友走了，不想再带回去，想把这些东西送给你。

宾馆老板说，朋友不在，可以给朋友的朋友，现在人套路多，你不是想陷害人吧？

黄晓婉哭笑不得，她没有想到这么多，眼泪扑簌簌地往下掉，说，我想到这个宾馆的二楼一个房间坐会儿。

宾馆老板问，为啥？

黄晓婉说，记不得房间号了，只想坐一会儿。

宾馆老板感觉黄晓婉不像说假话的人，问，想回味过去？

黄晓婉说，就想坐坐，不行，转住二楼也行。

老板说，这么说，倒没有问题了。行，你先看看哪间，替你留着。

黄晓婉带着服务员指认了房间，可房客还没有退房，服务员下来查找信息说，那间房今天退，转住没有问题。

宾馆老板说，你在房间等，退房了，总台会通知你。你要有事，留下电话也行。

快到十点的时候，总台打来了电话，让黄晓婉到总台办理手续。

黄晓婉办好了手续，说啥也要把大包小包的东西送给老板，老板说，这怎么好意思？

黄晓婉说，我带回去是个累赘，我坐坐就走。老板说，坐坐就走，还办啥手续？既然这样，你去坐吧，想坐多久就坐多久，一切免费。

黄晓婉感动得眼泪巴巴的。

开了门，黄晓婉并没有想象中的激动，房间不是过去的模样，卫生间也是新装修的，怎么看怎么不像。黄晓婉坐在椅子上，回想第一次她洗好了澡，大唐怎么拉她上床，她怎么垫上卫生纸的。现在一切都物是人非，连这间房也变了模样，黄晓婉再也不想耽搁一分钟，逃也似的离开了房间。

等她泪流满面，走到总台的时候，宾馆老板还问，怎么啦？要不要我送你一程？

宾馆是小宾馆，老板亲自打理，黄晓婉见宾馆老板担心，才知道自己失态，挤出笑脸说，没事的，谢谢你。然后黄晓婉头也没回，冲到街上招手打的。

黄晓婉到月牙塘是晚上九点多钟,黄晓婉不想立即回到家里,她想一个人到凸起的石头上坐会儿。凸起的石头上蚊子很多,黄晓婉坐了一会儿,被蚊子叮得满身是包。只好站起,走向八角亭。过去她从来不进亭子,现在黄晓婉啥也不顾,就想走进亭子。坐上石头椅子,看着字碑说,先祖,你做了无数好事,为啥却要修下月牙塘? 你看看唐家后人都成了啥!

字碑在月牙塘的冷辉中发出清冷的光晕,碑上的字一个都看不清。

黄晓婉忍不住走向字碑,踢上一脚说,都不是什么好东西。

第二天,黄晓婉起床就要杀大公鸡。

婆婆知道黄晓婉受了刺激,拉住黄晓婉说,千错万错都是大唐的错,他也是为了一家人好呀。

公公不说话,听到黄晓婉哭诉一晚上,他说什么好呢? 黄晓婉说杀大公鸡,公公对婆婆说,杀吧,黄晓婉想吃,杀了就是。

婆婆说,她把大公鸡唤作大唐呢!

公公说,可它毕竟还是鸡。

婆婆不再说话,黄晓婉逮住了大公鸡。公鸡不相信黄晓婉会杀它,一直温顺得很,临了还张开媚眼看着黄晓婉。黄晓婉握住了鸡头,一刀下去,鲜血淋淋。婆婆当场吓晕了过去。公公也闭上了眼睛。只有黄晓婉没有被吓倒,丢下大公鸡,就往外跑。婆婆不知道黄晓婉咋了,为啥杀了大公鸡,又向外跑去。

婆婆跟在后面,追赶到月牙塘,见黄晓婉站在凸起的石头旁边,找来很多石块,不停地往月牙塘丢,边丢边骂,灭了你。

那时候婆婆才感到害怕,婆婆想,二哥的病咋传染给了晓婉呢? 你看看,连病症都是一样的。

那时候二叔不知道什么时候到了黄晓婉身后,二叔嘿嘿笑,笑完之后,说,晓婉,我来帮你。

二叔什么时候又认识黄晓婉了呢?

黄晓婉还没来得及回头,就听到公公在后面拿着手机喊,晓婉,晓婉,你听大唐跟你解释。黄晓婉说,不听,不听。

黄晓婉顺着月牙塘向八角亭民宿跑去。

李子见到黄晓婉,急问,婶子,咋这么快就回来啦?

黄晓婉问,解闷呢?解闷在哪儿?

李子说,找他干吗?一个游客,早走了。

黄晓婉张大了嘴巴,好半天也合拢不上。

那时候黄晓婉听到婷婷问,是不是婶子也认识解闷呢?

黄晓婉合拢上嘴,可是已经不会说话了,她看到婷婷、李子不停地张合着嘴,发疯般地跑向月牙塘,大声喊,锦鲤王,你在哪里?是人你就出来。

青蛙就在那时候齐声歌唱的,今年的青蛙咋这么多呢?肯定不是那些青蛙的蛋蛋,才几天呢。黄晓婉愣怔的那会儿,突然倒了下去,那天没有太阳,天阴得有些重呢。

山上的云朵

朱斌峰

一

一个男孩逆着山溪往山里走,阳光穿过树叶的罅隙落在脸上,让那张呆滞的小脸渐渐生动起来——那就是我。我不喜欢跟村里的小伙伴玩耍,他们笑我是不会说话的木头人,笑我有个酒鬼爸爸,笑我没有能从城里带来玩具的妈妈。我十岁了,早就哑了。我就爱往山里走,山岭上的石头屋里住着山爷,那老头也不爱跟村里人说话,只爱对我一个人絮絮叨叨。

山路并不好走,我们云乡地处皖南山区,潮湿多雨,树木植被长势茂盛,人走在山上会被张牙舞爪的树杈枝丫拖拽着,会被低矮蓬生的灌木荆棘刺扎着,可我能轻巧地从它们中间穿过。我的嘴巴虽然哑了,耳朵却醒着。我能听见马毛松、杉木、白茅在风中低语,能听见溪水跟山石的交谈,偶尔还能听到红嘴蓝鹊、白鹳在大山深处的叫声。我觉得山爷说得对,我没有变成哑巴,而是跟山上的树木、鸟雀一样,是长了嘴而且会说话的,只是没人听见而已。山爷还说,大山也不爱说话,却长着满山的耳朵。我在林子里遇见蘑菇时,就会想那大约就是大山的耳朵吧,可那些蘑菇在听什么呢?

这座大山叫云山,我是在山爷的话里跟它熟识起来的。山爷说,云山是云乡人祖祖辈辈的山。那一年,林地承包到户,大山就分给各家各户了。云乡山多地少,靠山吃山,村里人靠砍伐林木卖钱过日子。山上的树木越伐越少,没有大树抓拢着的山坡,一遇大雨就会发生泥石流,大水会把坡地冲垮露出黄土来。山爷说,后来,村里人纷纷外出打工,各家林地没人管就荒废了,树木和荒草一起疯长起来。村里人担心发生火灾,一到清明、冬至,村主任就会在山头上颠来跑去,生怕哪儿冒出火点来。山爷还说,云山上的毛猴子不见了，银缕梅越来越少了。山爷说起那些动植物的名儿，就像唤他那些老去的旧伙伴。我喜欢山爷，可村里人却说他是怪老头。山爷不爱搭理村人，就像跟村人有仇似的。他抓过扛着猎枪上山的人，逮过用锹挖野生灵芝的人，那些都是村人，他们说那怪老头是狗拿耗子多管闲事。他们嘀咕，我们在自家的山上打打鸟、挖挖花草，怎么就不行了，怪老头难不成仗着儿子是村主任，就把整个大云山当作他自家的了？他们说那个怪老头放着山下的三层小楼房不住，整日窝在山里头，难道是想变成一棵树？

我走上山岭看见石头屋时，山爷的黑狗就迎了上来。那条狗叫大黑，我跟它很熟，就对它笑起来。可大黑没理睬我，而是对着我的身后吠起来。我转过身，意外地看见一个男人尾随着我。那男人寸头，胖胖的，不像是云乡人，不知是什么时候悄悄跟上我的。那人没扛猎枪没带铁锹，只是胸前晃荡着照相机，可大黑显然嗅到了不友好的气息，跃起前爪訇訇然要扑上去。我觉得有些对不起大黑，仿佛那不速之客是我带来的。

在大黑的叫声里，山爷从石头屋里走了出来。他身子很瘦，头发花白，声音很响地唤道，大黑，别叫了！

大黑停住叫唤，男人从我身后闪出，走上前说，山爷，是我，我是林生啊。您老身子骨还硬朗啊？

嗯，你回来了？你不是在亳州倒腾中药材吗？回来做什么？

我想上山找找，看看有没有灵芝。

看什么？山上的野生中药材是不许采挖的！

我晓得啊。山爷，我只是想看看……外面生意不好做，我想回来种灵芝。

不行！你、你们就不要再祸害云山了！

山爷……

你走不走？再不走，我就喊大黑了！

大黑支起毛，作势又要扑上去。

好好！山爷，改日再来拜访您老，我先下山了啊。

那人看看黑狗，挠挠寸头，转身向山下走去。

我看着那人的背影，在心里暗笑，那男人的屁股太胖了。

我走到山爷身边，拉拉他的手。山爷牵着我在门前的大石头上坐了下来,黑狗蹲在我的脚跟前摇起尾巴。

山爷的深眼窝里有了笑,肖肖,你是想问我什么是灵芝,是吧?

我点点头。

灵芝总长在悬崖峭壁上,以前这大山里有好多野生灵芝,现在不多见了。你听过白娘子的故事吗?那故事里说,白娘子为救丈夫,就去山上偷能起死回生的仙草。那仙草由白鹤护着,白娘子想尽办法才把仙草衔回来,救活了丈夫……那仙草就是灵芝哦。

我摇摇头。

你不信?我也不信呢。可灵芝虽说不能起死回生,却是上好的中药材,长期服用能保肝解毒,提气安神……山爷收起笑,默默地看着我,又看向莽莽大山,幽幽地说,肖肖,指不定灵芝能治好你的病哦……可去哪儿才能找到那样的灵芝呢?

我张张嘴没发出声儿,顺着山爷的目光看向云山。山风在吹,翻卷着一片片树叶,却翻不动被绿树遮盖得严严实实的大山。大山里究竟有多少秘密呢?我痴痴地想,灵芝是什么样子呢?是像蘑菇那样吗?我觉得蘑菇像耳朵,可隔壁的女伢说像小伞,那么灵芝是像耳朵还是像小伞呢?

山爷抬头看向天,我也跟着他朝天上看去。我听见山爷喃喃道,要是真有能治好这伢子病的灵芝就好了。天上有云朵在缓缓移动,我有些纳闷,山爷看天上的云做什么?难道灵芝长得像那些云朵?

二

夜色中我回到家,那时酒鬼爸爸刚刚喝完酒回来。他没有问我有没有吃过晚饭,只是在我头上摸了摸,就跌卧在床上打起了呼噜。他睡得很不安稳,偶尔身子会抽搐一下。自打我生病后,他总是这个样子:酒醒后黑着脸,酒醉后就打酒摆子,就像怀里抱着一条寒冷的蛇。我记忆里的爸爸不是这个样子的,他以前浓眉大眼,胡子刮得干干净净,很精神。老人们说,云乡是个好地方,即便插上一根扁担,也能长出一片竹林来。山上植物长得茂盛,山下的人也长得旺气,村里的后生一个比一个俊——爸爸就是那样的后生。可爸爸慢慢就变了,像一棵枯萎的树,靠着酒来浇灌。

听山爷说，爸爸一生下来就想离开云乡。小时候他爱爬上山巅向远处看，很想去山外的地方。爸爸学习很用功，可爷爷、奶奶多病，他只好留在村里照顾双亲。后来，爷爷、奶奶走了，爸爸参军去了南方，退伍后就留在那儿打拼了。爸爸就是在那个有着椰子树的城市遇见妈妈的。妈妈的家乡没有山，只有一望无际的平原，就是那种长满麦子的平地儿——我就是在那麦地里的村庄出生的。等我学会走路时，妈妈带着我回到了云乡，打算等我长到小树那么高时，再带我去城里跟爸爸一起"会师"。我喜欢云山，觉得大山就像个大迷宫。那些长得整整齐齐的麦子不见了，变成了高高低低的树林，就连天气都清凉多了。那时，我是健康的，能说会道，喜欢钻进一片小树林里听风声，跟鸟一起唱歌。小树林很安静，雀儿跳在枝头上，在稀薄的阳光下叽叽喳喳，像是跟我逗乐儿。我比雀儿还能叫，对整个大山充满好奇。我不怕迷路，相信总有人唤着我的名字、牵着我的手回家，即便不是妈妈，也会是村里人，他们的手都是我熟悉的。那时，爸爸远在城里，逢年过节会回家，不怎么喝酒，眼睛是亮亮的。他带我上山，教我认识山上的树木花草。我能看出爸爸是喜欢大山的，那他为什么要离开云乡呢？

那年秋日，山野的绿色淡了，树木花草有些发脆发黄，也许是没有喝饱水的缘故吧。我像往常一样走进山上的林子里，跟着一只鸟越走越深。不知什么时候，一团红色窜了出来。那团红色滚着热气，在吞吃着树林的绿，远远地向我追过来。红嘴鸟不见了，我想跑，可脚像是被那团红吸住了，不知该往哪里跑。我听见村主任惊慌的喊声传来，不好啦！雀儿林起火了！快去救火啊——他的喊声很远，被灼人的噼里啪啦声烤焦了。后来，那团红追上了我，我被一股股热气呛住了，被一片片跳动的红色吓住了——我在昏过去之前明白过来，那团红叫火。

我醒来时，身边围着好多村人。我躺在山爷的怀里，眼前是妈妈满是泪花的脸。我迷迷怔怔地看着他们，以为自己在梦里。他们的身影有些模糊，说话声像是离我很远。妈妈没有听到我的回应，就开始咒骂大火，数落起偏僻的云乡诸多不好来，似乎早就厌恶那些树木花草，厌恶大山了。山爷盯着我，拍一下我的后背说，伢儿，莫怕啊！哭出来，哭出来就好了！我一直没说话，听见村人在轻叹，这伢子不会被山火吓傻了吧？我慢慢地转动眼珠，看见一片片林子都没有了，地上落满黑黑白白的灰，还有一棵烧焦的大树在冒

2019—2020年安徽省中篇小说精品集

山上的云朵：

着白烟。我一直没有哭,却看见村主任蹲在烧焦的树下,抱着头捂着脸发出呜呜声。那个总板着脸的男人竟然哭了,哭得像个无助的孩子。他边哭边号,又一片林子毁了啊! 这森林防火,防火,怎么能防得了啊——我迷糊起来,觉得那焦木上的白色烟雾钻进了我脑瓜里,在浓浓淡淡地飘来散去。

从那以后,我就不再开口说话。村里人都说我是被吓傻的,只有山爷不这么说我,山上的树木和鸟雀也不这么说我。村里人未必说错了,我的舌头像是被那场大火烧去了,脑瓜里的那团烟雾总让我迷糊,有时我还会闻到呛人的热气,被吓得惊叫起来。村里人觉得奇怪,一个被大火吓傻的孩子,为什么还爱往山上林子里跑呢? 其实,我只有钻进满是绿色的树林里,脑瓜才会清爽起来。

爸爸从城里返回后,就和妈妈一起带着我找乡下的老中医,去城里的大医院。我吃过草药、吃过药片,可还是没有恢复到以前的样子。爸爸脸色越来越黑,喝起酒来。妈妈脸皮起皱,哭过好多次,后来就不见了。爸爸不得不留在村里照顾我,他变得越来越爱生气,常跑到山上砍树,不仅砍自家林地上的树,还砍别人家的树。他像是跟树结了仇,样子很凶,高举的斧头划半个圆,狠狠地砍进树里。他用的力气太大了,树上的鸟雀被吓得扑啦啦地四散,仿佛整个林子都震动了。森林公安找到他,他跟公安嚷嚷,我儿子有病,不砍树怎么生活啊? 他没有被公安带走,但终究不再砍树了,像是力气耗光了。他不砍树,也不种地,就靠着政府低保、打打零工过日子,有时偷挖山上的野生珍稀树木花草换些酒钱。爸爸跟酒好上后,就不再带我找医生,变得越来越懒了。他的头发长了、胡子乱了,也不修剪,心比头发胡子还荒——我不喜欢那样的爸爸。

三

那个叫林生的寸头男人究竟想要做什么呢?

山爷跟我唠叨过那家伙的事儿,说他的父亲就是村里那个整日打麻将的爷爷。那个爷爷是山郎中,认得好多能治病的植物,以前常背着小锄头上山采药,给村里人治病。那家伙学会了父亲的手艺,却不肯当村卫生所的医生,而是在云乡四井八村收购起白芨、黄精之类的中药材,倒腾到一个叫亳州的地方,赚了好多钱。后来,野生中药材越来越少,那家伙就在外做起生意,很少回来了。听说亳州是神医华佗待过的地儿,到处都是中药材市场,弥漫着药材味。那家伙在那儿过得很滋润,偶尔返乡开着越野车横冲直撞,很牛气的样子。山爷问我,你说,那小子回来就不走了,是在外混不下去了,还是在打云山的什么主意?我没法回答山爷的问话,就跟踪起那家伙,看他究竟要做什么。

那家伙在日光下锯起椴树,锯得木屑纷纷扬扬。椴树没有喊疼,却把茉莉花般的香味漫开来。那种树是很硬的,村里人用它做架屋的梁柱,那家伙却把它锯成一截截棒子,装进塑料袋,插在自家的林地里。我晓得那木棒不是树根,不会长出新的椴树来,即便再硬也会腐烂的,真不知他在捣什么鬼。我拉着山爷到那个种满木棒的林地看,山爷说那叫椴木菌棒,那家伙果然想种植灵芝。

那家伙还绕着村里退耕还林的田地、各家各户的林地看来看去。他从不迷路,拎着砍刀劈开荆棘,钻来钻去。他掐着腰站在岭上,俯视着山野,就像电视上的将军。也许他是想把那种椴木菌棒种遍大山吧!可是那些山场又不是他家的,每一片地、每一棵树、每一根草都是有主人的,谁会允许他乱插呢?虽说村里人对自家林地不管不问,但绝不会允许外人动那里的一草一木。

那个叫林生的家伙走进我家时,爸爸还没来得及喝酒,就翻着眼皮大骂山爷的儿子。那个严肃的村主任刚刚来过,说省里实施林长制改革了,他现在不仅是村主任,还是林长,云山大大小小的林地他都得严管。我晓得他是在警告爸爸不要再打山上野生动植物的主意了。爸爸闷声听着,直到村主任走出门才吐了口痰,骂骂咧咧起来,什么林长不林长的,装什么大尾巴狼啊!就在这时,那个叫林生的家伙走了进来,爸爸赶忙挤出笑来,可笑得并不好看。

爸爸说,肖肖,这是你林生叔,稀客呢。

我把嘴巴抿得紧紧的。

爸爸和林生叔显然是一起光屁股长大的,两人说起了以前的事儿,说他俩像我这么大的时候,跑进山里嗷嗷地学狼叫,还真把狼喊出来了。那头狼就像山爷的大黑一样,蹲在山头上,蹲在月光下,跟着嚎叫起来。两人说说笑笑，说着说着，爸爸似乎变年轻了，林生叔也在我眼里熟稔起来。

在抽完第三根烟时，林生叔转眼看向我，慢慢收住笑，嗯，你儿了……肖肖情况还不见好？

爸爸点点头，把脸藏在烟雾里。

林生叔叫起爸爸的名字，肖汉，你这样下去，怎么行？

爸爸的脸色冷了下来，怎么，我混不成你那人模狗样，混吃等死还不行吗？

可你以前不是这样的啊……以前你多硬气，现在都变成酒鬼了。

以前的那个我……早死了。

你得振作起来，就算不为自己，也得为肖肖想想啊。

爸爸的眼睛又呆滞了，该想的我都想了，该做的我都做了，还能怎样？

林生叔递上一根烟，要不，你跟着我在自家林地种灵芝吧！

爸爸的口气很冷，种灵芝？我不会。

林生叔热情起来，我教你种，销路你也不用愁！

爸爸瞄了林生叔一眼，不种！我懒得种呢！

林生叔盯着爸爸说，那这样吧，你把你家的林地让给我种，我付给你租金。

我不干！我家的林地为什么要让给你种？我再穷，也不会卖田卖地的！

林生叔语气急切，你怎么想不开呢？我租你家的林地种灵芝，是在林木下种植，又不影响树木生长。那些林木还是你家的，你每年还能收到一份租金，有什么不好？

爸爸冷笑，你小子心眼活，哪天把我家的林地卖了，我还帮你数钱呢。

林生叔一脸愕然，你、你怎么会这样想？

爸爸沉下脸，不再说话。

林生叔叹了口气，把一沓钱和一张写着外地医院地址的纸条搁在我家桌上说，救得了急救不了穷啊，这钱是给肖肖看病的，你带他去亳州的医院看看吧！说着站起身走了。

我看见爸爸盯着林生叔的背影，眼里跳起火苗。我想，也许爸爸是林生叔插在我家的一根椴木菌棒，即便朽了，也会长出点什么吧？

四

　　村主任带着林生叔挨家挨户地拜访,劝说村里人把自家的林地租给林生叔种灵芝,看来林生叔真的想把椴木菌棒插满云山了。他俩肩并肩地走在村道上,一胖一瘦,让村里人窃笑不已。村里人悄声议论着,说村主任性子执拗,爱较理儿;林生叔表面和气,心里滴溜溜地打着算盘,这两人怎么拴到一个槽里了?村里人猜测着、敷衍着、观望着,谁也不肯第一个把自家林地租出去。村主任和林生叔的身影越来越孤单,只有山爷的大黑不厌其烦地跟在他俩身后,不知是山爷派来的,还是它自愿跑下山的。

　　在一个有月亮的夜晚,我看见村主任和林生叔一前一后地向村尾走去。月亮挂在云山上一动不动,就像一块冰。远处的山野卷着低低的风,就像电视里的大海。村主任和林生叔站在村尾的大水桦树下,抽起烟说起话,把一胖一瘦的影子投在水塘里。

　　村主任吐出一团烟,这事难办啊!

　　林生叔抬头看看月亮说,我真想不明白,这是好事啊。我租他们家的林地,不砍树,只是在树下种植灵芝,他们什么都不用管,每年还能得到一笔租金,为什么就不肯呢?

　　村主任眯眼盯着林生叔,嘴角露出嘲讽,你这么聪明的人还不明白?村里人不是不愿把林地租给你,而是不愿把自家的林权证押给你。林权证揣在自家口袋里,他们心里才踏实……我想问问你,他们只是把自家林地租给你种灵芝,又没把整个林地租给你,山上的树还是他们家的,你为什么非要人家的林权证呢?

　　林生叔声音闷闷地说,他们要是不把林权证押给我,我心里就没底儿。我手头上若是没有林权证,怎么敢在他们家的林地里种灵芝?等灵芝长成了,他们自己采收,我怎么办?等我把灵芝种植业做大了,他们眼红了,反悔了,把林地收回去自己种植,我的投资不是打水漂了吗?

　　村主任生气地说,你这是不相信村里人!

　　林生叔笑了,我做生意这么多年,只相信实实在在的东西。你还记得吧,当年我收购中药材,是跟村里人签了合同的,说好他们采种的白芨、黄精什么的,都由我统一收购,可后来,村里有人遇到出高价收购的人,就不按合同约定,自己把药材卖了。光有合同是没用的!

村主任哑火了,看着水塘里的月亮,半晌又将眼神尖尖地刺向林生叔,说,我看你是不愿意村里人跟你一起种灵芝,你想吃独食!

林生叔也生气了,你怎么这样看我? 如果村里人愿意跟我一起种,我负责提供技术和销售,这没问题! 但是,他们要把林权证押在我手上,这样才能保证我们能长期合作下去。总不能今年说好了,明年他们又变卦吧?

村主任不满地嘟囔着,你真是生意精……对了,村里人是要看到真金白银才肯出租林地的,你一口气能吃得下吗?

林生叔的脸色暗了下来,说实话,我真没那么多钱。

村主任眼神警惕地一跳,哦,你不会想用村里人的林权证搞抵押贷款什么的吧? 我得提醒你,即便签了租赁合同,即便你拿到了林权证,你对那些林地也只有种植灵芝的权利,没有林木所有权哦。

林生叔点起香烟,腾起一团烟雾。他的声音软下来,这个事是难,可你得帮帮我。

村主任瓮声瓮气地说,要搁在以前,我才不管这事呢。现在,我是林长了,得想办法"管绿""用绿""活绿",在云山种植灵芝,发展林下经济,这个想法不错,所以这才帮你的。

林生叔眼睛跟锥子似的,盯着村主任说,你要是肯帮我,就第一个把自家的林地租给我。

村主任的手指被烟火烫了下,这、这不行。

为什么不行? 你也不相信我?

我信你,我晓得你能干成事……

那为什么?

这个……你是晓得的,我家老爷子对山场林地,比谁都上心。他若不肯,我也没办法。

你说山爷啊……可你是村主任又是林长,如果你不肯把林地租给我,村里人谁肯?

村主任思忖片刻,跺跺脚,行! 我答应你! 我第一个把自家林地租给你,等灵芝有收成了,你再付租金,这样行了吧……可我不敢保证村里人都像我一样。

林生叔嘿嘿地笑了，笑得月亮钻进了水塘里。

村主任和林生叔似乎抽饱了香烟，转身向村里走去。

我看着他俩的身影消失在灯火处，便转身向山上走去。我只是想爬上山岭，找找月亮。我晓得大山还没有睡熟，竹鼠还在噬咬竹根，杉树针叶上的露珠还在闪亮。可我没走多远就看见一条人影从山上飘下来，蓦地一惊，以为那是来盗采药材的人。老人们说有些外乡人，不仅来云山盗采野生黄精、白芨、石斛，还会带走村里的女人和孩子。我想闪身躲开，却看清那人影是爸爸。他看上去没有喝酒，脚步没有东倒西歪，两只裤管正生出风来。我上前拦住他，他笑笑，我去你林生叔家的林地看看。我有些纳闷，爸爸伸出手摸摸我的头，肖肖，我们回家哦——就在这时，月亮又从山野里钻了出来。

五

白雾在村里绕来绕去，像是在捉迷藏。我刚刚起床，迷迷糊糊地坐在家门口，抓着晨梦的尾巴不放。我在那个梦里见到了妈妈。不知为什么，我在奔跑着，跑得身子飘飘忽忽，像踩在云上。我跳上一棵大树，看着脚下的藤萝挥舞着无数的手。忽而，岭上巨大的太阳碎了，流出蛋黄的颜色来。妈妈出现了，她站在太阳落山的蜃景里，把手卷成喇叭花状，喊道，肖肖，肖肖——我心里狂喜，想向妈妈奔去，可脚被树枝缠住了。我急起来，眼看着妈妈的身影在蛋黄里飘浮着，越来越看不清了。我心知这怨不得蛋黄模糊了妈妈的身影，而是我好久没见过妈妈，忘记她的模样了。一只鹰飞来，伸出尖尖的长喙叼起妈妈，越飞越高。我手脚乱舞，想叫妈妈，一张嘴喊声却变成了鸟叫，咯咯，咯咯——我在晨雾里回想着那个梦，觉得那个梦也许会像树那样长出果实来。

就在我胡思乱想时，一团白雾被推开了，一个声音传了过来，兔崽子，你给老子站住——我闻声看去，只见村主任和山爷一前一后地从雾气里钻出。村主任默不作声，只用重重的脚步说话，就像从山上跑下来的动物。他跑跑停停，像是引诱山爷追他，又像是担心身后的山爷摔倒。山爷老了，他有些晃荡，边跑边喊，不时地停下来，弓着腰扶着膝盖直喘气儿。父子俩跑到村口时,白雾就已经淡了,却围上来一群村人。山爷停住脚,扶着青桐树捶胸顿足地骂起来。村主任隔着石拱桥看着山爷,身子不再挺立着,而是像修长的松萝垂了下来。村人笑开了,笑声五颜六色。

在云乡,父亲追赶儿子是热闹的游戏:有大人捉住小孩,刚想抽出手拍打孩子的屁股,孩子却从大人的腋下挣脱着逃开的;有父亲追着已经长出羽毛的儿子,不许儿子外出打工,可儿子还是拎着行李落荒而逃的;当然也有儿子被父亲拽回去的。一遇到这样的场合,村人就会围观,并不劝架,只是笑。可这回被追的毕竟是村主任,村里人笑着笑着就停住了,听起山爷的责骂和村主任的沉默来。晨风从耳边吹过,村人听出了这场追逐的缘由:村主任跟林生叔签订了林地租赁合同,还把自家的林权证给了林生叔。山爷骂村主任是败家子,要撕掉合同,把林权证要回来。村主任在村人面前说起话来头头是道,可在山爷面前却哑火了。就这样,父子俩较着劲儿。

村人听着听着,就像开冻的溪水一样小声说开了:"我们自家的林地,就算不管不顾,还不自个儿该长杉木就长杉木,该长楠木就长楠木?为那点租金就把林地交给别人,不放心呢。""就是就是!那人嘛,在外混精了,能让人放心?""他租我们家的林地,搞发财了,我们能得到什么好处?"……那些话比风跑得还快。

林生叔从人群后踱了出来。

村人关住嘴,默默地看向林生叔。

林生叔走到山爷面前,脸上还残留着雾气。山爷抬脸看向林生叔,眼神就像凿子。两人面对面站着,半响没有说话。

林生叔终于开口了,山爷,您老是不是觉得我想霸占您家林地啊?

山爷咳嗽两声,这云山虽说分到了各家各户,但那是整个云乡人的山,谁也霸占不了,也不是谁想糟蹋就可以糟蹋的。

按您老这么说,我想在山上种植灵芝,是糟蹋大山喽?

这话难说!

林生叔和山爷针尖对麦芒地说话,显然比父子追逐的游戏更精彩。村人看得出神,鸦雀无声地听着,只有阿婆家的女伢在哇哇大哭,像是被凝滞的空气吓住了。

我不砍树,不破坏植被,只是在林下种植中药材,这是糟蹋大山吗?

难说！前些年,有人来云山搞人工驯化石斛,他们种的是什么啊！大伙都晓得,石斛要长好几年才能有收成,可那人种的石斛几个月就收一次,就跟割韭菜一样,那能叫石斛? 那不是败坏我们云山石斛的名声吗?

村人们纷纷点头。

林生叔的胸脯被气得鼓起来,我是仿野生种植灵芝！我不在田里种,因为田里种过水稻,有农药残留。我在山上种,就是要让灵芝的生长条件接近野生环境。以前云山上就有野生灵芝,现在少了,我种灵芝不只是想赚钱,而且想让仿野生灵芝变成真正的野生灵芝,让云山再长出野生灵芝来……林生叔越说越激动,外乡口音又露了出来——他也许是说给大山里的耳朵听的吧。

山爷不屑地笑笑,说得好听！你要不是为了赚钱,会从外面返回来?

林生叔的舌头僵住了。

山爷语重心长,林生,我以前就跟你说过,不要贱卖山里的东西,那样会让人把大山看贱的。你就是不听,把大山里的白芨、黄精贱卖了,怎么,现在又打起灵芝的主意了?

林生叔脸红了,那按您老的意思,我们就守着云山,子子孙孙一直穷下去? 我说过了,我不是贱卖灵芝,是仿野生种植灵芝！

山爷的眼睛眯成一条线,你搞那名堂,会不会让云山的野生灵芝退化啊?

村人交头接耳,就是,就是!

林生叔叹口气,掏出小本子递给山爷,行！这是你家的林权证,还给您老行了吧? 说完转身穿过人群,向村里走去,像是被甩上岸的鱼。

村主任说话了,爸,你怎么能这样? 我是村主任又是林长,我家的林地就给林生种植灵芝,我说了算！说着挺起腰看向村人,你们不信林生,我信！

围观的村人三三两两地散去,山爷背着手向村里走去,我听见他喃喃地说,仿野生种植? 能行吗? 这云山里的宝贝,我们只晓得它们的来路,谁能晓得它们的去处呢?

六

林生叔家林地里的椴木菌棒一夜之间全没了,这真是一件奇怪的事儿。

　　山爷跟我说过，云山上的千年灵芝、何首乌什么的都是活宝，它们能在月光下东奔西跑，从这个山头跑到那个山头，跟采药人捉迷藏，能采到它们都是福分。那些椴木菌棒难道也是活物，自己能悄悄跑走吗？可林生叔不这么想，他生气了，开着越野车在村道上来来回回地跑，那辆车的四个轮子也气得蹦蹦跳跳。林生叔边按响喇叭边喊，你们、你们谁把我的菌棒捡走了？我要报警！报警！我在自家林地种灵芝，碍着谁的事了？你们怎么能这样！山爷的黑狗不知什么时候从山上溜下来，跟着越野车奔跑着，不时地龇起牙汪汪地吠两声，不知是在驱赶越野车，还是在帮林生叔虚张声势。村里没人搭理他们，好几个孩子做着鬼脸，悄悄用手指当枪"射击"着叫嚣的越野车，村里灰尘飞扬。

　　就在越野车跑过第五圈后，村主任站在村道上挡住车，向林生叔喊，别吵吵嚷嚷了！有事说事，你这样成何体统？

　　林生叔和越野车歇火了，黑狗也蹲下身吐起舌头。

　　村主任转身看向村里人家，各家各户听好了！这事做得太过了，即便你们不愿把林地租给林生，也不能破坏他自家种植的啊！就算我不是村主任，这事我也得管！要是查出谁把林生家的菌棒捡去了，那就怨不得我不讲情面了……村里的屋舍集体沉默着，让村主任的话像没长脚一样飘走了。

　　村主任看向林生叔，走，我们这就查查去！大黑，前面带路！

　　黑狗扇扇耳朵，向林生叔家的林地跑去。村主任和林生叔跟着黑狗走，显然是想让大黑帮他们找到捡菌棒的人。在云乡，谁都晓得山爷的大黑鼻子灵，谁都晓得森林里每一棵树都有自己的气味，那些沉苦的气味、酸甜的气味、辛辣的气味，从林子里漫开，漫遍了云山。哪种气味是哪种树木散发出来的，村人分不清，可大黑是能嗅得清的。那个长着黑毛的家伙或许能凭着椴树的气味寻到作案人。

　　村主任和林生叔一路跟着黑狗上了山。也许是因为太阳也难照到林下地面上，坡上有苔藓，走路时有些湿滑，荆棘有些刺人，村主任和林生叔走得很小心，一边走一边小声地说着话，猜测谁是捡菌棒的人。他俩提到了好几个村人，里面就有山爷和爸爸的名字。我想山爷是不会捡菌棒的，他不是那种人，而且上次追逐村主任后他的腿就病了，静脉曲张，小腿上就像盘着一条小蛇。可我拿不准爸爸会不会干这种事，那天晚上他不在家，不知是去喝酒还是干别的事情去了。

黑狗在山上跑得挺顺溜，可一到村里就走走停停犹豫起来。村里早就修起了村村通水泥路，路面平滑，很好走的。村部红旗招展，小广场上有着蓝蓝的、黄黄的健身器材。村里真的很美了，可一些村人为什么就是不肯返乡呢？黑狗在一块铁牌前转着圈儿，林生叔不看黑狗，腆着肚子看天，嘴里喷出一朵白云。村主任皱着眉头盯着黑狗，也不怕被黑狗转晕头。半晌，一只鸡叫了起来，声音发颤，像是被空气拧弯了。黑狗这才夹起尾巴向村里跑去。它不管村人的脸色，东家闻闻西家嗅嗅，跑过一家又一家，摇摇尾巴不吱声儿。

终于，那个长着黑毛的家伙在我家门前嗅完后蹲下身，扬着前爪狂吠起来。

林生叔看向村主任，声音低而硬，我就说肖汉有嫌疑吧！

村主任搓着手，别声张，大黑毕竟不是警犬，未必算数的。

林生叔眼睛直往我家钻，谁不晓得肖汉自打老婆跑了，人就废了，整天喝酒……偷鸡摸狗……这还能冤枉他了？

村主任的嗓子被风压着，就算是，也没有真凭实据啊。再说他家的情况特殊，还是不要把这事闹大吧。

林生叔撇撇嘴，对着我家大声喊起来，肖汉，你出来！

爸爸这才从屋里钻出来，一副宿醉未醒的样子，抖抖敞开的上衣，哦，林生，村主任，你们怎么来了？

黑狗蹿上去，围着爸爸的腿转圈儿。

林生叔的声音里带着火气，肖汉，你就别装了！我家的菌棒是不是你偷……捡了？

爸爸一愣，脸被火烧了似的，放屁！我偷你家的菌棒做什么？

林生叔上前，似乎想抓住爸爸的衣领，却停住了手，不是你偷的，那山爷的大黑怎么会带着我们找上你家门？

村主任上前拦住林生叔，有话好好说，好好说！

我站在院墙外看着他们，想起那夜爸爸说他去过林生叔家林地的事儿，记得他说那话时眼睛还亮了亮。

爸爸往上冲，林生，你污辱人！你以为你有几个臭钱，就能胡说八道吗？

老子揍扁你!

林生叔挺挺胸,有种就来打啊!现在是法治社会,你偷盗菌棒,我就让你赔偿损失……进号子!

爸爸和林生叔怒目相视,村主任拦这个劝那个,像是被夹在风箱里。

爸爸和林生叔抱在一起扭打起来。村主任站住,黑着脸袖手旁观。

黑狗夹着尾巴蹲在旁边,犹疑地望着打架的两人。

我在院墙外默默地看着,心里慌起来,扭头跑去。我听见村主任的高喝声,都给我住手!我没有停脚,飞快地向大山跑去。我一头扎进云山,越走越深,越走越暗,然后月亮就出来了。

七

夜晚的大山里,树林的地上撒着细细碎碎的盐,林子里游着奇奇怪怪的黑影,虫子的鸣叫声、夜鸟的振翅声、石蛙的呱呱声,让大山更静了。山里气温低,山风用凉凉的小手抚来摸去,让我禁不住打起微战。我有些害怕了,怀疑那些窜来窜去的黑影、蓝幽幽的暗光,是藏在老林子里的兽和夜游的精灵。我晓得自己是被爸爸和林生叔打架吓住了,想在山里躲躲,也想在林子里捉到那偷菌棒的贼。我一直想做在树上生活的孩子,可这时只想回家,回到那个有着灯火的村庄。我累了,真想爬上树,抛开林子里的影子好好睡会儿,却又不敢睡,一打盹儿就能梦见那场把森林染红的大火。我越走脚下越乱,在山溪边被苔藓滑倒,跌进了水里。溪水比白天说话小声,力气却大了,好像有头怪兽在水里拉着我。我紧紧地抱着一块大石头,才把头露出水面来。我喘着气慢慢地爬上石头,脱下衣服把水绞干再穿上,借着伸到水面的榉树枝跳上了山坡。我跌跌撞撞地往山下走,大山的影子忽前忽后地追着我,一些睁着眼睛的野花也跟着我走。我真想高声喊,却怕自己喊出狼嚎声,把狼招了出来——我晓得自己迷路了。

我没有想到云山的夜晚会那么长,就像山溪——眼看着它流进断崖不见了,可拐过山道,又见它从峡谷里流了出来。

我被黑影绊得跌跌撞撞,胡思乱想着。山爷说,他见过一个笨重的胖动物用大手掌掰竹笋,见过尖嘴的瘦动物用牙齿吃松果。这样的夜晚,那些黑黢黢的影子未必不会变成龇牙咧嘴的野物的。我想起看过的小画书上的故事,说一只熊掰苞谷,掰一只丢一只,糟蹋了一片苞谷地。这么说来,大山里会不会有一种熊样的动物,把林生叔家林地里的菌棒捡走了呢? 我走走歇歇想想,就像走在一个长长的梦里。走着走着,我果然看见前面的林子里有一只野物正伸出长长的胳膊,在抛掷着椴木菌棒,抛起一个,又抛起一个,手舞足蹈。它的脸一会儿在阴影里,一会儿从月光中露出来,却看不清楚。它身子瘦长,像猴又像狗,可手掌很大很厚,像熊又像虎。我并不害怕,而在心里雀跃地喊,看啊,偷菌棒的贼啊! 我想追上它,可那个野物回头诡秘地眨眨眼睛,忽然不见了。我东张西望地寻去,目光落进黑影里就没了。我拔出目光抬头看天,却见山岭上一下子冒出好多月亮。我想,我可能出现幻觉了,眼前的画面并不真实。山爷说过,云山上有一种红色的蘑菇,人吃了就会产生幻觉。我虽然没有吃过红色的蘑菇,但也可能产生幻觉的。我闭上眼,紧紧地闭着,不敢睁开,渐渐觉得自己的手脚不听使唤,有一个自己离开了身体。

我醒来时发现日光早就来了,自己躺在自家的竹床上,大山的夜像残梦一样从脑瓜里逝去。后来听村人说,爸爸是在半夜酒醒后才发现我失踪的。他先是跑上山找到山爷,山爷说没看见我。然后他冲下山敲开林生叔家的门,跟林生叔又干起仗来,让林生叔赔儿子。林生叔说爸爸蛮不讲理,不想跟爸爸再纠缠,就开着越野车走了。而那时,山爷下山喊醒村里人,让他们燃起松明火把,满山找起我来。我可以想象出这样的画面:黑漆漆的大山里,一只只火把钻来游去,村里人的喊声驱赶着夜气,却没有叫醒大山。林生叔曾经说过,叫醒睡着的人容易,叫醒装睡的人难——我不懂这话的意思,却觉得他说得对。我应该是在装睡,没有听见村人的喊声,也没法回应他们。后来,晨雾出来了,一种鸟唤醒了另一种鸟,一棵树摇醒了另一棵树。我终于被山爷的大黑找到了。当大黑的叫声传出时,村人向着狗叫声跑去。他们先看见林隙的微光中,一只松鼠正在把果实抱进树洞里,然后才看见睡在树下的我。爸爸冲上来,大骂,我上辈子造了什么孽,养了你这么个害人精啊! 骂着骂着就抱着我哭了。我睡得太沉,被村人背回来后都没醒,就这样一直睡到太阳出来。

我醒来后,发现自己真病了,仿佛身子里钻着两条蛇,一条热的,一条寒的,拼命地钻来钻去。我听见山爷在叹息,唉,这伢子的病更重了!

八

村主任和林生叔再次走进我家。林生叔低着头,一副犯了错的模样。爸爸没再生气,只要酒虫子不噬咬他的神经,他还是能管得住自己的。他为来客泡上新茶,三个人就着袅袅茶香说起话来。

村主任说,他已经责怪林生叔了,林生叔不该胡乱猜疑,污蔑爸爸是偷菌木棒的贼。云山上的鸟都是爱惜自己羽毛的,何况云乡人呢?林生叔向爸爸递烟,说他在外面混久了,把身上的有些东西弄丢了。他向爸爸郑重道歉,还指了指他带来的两瓶酒。爸爸看着酒,喉咙里咕噜咕噜的,不好意思地挤挤脸笑了。

村主任和林生叔又说起种植灵芝的事儿,爸爸续水抽烟,不时插上几句嘴。

林生叔拉下半张脸来,下巴显得更短了。他叹着气说,说实话,我是听说我们这儿推行林长制,才回来种植灵芝的。

爸爸瓮声瓮气地插话,我也听说林长制了,那究竟是个什么啊?

村主任笑了,听说过"绿水青山就是金山银山"吗?现在国家重视生态保护,重视林业了。我们省领头推行林长制,从省里到村里,各级领导都当林长,要齐抓共管林业这盘棋。打个比方说,以前县里分管教育的副县长,从不插手林业,现在他就是我们大云山的总林长,云山就是他包的山头。

爸爸有些不屑,谁管还不是一样,跟我们老百姓有什么干系?

村主任瞪了爸爸一眼,当然跟老百姓有干系!大大小小的林长,不仅要管好"护绿",还要做好"用绿"。森林防火啊,禁止盗采盗捕野生动植物啊,这"护绿"管好了,大山的生态就能好起来,就不会发生火灾、泥石流了……这对老百姓可是天大的好处!

爸爸眼神变了,显然想起那场让我发病的大火了。

村主任续上烟说,那"用绿"嘛,就是发展林业经济,让乡民们富起来。我们县有地方在搞旅游,从卖树木向卖风景转变呢。

林生叔笑了,就是!我就是为这个才回乡,想发展林下经济的。

村主任睃了林生叔一眼说，也就是为这个，我才支持你的。如若你能把林下种植灵芝产业做大，带动村里人发家致富，我这林长当得就算合格了。

林生叔激动地站起来说，可我就不明白，为什么村里人不愿跟我合作，还……

爸爸躲开林生叔的眼睛，埋下头。

林生叔坐回椅上，有些发蔫地说，我不想再干了，过些日子还是去亳州鼓捣药材生意。

村主任鼓起眼睛问，就为这，你就不干了？

我还能怎么干？就不说有人偷盗菌棒的事了，村里人不肯把林地租给我，我怎么能把仿野生种植灵芝产业做大？

林生，你小子以前不是挺牛气的嘛……怎么，这就认怂了？

林生叔尴尬地笑笑，嘿嘿，我们都这个年纪了，你还记得以前那点事？大村主任还记仇啊。

村主任皱起眉头，这事是有些难……你的事镇长都晓得了，就连副县长、大云山总林长都问过我好几次呢……他们说县里正在准备出台相关政策，解决你遇到的问题……你再等等哦。

爸爸急忙插嘴，是啊是啊，你再等等嘛。

林生叔苦着脸笑了，在电话铃声中掏出手机，一边嗯嗯地接听电话，一边做了个告辞的动作。

林生叔走后，村主任又跟爸爸嘀咕了半天。他说，镇里已经批准爸爸当生态护林员了，那也是林长制的举措之一，就是政府每月发薪水，让一些贫困人家巡山头，预防森林起火和盗采盗猎现象。这样既有人巡山，又能给贫困人家带来一笔收入，可谓两全其美。不知是出于对森林大火的记恨还是想挣些酒钱，爸爸答应做生态护林员。我很高兴，作为儿子，我不喜欢爸爸游手好闲，可又有些担心——酒鬼爸爸能认认真真地巡山吗？村主任又央求爸爸，让爸爸带着我去劝山爷，下山回村里住。他说山爷年纪大了，总待在山上不是个事儿。现在村里有生态护林员，山爷看山头的使命就该结束了。山爷最疼我，爸爸带着我去劝山爷，那犟老头或许会听劝的。爸爸抽着村主任递来的烟，点点头。我听得懵懵懂懂，不知"林长制"是什么，但觉得那东西挺好，应该跟春天里的风差不多。

我跟着爸爸走向山上的石头屋,去劝山爷下山生活。其实,爸爸是有些畏惧山爷的,山爷从来没有给过酒鬼好脸色。山爷很凶很犟,眼神硬邦邦地落在村里人的脸上,带着刺儿。他神神道道,爱说些"打鸟人总有一天会打瞎自己眼睛"之类的话,听起来像是劝诫,又像是诅咒——这样的老头能不让有些人发怵吗?爸爸跟在我身后,走得慢腾腾的,可还是走到了石头屋前。那石头屋的石墙上长满苔藓,屋顶上爬满野藤,就连门上都长着好几只蘑菇,仿佛不是人营垒的,而是自己从岭上长出来的。

爸爸站在门前,鼓起勇气喊,山爷! 山爷!

屋里的山爷粗着嗓子应声,进来吧!

我和爸爸钻进石头屋,山爷正在磨他的凿子。

爸爸支支吾吾,山爷,您老在山里过的是什么日子啊……连电灯都没有……

山爷抬头看看我,我晓得他的意思,就从锅里拿出一根煮熟了的山芋啃起来。

爸爸还在结结巴巴地说话,山爷,我晓得您老在山上住着,是为了守山……可您一大把年纪了……

山爷用手指肚试试凿子的锋刃,不屑地说,肖汉,你舌头被酒泡软了吗? 一个大男人说话不能利索些? 你是不是想劝我下山?

爸爸扯扯嘴角,牙疼似的说,是……是哦。

山爷站起身来说,我是该下山了,关节受不了山上的潮湿喽。可这山总得有人守啊。

那个……山爷,政府让我当生态护林员,我能守山的。

山爷抬抬眼皮说,就你? 一个酒鬼也能守山?

爸爸挺直身子说,我、我会少喝酒的。您老就信我一次吧。

你真会好好守山?

是啊! 就算为了肖肖,我也得改改了。

行! 我就信你一回,我下山!

爸爸脸上的笑容慢慢绽开了。

不过,你要是当不好护林员,我还会上山来的。

行,行! 爸爸直点头。

山爷拿起木箱收拾起木匠家什。

爸爸上前搭着手说，山爷，您老暂时还在山上住几天，我想带肖肖再去外地看看病，回来再办交接，行吗？

山爷笑了，好好！

门外风声呼呼，一团团花草的香气和树木的气息吹进屋来，我透过窗户看见屋前的大树上，两朵白色的伞菌跳起舞来。

九

爸爸又带我去外地看病了，去的是林生叔介绍的那家医院。

我们坐上车去一个叫亳州的地方，车窗外一大片一大片麦地迎来又退去。我没法不想起妈妈，妈妈的老家就有麦地，我就是在麦地里的村庄出生的。我又闻到了熟悉的麦香，那让我直掉眼泪。我看着起起伏伏的麦地，恍惚觉得妈妈就在那儿向我招手，虽然我记不清她的模样了，可我真的觉得妈妈就在麦地里。妈妈离开我已经四年了，她未必不会回到平原上的村庄的。爸爸去那个村庄找过妈妈，可外婆说妈妈没有回那儿，一旦妈妈回到麦地，她就给爸爸打电话。爸爸曾着急地等着外婆的电话，也打过电话给外婆，可一直没有妈妈的消息。和气的外婆不会骗人，可妈妈也许不想让外婆知晓，自己悄悄回去了——她不要云乡的家，总得要麦地里的家吧。我一直睁大眼睛看着窗外，后来实在太困了，不得不闭上眼，把麦地关在了眼睛外面。

那个城市有华佗、曹操的雕像，是林生叔待过的地儿。林生叔打电话给那儿的人，给我们安排好了住宿。爸爸把我带进医院，让医生给我做了检查。其实，我没有指望医生能治好我的病，把我脑瓜里的雾气驱走。我觉得那些医院都一样，穿白大褂的医生也都一样，只会对我的病苦恼地摇头。果然，爸爸像以前一样，脸上小心翼翼地捧着的希望又消失了。爸爸又去那儿的中药材市场打听起灵芝的事儿。那个市场很大，有黄精、白芨、石斛等药材，爸爸一张嘴说起灵芝，就有人问爸爸有没有那仙草卖。好些天过去后，爸爸又带着我坐车穿过麦地，回到了云乡。

我一回到云乡，就听人说山爷逮了毛猴子，就是那只猴子把林生叔家的菌棒捡走的。我在岭上的石头屋里看过那只猴子，它长着长毛，屁股发红，就像是从动画片《西游记》里走出来的。它的右脚被生锈了的兽夹夹伤了，山爷敷上药包扎起来，可还没有完全好，走路有点跛。它被绳子拴着，却总跳到门边抓挠木门，很想逃出去的样子。山爷笑眯眯地看着它，劝它莫急，等它腿上的伤好了，就把它放回大山去。那只毛猴子真好玩，石头屋里的火堆上烤着板栗，它急不可待地伸出爪子去刨火中的栗子，烫得哇哇大叫，直蹦直跳。可我还是不肯相信它就是偷捡林生叔家菌棒的家伙——也许古怪的山爷偶尔也会说谎的。

我发现有些日子没在家，村里就变样了。大人们说话热烈多了，像是遇上了大喜事。他们说，县里将林地"三权分离"，发放起林地经营权证，这样，租赁林地时，把林地经营权证交给别人，心里就无忧了。他们说，县里推行"五绿兴林贷"信贷试点，要想搞林下种植就能贷到款了。他们说，林业局的科技专家来村里说，仿野生种植灵芝不会影响树木生长，不会影响林地生态环境，更不会让云山的野生灵芝退化，是很好的发展林业经济之路。林生叔成立了云山灵芝种植专业合作社，有些村人把自家的林地流转给合作社；不愿意出租林地的人家，就自家种植起灵芝，由林生叔提供菌种、技术，统一收购。村里人开始忙碌着种起灵芝了。林生叔又牛气起来，他对着记者的摄像机说，林长制政策好，能拿到林地经营权证，能用兴林贷款解决资金问题，他就能放心大胆，放开手脚大干一场了！他要带动村人把仿野生种植灵芝产业做大，做出灵芝药材、灵芝盆景和孢子粉产品，打响云山灵芝品牌！邻家的伯伯也对着摄像机吭哧吭哧地说，他算了一笔账，他家有二十亩山地，租给林生叔每年就能拿到两千块的租金，就跟白捡钱一样。合作社还请他当制作孢子粉的工人，一年工资收入四万，不用离开家就能有份好工作，他当然愿意干喽。村里人叫山爷的儿子不再叫"村主任"，都笑嘻嘻地叫他"林长"了。村主任不再黑着脸发脾气，脸上有了笑——难道"林长"比"村主任"好听？村里人说的话我不太懂，可我觉得云山可能被什么唤醒了。

爸爸把我家的林地租给了林生叔，领到一沓钞票后，齐齐整整地压在木箱底。他每天都去巡山，不再喝酒了。山爷起初不放心爸爸，常在村尾看着爸爸上山，还等着爸爸回来。我也不放心爸爸，担心他把木箱里的钱拿去喝酒，就每天把那一沓钞票数一遍，数满十个手指头，就晓得钱的数目是对的。我觉得爸爸可爱起来了，觉得云乡的天空蓝起来了。

山爷和林生叔的父亲——那个郎中爷爷，偶尔会带着我上山，一道探访老林子。云山还是那么绿，林木枝丫茂密，花草香气熏人。大树上长出一丛丛蘑菇，就像是大山醒来的耳朵。山坳的杉木林里搭起塑料大棚，山岭的坡地上插满椴木菌棒，就像一夜之间长出来一样。

山爷对椴木菌棒看得很仔细很小心，嘴里还喃喃着什么，像在跟菌棒说话儿。

大黑比以前胖了，也懒了，蹲在大棚里袒着肚皮扭着腰脊，不想出来。

郎中爷爷会指着一些花花草草教我辨认，云雾草能治眼翳，接骨丹能治跌打损伤，伸筋草能治风湿骨疼……唠唠叨叨，还说那些都是老天爷给村人种下的药物。

当树上的松鸦叫起来时，山爷就会不服气地顶撞郎中爷爷，现在你儿子就是老天爷，在山上种灵芝呢。

郎中爷爷呵呵地笑，是啊是啊！等到灵芝种满山时，我们云山上的灵芝就能给成千上万的人治病了。

山爷疑惑地说，你真觉得那些菌棒能长出仿野生灵芝来？

郎中爷爷笑得更大声了，那是当然喽！那是我儿子种的……

山爷不再跟郎中爷爷斗嘴，看着我叹口气，要是真有仙草，能治好这伢子的病就好喽——我记得山爷说过灵芝也许能治好我的病，他现在说这话是不相信灵芝会长出来，还是拿不准灵芝能不能治好我的病呢？

十

我有了新习惯，就是跟爸爸巡山。

巡山是一件快乐的事，我跟爸爸翻过一道又一道山梁，摸摸这棵树那棵树，听听这鸟叫那鸟叫，当然也要看看椴木菌棒。我一直以为那些菌棒就是被砍成一截截的椴木而已，可爸爸说那些棒子并不简单，是在林生叔家的菌房里经过高温消毒、接种过的。我和爸爸去看菌棒，不是怕它们再被毛猴子捡走，而是看它们会怎样长出灵芝来。我们慢慢发现那些椴木菌棒活了，先是长出菌丝，接着长出耳朵般的菌子来，菌柄越伸越长，菌伞成了扇子，一圈圈的，越长越大。爸爸夜晚巡山时，还用手机拍过菌伞喷射孢子粉的场景，就像一只大耳朵喷出淡雾来。我就喜欢看那段视频，觉得自己的脑瓜就像那菌伞，也喷出一团团雾气。我再跟爸爸巡山时，听见的水声更响了，看到的林子更清爽了。

爸爸变得快活了，他白天巡山时总会唱：大王叫我来巡山/我把人间转一转/这山涧里的水/无比地甜/不羡鸳鸯不羡仙……可有些晚上，他总翻来覆去睡不着。我起初以为他是被酒虫子咬得痒痒的，可有天晚上听见他喃喃念起妈妈的名字，就晓得他也像我一样，想妈妈了。

村主任和林生叔偶尔还会来我家，跟爸爸嘀嘀咕咕地说起妈妈的事儿。他俩起初说，他们跟妈妈联系上了，说妈妈不是因为我的病离开云乡的，而是不想见到爸爸变成酒鬼的样子。爸爸听了很生气，冲着他俩发火，黑着脸说，谁让你俩闲操心？那个女人不回来就算啦！村主任和林生叔再来时，又说妈妈其实很想我，可是她说如若爸爸不改掉坏毛病，她是不肯回来的。这回爸爸没发脾气，只是低头听着，央求村主任把妈妈的电话号码告诉他。村主任很讲原则，说他答应过妈妈不把电话号码告诉爸爸。过了几天，村主任和林生叔又来了，让爸爸理发剃须，捯饬得跟要去相亲似的，又用手机拍下照片，发给了妈妈。看来，村主任和林生叔是想帮爸爸把妈妈劝回家，可这跟种植灵芝有什么干系呢？每次我在旁边听着都很着急，可他们都不跟我说话，也不要我做什么。我有些生气，他们难道不晓得妈妈不仅是爸爸的老婆，还是我的妈妈吗？

这天，我又跟着爸爸去巡山。大山里雾气萦绕，空气似乎更湿润了。我不知怎的，心里很烦躁，只顾低着头走。我觉得自己有点像被山爷捉住的毛猴子，想抓住什么推开什么，却找不着门儿。毛猴子早被山爷放回大山了，可我像是被什么关住了——也许是关在透明的玻璃里吧。我虽然不看山，却能嗅到那种从菌棒上散发出的香气。爸爸以为我感冒发烧了，好几次伸手想摸我的额头，我都躲开了。

我们翻过一道道山梁越过一条条山溪，终于攀上了山岭。

爸爸立住身说，肖肖，歇歇吧。

我停住脚，顺势仰卧在大石头上。

天空出奇地蓝，一团团云卷在上面，很白，就像水洗过一样；很软，就像从羊身上剪下来的；很亮，就像被阳光镀上了金边。我还从没见过这样的云朵,很想伸手把它们扯下来。

我痴痴地看着天上的云,忽然听见一个女人的声音传来:肖肖,肖肖——那喊声很软,还带着雨水。我原以为是那长着青叶子的夏兰花在叫我,接着听出那是妈妈的声音——好多年前,妈妈就是这么叫我的。我觉得自己可能做梦了,就闭上眼想留住这个梦。

女人的喊声一声声传来,越来越近。我忍不住睁开眼,跳下大石头看去,看见爸爸傻傻地站着,山风掀开他敞开的上衣,像要飞起来。

我循声向远处看去,惊喜地看见天上的云朵碎碎地落满了岭下坡地,那是椴木菌棒上长出的云。而在云朵里,一个女人向着岭上飘来,越飘越近。她在流泪,喊着我的名字。我脑瓜里的雾气像孢子粉一样喷射而出,世界一下子就明朗起来。

妈妈回来了!我跌跌撞撞地向岭下跑去,向着那一团团小小的云朵奔去。我张开嘴,嗓子里一阵咕噜乱响,终于一股声音从嘴里冲了出来,妈妈,妈妈——

我的病就这样好了,山爷说得对,灵芝能治好我的病,因为它是山上的云朵。

凌霄，凌霄

刘鹏艳

一

这事儿若是从根儿上说起，得说回康玉文九岁那年。

那年春荒，饿死不少人，马齿苋、灰灰菜、扫帚苗、婆婆丁、椿芽、苦菜，都给薅尽了，山也瘦了一圈。原本康庄是藏在山洼子里的，这时也跟着瘦下来的山脊崚嶒起来。整个庄子有余粮的，不过几家大户，据说和山上的王大花鞋有交情。

起初康玉文哥哥他们商量着要动手，让康家的老爷子给按下来了。康老爷子将着他弯弯曲曲的山羊胡须说，你们几个砍脑壳的，要知道王大花鞋是扒过县里城墙的厉害角色，手里不光有土铳，还有"捷克造"，你们敢引那家伙下来？康玉文哥哥脖子一梗，立眉道，横竖都是死，与其饿死，倒不如战死。立时便有人附和，都说要逼大户把粮放了，便是战死也值。康老爷子被一伙年轻人噎得血涌上头，一张紫皮脸膛险些涨破了。康玉文似懂非懂地劝慰祖父，哥哥们如今都大了，但凡有事，由他们去担待好了，况且是生死大事，谁都知道活下去最重要。康老爷子瞧了孙女一眼，这九岁的姑娘似雨后的笋儿般，婷婷玉立的，竟有些模样了。颤巍巍的老人不由得苦笑，喟然叹一声，颓了脑袋坐下，闭上眼不再言语。

庄子里和康玉文哥哥同气连枝的，都是些青皮后生，正是娘老子也管不住的年纪，说动手便动手。大伙儿抄了镰刀、锄头，先去了东头最富的那家。那家瞧见这阵势，晓得王大花鞋就算有迫击炮也是远水解不了近渴，便乖乖放了粮。出村只有一条路，也叫人封上了，送信的没跑两步，就给一粪叉子捣在路边。

这是那年春上的事,康玉文只记得个大概,毕竟年纪小,其余的,祖父和哥哥也不让她知道。父母都去得早,加上世道不太平,康玉文对周遭的记忆总是模糊得很。似乎王大花鞋到底没能杀得进康庄,又或许根本没工夫杀过来。哥哥喷着鼻息说,王大花鞋哪里顾得上这头!十九岁的哥哥敞开怀,在场院上舞着一对沉甸甸的石锁,呼呼有声,两臂的肱二头肌撑着蛮劲儿,饱得像要炸裂开来似的。几个同族的兄弟围了一圈,迭声叫好。康玉文瞧着虎目圆睁的哥哥,越瞧越觉得像正月里贴在门上的门神。

然后就是成立赤卫队,康玉文哥哥经常十天半月见不到人,游在山里,像鱼儿离不开水。祖父只是装糊涂,对外还是那套说辞,逼着康玉文也跟着打马虎眼儿,就说哥哥跟人出山进货去了。家里倒真有副货郎挑子,是先前有人寄放在这儿的。那人夜里来夜里走,黑天里瞧不清面貌、身形,倒像是不曾来过。康玉文哥哥热血沸腾地度过了一个无眠之夜,一到天亮,就兴兴头头地和家里人说,这挑子是他托人置办的,日后也好讨生活。康玉文连蒙带猜,估摸着王大花鞋没杀进康庄,和“置办”这副挑子的人有些关联。但究竟是怎样的关联,又不得而知。照祖父的说法,王大花鞋是躺在棺材里炸过城墙的主儿,又奸又狠,他吃过谁的亏?这次竟叫康玉文哥哥他们成了事,实在是蹊跷。他老了,看不明白这世道了,便由得孩子们去吧。

到成立童子团的时候,康玉文竟也得了个小队长的职务,领着三五个一般年纪的孩子,站岗放哨送消息。若是有外面来的,他们手上的红缨枪先吓那人一哆嗦,接着便厉声喝问道:你是谁?找谁家的?来做什么?这三个问题答得好便罢了,倘有一丝犹疑,立时押了去佘家大屋后头的庆余堂。佘家早没后人了,邻里闲话,说是“佘”字出不了头的缘故,即便耗尽家资修了个庆余堂,也是无用,正好征来闹革命。农会和团部都设在那儿,自有挎着驳壳枪的干部,把来人审问清楚。晚上也闲不住,康玉文他们猫了腰去听墙根儿,主要是几家富户,还有就是和乡公所、县党部有来往的,或是官家买办,或是屋里头有人在保安队,总之不是实打实的庄户人家。康老爷子斥过康玉文几句,说她一个姑娘家的,和她哥哥又不一样,多少要体面些才好。康玉文抿抿小嘴,垂眉耷目地不说话,半晌才抬头回一句,现下和先前不一样了,您又不是不知道。这话堵了康老爷子的嘴,除了瞪眼顿足吹山羊胡子,便只摇头。

照康玉文哥哥的说法，现下和先前已大不一样，以后会怎样，康老爷子这样自诩见过大半辈子世面的人，更是想都不敢想，所以顶好闭了眼睛在家享清福，等着他们胜利的好消息。康老爷子问，现下是康庄这样，还是外面都这样？康玉文哥哥说，迟早是全天下的事。这口气好大，据说王大花鞋的枪会老巢已让赤卫队一锅端了。王大花鞋无奈之下逃到县里去，一路丢盔弃甲。这货原就挂在县保安团的名下，虽说刚起家时和县里是作过对的，两年前却被招了安，现下土匪儿子要找他的官老子搬救兵去啦！康玉文哥哥笑得畅快得意，梁上的灰尘都被震得簌簌直掉。康老爷子只是不信，喃喃道，哪有这般容易？哪有这般容易！天底下哪有这般便宜的事？！

果不其然，康老爷子的忧心到底是让一把火给兑现了。

那把火是怎么烧起来的，康玉文已记不大清了，事实上她连看也没看清，张皇间只听得呼天抢地，一双脚不由自己。那天明明没有风，火苗子却凶，从村头一直烧到村尾，整个康庄几乎成了白地。她和祖父跌跌绊绊又拉又扯地跑进山里，从山上往下看，密密的林子都遮不住远处那片灼人的火光。康老爷子拄着仓促之间从山道上摸起的一截曲里拐弯的树枝，顿地号啕，我就知道天底下没有这般便宜的事，没有这般便宜的事哟！

跟着跑出来的庄户人有那么一些，也有没跑出来的，或是舍不得那点家当，或是存着侥幸心理，以为脱得了干系。结果没跑出来的，就成了刀下鬼；也有年轻的妇道人家，硬被说成是"党婆子"，成群地捆了卖到山外去。那都是后话，眼下康玉文还不知道整个康庄都被血洗了一遍，她蓬头垢面地坐在地上抹着泪，祖父眼里则尽是血丝。老人歇斯底里的恐怖神情让她瑟瑟发抖，不禁怕冷似的抱紧了双臂。她原本是深信着哥哥的，这时候哥哥却好像不那么值得信赖般油滑得没了踪影。

据说赤卫队在林子里钻来钻去，神龙见首不见尾，出事这天，队伍刚巧拉在山那头，隔山还打了个胜仗。这胜利的消息让山风给吹乱了，康玉文又怨又艾地想，哥哥跑那么远做哪样？咋还不回来呢？！山下的火早熄了，烟却迟迟散不去，没人敢下山，只得胡乱找个洞，山猫野獾似的躲一夜。蜷在洞里也不安生，蛇虫鼠蚁欺人欺得狠哩。那山蚂蟥尤其可怖，远远地闻见生肉味儿，神不知鬼不觉地嗖一下就跳到皮肉上，吸人血最是厉害不过。谁家小儿的啼哭传过来，母亲低声地斥骂几句，又有窸窸窣窣的古怪声，和着夜枭的怪啼,一丝一缕地割着人的神经,山里的夜支离破碎的。康玉文又惊又怕,脑子里横搅着一盆糨糊。两个月前,哥哥的队伍端了王大花鞋的老巢,现下倒了个儿,哥哥他们的老巢也被端了。原先只是为一口吃的,如今加了血债,这就变本加厉了,那么今后呢?

没待康玉文盘算好,日子就乱了。

二

没命地跑。

有好长一段时间,康玉文的记忆都浸泡在慌张的奔跑里,四面除了乱纷纷的腿,别无他物。那时她常随村里人"跑反",康庄的土地上过兵过匪,抽丁拉夫,他们都要跑。有时竟不知为什么,谁惊恐地喊上一嗓子,众人便呼儿唤女、哭爹叫娘地跑起来。

晚霞满天,血一样红,她看着赤霞挂在天边,一会儿鸟,一会儿狗,一会儿马,一会儿兔,仿佛哪位神仙随手贴上的一幅幅画儿。跑起来之后,顾不上看天了,连脚下也顾不上,磕磕绊绊的,跟头趔趄,奔得一颗心简直要从腔子里蹦出来。实在跑不动了,倚在哪里便倒下去,浑然瘫得没个人形,直要融到地底去。这时仰头看看天际,那最后一抹霞光都不在了,只剩下稀疏的星,亮得夜越发深沉。

有半个月亮犹犹豫豫地爬上来,不忍还是不敢似的,瞧一眼,又钻到絮样的云堆里。康玉文吐一口长气,从地上爬起来,四下里一瞧,竟没人了。她一惊,和祖父跑散了,以前也是有的,但一起跑出来的只剩下她孤零个儿,却是头一遭。月亮又露头看一眼,冷冷的。

她不敢停留,野地里冷飕飕的,风都带着哨音,像是一支支小箭。她茫然环顾了一下四野,朝月亮的方向走过去。不知道月亮那边是哪边,但总比待在原地要好,她这样莫名其妙地有些固执地想,走起来总有希望些。那模糊的希望带着她蹒跚地走过一里地、两里地、三里地……不知有多少里地了,她害怕地哭起来,心想也许再也走不回康庄了。耳边听得鸦子叫,呱呱的,渗在沉得睁不开眼的夜色里,甚是恐怖,她想它们怎的不去投林呢,却在黑天里吓唬孤零个儿的她?

走过一片庄子，也是烧过了的，却不是康庄。她寻不到人，只能寻那烧焦了的断瓦残垣，借一点火星子。下半夜天凉了，她也走不动了，圪蹴在半面土墙下，就着未熄的火堆，婴儿样蜷着身子睡下。火光只暖了她半面身子，另一面却隔了座山似的荒凉，她蒙蒙胧胧地想，哥哥在山那边，那边打了胜仗哩，可我们家，我们家被毁了，烧成烟，烧成砾，远远地看，像废墟，走近一看，嚯，竟是个蚂蟥洞！赶紧拔了苦柳、马料来，揉出汁水抹在身上，好驱走那肉团子样的吸血蚂蟥……这一夜好荒唐，竟沉沉地睡得甚是踏实，天亮再看，还是没有人，连蚂蟥也没有一只。她便接着走，这次是循着太阳的方向。

路上渐渐有了人，她一阵欣喜，向人家打听，却没有一个知道康庄的。她心想这下坏了，她必是走得远了。想想，她便又哭起来，又饿又窘地倒在路边。她脸上、身上都是烟灰泥垢，衣裳也叫荆棘扯破了，有几处疲沓地耷拉着零碎的布条，活脱脱一个小叫花子。有人见着可怜，丢了半个烧饼给她，指指脚下说这是去县城的路。她谢了人家，狼吞虎咽地把半个烧饼塞进嘴里，连掉在衣服褶子里的渣儿都抠搜干净了，这才想起，她还从没去过县城哩。

走一截路，耗去不少体力，不久又饿了，她腹饥难耐，暂且把康庄忘在脑后。因有了经验，她便往人多的地方去，见面善的，就觍了脸去讨些吃的，有肯给的，也有不肯给的，她多说好话，总能得一点杂碎，垫垫肚拐子。又走了大半日，竟到城墙根下了。她仰头望望，青石红砖的墙头耸得好高呀，十个她叠罗汉也未必翻得过去，那么传说中的王大花鞋当初是如何扒了城墙的呢？想想，不甚明白，便低了头往城门走去。走到城瓮的时候，见运水车骨碌碌地从身边碾过，车辙深沉，轧得地面吱吱呀呀地响，泼洒了一路。她猛然想起来，哎，祖父说王大花鞋躺在棺材里，嗯，他便是这样叫人驾牛车把棺材运进了城。棺材里藏着炸药，城门楼子险些毁啦。康玉文的嘴角浮起笑来，一时竟忘了眼前的困顿。

进得城来，什么都新鲜，卖花布的，卖南货的，卖脂粉的，卖首饰的，样样都漂亮得不像话，眼睛似不够用般。从南到北是通衢，商铺林立，市声熙攘；东面和西面却又不同，绣花似的参差嵌着几座幽静的阁楼和花园，气派非凡。那报恩寺和魁星楼都是鼎鼎有名的，她在康庄时就听过，寺前的两棵千年银杏怎样怎样,楼上的繁华风景又如何如何……祖父年轻那会儿来过县城,闲时扯给她听,她神往不已,如今饱了眼福,虽不敢近前,却是在外面狠狠地瞧了个够。

几条街转下来,不觉肚子又饿了,她极是懊恼地抱头蹲下来。想这肚子真是不让她体面,在家时也挨过饿的,却不像眼下,动辄咕噜噜乱叫,且难挨得紧,恨不能呕出馋虫子来。街角一处面摊子正烧着滚水,咕嘟嘟地直冒热气,葱花面的香味十分霸道地往她鼻孔里钻进去,一时嘴里又酸又苦,口水淹得腔子里都泛滥了。

正想着,罢了,拼着让那吊眼梢儿的摊主骂一顿,且溜边儿等哪位客人吃了面,她快快地把剩碗底接过来,舔一口也是好的。谁知忽然有人从旁咦了一声,扯住她的衣袖道,这不是玉文吗?康玉文抬头望去,原来是出了五服的一位叔父,慈眉善目的好不亲切。当下哭着把遭遇说了,叔父唉唉直叹。那么你哥哥和祖父呢?叔父体贴地拉了她在面摊坐下,吩咐摊主速速下一大碗面来。不晓得哩。康玉文抽着通红的鼻头,十分茫然地说,先前还和祖父一起,跑着跑着就不见啦。自打立夏后,哥哥是从来不在家的,他们到处钻林子,倒比我们跑得更勤些。叔父点点头,从筷笼里抽出一副短箸,在凹凸不平的桌面上笃了笃,递给她。街边小摊本就粗陋,那筷子两头都磨损得厉害,长短也不一,但两日未得一顿饱餐的康玉文也顾不得许多了,立时把头埋进碗里,吸溜着鼻子,十分香甜地吃起来。

那碗面可真香,想是多加了料儿,康玉文事后回想起来,觉得自己就是被这碗面迷了心窍,竟什么都不知了。她稀里糊涂地随叔父在城里转了几圈,见了几个生面孔的人,瞧他们相貌打扮虽不尽相同,行止言语却都透着古怪。康玉文远远地站在叔父身后,缩头缩脑的。因叔父说他见的都是要紧的人,需商量些要紧的事,她只得隔了些距离站开,以免叔父为难。他们在僻静处嘀嘀咕咕谋划一阵,那人打量一眼叔父身后的康玉文,摇摇头。接连两个都是这样,康玉文很不好意思,隐约地觉得人家恐怕是因为她才拒绝叔父的。幸而后来有人指了路,叔父便携着她钻进九曲回肠似的胡同深处。

胡同尽头,有家墙头上翻出层层叠叠的凌霄藤,错落有致地攀了满墙。花谢了,叶还盛,郁郁葱葱地勾出富庶人家的轮廓。藤叶爬到门头上,半遮半掩的,甚是清雅。叔父抬起手在那副刷了桐油的厚门板上拍了几拍,便有人出来引了他们进去。

那家人把她当作客人般奉了茶，又拿果子给她吃，她真是受宠若惊。有个体貌富态的妇人专陪她，却没有多余的话，左右只问她多大年纪，父母可安好，可吃得惯这里的茶水点心之类。康玉文低头回话，九岁了，父母早已去世，吃得惯的。然后她局促地坐在那里，连手也不知摆在什么地方才好。偶尔听隔壁叔父压低了声音同男主人说话，蹊跷而模糊。断续听来，似乎是，乱世但求个安身的地方，天可怜见的……那妇人面目慈祥，笑微微地看着她，只叫她多吃些。她红着脸吃了不少果子。

叔父从房里出来，嘱咐她好生听话，他还有要紧事，就不陪她了。她懵懵懂懂地站起来，跨出去半步，又呆呆停住。叔父这话的意思，是她不能跟着他了，那么她要留在这里等他回来吗？但叔父并没有理会她的困惑，自顾自地与这家男主人作揖道别，又说了些客气话。男主人拱手道，放心，放心，咱家绝不会亏待这孩子的。

康玉文眼巴巴地看着叔父一撩长衫，施施然跨出院门，心里还糊涂着。天色渐晚，满院的凌霄藤覆下来，粉墙上蔓延着羽状的影子。她的脸庞上披着霞光，红得发亮，鸟儿、狗儿、马儿、兔儿统统都不见了，只剩一片血似的红。这是第几日了？她疑惑地转转呆滞的眼珠子，离开康庄竟这样久了，久得连日子都算不清啦。

<h2 style="text-align:center">三</h2>

说起来难以置信，康玉文叫自己远房的叔父拍了花子。这是九岁上头的事，她记得不是很明白，隐隐觉得叔父或许不是好人，但也不确定，毕竟这家人待她极好。

这家主人姓徐，临街开着一家医馆，因排行老五，又留过洋，人称"洋五爷"。五爷医术高明，远近都闻名，得诊金也容易，并不在意花在康玉文身上的几块银圆。康玉文问他，叔父可是把她卖给徐家了？五爷沉吟道，也说不上是卖哩，人逢乱世，各种不得已。

五爷说康玉文叔父那日在房中说得恳切，眼见着流下几滴泪来。叔父说她的祖父和哥哥都在"跑反"的时候横死了，他又养不活她，便只能托付良家。现下嘛，既来到徐家，她大可以安心地住下来，他们把她当自己家的姑娘养。康玉文自也拿不出证据来反驳，这并不是没有可能的，祖父和哥哥或许已遇上了什么不测。她一路亲眼见到各种惨状，整个村子一夜间便绝了户的也有，人命和牲畜一样贱。

五爷说，韭菜沟那边闹起来，很是凶险，县里保安团派了人去韭菜沟拿匪，据说不日国军也要来驻防。康玉文不知道叔父是否和五爷说了，她并非从韭菜沟跑出来的，但她哥哥有段日子跑韭菜沟那边倒是跑得十分殷勤，有时担着琳琅满目的货挑子，有时只带一柄寒光凛凛的砍刀，就这么拿指头般粗的草绳往后腰上随便一系，逢人还乐呵呵地宣讲道，韭菜沟那边若成了事，咱这地儿就红成一片了。她想不明白，韭菜沟和康庄隔山不打牛，中间还隔着县城，怎么能连得成一片呢？哥哥挥一下手中的大刀，笑说，你只管查你的路去！凡见到可疑的家伙，便帮着哥哥们拿下。刀柄上系着血红的缨子，在她眼前晃一下，划出一道赫赫的红光，比刀刃还晃眼。她只有九岁，想不明白也就不想了。

五爷家里有两个儿，长子伯怀已经十六了，长身玉立，在县隶甲等农校读书；次子仲怀念小学，比康玉文还小上半岁，是个精灵、跳脱的孩子。照徐家主母的意思，玉文日后是要和伯怀结为夫妇的，并不是买来的女使，因此还是读些书为好。便由五爷做了主，和仲怀一道去启民小学。这下康玉文是由糠箩掉进了米箩里，她做梦也不敢相信，自己竟能够穿上洁净的新衣裳，去小学堂里听先生讲课。

那启民小学是新式学堂，立了许多奇怪的规矩，譬如，每天整洁一次，每天写日记一篇，每年和国内外小朋友通信十二封……顶有趣的是，《学纲》里竟连吃喝拉撒也要过问，规定每天喝开水五大碗和豆浆一大碗；每天大便一次，且有定时。这些康玉文都做得一丝不苟，连仲怀都笑她迂腐，因她对五爷的话深信不疑。五爷说，我去法国留学时，和你们校长同乘一班邮轮，知他对教育的积弊研究得极为透彻，顶讨厌的，便是那读死书的书呆子。他定的这些规矩大有裨益，他教你们有康健的体魄、科学的头脑、艺术的兴趣，以及自由、平等、互助的精神，这些都很是难得。她听了只是点头，规规矩矩地按先生的话去做，不敢有丝毫懈怠。她的心灵和身上的新衣裳一样，洁净得一尘不染。

　　识字明理的间隙，康玉文有时也想康庄，想祖父和哥哥，但她知道，想也是枉然。城墙上的告示，她已经读得通、看得懂了，上面讲的是"移民并村""保甲连坐"，还有"缉匪清共"，一个人头折合多少块大洋。有几个名字甚是熟悉，康玉文读到时，心里怦怦直跳，仿佛看到哥哥的人头也被割了下来，血淋淋地挂在城墙上示众。她从不和徐家的人闲话康庄的事，徐家的人似乎也很谨慎，并不与她谈论祖父和哥哥，也许徐家人断定他们早已死了，怕引她伤心；或是徐家上下掩耳盗铃，担心引火烧身。这样过了些日子，康庄渐渐离得远了，康玉文竟从未动过再回康庄的念头。

　　和徐伯怀通信，也许是唯一让她觉得与康庄尚有一脉联系的事。

　　徐伯怀就读的农校在笔架山，虽在县境内，来回却甚为曲折，算起来倒有两百里山路，脚力再健，也要走上一天，因此是寄宿的。徐伯怀自有他年轻的火热生活，仿佛远远地不与徐家相干，五爷提起这个满脑袋新思想的儿子，总是摇头。他有时会给康玉文写信，信中的措辞甚为激烈，与康玉文哥哥竟有几分相似。这也不奇怪，农校是马列主义传播的重镇，康玉文哥哥先前还从那里专门请先生来康庄讲过"革命"。那时庄子上没有人知道，先生锋利的阶级观点会彻底划破康庄宁静的日子，大家以为先生只是来帮他们喊话的，读书人嘛，手无缚鸡之力，虽激动地舞着拳头，却并没有揍人的意思，喊着口号就能把富户吓住。

　　康玉文私下里问过徐伯怀，你是"黑杀党"吗？在康庄的时候，庄上众人就传，共产党神出鬼没，昼伏夜出，专挑黑天里杀人，所以庄户人又叫他们"黑杀党"。徐伯怀笑笑说，你看我像不像？康玉文摇摇头，想了想又点点头，"黑杀党"都是看着不像的。她哥哥看起来倒像得很，可是人家说还要考验考验，没来得及吸收他入党哩。徐伯怀说你哥哥是好样的，迟早会吸收的。康玉文的眼睛里就腾起雾气，缥缥缈缈的，像是看到了大山的深处，哥哥在那密密的林子里钻进钻出，头发上、衣襟上、鞋面儿上都沾着露水，在朝霞的映射下好像披着一圈光晕。

　　若是五爷和徐家主母在，康玉文和徐伯怀便没有话说，倒是徐仲怀这小滑头，多的是俏皮话。他挤眉弄眼地对徐伯怀和康玉文说，你们俩叽叽咕咕地说体己话，避着爹妈便罢了，避我做什么？徐伯怀拿书敲他的头，骂道，你知道什么好歹！先生要你学着写信，怎不见你写给我半封？徐仲怀抱着头跳开了,笑说,我知道你读书辛苦得很,哪有时间纠正我的文法和错字?玉文却不同,她是你媳妇儿,你自是悉心地教她。说罢做个鬼脸,促狭地拿胳膊肘拐康玉文一下,茶水盘子险些被打翻。康玉文红着脸啐他一口,你快把笔记还我!徐仲怀只得作揖求饶,好姐姐,先生要的那十种动植矿物标本的制法,我还差两种呢。康玉文又羞又恼,恨声道,你这泼皮!顿足跑去自己的房间。五爷和主母在一旁看了,也只是笑笑。

其间破了一回城,赤潮汹涌,左右不过一顿饭的工夫,竟将青天白日旗换了一杆火红的旗子,猎猎地飘在城头上。多数人战战兢兢,躲在自家屋里不敢露头。过了几日,打听到县府里已经安稳了,外面买卖照常做,大家又出来继续过车轱辘样的日子。新政府毙了几个恶霸,抄了几处府宅,鼓励人民当家做主,这于老百姓来说倒不是坏事。五爷这样的,数代悬壶济世,仁心妙手,在当地很有些体面,不论旧政府、新政府,它们都欢迎,医馆仍是门庭若市,人们当五爷活菩萨样,十分地敬重他。只是五爷从医馆回来,不免呆坐在那张包浆油亮的鸡翅木太师椅上,长吁短叹,连眼镜也忘了摘。金丝夹鼻眼镜敷衍地挂在鼻尖上,摇摇欲坠的样子。主母问他,他又不肯开口。

徐伯怀兴兴头头地回来过一趟,又叫五爷连夜赶回了农校。五爷忧心忡忡地说徐伯怀心思不在正道上,整天想那些有的没的,必要远远地送到武汉或是上海去,正正经经地读书才好。徐伯怀听了只是冷笑,犟头犟脑地说我们最好的先生都是从武汉和上海回来的。五爷一巴掌拍在当厅传了几代的黄花梨几案上,倒竖眉毛,厉声呵斥,小兔崽子,你什么时候不问家里要钱了,这才当真是翅膀硬了!

徐伯怀垂了脑袋从厅里出来,气鼓鼓的,连见到从厨屋后面端饭出来的康玉文,也没个好脸色。主母把徐伯怀拉进厢房,温言相劝,吃吧,吃吧,听你爹的话,吃了好上路。徐伯怀只是发呆。主母搛了鱼虾菜蔬给他,高高地堆了一碗,他支着箸懒得张嘴似的,心里不知在盘算什么。一顿饭吃得没滋没味,康玉文偷眼觑了觑徐伯怀,想问他两句,可没逮着机会。其实徐伯怀也未必能回答她的问题,只是她觉得,有些话,没有第二个人可商量。

四

藏在康玉文心里的疑问,不到半月便有了结果。

2019—2020 年安徽省中篇小说精品集

山上的云朵:

那日，国军七十五师打进来，左右也不过一顿饭的工夫，城头上的旗子又变回去了，照县长的话说，还是朗朗乾坤，还是青天白日。原先县长是灰头土脸地逃出城去的，但他这次回来红光满面，振振有词，说自己是战略转移，用老百姓的话说，就是去搬救兵，救民众于水火。五行八作的百姓只想着过日子要紧，自没有同他争的。

徐仲怀跑到街上玩，偷了五爷泡的药酒出来，跟兵油子换了一把弹壳。弹壳有长有短，用丝线编成一排，能吹出呜呜的怪声怪气的调儿。徐仲怀甚为得意，说《学纲》里规定，要"会弄一种乐器"，他弄的与旁人都不同，可羡煞同学们。康玉文皱眉说，你这哪里是乐器，明明是凶器，还凶得很哩。徐仲怀颇不以为然，摇头晃脑道，非也，非也，此物在兵油子手里是凶器，在我手里呢，便成了乐器。你呀，不要光看东西，要看用东西的人。

康玉文想想，这话有理，又没理。康庄的人，多少代都是土里刨食，他们跟锄头、连枷可亲着呢。不过那年春上之后，东西还是那东西，人也还是那人，锄头、连枷之类的寻常农具，竟用来打打杀杀了。那么康庄的事，乃至天下的事，究竟是看东西呢，还是看人呢？恐怕都不好说。又譬如徐伯怀嘴里的马克思主义，康玉文的哥哥先前也说过的，但似乎他们说的并不是一种东西。哥哥提到马克思时，只拣紧要的说，统共不过三句：我们穷人要联合起来，富人才会怕我们，我们才会有饭吃。听起来像是竹筒里滚出来的三颗铁豆儿，铿铿锵锵的，又像是戏台上的锣鼓点子，人一听，精神便陡地一振。徐伯怀倒是能够大段大段地背诵《共产党宣言》和《资本论》，但要他"用暴力推翻全部现存的社会制度"的时候，他又会顾忌到父亲的脸色。好比是小生的戏文，咿咿呀呀婉转得不行，也好听，但唱半天往往还不得要领。这些都是很深奥的问题，十三岁的康玉文脑子不大够用。

城里比往日要乱得多，这一点康玉文感觉得到。因四下里不太平，物价涨得厉害，且无论吃的用的，都查得紧，特别是药品。好多药都进不到货，五爷也束手无策。家里每况愈下，康玉文说，爹，我不上学了，跟你行医吧。五爷一呆，你要学医？康玉文点头，这兵荒马乱的，我们校长也说，怕是安不下一张书桌了。医术是仁术，能救人哩。五爷拍一下大腿，好，难得你有这样的见识！想我祖上三代行医，偏生养了两个不识好歹的小兔崽子，我便求着他们学医，也是不肯。说起来巧得很，李小姐刚和我说，做完这个月便不做了,我还担心请不到人。这下由你来接手,那是最好不过了。李小姐是医馆请的助产士,平时也做看护和药师。康玉文微微一愕,红着脸说,爹你太瞧得起我啦! 我还什么都不会,怎能接替李小姐的工作? 五爷多日紧蹙的眉头舒展开来,笑吟吟地看着她说,这不妨事,总是从"不会"到"会"的。我儿莫怕,有爹在哩。康玉文便乖巧地答应了,一样一样从头学起,倒比在学堂里更加用功。

再荒唐的年代,生孩子也是大事。康玉文跟在五爷后头,不久便学得有模有样,若是妇人顺产,她独个儿便能替人把孩子接下来。她手小,能摸进产道去,有些胎位不正的,她照着五爷的吩咐,或是依凭慢慢摸索得出的经验,也能把婴孩的头颅从母亲腹腔里拖出来。渐渐地有些口碑,众人"康小姐、康小姐"地叫开了,五爷很是欣慰。

这日,医馆里刚卸了门板,就有两个青皮后生闯进来,挟了五爷便走,说是家中有人得了急症。康玉文慌张地目送五爷叫人老鹰捉小鸡似的,架着臂膊,脚步跟跄地离去,一时不知如何是好。一上午,她坐立难安,抬头不知张望了多少回,只见街上人来人往,买卖人的吆喝和讨价还价与往日并没有什么不同,仍旧是流水价地来去。

五爷走了大半日,过了晌午才回,回来时一脸愁容,眉眼都揪在一起。紧揪眉眼的五爷叫康玉文闭了医馆,黑着一张面孔道,回家去! 康玉文自不敢多嘴,以为五爷遇到什么疑难杂症了,谁知五爷一跺脚,没头没脑地啐一句,小兔崽子,净给老子出难题! 原来徐伯怀偷偷回来了,跟着一起进城的,还有苏区的便衣队。其中有个战士叫子弹穿了肩胛,躲在一处民房里,徐伯怀叫人去请了父亲来。那几个便衣队的,都熟头熟脸地称呼徐伯怀为"老徐",对五爷也不遮拦,直言不讳地摊了底牌,说是来敌占区搞粮食的。

他倒成老徐了! 五爷一瞪眼,金丝夹鼻眼镜差点飞出去。

康玉文一路小跑,撵着大步流星的五爷。遇上有人打招呼,五爷也并不搭话,只是敷衍地拱拱手,算作应酬。康玉文似乎感到呼呼的气流穿街而过,转眼到了巷子尽头,撞上一堵墙,便遽然成了风暴。门房动作稍慢些,家里那扇刷了桐油的朱漆大门便让五爷一脚端开了。徐家主母赶紧摇着扇子出来,口里直唤,哎哟哟,这是撞了哪门子邪! 五爷脸色铁青,拂袖道,你家的兔崽子撞窝了!

康玉文耳听五爷迭声骂道，小兔崽子打着老子的名号充大头，说粮能搞到，药也能搞到。我×他祖宗！

徐家主母一面替五爷拍背顺气，一面劝道，你糊涂了，他祖宗不是你祖宗？

他是我祖宗！五爷没好气地丢个后脊给主母，一面啐道，慈母多败儿，你当我不晓得，背着我倒贴给他多少？书是白读了，当初不如绑在家里！

主母一愣，顿足哭起来，当初去笔架山，也是你做的主，这会子又来怨我。我一个妇道人家，不如你们见过世面的，好了歹了你只管骂我。

哭哭哭，我还没死呢！五爷心烦地直挥手，枯瘦的手臂在空气里划出大半个合不上缺口的圈。半晌，眉眼奔拉下来，软了声气道，好了好了，我自然也怪不着你的不是，你也莫哭了，咱们好生想个法子，把这家撑下去是正理儿。

主母仍旧哭哭啼啼，拿帕子揾了眼泪说，左右我一个妇道人家，不懂什么泼天的道理，你们父子两个都是主意大的……

说那没用的！五爷掐了主母怨艾的话头，双手交握着指节，发出咔吧咔吧的声响。

你有用，和县衙、军门都攀得上交情……主母气鼓鼓地顶五爷一句，随即住了口，方想起来，徐伯怀自是得了家门倚仗，这才倒行逆施地"要挟"生身父亲。真是作孽哟！主母叹一声，又垂下泪来。

康玉文躲在门后听一半，猜一半，也不很明白其中的关节，只模糊地听出大概意思：徐伯怀加入了共产党，翅膀虽还不过硬，却挓挲着要飞，五爷竟毫无办法。她想徐伯怀或许有哥哥的消息，若是能见上面细细叙说就好了，不过终究也很渺茫，一时索然，自拿了一本药典去院里诵背。

院墙上的凌霄已开得如火如荼，红红地缀成一片，望去如一团云霞，映得少女的脸庞越发红润。康玉文走一步念一步，踏一块砖，便背一个药名。青砖上雕着莲花，她闭了眼，心里量出一尺半的距离，每一步跨出去，秀气的足尖都踏在莲花心上，竟半分也不差。冷不防徐仲怀推门进来，咋咋呼呼道，你还背什么药典?！学堂里已经罢课了，大家都去革命吧！康玉文啐他，你又胡说什么?！爹在家呢。徐仲怀吐吐舌头，收声低眉道，今日有人拿了本《醒狮》杂志去课堂上，叫先生抄了。先生还说，若再有这样的带到课堂上来,大家都不要上课啦,整个学堂都要叫督学查抄了。话音未落,五爷咳一声,撩长衫踏出房门来,徐仲怀赶紧缩颈打个招呼,抱了书袋子一溜烟钻进厢房。

五

五爷和主母商量的结果,是送徐仲怀入黔,远远地送到都匀炮兵学校去。

五爷托人写了引荐书,塞在徐仲怀的藤箱里,临行前仔细嘱咐道,出门在外,一切都靠自己,慎言笃行总是不错的。哼一声,又道,山高水长,各自珍重吧。金丝夹鼻镜后面是一双忧心忡忡的老眼,害了病似的,揉得通红,言语却硬。徐仲怀敛了往日的顽皮,垂首立在一旁,五爷说一声,他便乖顺地诺一声。

去贵州是虚报了年岁的,主母担心仲怀年纪幼小,乏人照顾,恐有差池。他自己倒很得意,摆出兄长的架子,交代康玉文,我和大哥都顽劣得紧,不中爹的意,只有你这丫头,说话做事都妥帖,又听话,人家说什么是什么,从不回半句嘴。若有什么不开心,只管写信来,我与你排解排解。康玉文便笑,我有什么不开心的? 徐仲怀极认真地道,我知道你是个心思重的,只是不说。康玉文呆了呆,啐道,偏你知道! 低头推他上了船。徐仲怀提着藤箱,挥手喊一声,再会! 康玉文眼窝子一热,别了头伏在主母肩上。主母早已哭得个泪人儿似的,心啊肝啊地唤着,惶惶不舍。无奈山水迢迢,一路总要徐仲怀自己去走。埠头上游人如织,市声繁华,南来北往的客商熙攘不绝,大有太平之象。那涨潮的春水吃透了阳光,点点金鳞,浮荡耀眼。只见波光载着欸乃的舟楫一路向西,渐渐隐了身后的山色。

送徐仲怀回来,五爷像是了结了一桩心事,又像是陡增了一桩心事,出门进门,眉眼都压得低低的。主母也是难开笑颜,富态的身子瘦了一圈。康玉文摸不透五爷和主母的计较,也看不清三尺之外,朦胧地觉得,很多事像是喧嚣的凌霄藤下覆住门楣的宅院,走进去,才知道深浅。可她偏偏只能徘徊在外面。

祖父和哥哥在她的梦里越来越模糊了,间或还有凌乱的梦,这零散而断

2019—2020年安徽省中篇小说精品集

山上的云朵：

续的梦境,让她与山里不时传来的消息有着莫名的关联。譬如,徐家的医馆成了便衣队的交通站。五爷为此大伤脑筋,但也未能下定决心与自己养下的小兔崽子决裂。父子俩曾有过一段对话,让康玉文半喜半忧。徐伯怀说,我们能破一回城,就能破第二回。五爷眯缝着眼说,看把你能耐的,这城看着气派,王大花鞋不也破过哩。徐伯怀嘴犟,那能一样? 王大花鞋的枪会是封建会门组织,我们是人民的武装。五爷一翻白眼,哼,都一样,上面都说是闹匪。徐伯怀激动起来,什么是匪? 官逼民反,民不听话了,在官的眼里就是匪! 五爷一拍大腿,哦,你也不糊涂,晓得跟官斗的就是匪。徐伯怀哈哈大笑,如今你也是"匪属"。五爷呸一声,老子早叫你这小兔崽子给卖了。说这话时,父子俩掩着门,酒酣耳热,康玉文端菜进去,见二人勾肩搭背的,倒像是一对兄弟。

康玉文悄悄地问过徐伯怀,可有她哥哥的消息。徐伯怀咬着腮帮子说,大部队虽转移了,但游击队还在,共产党还在,她哥哥肯定在。

那么什么时候能重逢呢?

胜利的那一天!

模模糊糊的,有个种子样的念头埋在康玉文的心里。

攀了满院的凌霄开了又谢了,谢了又开了。康玉文已经把一本药典背得精熟,仍旧舍不得放下。闲来无事,她总捧着书,一步一步地在院子里逛,心里比画着地上一块块青砖的距离,拿足尖踏莲花心玩儿。那一朵朵绽在青石板上的莲花,被鞋底子磨得油光水滑,纹路渐浅,像是经年的往事,一年一年,一月一月,叫好耐性的时间汰洗得不那么清晰了。

徐仲怀写信来,说是升任了炮连少尉观测员,问家里好。五爷颤巍巍地合上辗转千里方至的薄薄的一纸书信,闭上眼喃喃自语,好啊——好……突然喉咙深处痒得厉害,大咳不已,猛睁开眼,抚胸喝了一盏茶水,仍是压不住。他近来身子大不如前,勉强给自己开了药,也不见如何轻省,常咳得夜不能寐,痰里还夹着血丝儿。康玉文说,爹,你歇息吧,我替你出诊去。五爷喘息着说,我这把老骨头呀,身子越发贱了……咳咳,我自然信得过我儿,去吧,日后也不必事事都来问我。康玉文惶恐道,爹说哪里话,不论家里的事,还是医馆的事,全凭爹拿主意。五爷颓然地摇摇手,你们都大了,我不敢说我安排得好,总归是尽了心,使老徐家不至于落得太坏的境地罢了。

康玉文背了药箱出门，心里还念着五爷的话，越惦记，越觉得心慌，心坎上像是长了一蓬杂乱的蒿草。街巷里人来人往，头顶一颗大太阳明晃晃的，把所有的影子都砸在脚底下，每个人只能踩着自己向前。沿途有人跟她脱了帽打招呼，康小姐，去出诊哪？她笑笑，隐约地觉得面熟，却想不起名姓来。这几年，城里的人倒有一多半都识得她。五爷说，日后若他走了，医馆也只有交给她。几个孩子追逐着，从她身边擦过去，她侧了身子稳稳神，不让他们如风的脚步带倒。日脚走得飞快，转眼就到背后了，影子在面前拖得长了些，康玉文刚要踏出脚去踩它，它便又轻巧地溜出一尺开外。

城墙上原本高高地张贴着国民政府的绥靖公告，这时已叫风雨揭了去，山里的野火还没剿灭，日本人就打过来了。这回城破得更快，王大花鞋倒戈成了维持会长。都说王大花鞋这样的，断不是"凡角"，他那七窍玲珑心，既不是红的也不是白的，竟是黑的。破城那天，康玉文又开始跟着众人"跑反"，乱纷纷的都是腿，到处哭爹叫娘，呼儿唤女，恍惚又是多年前的景象。只是这回她身量高了，看得见更远的地方。远处，山高林密，蓊郁的松竹覆盖着一层层望不到尽头的峰峦，单是用眼光摸一摸，就得费上好一会儿工夫。这么地大物博的好河山，眼睁睁地看着落入小鬼子手里，不能够！康玉文激动地想，哥哥还在，就在这山里头，她得去找他。

五爷抚胸喘一阵，定定神，看着她，说，也好，你去找伯怀。徐家主母没什么主意，颠着一双小脚走不快，只能落在后面。五爷瞧一眼因为畸足而痛得龇牙咧嘴的主母，又凄然道，如今，我们两个老的都是累赘，你只管往前走。康玉文舍不得，扑闪着睫毛望向五爷，五爷却挥手赶她，去去去，我养了你十年，也够啦。现如今谁也顾不上谁，我手里只剩几个养老钱，找处清静的地方，此生便罢休了。你若见到伯怀，能记得徐家的情意，和他开枝散叶，那是最好不过；若是没有缘分，也就罢了，乱世飘蓬，自求多福吧。徐家主母拉着她，默默流了一会儿眼泪，狠心一丢手，好孩子，去吧。

六

康庄还是多年前的样子，又不是原来的样子了。房子不知烧过几回，人也不知跑掉几茬，老康庄早就风流云散，不过康玉文心里还存着侥幸，再说

2019—2020年安徽省中篇小说精品集

她也不知从哪儿找起。

场院还在，然而，似乎小了好多，她拿脚掌细细地量了一圈，先前有上千步的，眼下只剩几百步了。是啊，她如今往前迈一步，抵得上九岁时的两步还多呢。当初，就在这儿，哥哥呼呼地舞着石锁，眉眼威严，门神似的，两臂上的肌肉绷得铁紧，像是随时要爆裂开来。周围一圈好兄弟，噼啪地拍着巴掌，迭声叫好。那比新出炉的烧饼还热乎的声音，在康玉文耳边绕着，风扬起来，吹出好几里地去。

算是没白跑，见着几位庄上的老人，他们都还记得她，只是不敢认。问到祖父和哥哥的情况，有人说她哥哥跟着部队北上了，也有说战死在山头外的四道河的。又问是什么时候的事，那人抓耳挠腮，咧着嘴说，你也知道，年岁都是乱的，谁记得清哩？是记不清了，康玉文也记不清那年春上的事了，只记得秋后和祖父跑散了，再没有康庄的消息。

祖父倒是确定无疑不在人世了。想得见的情形，孙子孙女都不在身边，又老又贫的，撑不下多少日子便殁了。左邻右舍看着可怜，但也没有多余的力气管闲事，只能一张破席子卷巴卷巴，草草埋了。这已是天大的恩情。康玉文谢了人家，摸到祖父那座浅浅的坟茔，狠狠哭了一场。那天风疾，天上流云变换，她哭一声，云就变个样儿，鸟呀，狗呀，马呀，兔呀，捏来攒去也没个正经的形儿。哭声高高低低，云也分分合合，像在空中变戏法儿。哭累了，云也散了，她坐在坟头上，望着莽莽林海，早些年就埋在心里的那个模糊的念头，渐渐变得清晰起来。

她要去找共产党。这么大的林子，这么大的天下，找一支队伍，总比找一个人容易。她抹了把脸，泪早就风干了，巴在脸上紧绷绷的，像是戴了个面罩儿，风再吹过来，再冷，再硬，都没了感觉似的。她不怕山风，小时候便吹惯了，迎着风站起来，她抖擞一下精神，腰身笔直，像绽在风里的一枝骄傲的野百合。

映山红开遍山岭的时候，康玉文已经是一名女医官了。她随身带着那本厚厚的药典，即便每个条目都记得滚瓜烂熟，也不妨碍她每日里毫无厌足地对着它，颠来倒去地研读。身边的人都笑她，说情人眼里出西施，康玉文是女医官的眼里出药方子。她晓得这是善意的笑话，便也跟着抿嘴笑。她钻研出来的药方子很管用。山里缺医少药，连手术刀都是兽骨磨出来的，巧妇只能做无米之炊。康玉文有西医的底子，又会搭配中草药，有些紧俏的药品，她随手采来野药草替代着就能用，可见蕙质兰心。她在部队里声望很高，伤病员就不说了，就连附近的群众也都赞她是"菩萨般的一颗善心，菩萨般的一双巧手"。有人认出她，这不是"洋五爷"家的康小姐吗？康玉文还是抿着嘴笑，一手抚着产妇的肚子，一手往产妇的下身探。那调皮而倔强的孩子原是不肯出来的，这时却在康玉文的抚摸下，由母亲的身体里探出了黑乌乌的一个圆顶，先是鸽子蛋大，再是鸡蛋大，渐渐有鹅蛋那么大了……康玉文笑眯眯地对产妇说，头发真好。产妇虚弱地笑笑，有康小姐在，比自己男人在身边都安心哪。男人在屋外搓着手，竖耳听房里的动静，也跟着不好意思地嘿嘿笑，那是，那是，我又替不了你，康小姐这双手，至少能帮你少疼上几个时辰哩。

只是哥哥的消息依旧渺茫。

山里的夜黑魆魆的，风一吹，林子哗哗响，像是潮水奔腾，康玉文也止不住思潮如涌。哥哥还在吗？打了这么多年的仗，白骨都堆成山了，哪块石头下埋着哥哥的骨骸？还有徐伯怀，她到处找他，也打听不着半点消息，好像是一滴水汇进大江大河里，或许早就蒸发了，一点痕迹都没留下。但她总记着徐伯怀的话，他说共产党还在，她哥哥就一定在。那么，他也还在。

战火铺张地燃烧在中国的大地上，铁蹄下有呻吟，也有抗争，这片山，这片水，都已经伤痕累累，可春风一吹，又绿得生机盎然。

康玉文也学会了打游击，腰上别着枪，猫着腰钻林子，剪铁丝网，炸碉堡，搞掉小鬼子的运输线。她原本细皮嫩肉的，现在也粗了、野了，叉着腰喊一嗓子，大嗓门能翻个山头。枪炮隆隆，硝烟滚滚，她可不能轻声细语地说话，况且是在自己的土地上，就得狠，就得硬。有次到敌占区搞药品，她意外地见到一个"熟人"。那人手执文明杖，一身灰呢暗纹西装熨帖挺括，黑色礼帽压住花白鬓角，露出衣袋的半截金属怀表链子闪耀着质地精良的弧光。要是没有左颊上的那颗大瘊子，康玉文未必记得起他。偏这么多年过去，瘊子还在，这印记让她想起来，那年叔父领着她，没头苍蝇似的在县城里转了好几圈，见了几个所谓的"要紧"的人，其中就有这个大瘊子。她缩头缩脑地躲在叔父身后，那人还探身看了她一眼。

他并不记得她。

她盯着他的痦子看了好一会儿，搜索着混沌的记忆。他微微诧异地扬了扬眉毛，把鼓鼓囊囊的药品包塞到她手里。快走吧，他压低声音说，出城的时候当心，只有酉时这班岗是我们的人。她想多问他两句，一时又不知从何说起，况且就要关城门了，血一样的残阳落下来，所剩无几的时间根本不允许她逗留。

这人以后再没见过。

像是被捅了个窟窿，她心里空空地想，当年，自己或许并不是被"卖"到徐家的。

七

康玉文同志，这是个非常艰巨的任务，组织上把这个任务交给你，就是对你的充分信任，你不要有任何顾虑。政委的话犹在耳边，康玉文夹着一只碎花包袱，蹒跚地走在通往县城的官道上。天干物燥，尘土飞扬，她皱着眉掩住口鼻，一路上心事重重。

前面就是城门楼了，栉风沐雨地耸了千年，从它胯下走过的人和车马不可计数，然而从没有这样一个看起来普普通通的年轻女人，让它感到如此深深的不安。看样子，她经了些风霜，眉目虽算得上清秀，嘴角和眼梢的纹路却颇为杂乱，它们不成章法地盘踞在她的脸上，平添了几个春秋的岁数。她并没有什么特别之处，随身的包袱里，除了几件换洗衣裳，别无他物。

女人说是来投亲，执勤的岗哨便没把她放在眼里，挥挥手让她过去。紧跟后头推着一车青菜的老农倒更可疑，说不定菜筐子下面暗藏什么机关。以前有过这样的先例，从倒夜香的桶里搜出了违禁品。岗哨拦住老农，枪托探进菜筐子里搅和起来。稀里哗啦的动静让女人吃了一惊，她忍不住回头望望，却得到一声不耐烦的呵斥，快走，快走！

她没有引起岗哨的注意，按理说应该暗暗松口气，可不知为什么，她觉得心脏被一只大手揪得更紧了。

进得城来，街巷都熟悉，她以前在这里背着药箱走街串巷，哪里有吃水的井，哪里有卖胭脂的铺子，都一清二楚。虽说这些年不大进城，她心里还是有数的，背着太阳往西，走上一炷香的工夫，就是徐氏医馆。因是从东门进来的,初升的太阳便在身后,她踩着自己的影子,一步步走得庄重。她的注意力都在脚下了,足底延伸出的那道斜斜的黑影指引着她,竟显得有几分鬼魅。

走到医馆门口,她抬头望望,竟改了包子铺。她侥幸地想,或许组织上的消息也不是很可靠,兵荒马乱的,她一心想要找的人,一个都找不到,怎么这样巧,他们还在原地等她?

她上包子铺买了两个马子菜包子,握在手里,并没有离开的意思。小店主从摞成一条柱的蒸屉后面撩起眼皮看她一眼,她讪讪地笑了笑,客气地问一声,劳驾老板,这……原来是医馆吧?小店主便也客气地笑笑,是哩,好多年前了。我盘下这铺子不过俩月。她心里一动,是哩,流年暗换,总归是好多年前的事了,口里却说,你莫哄我,上个月我走亲戚才来过的,见这店里卖的是红糖。小店主便拍着脑袋说,哦,红糖?小姐家里有喜事?她答,是哩,天大的喜事,红糖是一定要的,包子也要。老板,你这马子菜包子做得好,日后说不定要多买些,孝敬我家老太太。小店主作揖道声谢,朝她点点头,她也点点头,折了身子出来。

太阳走得高一些了,她的影子短了一大截,像是被哪个刀法精熟的刀客一刀砍掉了似的。几个小孩子从巷道里跑出来,嘻嘻哈哈的,追着,闹着,从她身边擦过去,简直是一股打着旋涡的水流,把她冲撞得几乎站立不稳。她定了定神,仿佛多年前熟悉的感觉——她背着药箱,邻家的小孩子们呼地一下从眼前穿过去,她只好侧身稳住脚跟,看他们快活地消失在这条巷子的尽头。不,是巷子的入口才对,这条清幽的小巷的尽头,是一座爬满了凌霄藤的老宅子。夏天时,火红的凌霄花会开满一墙,宅子便好像坐落在红彤彤的云霞上——那也是很多年前的旧事了。

越是近前,她的脚步越是沉重,那副厚厚的刷了桐油的门板,被恣肆的凌霄藤打扮得越发低眉顺目,看起来几乎隐没在光阴的背后。她抬手去叩门环,想象着自己往深潭里丢了一粒石子,良久,方有回声传来。但那也许只是她的错觉,时间被错落的心情拉长了。她听见有个陌生的声音应门,踢踢踏踏的脚步踩着青石板铺就的天井过来,吱呀一声,拉开一道缝隙。半张呆滞的脸对着她,问,你找哪个?她心里千丝万缕地乱着,反问那半爿脸,徐家,还住这里吧?

门开了,把她迎进去,下人一边引路,一边高声唤着主母,太太,有人找哩。

康玉文的热泪已经落在了襟子上。

主母看见她,呀一声,慌张地踏出房门,少不得执手相看泪眼。当下叙了离别之情,原来那年和康玉文分手后,五爷和主母流落乡间,凭着一点积蓄和徐家散在乡下的几亩薄产度日。这也是乱世寻常的光景,算不上特别凄惶。不过五爷在三年前病故了,没能亲眼瞧见小鬼子滚出中国。五爷临终前还拉着主母的手叹道,枉我一生心高气傲,能叫枯骨生肉,却是能医不自医。我是医不好自己啦,你莫伤心哟。你陪嫁过来的那张老漆雕花大床真是好,我一躺上去,就舒服得想睡觉。原想着躺在上面寿终正寝,这回可是不能够了……

主母扯下掖在斜襟上的帕子,揾着眼角说,他一直说心口疼,把我的手按在他胸前,说是能缓缓劲儿。我依了他,手搁在他的胸口上,就这样挨了一晚……他呀,到底是个没福气的,临末了,竟没一个孩子送终。

康玉文抽泣着听完,哭得更凶,倒把主母吓住了,连连哄她,好孩子,快别哭了,这是命,不与你相干。现在你回来了就好,就好哇。康玉文说,我没找到伯怀大哥哩。主母仰天叹口气,把康玉文的手拉过来,合在自己枯槁的手心里,幽幽地说,这也是命哪。

娘俩儿的话稠得很,说到崎岖乱世,不免唏嘘。康玉文也把自己的情况说了一半给主母听,那没说的另一半,是组织上交代的。主母说你回来再好不过,我正愁着仲怀的事。你与他从小就有话说,这件事交给你最好。康玉文听得三言两语,心下已有计较,但还是低了头说,我和仲怀兄弟这么多年没见,也不知他还认不认我这个姐姐。自然是认的!主母将手中的茶盏顿在案几上,大包大揽地说,如今家里头只有我们娘仁儿,我是生了他,他不过感我肚皮的恩情,说到从小交好,谁有你们亲?一时说到徐仲怀的升迁,眉宇间喜忧参半。

照康玉文得来的资料,徐仲怀两年前从第五战区高射炮少校中队长调任干训处长官,随后接管了本地城防。此地是受降区,徐仲怀在追剿王大花鞋的过程中,竟偶遇流落乡间的老母亲,这才接回故居赡养。徐家主母对战争极为反感,所以儿子因战事而高升,她并不大高兴得起来。

打仗嘛，哎哟，总归不是好事，整天打过来打过去，也没个头。这与打日本人又不同，我老眼昏花也还看得分明，他哥哥说不定就在对面哩！啊呀，你说我可是痴心妄想？还想这样的好事！我这些年想伯怀也是想疯了……主母颠三倒四地说道，话又说回来，仲怀也是我心头肉哇！我哪里想到这辈子还能再见到他，真正是做梦一样。可到了眼前，他又给我添堵。你是知道他的，从小就比他哥哥讨嫌，这么多年独个儿在外面，更是无法无天了。你想我们这样体面的人家，怎么能让一个草台班子里唱野调儿的进门？老话儿都说，婊子无情，戏子无义，我只怕他昏了头，叫老徐家没脸……

康玉文在一旁默默听着，并不插话，只是不住地点头。

八

徐仲怀将私讨的腌臜外室安在南街上，不与徐家相干。康玉文倒是去看过一回，主母置气说，你去看她做甚？脏污了你的眼睛！康玉文劝道，那人是好是歹，咱们姑且不论，到底她给徐家生了个儿，我也当得起一声姑母。这是看在孩子的面儿上，您消消气。主母仍旧冷了脸说，这孩子我也没空计较呢，仲怀尚未娶妻，哪来的孩子？

改日康玉文掩了门，又与徐仲怀深谈了一回。

徐仲怀一脸泼皮相，哈哈大笑说，我那天吃了酒，头晕得厉害，也不识得她是戏子还是良人。后来嘛，稀里糊涂就收下了。我这样的，也不想祸害好人家的姑娘。康玉文说，你这样可伤娘的心，她如今全指仗你。徐仲怀摇摇手，我不过是个兵油子，命贱得很，徐家的门楣，我担不起呀。康玉文打掉他的手，啐道，若是伯怀大哥在，自然轮不到你，可你现在想躲，怕也躲不掉。徐仲怀吊儿郎当地晃着身体，马靴点在地上嘚嘚有声，我就不信你不知道我爹当初的计较，哈，他是个老滑头，心想，既有一个叫共产党勾了魂去，怎么也拉不回头，这可难办！哎哟，只能两边都不得罪，再送一个给国民党，求个万全，日后不管哪边坐稳了江山，老徐家照样体面。康玉文直皱眉，你什么都知道，怎不知羊有跪乳之恩，鸦有反哺之义？爹后来那几年，你们都走得远，便只有我看到他有多难，有多痛。我只恨没能尽孝，陪他走完最后一程。

徐仲怀呆了一呆，低头道，扯得倒远，你要怎样？难不成叫我把那女人和孩子都赶走才算数？康玉文缓下一口气，看着徐忠怀说，我也不要你怎样，怎样都是你的选择，就好像这漫山遍野的共产党的野战军，总是要进来的，左右不过是你要不要这城里的百姓日子好过一点。徐仲怀一拍桌子，冷笑道，你果然是共产党的人！

我是不是共产党有什么关系？咱家从来就不分这党那党，真要分得清楚，爹不会害了心病。康玉文索性敞开了说，我只说一样，你掂量掂量，国民党还有几天好蹦跶？我不会别的，只会给人医病，这都是爹教的，我一辈子也忘不了他老人家的恩情。老这样打来打去，受苦的是咱平头百姓，我救一个，赶不上你们杀一百个。老实说，你的城防图，我是没本事拿到手；若你割了我的头去挂在城墙上，我也没话说。你我姐弟一场，缘分算不得浅，钝刀子割肉没意思，散也散得痛快。

说了这番话，康玉文长舒一口气。徐仲怀斜眼觑她，阴森道，可有这么如意的算盘？一颗人头，我徐某人还不稀罕。康玉文变色道，你想怎样？徐仲怀古怪地一笑，指节扣着桌板，一字一顿地说，他们把你送来，是要你死呢，还是要你活？康玉文的心口突突剧跳，却仍旧装糊涂道，什么要死要活？徐仲怀哈哈大笑，猛地站起身，手一挥，大步踏出房门去，那高大的背影在门口顿了一顿，玩世不恭地丢下一句，你是我的人，少听他们放屁！留下康玉文木木地呆在门后。阳光从窗棂的花格里透下来，将她苍白的一张脸染上淡金的晕。

宅子叫荷枪实弹的警卫给围上了，铁桶般严实。

主母问，这是做什么？徐仲怀说，近来共党猖獗，母亲大人要小心为上。好在有玉文陪你，我也放心些。康玉文冷眼见徐仲怀一副扬扬得意的样子，一时拿不准他作何盘算。有心去包子铺买两个包子，竟也是不能了。康玉文心想，我早就和组织上说我做不来这样的事，无论是偷城防图，还是策反徐仲怀，连一成的把握也没有。那小店主见我几日不去，必知道事情已然败露。横竖当我死在这里，也没什么遗憾啦。

她既已抱定破釜沉舟的决心，倒也十分坦然，该吃便吃，该睡便睡。谁知过了几日，徐府竟张灯结彩起来。主母喜滋滋地跑来对康玉文说，我当你俩玩什么花招，原来竟背着我把这事定下了。这样盘算也是好的，你公爹若在，必也欢天喜地。只是仲怀说战事吃紧，一切只得从简，怕是委屈了你呢。

我想这也没什么,都是自家人,里子比面子强得多,我又不像你公爹,爱打肿脸充胖子……主母连说几次"公爹",令康玉文惊愕不已。主母嘿嘿笑起来,我也说还是叫爹的好。话还没说明白,猛见徐仲怀一脚跨进门来,喊着康玉文的名字,促狭一般高声叫道,我说什么来着,你是我的人!说罢笑得前仰后合。

打眼瞧去,满院子都是红色的,墙上的凌霄也凑趣儿似的开了,鲜红的一朵、两朵、三朵……压得藤蔓更低了些。红的花烧着了绿的叶,蔓延出一场火红的庆典。远远看过去,凌霄藤柔软的身躯紧裹着坚硬的墙壁,风一吹,墙在动似的。

康玉文原先住的西厢房变成了婚房,从窗口能看到两个人的剪影。烛火摇曳,影子摇摇晃晃的,宛如喝醉了酒。徐仲怀在灯下饶有趣味地盯着康玉文的红脸,不禁扑哧笑出声来。康玉文说,你这混账东西,到底打的什么算盘?徐仲怀托了下巴,嬉皮笑脸道,这些年你风餐露宿,可老得多了,不过我不嫌你。康玉文愠道,我老不老的,与你什么相干!徐仲怀点点头,说,原是没什么相干,我们都这么多年没见啦,中间隔着千山万水,又不光是隔着这些山这些水……哎,老话说,井水不犯河水,可他们让你到我这儿来,不就是与我攀交情的吗?康玉文翻他一个白眼。

半晌,二人无话。

大红的喜烛流着泪,爆了个灯花,徐仲怀从衣袋里摸出个玩意儿,递到康玉文面前。

一排空弹壳,用红色的丝线绑了,做成个口琴模样。康玉文一呆,看看徐仲怀。徐仲怀笑笑,送给你,做个纪念吧,若是城破了,我也没了……他说得凄凉,越笑越凉。康玉文哭起来,你不要说这样的话,既让我嫁了你,又来脱干系……

徐仲怀把康玉文揽进怀里,柔声道,没有的事,脱不了这干系。我知道你以后的日子也未必好过,但这样的事,除了你,我求不了别人。

康玉文抽噎道,我要你求什么?就是没有嫁给你,我们总归也是一家人。

徐仲怀闭上眼睛,痛苦地呻吟,一家人,啊,一家人,就是这个道理,所以他们让你来找我,所以,我不能杀你,也不能放你……

　　康玉文埋头在他怀里，起初听着他的心跳，渐渐地和自己合成一个频率，只觉得心里也渐渐安定。这时却听他越说越奇，不禁仰起头，怔怔地看着那张痉挛的脸，远远地，似乎看到了席卷寥廓梦境的风暴正呼啸而来。

九

　　徐仲怀一粒一粒地扣上军装纽扣，又微微抬头，一丝不苟地系上领口的风纪扣，然后笑着对康玉文说，我走了。康玉文扶着床沿，想站起来相送，腿一软又坐了下来。昨晚该说的话都说尽了，她还是没有说服徐仲怀投诚，尽管在同一个屋檐下他们水乳交融，但跨出这个院子，信仰却泾渭分明。我是军人，徐仲怀说。

　　破城那天，康玉文抱着孩子瑟瑟发抖。她并不是害怕，却觉得浑身冰冷。那婴儿还不满一岁，抱在手里肥肥白白的，睡得甚是踏实。康玉文撕了布条塞在他耳眼里，震天的枪炮，不过让他眼帘上浓密的睫毛轻轻颤动了一下。

　　孩子的生身母亲，那个草台班子里唱野调儿的，早就卷了细软跟一个侍卫官跑了。这也都在徐仲怀的意料之中，他原不指望她是个节妇。徐仲怀和康玉文成婚后，孩子便被抱回了徐家，日后在这个乱世婴儿的记忆里，可能不会存有母亲被替代的那部分细节。康玉文抱着孩子，像是抱着一块稀世的瑰宝。他在她怀里沉甸甸的，满满的一抱，肉滚滚的小身子抵着她枯瘦的胸膛，使她的身体也饱满起来。她看向他静谧而深沉的睡眠，看到那梦底的和平与宁静，隆隆的炮声都远了……

　　据说徐仲怀战死在城头，浴血的狰狞模样让人心生敬畏。

　　"我不过是个兵油子。"康玉文还记得，他把那排缠绕着红丝线的空弹壳递给她时玩世不恭的慵懒的笑容。他懒洋洋地笑着，像当年那个偷酒的少年一样。他促狭地在她面前虚晃一下巴掌，然后那作势一劈的手掌竟莫名其妙地跑到她的耳后，撩起了她慌乱地跑到额前的一绺碎发。她怔怔地不知所措，他却摇头晃脑地吹起了《八段锦》：

　　　　小小镜子两面光，

里面照姐外面照郎。

能照姐姐面，

难照郎心肠，

面对菱花懒去梳妆。

小郎儿来哎，

小郎儿来哎，

我望郎来郎可将我想……

　　主母坐在门槛上号啕大哭，为自己一夜之间成为"反动家属"喊冤。她扯住进进出出的野战军战士，拍着大腿说，老总，你们共产党要凭良心，我家老爷可是替你们出过力的，我大儿子也是共产党……那小战士皱着一张年轻的脸，为难地摇摇手，我不知道，我真的不知道呀，你同我们营长讲嘛。便有个粗眉大眼的壮年汉子走过来，耐心地劝，老太太你莫急，问题都会搞清楚的，你先回屋歇歇。我歇不下呢，你们把这院子都翻烂了。主母失神地立在檐柱边，于天井处投下的一束光圈里摇摇欲坠，一副恍惚的样子。

　　康玉文劝主母，您如今是做奶奶的人了，凡事要想开些。您瞧这孩子，白白胖胖的，多可爱。主母把孩子接过来，抱在怀里逗一会儿，叹道，我看到这孩子，才觉得有些滋味。我们家这些男人，个个都是主意大通天的，留下我们孤儿寡母，苦巴巴地守这么一副烂摊子。伯怀这孩子就不说了，我最后见他那年，他二十一还是二十二？一句话都没留下啊，就成了断了线的风筝……仲怀养在我身边的日子也浅，我记得送他去贵州时，他一张雏鸭嗓子还没完全变过声儿来呢。这好不容易才重逢，转眼就永诀了。我只恨那时为什么要听你爹的，平白把他放出去那么多年……说起来，你爹这人，心细得很，事事想在头里，真是把几十年都算尽了。临走的时候，还死活要我把伯怀当年给共产党办差的借据单子都收妥当。我说，如今人都这样了，还留那些东西做什么？他说，若死了也就罢了，总得给活人留条路……

　　主母的话絮絮叨叨，远的近的，都扯出来揉成一团。康玉文耳听那流水样的往事，心里搅扰着复杂的滋味，有句话顶在喉咙眼儿，痒痒的极不舒服，终于咳嗽一声，装作不经意地吐出来，娘啊，我当初……被我叔领来的时候，您还记得不？主母眉眼弯弯地一笑，记得可清楚哩。你刚来家的时候，小脸尖得跟锥子似的，黄毛寡皮的也不打眼。我想这是菩萨送来的，体恤我没个姑娘，必得好好地养下。我说得可准？不过调养了几个月，你便白了胖了，越发地漂亮，远近哪个不说我养得好？到后来，全城都知道五爷家的康小姐，说你一颗菩萨心，一双菩萨手，也不枉你爹悉心教你。要说你爹的医术，原是家学渊源，祖上就是杏林高手；再则，他又上法国正经地读过医科，比起省府医学院的那些个大教授，也是不差半分。可惜咱家那两头货，竟没一个肯承继衣钵，叫你爹好不伤心。亏了有你，是个贴心的孩子，我夫妻二人关起门来，都说抱养的这个闺女倒比亲生的儿子更亲些……

　　康玉文原想问问主母，徐家和叔父是怎样认识的，这么多年，她对叔父把她"卖"给徐家这件事，到底耿耿于怀。那么当初她来到徐家，究竟是意外，还是另有隐情？是组织上的安排，还是出于革命同志的私谊？但主母兴兴头头地拉呱了一大圈，似乎并不清楚其中的关窍。对于康玉文为什么来徐家，多年来主母好像一直这么欢喜地糊涂着。照主母的话说，总归是个命，你命里头和我有一场母女的缘分。这话拆开了说，就是——你怎么来的，又有什么分别呢？此地原就有这样的传统，若生了孩子养不起，或是不愿意养的，便放在竹篮里顺水漂走。当年的康玉文，在命运之河里，或许就是这个篮子里随波逐流的孩子。

　　起风了，康玉文替怀里睡着的孩子拉拉肚兜，低了头想心事……

　　对康玉文的处理意见，一直有分歧。一种意见认为，康玉文早年虽被卖到徐家，后来却继承哥哥的遗志，参加了革命，一直受到部队同志和广大群众的拥护。她是在被胁迫的情况下嫁给徐仲怀的，符合组织上指示的"不惜一切代价，取得城防图或策反徐仲怀"的行动精神。即便是在婚后，她也苦劝徐仲怀投诚，从主观到客观，都没有牺牲我党我军的利益，因而不能算是"反动家属"。另一种意见认为，康玉文先是徐家的童养媳，后又与徐仲怀结为夫妇，已然形成了"反动家属"的事实，并且她执意收养徐仲怀的儿子，又与徐仲怀的母亲互称母女，这就意味着她从未想过与徐仲怀及其旧式家庭决裂。

　　不过，徐家主母的身份也很难界定。首先，她是徐仲怀的母亲，但她也是红军某部军需官徐伯怀的母亲。徐伯怀可能牺牲于早期某次非著名战役，虽无明确记载，但他担任军需官时的采购和赊欠记录均有据可考。其次,徐父在红军时期为我党我军做过大量贡献,他的医馆曾经是我党在敌占区设立的重要交通站,掩护和救助过不少革命同志。因此,徐母是地下党的母亲,也是红军的母亲,理应受到保护和照顾。

这些旁逸斜出的审查意见导致是非曲直分说不清,就像当初康玉文和徐仲怀互不相让的争吵——"若分得清,就不会叫人害了心病。"只有康玉文知道,那晚,她到底是把徐仲怀说动心了。

那晚她绞着喜幛,对新婚的丈夫说,你不仅仅是个军人,还是一个做父亲的人,是娘的儿子,现在也是我的丈夫。摸着良心想想,你马革裹尸固然死不足惜,可若是打起仗来,这城里有多少孩子、多少母亲、多少妻子会遭受池鱼之殃?我什么也做不了,但你可以选择。

枪声响起来的时候,康玉文抱着孩子瑟瑟发抖。她并不感到恐惧,只是沉溺在无边漫漶的悲伤当中。那不过是一场滑稽的仪式。照徐仲怀的说法,日后若有人编纂县志,写到城防官徐某人一节,不以"投降"二字盖棺,便足矣。总之,那颗洞穿徐仲怀头颅的子弹,射出得甚为及时,几乎是野战军的冲锋号一响起,徐仲怀便瞪着双目倒在了一片血泊之中……但这些曲折,说出去谁肯信呢?就连康玉文也怀疑,徐仲怀那天早上离家的时候,尚且抱着极为复杂的心情,并没有下定决心做一个背叛党国的革命军人——"老子上战场从没含糊过,"他恶狠狠地对她说,"都说子弹不长眼,子弹也怕不要命的。"她知道他打小鬼子打得凶,身上背着赫赫战功。无言的她感受着房间里他留下的最后的气息,想象那个油嘴滑舌、身体里却铸有一副铁骨的男人双目圆瞪地倒在黎明的血泊中的样子,不禁怔怔地流下泪来。

徐家的那座院子,渐渐成为一个暧昧的符号,门头早叫凌霄爬满了,低低地压下来,随季节的不同,红一片,绿一片。开花的时候,康玉文会抱着孩子摘那墙头上的凌霄花。孩子起初是咿咿呀呀地学话,渐渐说得清楚了,凝神去听,孩子说的是:穿锦衣,戴红花,叫一声,惊我家。康玉文说,错了,是"惊万家"。孩子哼哼一声,接着说,惊万家。红花落下来,孩子伸手去抄,不久便兜了满襟,小公鸡似的咕咕地笑。身后一轮初升的红日,斜斜地照过来,在爬满藤蔓的墙上投下羽状的光影,每一朵花都好像要飞起来。

水　患

李国彬

一

瞭望塔有 26 米高,站在这里可以鸟瞰和环视近万亩的林区。塔楼上用的这台六五式哨所镜,规格是 26/40 × 100 的,是国内大双筒望远镜中的王者,号称"陆地巨无霸",带分化米为坐标线,对应视场 40 倍时 1 度 30 分,最远距离可达 15 公里。正是通过这架哨所镜,古谈看出了异常。

这时,哨塔的旋转梯上传来了一阵沉重的脚步声和急促的喘息声,不一会儿,皮耀远上来了。见到古谈,皮耀远问,老古,什么事? 古谈指了下哨所镜。

皮耀远刚从训练场上下来,灰头土脸的,额上全是汗,后背有一大片构树叶形的汗渍。这会儿,他把手里的几面三角旗往地板上一扔,附在哨所镜上看了起来。皮耀远在瞭望时,古谈提示说,往东南看。皮耀远就转动了一下镜筒。

暴雨已经下了一个多星期,上午总算停了,但是,天仍然阴晦得很。四处,雨意高高的、厚厚的,令人压抑和难以捉摸。远方缥缈,东南角被一堆堆乌云压得很扁、很低。

见皮耀远歪着头,咧着嘴,在哨所镜上不断地调换着角度,古谈问,看到了吗? 皮耀远反问,什么? 古谈又问,看到一条白线了吗? 皮耀远得到提示,身子便向前抻了抻,然后说,嗯,有的。是什么? 古谈说,长江原来是隐在山外的,现在漂起来了,你说是什么? 再往猪嘴冲看。

皮耀远又抻了抻身子,他看到,猪嘴冲乱成了一团,村里村外,男女老少,有的在奔跑,有的在呼喊,有的在向面包车和手扶拖拉机上撂东西……

怎么这么乱？皮耀远嘀咕，哦！白线越来越明显了，好像在横着移动。

此时，古谈的神情非常凝重，他咂了咂嘴，叹了口气说，这说明长江真危险了。大堤一旦破了，黑山大坝是不扛事的，只要几个小时，大水就到猪嘴冲了。

听古谈这么说，皮耀远从鼻腔里发出了哼的一声。从表情上看，这一声"哼"显得漫不经心，像是咳了一下，又像是一笑。但是，古谈还是感觉到了什么，他拍了一下皮耀远的肩膀，说，耀远，我们过去帮一把吧。

皮耀远丢开哨所镜说，老古，八竿子打不到的事。各地都有防汛指挥部，村里还有"两委"，我们插不上手的。

古谈说，关键是，他们这种转移能力和速度，就是在等大水了。

皮耀远把帽檐转到脑后，露出了一大盘子脸来，他从腰带上抽出毛巾，在脸上胡乱地擦着说，老古，这可是哨所镜里的距离，别看只有七八公里，路全在山上盘着哪，等我们赶到猪嘴冲，他们倒是转移了，我们和大水会师了。别忘了，我们带的都是北方兵，扔到水里，不如一只蚂蚱。

皮耀远的这句话是有分量的，古谈皱起了眉头。见状，皮耀远说，好啦！别操那份心了。他指着猪嘴冲方向说，相不相信，我们不请自到，他们会以为我们是作秀的，没准还能向我们收出场费哪。那个莫宝郎，为人为事太突然了，简直就不是人渣，是绝渣。说到这，皮耀远声称今天各排体能考核，捡起扔在地下的那些旗子，走了。

古谈看着皮耀远的背影，没有说话，他知道，皮耀远的心里还搁着旧年的事情，很重。

二

去年7月，中国人民解放军森林警察支队红星消防大队来到了猪嘴冲。这支部队原驻喊山镇，1994年清明节，黑山发生了火灾，两个小时后，待消防部队赶到现场，大火已将山上的树木烧得一棵未剩，山下的三个工厂也化为灰烬，并有2人死亡，3人失踪。这是一次惨痛的教训。为能在第一时间进入火场，同时也考虑到黑山森林密集，火情复杂，防火任务重，根据上级指示，这支部队便从喊山镇驻扎到了黑山附近的猪嘴冲。

2019—2020年安徽省中篇小说精品集

山上的云朵：

是年 9 月,部队在绘制最新林相图时,发现了一个防火死角——在小弥山的森林边缘出现了一条茂密的林带。在这条林带里,既有檀树、桑树,也有构树和芭茅草。三种树混栽在一起,再加上肥厚的芭茅草,整个林带把山林、庄稼地和村庄密不透风地接在了一起。

那天上午,红星森林消防大队的队长皮耀远和指导员古谈去了猪嘴冲村党群服务中心。猪嘴冲村委会书记、主任蒋事业接待了他们。

蒋事业是省直粮食系统派下来的挂职干部,年龄不大,三十四五岁的样子,却老相得很,谢顶,头发花白,皮肤干巴巴的。古谈先把部队实地勘察的情况向他作了通报,然后要求把这条林带清理掉,在森林和庄稼地之间留出一条宽度约 40 米的防火隔离带来。为此,希望村委予以重视,并能支持部队的行动。

大约听出了六七成意思,蒋事业就拍着胸口表了态。听口音,蒋事业是江浙一带人,家乡口音很重,说话时语速快,神情夸张,动作幅度大,看上去头动尾巴摇的,电动的一般。

在蒋事业大包大揽的时候,村民小组长莫宝兵来了。一见到莫宝兵,蒋事业就颐指气使地说,莫宝兵,你马上回村,每家抽一个人头出来,配合部队砍树。

莫宝兵有点蒙,骰子一般地愣转了几下,笑眯眯地问,什么事?

古谈得知了莫宝兵的身份后,就把要清除呲牙洼的杂树、建立防火隔离带的事说了。

莫宝兵的脸上现出一副为难的样子,半天才红着脸,嗫嚅着说,那个……这个……本来那件事还留点余火……现在……呵呵……

古谈感觉到了问题,就请莫宝兵慢慢说。莫宝兵说出了心中的顾虑,大约两个方面。

部队刚进驻猪嘴冲那会儿,为了建营房、车库和训练场,将村南的一片树林伐了。这片树林是猪嘴冲人在开出来的荒地里培育出来的,为此,村民要求部队每棵树赔偿 100 元,后经"两委"协调,每家只赔了几百元,对此,村里的人一直不满。现在,同样的问题又出来了,呲牙洼里的那些树和草也是猪嘴冲人栽种的。这些树的树皮,包括芭茅草都可以做桑皮纸的原材料,很值钱。就拿桑树皮说吧,一吨桑树皮能卖到 2 万元。为此,猪嘴村人称呲牙洼为"野生银行"。

听莫宝兵把这些事抖出来了,蒋事业的两只眼珠子像是挤丸子似的,立刻瞪了出来,他说,还野生银行,等出事了,就是火葬场。真是要钱不要命了?再说,无论是村北那片树林,还是呲牙洼的那些树,都属于非法开荒、非法栽种,不找他们麻烦就算送大礼包了。你莫宝兵在这件事上还有没有立场?

莫宝兵的脸更红了,他用食指轻轻地刮着自己的腮帮,满脸赔着笑说,嘻嘻,我就是建议建议,总归……要听你的……

说到这,莫宝兵再也不吭声了。

古谈很在乎莫宝兵的这种顾虑,想鼓励他再谈谈,蒋事业却不耐烦地说,宝兵,就这样吧。我看你衣服穿得倒很干净,怎么一谈工作就一手稀泥、一手糨糊的?回去落实吧。

莫宝兵忙嗯了一声,然后向皮耀远和古谈客客气气地打了声招呼,低着头,慢慢地走了。

见古谈还在望着莫宝兵的背影,蒋事业感慨地说,两位首长,实话跟你们说吧,这个村子是有宗祠的,复杂得很。又笑着说,哈哈,我原来也是很斯文的,最后发现不行,对付他们,不能按常规出牌,一手得拿六个炸子才行,以后慢慢跟你们说。

蒋事业在说这句话时,古谈看到皮耀远向他竖起了大拇指。

回到队部后,古谈一直坐立不安。因为蒋事业牛气冲天、粗枝大叶的德行和莫宝兵支支吾吾、欲言又止的样子,在他脑海中不停地出现,再加上蒋事业最后说的那段话。皮耀远看出了古谈的心事,说,是不是担心老乡干涉?你放心,村干部就是小皇帝,蒋事业说他手里有六个炸,我相信,能摆平的。再说,我们又是为了什么?

古谈就不说话了,随即让通信员宁小则喊来了郭排长等,连夜制订了一个作业计划。计划得到批复后,第三天上午,皮耀远便带着铲车、吊车、发电车、运兵车和十几台油锯以及两个排的战士,浩浩荡荡地开进了呲牙洼。

在呲牙洼,参加伐木的部队刚把帐篷搭好,郭排长就来向皮耀远报告,说外面来了十几个老乡,都是猪嘴冲的。皮耀远嘴一咧,笑了,他情不自禁地竖了一下大拇指,当然,他这个动作别人都看不懂,他在给蒋事业点赞。

走出帐篷后,眼前的景象让皮耀远有些意外。来的村民不是十几个,而是三十几个,而且不远处,还有许多村民向这边走。另外,让皮耀远犯嘀咕的是,村民们的神情非常冷漠,手上都没有工具。在这群村民当中,有两个人皮耀远认识,那个大个子、穿花睡衣的叫莫大兴,光头、粗壮得像只石臼的叫莫小山,都是电工。部队刚在村里驻扎时,曾请这二位拉过电。他们做得很好,但是也做了手脚,把部队的电悄悄地接到了他们两家私人作坊的电闸上。当然,事情做得有点蠢,很快就被发现了。惹得蒋事业张嘴就骂,骂的那些话挂在墙上,三年都有腥臭味。

这时,皮耀远先向站在队伍当中的一个汉子敬了一个军礼,然后问,请问你们是不是蒋书记派来的?

这汉子五十多岁,高大、小平头,脸上的皱纹很深,络腮胡子,背略驼,但看上去非常结实。听皮耀远问他,他面无表情地冷冷地说,在这里,蒋秃子说话不算。又追上说,这些树你们不能动哦。

皮耀远心里一怔,知道事情出现反转了,忙打听汉子的姓名。

汉子叫莫宝郎,猪嘴冲村的。

皮耀远笑了一下说,老乡,建立防火隔离带可是为了你们好呀,是不是?

莫宝郎冷笑一声说,这个情我们就不领了。这些树都长多少年了,性格跟我们山里人一样,厚道、本分,不闹事。

皮耀远又笑了笑说,老乡,树本分,火无情啊。

听皮耀远这么说,莫宝郎那犀利的目光,落在皮耀远的身上,刷漆一般,上上下下地过了一遍。行!他说,你们现在就回去拉票子。我们按棵数,一棵200块。一手交钱,一手拔树。

皮耀远的表情不自然了,那笑就显得很做作,他说,老乡,我们可是义务劳动。

就是说我们还应该给你们开工资,是不是?莫宝郎说,那就两清吧。请马上离开。

皮耀远知道碰上了硬茬,但是,他还想努力一把,就说,老乡,能不能把村干部喊来,我们商议一下?

莫宝郎说,什么村干部?不就是蒋秃子嘛!我已经跟你说过了,在这里,我说了算。

这期间,皮耀远一直压制着内心的火。这火来自两方面:部队出发前,古谈是要来的,皮耀远却以最近支队要来检查,宣传任务重为由,把古谈劝回去了。现在,皮耀远后悔了。如果古谈来了,像莫宝郎这种人,根本就轮不到自己张嘴,古谈一个开场白就能说死他。第二,在大队,从尉官到班长、列兵,听他皮耀远说话时,个个都是前挺后翘,站得笔直,生铁铸的一般,哪个还敢还嘴?像莫宝郎这样,敢斜着眼跟自己对话,他早就开大脚了。

现在,听莫宝郎把话说得这么硬气,皮耀远说,老乡,这个年代,说"在这里,我说了算",不合适吧?

莫宝郎挑衅地看着皮耀远,半天才一字一字地重复着他刚才说过的话:在这里,我说了算。

就在这时,不远处发生了骚乱,原来莫大兴和两个老乡试图夺下一班长黄正东手里的油锯,和几个战士发生了争执。就看莫大兴猛地一推黄正东,然后夸张地大声喊道,当兵的打人了!打人了……

莫大兴的两条胳膊很长,挥动起来时,整个人像是一只发情期的猿。

莫大兴的喊叫立刻使场面出现了混乱,几个村民叫骂着向莫大兴跑去,而在这边,莫宝郎则一脚踹倒了油锯箱。莫宝郎的这一脚仿佛是信号,几十个村民立刻骚动起来。有的去推工具箱,有的去扯帐篷,有的用铁锹铲车轮,有的把部队的野外炉灶和炊具直接掀翻到一边,阻燃手套也被扔得到处都是。战士们见状忙过来劝阻,于是,双方便出现了推搡。一时间,战士和村民的情绪不断地升温,眼睛一个比一个睁得圆,都血红的。手上的动作也变大了,变得有目的了。

身居混乱中的皮耀远,一边不断地将士兵从村民身边推开,一边大喊,退后,退后,不许碰老乡,不许碰老乡!我看你们哪个敢动手,退后退后……

但是,令皮耀远震惊的情景出现了,就在他的旁边,不知为什么,几个村民开始攻击士兵了:通信员宁小则被打得满地翻滚,想往树林里逃,又被人拽了回来;黄正东手上的油锯已被抢走,不知受到了什么攻击,满脸是血……

皮耀远先是满脸错愕地看着眼前的景象,不久,他的呼吸开始变得急促起来,由于愤怒,脸部也开始变形了。突然,他大叫一声,将一个踢打郭排长的村民猛地推了出去,然后伸手将地上的一把军用铁锹操了起来。郭排长见状,一把抱住了皮耀远的腰。他大声地喊,队长,队长,冷静,冷静!就在这时,莫宝郎和十几个汉子冲了过来,一下子就把皮耀远和郭排长围在了当中。

对皮耀远和郭排长的攻击持续了好几分钟,直到皮耀远喊出了一句话,才得以终止。

在这场纠纷中,皮耀远吃了不少拳头和耳光,脖子上有抓痕,嘴角肿了,后脑勺被重击了,疼了好几天。痛苦远不止这些,不久,支队派来了调查组,对他和古谈进行问责,结论是:一、工作做得不利,把好事变成了坏事;二、现场处置违反纪律,破坏了军民关系,影响了军人在老百姓心中的形象;三、责令大队通过地方政府立刻向村民道歉,尽快解决隔离带问题;四、在这场纠纷中,皮耀远的问题非常严重,从上尉队长降到代理队长,三个月后,根据表现再作定论。

三

昨晚,支队组织各排收看了新闻:由于连续出现暴雨天气,长江的水位已经超过警戒水位15米。昨天下午,约10万名解放军、武警官兵和预备役开始抵达长江流域各个危险工段。那条古谈和皮耀远在哨所镜里看到的白线确实是长江,此时,在洪水的压力下,随时都可能溃破。而天气预报说,今天下午到后天,长江中下游地区还有一次超强度和超大强度的降雨过程。长江一旦破堤,4个小时,也就是下午3点左右,大水加上泥石流就可能涌至黑山大坝。

猪嘴冲是位于黑山大坝下的一个自然村,有120多户人家,位于小弥山和黑山山脉之间。该村有两大经济来源,一是为桑皮纸厂加工树皮,二是为药厂加工药材。和其他村庄不同的是,村子上出去打工的人很少,大水一旦席卷而来,全村村民加上外招的工人,可能会有近千人葬身水底。目前,最为关键的是,猪嘴冲家家都有小作坊,家家都有仓库,赶上紧急转移,如果每家都想带走家产,就会显得很吃力,这也是古谈想过去支援的主要原因。为此,皮耀远离开哨塔后,古谈考虑再三,还是把这里的情况向支队做了汇报。

支队领导的意见非常明确:值抗洪抢险非常时期,驻军部队要随时听从地方政府的调遣和指挥,对于突发的险情,可先行处理。

支队的回答让古谈的心里明亮了许多,而当他再向猪嘴冲方向观察时,大吃一惊,于是,他命令宁小则赶紧把皮耀远喊回来。

不一会儿,皮耀远上塔了。看到皮耀远,古谈就把哨所镜交给了他,说,老皮,先看看再说。皮耀远占上古谈的位置,把住哨所镜看了起来,当他调整一下哨所镜的焦距后,远方的情景一下子就清晰了。

远处,猪嘴冲村比先前更乱了,村头出现了一支队伍,但行进缓慢,人和各种车辆挤在一起,像是炖了一锅粥。

哦,向外撤了。皮耀远说,这么乱,谁也走不了啊。

问题远远比这严重。古谈说,老皮,你再看看。

听古谈这么说,皮耀远又调了一下焦距。这会儿,皮耀远看到,队伍的前面出现了塌方,许多人正在手慌脚乱地清理。

看到了吧?古谈问。

皮耀远又调整了一下焦距,只看了一会儿,说,这是在集体水葬啊。村干部哪儿去了?

古谈满脸严肃、语气肯定地说,老皮,什么都别说了,赶紧过去支援。

皮耀远没吭声。

耀远,古谈说,我已经把这里的情况向支队汇报了,支队指出,特殊时期,部队可根据实际情况,随时处置突发事件。

皮耀远仍然没吭声。

天更加阴晦了,四处像是竖起了一道黑色的屏障。在这道巨大的屏障上,形状怪异的闪电不时地划过,雷声随即从远方此起彼伏地传来。这雷声并不响亮,但密集而阴沉,如同一群野兽在低吟。哨塔被一层层的森林包围着,此时,森林里不时地传来类似于有人拨动纸片的声音,仔细看时,才发现是雨点。那雨点很稀,却有铜钱一般大小,一片是一片的,厚实又有分量,哪片叶子挨上一击,便剧烈地颤抖一下。

这时,古谈仰头看了看天,又看了看远方,满脸都是焦虑,却笑了笑说,老皮,知道你心里还压着一块石头。老百姓嘛,不要和他们计较了,再说,事情都快过去一年了。说到这,他把手搭在皮耀远的肩上,叹了口气说,我们是军人呀。我们毕竟是军人啊。现在这种情况,我们可以找到一万条不去救援的理由,而且每一条都能说得过去,但是,我们就是不能见死不救,对不对?

皮耀远沉默了几秒钟,问,联系了吗?

古谈摇了摇头说,打蒋事业手机了,一点信号都没有。

也许换手机了。皮耀远说,都一年多了。

古谈说,不! 雷雨天,山里是没有信号的。

皮耀远眯着眼睛向远方看着,下巴很丑陋地向前伸着,半天才幽幽地说,可惜,这个村庄是冰冷的,从来就不会感恩。

古谈说,耀远,这些都不重要了。又说,这个时候,这些还重要吗?

皮耀远不说话了,咬着牙。他的眼神告诉古谈,他的内心已经有所动摇了。

这时,古谈忽然叹了口气,笑了笑说,耀远,你的思想工作我来做,我的思想工作谁来做呢?

古谈这么说时,皮耀远的身子一震,他下意识地看了看古谈。

古谈的目光和皮耀远的目光对撞时,彼此都没有粉碎,而是一下子就融合了。

四

是的,在呲牙洼纠纷这件事上,如果用挨刀子来比喻,古谈挨的刀数一点也不比皮耀远的少,伤口一点也不比皮耀远的浅。

纠纷发生后,支队调查组把聚光灯一齐对准了皮耀远。其中,在莫宝郎等围攻皮耀远和郭排长时,皮耀远大喊的那一声,成为支队调查的主要内容。对此,古谈站出来作了解释。

那天,皮耀远见战士们被围攻,既感到意外和愤怒,也非常心疼。他操起铁锹,并不是为了攻击,而是为了吓唬,没想到,他的这个举动刺激了对方,招致了莫宝郎等人更加猛烈的围攻。为从围殴中逃脱,避免更大的伤害,皮耀远情急之下大喊一声,向总部喊话,派兵增援,带枪来! 皮耀远的叫喊非常奏效,不仅围攻他和郭排长的村民撒手了,其他的村民也纷纷后退了。

古谈说,在纠纷中,包括皮耀远在内,所有的战士自始至终都没向村民还手。皮耀远所说的枪,其实就是灭火枪。

但是,因为皮耀远态度不好,古谈所有的解释都显得苍白了。很快,古谈得到了一个消息,支队准备让皮耀远退伍。闻听这个消息,古谈提着山货,连夜赶到了喊山镇,然后敲开了政委家的门。

支队政委是古谈的老乡,也是他的媒人,二人私下有深厚的情谊。在政委家,古谈详细汇报了事情的经过,希望支队能撤销这个决定。古谈说,事出有因,如果这样做,会伤了当兵的心。政委的老婆是个快言快语又感性的人,听了事情的始末,从卧室走出来,流着泪帮着古谈说话。古谈在向政委求情时,政委一直冷着脸,直到这时才说,别找理由,问题的性质是很严重的,先回去再说吧。

一个星期后,支队给了结果,皮耀远留下来了,但从大队长降到代理大队长,一年期间不可官复原职,如再出问题,即刻免去代理大队长一职。

正所谓拔出萝卜带出泥,在这件事上,古谈作为指导员,无论如何都是脱不了干系的。支队在严厉处分皮耀远的同时,对古谈也给了通报批评。

相对于皮耀远,这个处分是很轻的了,但是,古谈在床上接连烙了好几个晚上的饼。去年,政委为他争取到了一个上国防大学的名额,为确保这个名额,政委为他做了设计,即先让他到基层锻炼一年,然后顺理成章地填表。下连队之前,古谈特意去看政委,一是为了表示感谢,二是为了得到进一步的点化。政委是合肥人,他的点化就八个字:一毫毫错都不能犯。

古谈当然知晓政委的话中话,为此,这个事情发生后,他大有天塌下来的感觉,委屈、自责、恼怒、不安和绝望,把他的心塞得满满的。此时,他特别希望政委能给他打个电话,但是,政委那边一点声息都没有。几天后,他实在无法忍受了,就打了政委的电话。电话打通后,他反复强调自己在这件事上的无辜,不断地解释事件的突然性和复杂性以及自己的无奈,说到动情处,眼睛都红了。他苦苦诉说的目的是清晰的:这件事发生后,他对上国防大学的事没有底了。他想得到政委的理解、安慰和保证。这会儿,待他说得精疲力竭,政委冷冷地给了一句:不能再给支队找麻烦了。

古谈听懂了这句话的含义,感激涕零。

但是,在麻烦面前,人往往是弱小的,碰到下面这件事,古谈就只能认命了。

那天早晨，部队刚出操回来，莫宝郎就将古谈拦在了部队营房门口。莫宝郎端着一只大花边碗，一边吸溜吸溜地喝着粥，一边耷拉着眼皮，漫不经心地说，小古，我们有事找你呀。

呲牙洼纠纷发生后，古谈研究过莫宝郎。

猪嘴冲少有杂姓，一村都姓莫，这个莫宝郎是家族的中心，据说，在猪嘴冲，无论谁家杀年猪都会把莫宝郎请到场。屠夫把猪开膛后，会把第一块护心油撕下来，趁热献给莫宝郎，莫宝郎则会当众将那块护心油一口吞下。这景象别说吓倒了女人、孩子，如果现场有狗，也会惨叫一声，夹着尾巴就逃走了。

为此，在以后的日子里，一见到莫宝郎，古谈就会莫名地一怔，不知此人又会给部队出什么难题。于是，他忙带着笑脸接上莫宝郎的话，莫师傅，您请说。

莫宝郎就把"我们"的要求提了出来：在猪嘴冲，家家都有小作坊，每家都有深夜干活的习惯，第二天自然就想多睡一会儿，但是，到了第二天早上，每当加班的工人还在睡梦中时，部队的起床号就响了。

莫宝郎说，小古，这不行啊，影响人家做生意嘛。

古谈一怔。呲牙洼事件发生后，部队如何和老乡相处，古谈什么都想到了，但绝对没想到这件事。为此，对于莫宝郎的话，他一时半会没有反应过来，半天才似笑非笑地说，莫师傅，吹起床号和熄灯号是部队的制度啊。

莫宝郎拧着脖颈子说，你说得对，很对。你们把不让人家睡觉也搞到制度里去了？

古谈可谓一个饱读兵书之人，此时，一向睿智和善言的他，竟然愣怔了。

莫宝郎见状，就接着说，我可不想为自己多事呀，我这是为人带话哦。话都带到了，明天早上就不要吹打了。说完，往回走了。莫宝郎的屁股真大，走起来时，一歪一歪的。

正是五月天，山里的空气让人神清气爽，四处的树杈子上青翠欲滴，绽出了许多新叶，看上去层次分明，郁郁葱葱的。太阳也好，于是，草是明亮的，树丛儿是明亮的，村庄是明亮的，天便高远了，轻灵可人。此时的猪嘴冲犹如一幅画儿，让人掏心窝地舒服。但是，莫宝郎的这番话，则似有人用那种大号的扁口刷，在这幅画上刷了一道黑漆。

闷闷不乐的古谈一回到营房就把皮耀远喊来了。待他把莫宝郎的要求一说，皮耀远像座小锅炉，立刻就炸了。他先是连连冷笑了几声，然后说，这里的人是不是个个都腰椎间盘突出？他把军帽往桌子上一掼，把我们当成什么人了！不理他，明天不仅要吹起床号、熄灯号，再加一个午睡号，看他们敢怎样！一边说着，一边撸着袖子。撸袖子时，露出了牛腿一般粗的胳膊来，那上面粗筋大脉的，透着无穷的力量和凛然不可侵犯的血气。

对于皮耀远的话，古谈没有反应。

这时，皮耀远笃笃地敲着桌子说，老古，这不就是敌情吗？报警呀！

听皮耀远这么说，古谈吓了一跳，立刻摇了摇手。

皮耀远痛苦地说，老古，你难道又想和谐？不行啊，这件事里有蛆，莫宝郎就是最大的一条，你拣不净的。

皮耀远说的"和谐"正在古谈的心里，这当然是他的首选。这样做是为了部队，也是为了他自己和皮耀远。事情的台阶也设好了，先拜访莫宝郎，不成，找蒋事业，再不成，就如实报告支队，无论怎么样，呲牙洼事件再也不能重演。

听说要去拜访莫宝郎，皮耀远的反应更加强烈了，嘴里接连发出了好几个"咿呀呀""咿呀呀"的声音，然后说，指导员同志，这个我真做不到。我相信你也做不到，你不过是在勉强自己罢了。我可不想勉强自己。现在，我老皮头上只剩下半片乌纱了，无所谓，嚓！彻底撕了，凉快。

在这件事上，古谈是希望皮耀远对自己有所担待的，没想到皮耀远走得那么远，这让他既失望也很烦恼。他说，老皮，你的这些话说得没有站位，也有些自私了。这是个大是大非的时刻，是不允许我们任性的，尤其是你我。

皮耀远不高兴了，他说，呵呵，我自私，我任性，那就按照你的套路来。你下命令吧，我带全连的战士到莫宝郎家集体下跪去。我都看过了，他家院子不大，院子里跪不下，外面再跪几个。

这是什么话？古谈不高兴地说。我没有什么套路，也不可能以牺牲部队的尊严和荣誉来适应我的套路。请你来，是想和你讨论一下，在老百姓面前，我们军人如何做才更有分寸。

皮耀远撇着嘴说，是啊！我缺少斯文，也缺少分寸。不过，他们是老百姓吗？我看就是山匪村霸。我是第一次看到老百姓欺负当兵的。

话说得不合适吧？古谈眯着眼睛问。

皮耀远把扔在桌子上的帽子抓过来，往头上猛地一扣，摊开手说，我学识有限，在这些人面前，实在找不出更合适的词。说完大步走了出去。

皮耀远的不辞而别，让古谈感到非常孤单和烦恼，回想一下自己和皮耀远的对话，觉得有些话可能被皮耀远误解了，内心又不安了一阵。烦恼之下，他走出军营，然后在村外的那条小溪边坐了下来。

溪水就在古谈的脚下，涓涓流淌，清冽碧透。四处，鸟儿们低回的鸣叫又似在委婉地对话。此时，古谈的内心是那么混乱。想到自己面对的难题，想到皮耀远在这件事上的抵触情绪和阴阳怪气，又想到呲牙洼事件后政委和自己说的那些话，他感到了一种空前的无聊和绝望。

就这样，古谈在小溪边坐了一个多小时。就在他感到有一些凉意在他的后背上蔓延时，不远处传来了一阵窸窸窣窣的声音，他回头一看，是皮耀远。

皮耀远走到了古谈跟前，也不说话，只是挨着古谈，默默地坐了下来。过了一会儿，皮耀远打破了两人之间的宁静，他说，不说了，老规矩——你出票，我投票。

古谈看了看皮耀远，把脸转了过去。过了一会儿，他说，耀远，我们先和蒋事业沟通一下吧。

古谈的这句话，就等于绕开了莫宝郎，也等于向皮耀远让步了。

皮耀远迟钝了一下，然后说，行……

古谈感受到了皮耀远的这种"迟钝"，就说，在这里，有事还要依靠地方政府，事情不论大小，把程序规规矩矩地走一遍总不会错。

碰头会是在村党群服务中心开的。古谈带上了皮耀远和宁小则。莫宝郎带来了莫大兴和莫小山。双方坐下后，古谈的脸上一直带着谦卑的笑，像是来找人借顶梁柱似的，而莫宝郎等人一直冷着脸，摆出的是一副时刻防着被人咬、时刻准备咬人的姿态。

按照古谈事先和蒋事业交流的，话先由莫宝郎说。莫宝郎没有说话，只是把几张纸递给了古谈。

古谈翻了一下，第一张纸是告知函，开头写着"强烈要求"四个字，下面是内容。内容和早晨莫宝郎见到古谈时说的大体相同。后面的几张纸上全是手印,密密麻麻的,三十多枚。

见古谈看着那些红手印发呆,蒋事业把那几张纸要了过去。草草地看了一遍后,他把那几张纸往桌子上随便一丢,对莫宝郎说,事情我知道了。有什么话,你们说吧。

倒是莫大兴先说话了,他看了莫宝郎一眼说,事情就是那个事,别吹号了。平时,你们当兵的又没有多大事,我们老百姓不行啊,不干活没饭吃啊,哇哇地吹,还怎么干活?

是哦。莫小山跟上说,不就是睡觉吗?还弄那么大排场。早上,想多睡就多睡一会儿,不想睡了就起来,吹吹打打的干什么?晚上也是,想睡就睡,不想睡就吹牛,你吹什么号子哩?嗷嗷的……

蒋事业打断莫小山的话说,哎哎,你俩怎么不去《正大综艺》哩?会不会说话?看看火葬场,笑死人了吧?笑得黑山大坝的鱼都翻塘底子了。还当兵的没有多大事,养兵千日,用兵一时,你们可懂?

莫大兴冷笑一声说,一年360天,三年,正好养到退伍。

莫小山说,还多养80天哪。

听莫大兴和莫小山这么说,古谈有点尴尬,端起面前的水喝着。而皮耀远则拧了拧下巴,把脸转到了一边。此时,他的脸上暗暗的,不知是红还是黑。

好了好了。这时,蒋事业说,你俩别说话了。他转而对莫宝郎说,老莫,我只想问问你,几个月前,区长跟你谈话时是怎么说的?

莫宝郎看了蒋事业一眼说,一码归一码。

蒋事业说,那好,我们就来谈你这匹马。吹号出操是部队的规矩,就如同上课打铃,公鸡打鸣,错在哪儿了?

莫宝郎说,这个事,我跟他说过了。说着,莫宝郎指了一下古谈。

蒋事业突然就发火了,不要胡来。我提醒一下,不要胡来。胆子都是放养的是不是?越来越大了吧……

听蒋事业毫无征兆地发火,莫宝郎呼地站了起来。古谈见状,忙笑着招手说,莫师傅,请坐下,我们还有话说。

莫宝郎不理古谈,只是对蒋事业说,你说的什么话?你才是野生的哪!

2019—2020年安徽省中篇小说精品集

蒋事业刚想说话（显然是想解释），莫宝郎又拦住说，你小蒋别说了，你吃洋葱头了吧？口气很难闻。

古谈忙站起来打圆场，莫宝郎根本就不听，他指着蒋事业说，你要是喜欢听公鸡打鸣，把鸡带到你家去。另外，我说过了，我就是个传话人，明天如果他们再吹号，全村都会到喊山镇上访，到那时，可别怪我没跟你们说清楚。说完，他把椅子猛地一推，大步流星地向门外走去。

莫宝郎推椅子时，撞倒了纸杯子，茶水洒了一桌子，蒋事业一边用手去抹那些茶水，一边气愤地说，老莫，你……你这样是不行的。

莫宝郎站住了，他突然把裤子拉链往下一拉，看着蒋事业说，你小蒋能把我怎么样？

莫宝郎说话时，眼睛大得跟一样，配上那两腮毛胡子，显得很狰狞。蒋事业真没敢接话，只是秃顶的那部分更亮了。见蒋事业"哑火"，莫宝郎哼了一声，把裤子拉链猛地拉上，走了。

屋里静了下来，一种尴尬在空气中弥漫。

就在这时，莫宝郎竟然又回来了，他看着古谈说，还有一件事，你们的人要管管了，有些小当兵的很不规矩，跟在人家丫头后面扔小石子。这个不好，我跟你们说。说完转身去了。

古谈和皮耀远都傻了，两人相视了一眼，脸上的表情立刻都挂上了。这倒给了蒋事业一个台阶，他说，唉！这些山里佬，纰漏人，纰漏事，纰漏话。没办法。又转移话题说，没事，关于军号的事，他们说了不算，如来佛不是他，交给我了，晚上我把他搞定。你们该干什么还干什么。

古谈笑了笑，算是表示感谢，接着脸上的神情越来越凝重了。此时，他在心里迅速地盘算着：那个向人家姑娘扔小石子的战士会是谁？在这个节骨眼上发生了这件事真是可恶，被莫宝郎亲口说出来更不是什么好事……想着想着，他的额头上渗出了一大片汗。

当天晚上，猪嘴冲村人没有听到军号声。

第二天早晨，猪嘴冲人也没有听到军号声。

又过几日，猪嘴冲人发现，这个百十号人的森林警察部队突然在一夜间消失了。

五

　　驰援猪嘴冲的方案很快就制定出来了,也很快就得到了支队首长的批复。

　　方案的核心是:把部队的驰援路线由公路改为冲。这些冲由常年的雨水冲成,有五六公里宽。枯水季节,有人在冲里取石取沙,形成了许多车道,可以行车。

　　方案得到批复后,古谈和皮耀远做了分工:古谈押四台抢险车在前,皮耀远押四台运兵车在后。此分工被皮耀远拒绝了。皮耀远提出了两个坚决:自己作为一队之长,坚决走在队伍前面;坚决要求古谈留下,军中不能一日无将。皮耀远说,你如果一定要压阵,就是对我皮耀远不放心。

　　古谈无话可说。

　　下午 1 时 25 分,部队大院里,两个排的战士集合完毕,65 名战士分成三队站得笔直。此时,战士们全部穿上了橘红色的战斗服,看上去像一片茂密的红枫林。在古谈的要求下,战士们先唱一首《军民鱼水情》,接着又唱了一首《战士就该上战场》。第二首军歌唱完后,皮耀远开始作战前部署。

　　目的地:猪嘴冲。任务:帮助老乡转移。转移目标:离村庄五公里的黑山。

　　接下来是古谈作战前动员。当古谈问同志们有没有信心时,战士们的应答声不大且稀稀落落的。古谈又大声地问,同志们,有没有信心?队伍的反应仍然不大。皮耀远火了,他大喊一声,立正!然后说,怎么啦?最近雨水多,舌头都霉啦?黄正东出列。

　　那天在村党群中心,莫宝郎没说谎话。那个向姑娘扔小石子的当事人找到了,就是一班班长黄正东。皮耀远不管三七二十一,上来就是一顿臭骂,等骂完了,才知道莫宝郎说反了:不是黄正东向人家姑娘扔小石子,而是人家姑娘一看到黄正东就跟在后面扔小石子。这样的话,事情的严重性就轻了许多,但是,有一点是肯定的,黄正东私下有多次到那个姑娘的工作场所的行为,于是,皮耀远当即把黄正东的班长职务拿掉了。事后,皮耀远觉得自己有点过分了,也知道黄正东记恨他,平时在军营里,一见到他,就远远地绕开。

此时,黄正东从第二排跑了出来,待他立定后,皮耀远问,你有没有信心?

黄正东看了皮耀远一眼说,有!

有——?皮耀远拖着很长的声音说。刚才为什么不回答指导员的话?

回、回答了。黄正东说。

回答了?我就没看到你张嘴。

报告队长,我张嘴了。张得比较小……

队伍中传来了一阵嬉笑声。皮耀远眼一瞪,队伍立刻鸦雀无声了。

张得比较小,是腹语?皮耀远继续问。

黄正东看了皮耀远一眼,不吭声了。但是,他的目光里有一种明显的不满和倔强。当听到队伍中有窃笑声时,头就昂得更高了,以至于他的下巴像剑一样刺向天空。

皮耀远看到了这一点,他哼了一声说,我告诉你黄正东,抗洪抢险就是冲锋陷阵,态度消极就等于当逃兵。你是不是怕死?怕死就别去了。

黄正东嘴张了一下,想说什么,但是没有说出来。

皮耀远武断地说,你留下来吧。先找一个安全的地方待着,然后为大家写遗书,写64份。

黄正东嘴又张了一下,但仍然没能说出什么,只是脸憋得通红。

这时,皮耀远看着黄正东说,黄正东,来,听我口令,立定,向后转,跑步回营房……

皮耀远一套指令下来后,黄正东却没有反应,只是直直地站在那儿。

黄正东,皮耀远大声地说,听我口令……

报告队长!这时,黄正东的胸腔里终于迸发出了声音,我有话说。

皮耀远没有搭理黄正东,只是死死地瞪着他。和别人不一样,别人瞪眼时,眼睛会显得非常大,皮耀远眼睛小,瞪眼时,眼睛则变得更小,像是两条短线在他的脸上迅疾地划过。

这时,古谈拍了拍皮耀远的肩头说,黄正东同志,你说吧。

黄正东的泪水一下子就下来了,他大声说,我绝不怕死……我憋屈……

黄正东说到这里,说不下去了。

听黄正东这么说,队伍中许多战士都耷拉起脑袋。此情此景让古谈的心里很难受,那天,在听到许多战士被打的消息时,他心里没有难受,但今天他难受了。

六

那天,就部队吹号一事,和莫宝郎谈得不好,事后,蒋事业口口声声说会摆平这件事,但是,古谈和皮耀远回到部队后,蒋事业给出一个方案,那就是坚决不要理睬莫宝郎,如果莫宝郎敢采取进一步行动,村"两委"就报警。

不用说,蒋事业在这件事上已经对莫宝郎完全失去了耐心,同时也"黔驴技穷"了,古谈决定即刻向支队汇报。

皮耀远知道古谈准备上国防大学的事,也知道政委为古谈画的红线,他说,你考虑到后果了吗?

古谈懂皮耀远的意思,他一语双关地说,正因为我考虑到了后果。

再考虑一下吧。皮耀远说。

古谈则直接拨通了支队长的电话,其实他是想打政委电话的,但他觉得自己已经没有脸面再打政委电话了。

听说老百姓要部队停止吹军号,并且下了最后通牒,支队长大发雷霆。支队长是研究生,口才好,他一口气送给古谈三个零:智商为零,情商为零,军民共建为零。同时,他要求古谈马上拿出方案,方案的内核是,既要保证部队的尊严,又要防止军民关系进一步恶化。

明天,如果军号吹不响,如果有老乡到喊山镇闹事,你古谈要承担全部责任。这是支队长在电话结束时说的话。支队长口水旺盛,说话时唾沫星子乱飞,此时,古谈感到支队长的唾沫通过卫星电话直接喷在了自己的脸上。

放下电话后,古谈像泥塑的一般,呆呆地立在那儿——他无法拿出支队长要的这个方案。

古谈的样子让皮耀远很同情,他说,还是考虑一下蒋事业的办法吧,报警,让派出所找莫宝郎。

古谈坚定地摇了摇手。

2019—2020年安徽省中篇小说精品集

山上的云朵:

老古,这样吧,皮耀远紧了紧腰带说,你明天找个理由离开村子,这里交给我了。

古谈知道皮耀远的意思,心里一热,他笑了笑说,兄弟,你这句话说得真蠢啊。

就让我破罐子破摔吧。皮耀远再次说。

古谈拒绝了,只说自己已有了方案,让皮耀远先走了。

皮耀远走后,古谈向支队写了几份材料:一是讲述了村民要求部队停止吹号的过程和交涉结果;二是为避免冲突,建议部队立刻撤到呲牙洼以东的喊山深处驻扎;三是要求辞去红星森林防火支队指导员的职务,回到机关听候安排。

三份材料是通过电子邮件发送的。支队长很快就回复了。

几个月前,发生了臭名昭著的呲牙洼事件;几个月后,又发生了如此离奇的纠纷。这当中是有逻辑的,说明你们扑火只顾了表面,技术含量太低。

今日老百姓不让部队吹号很荒唐,但我相信这仅仅是个开始,更大的荒唐还在后面。这些都说明一点,你们在群众工作方面经验为零。打你们脸的是你们自己,吹不响军号的也是你们自己。非常丢人。问题正处于白热化中,作为连队指导员竟然要求辞职,这叫临阵脱逃!无法面对问题,要求撤出猪嘴冲,这是率众临阵脱逃。军民鱼水情,水是被你们自己搅浑的,别怪老百姓无情。鱼没有出路,唯有责!

当夜无眠,凌晨5点,古谈经过激烈的思想斗争,还是决定向政委求助。政委抽了半天的烟,最后叹了口气说,我找他谈谈吧。

当晚7时,宁小则送来了一份支队急件。

当晚10时,部队的熄灯号没响。第二天6时20分,部队的起床号没响。

一个星期后,星夜,部队拔营,向8公里外的喊山深处进发。

那天,路显得特别漫长,特别颠簸。一路上,没有一个人说话,几辆军车像是拉了一批木头人。但是,当车子开进森林深处时,坐在古谈旁边的黄正东突然哭了,接着,整个车厢的战士都哭了,几个不到19岁的小战士哭得尤其伤心。

其实，古谈更想哭，只是哭不出来。

没错，直到现在，那张录取通知书也没寄来，而政委早在去年年底就调离了。

七

这几日，到莫宝郎家串门的人更多了，无论男女，坐下后就聊洪水的事，议论最近在村里发生的奇怪现象，比如猪撞墙、路上捡到爬行的甲鱼、树"冒汗"，等等。莫氏家族几个老人几乎都做出了一致的判断——一场大水必将来临，猪嘴冲头顶上的黑山大坝就是一口黑漆"大棺材"。其实，这几天，莫宝郎已经在宗祠开了好几次会，并安排莫大兴带着青壮年上山砍毛竹，制作了十几条竹筏，都堆在宗祠大院里，以备不测。

23 日中午，莫姓十几口人正在莫宝郎家扎堆聊天，蒋事业和莫宝兵来了。两人刚在区里参加完抗洪抢险紧急会议，带来的指示是：长江中游地区已出现多处管涌，部分危险工段已经破溃，洪峰将在 24 小时内抵达黑山坝。黑山坝的蓄水能力是 4 亿立方，据测算，此次洪峰带来的洪水多达 5 亿立方，届时，黑山大坝绝难承受。按照区党委要求，猪嘴冲居民马上撤离，撤离路线是南下到麒麟山一带。

这个撤离路线和莫宝郎心里的撤离路线背道而驰。他说，往南走不就等于在等水吗？

蒋事业立刻做了解释。

黑山大坝是三省共建工程，造价 1500 亿，下游除了猪嘴冲，还有十几个村庄和七八个超百亿的在建项目，主坝一旦溃堤，损失太大。为把损失降到最低，市抗洪抢险指挥部经请示省防总，决定动用空军对黑山坝的东北段进行爆破分洪。届时，洪水将在喊山、石鬼和黑山之间近 20 平方公里的地区形成一个巨大的泄洪区，从而绕开黑山坝下的村庄和项目区。

莫宝郎问，都分洪了，为什么还要走？

蒋事业说，这是区里的指示，必须走，以防万一。

莫宝郎撇着嘴说，也就是说，当兵的扔过炸弹后，顶不顶用还很难说。

蒋事业无法回答莫宝郎这个刁钻的问题，就干巴巴地重复说，这是区里的指示。区长亲自说的。他把"区长"两个字咬得很重。

大家又把目光转向了莫宝郎。

莫宝郎轻蔑地笑了笑，然后摇了摇头说，唉，好吧，都抓紧吧。

听莫宝郎这么说，好像大水已经进村了，屋里的人忙不迭地往外面跑。

上午10点，村广播站传来了蒋事业的声音，一共三条：一、全村村民，包括村加工厂的工人全部撤离村庄，村干部要逐户敲门检查，二、麒麟山一带有政府部门和大学生志愿者接应，吃、住、用基本没有问题，撤离时少带东西，少动或不动车辆；三、老孺病残在队伍前端，青壮年居中，村干部押后……

蒋事业的广播让气氛变得更加紧张，一时间，村里大人喊，小孩哭，牲口叫，乱成一团。这时，莫宝郎伸手将莫大兴扯到了墙角，交代说，蒋秃子的话没有筋，千万不要听，通知各家把能带的都带上。还有，各家存在小仓库里的产品，都是血汗钱，不能丢。等大水来了，冲跑了，蒋秃子不会问事的。

正是因为莫宝郎的这个嘱咐，出问题了。

下午一点多，第一批转移的队伍刚行至村南就被堵上了。此时，家家都把车子开了出来，每家车上都装满了货物。桑皮纸厂和药厂也没按村里的要求做，开出了好几辆大卡车，上面拉的全是成品纸和药材。一时间，货车、私家小轿车、面包车、半挂拖车、手扶拖拉机塞满了路面。更糟糕的是，由于接连下雨，山神店前面的一段路上出现了多处山体滑坡，所有的车辆都无法行走了。

因为是家族老大，直到全村人都走光了，莫宝郎才和两个负责殿后和检查的村干部出村。刚到村头，莫宝郎就听见蒋事业在骂人。因为人多，看不到蒋事业的全身，只看到那秃顶的部分或隐或现，一闪一闪的。再走近一看，发现蒋事业在骂村干部。看来是被骂急眼了，一向胆小温顺的莫宝兵摊开双手说，你就是啄木鸟也不能在一棵树上挖洞。我让他们不带车他们就不带了？你老骂大家要钱不要命，可钱和命哪样不是好东西？不过，我只能管住我自己不带，你撩撩看嘛，我裤裆再大也藏不住半间房子吧，对不对？

"要钱不要命"是蒋事业指桑骂槐的话，原是骂那些带车村民的，但是，今天村民太集中，他没敢骂，只好对着干部骂，赶上莫宝兵不知就里，硬是在

107

这个点上较真,蒋事业当然不满意,于是两人的话又多了起来。众人觉得两人都得理,就跟着劝。一时间,路上乱纷纷的。莫宝郎看了一眼堵在路上的村民,知道了蒋秃子骂人的原因。再想想这个状况都因为自己的一个耳语,于是,他走到前面,拍了下莫宝兵,示意他不要说话了,然后喊道,每家出一个劳力,自带工具,把路面清掉再说。莫宝郎的话很管用,路口很快就聚集了几十个男人。

一个多小时后,路面清理完毕,队伍终于移动了。这时,一阵阵轰鸣声突然从远方传来。这轰鸣声从东而来,由低到高,越来越刺耳,掠过人们的头顶后,便向东北方向呼啸着去了。这时,有人明白过来了,惊呼道,是飞机,要炸坝了,炸坝了! 这一喊,队伍立刻动了起来,速度一下子又提高了。

半个小时后,当转移的队伍行进到吴家祠堂时,莫大兴突然指着远方高喊起来,看呀,你们看——

大家便一起向东看。

东北方向的那十几公里宽的冲里,突然出现了一支车队。有八辆车,车身有绿色的,也有红色的。每部车上都打着红旗。由于行走在凹凸不平的河道上,速度不快,且摇摇晃晃的。

是部队的车! 有人喊。

是红星森林消防大队的! 这次是莫小山在喊。为了炫耀自己的眼力,莫小山还补充说,你们看看车里的人,都穿着红衣服。

看到了,是的是的。许多人都喊,以证明自己的眼力并不比莫小山的差,而莫宝兵的话又让大家眼前一亮。

是老皮他们,绝对的。莫宝兵说。当有人对他的判断表示怀疑时,他说,这一片只有这支部队。

他们跑到冲里干什么?

是啊!

……

这时,一直在观察情况的莫宝郎得出了结论,他自言自语道,该死! 真是该死! 莫宝郎的话一下子提醒了蒋事业,他大声说,是啊是啊,他们怎么跑进泄洪区了?

得赶紧让他们离开啊! 不知是谁,几乎在叫喊着说。

2019—2020年安徽省中篇小说精品集

山上的云朵:

听到这句话,大家下意识地把目光都放在了几个村干部身上,而几个村干部则一起向蒋事业看去。

蒋事业感受到了大家的目光,他焦灼地看着远方。他看见,在起伏不平的河道里,那支车队在冲里开得很缓慢,眼看就要接近冲里的一座转滩了。

怎么会这样?蒋事业嘀咕着。接着,好像又嘀咕了一句什么,他的鼻子就流血了。这时,他向前试探性地走了一步,又试探性地走了两步,然后边抹着鼻血,边向村里跑去。越跑越快。

蒋主任!

蒋书记!

小蒋!

秃子!

……

蒋事业在向前跑时,大家感到很惊诧,纷纷地喊他,但是,蒋事业的身影还是和大家的呼喊声越来越远了。

这时,远方突然传来了几声沉闷的巨响,接着,一切都平静了。仅仅过了几秒钟,莫宝兵和几个村干部几乎是异口同声地喊,炸了,炸了!快跑,快点!整个队伍立刻骚动起来。当村民们翻过一座高坡时,有人喊道,快看呀,向东看!

东边升起了一层又一层烟雾。这烟雾从南到北,十几公里宽,先是细细的、薄薄的、模糊的一条,不久便越来越粗大,越来越稠腻,越来越高、越厚、越具体,呈球状。不一会儿,这些烟雾猛然冲向了天空,此时,天上如同有一块巨大的挡板,这烟雾撞上去后,便被猛地弹射下来。而当这烟雾从高处摔落时,大地颤抖了,四处传来了一阵阵可怕的轰隆隆的声音。这时,人群中有人绝望地带着哭声大喊,我的妈呀,是大水!快跑啊,大水来啦!

莫宝郎见队伍乱了,他大喊,不能往前跑,上山,全部上山!

道路一侧就是山坡,听到莫宝郎这么喊,村民们转身向山坡上爬去。

当村民们向山上攀爬时,莫宝郎却站住了,他看到了一个惊人的景象。

远方,刚才还在冲里行走的八辆军车突然停了下来,此时,洪水已淹没了军车的车轮。在滚动的浑水中,军车开始倾斜并不停地晃动,几秒钟后,有七辆军车突然间就消失了。这时,有一辆军车已经抵达冲里的那座转滩。

车子刚停下,几名军人便纷纷从车上跳到水里,然后互相搀扶着,拼命地向滩顶跑去。就在这几名军人爬上滩顶的一瞬间,那辆军车也被大水卷走了。

这时,莫小山跑来了,他见到莫宝郎站在那儿发呆,就喊,我叔,车子和人全部上后山了,没事了,你也快走吧。快!这里危险。莫宝郎的妻子龙丫、莫大兴的二女儿悄悄,以及几个走在后面的妇女,也来催莫宝郎,嚷着快走。这时,莫宝郎看了一眼远处的转滩,迟疑了一下,往山顶上爬去。

还没有爬到半山腰,莫宝郎忽然嗅到了一种浓厚的水汽的味道。这水汽有点腥,有点阴冷,呛鼻子,接着,莫宝郎又听到了一种声音,他回头一看,立刻做瞠目结舌状。原先那十几公里宽的深深的河道,一下子就被洪水灌满了。滚滚而来的洪水,你推着我,我撞击着你,然后像一条巨大的舌头贴着干枯的滩涂席卷而来。此时,那"舌头"上沾满了草末、碎木、家具和牲畜的尸体。这时,莫大兴指着前方,大喊,我叔,我叔——

莫宝郎顺着莫大兴手指的方向看去。远处,一团物体从上游迅疾而下,那物体在滚滚的洪水中显得那么弱小和无力,在翻滚时,现出了人形,秃顶,是蒋事业。

莫宝郎的嘴巴半张着,一动不动地怔怔地看着蒋事业的尸体,直到它缩成了一点,融入了一片浪花。

是蒋秃子吗?莫大兴问,脸色是苍白的,声音是颤抖的,牙齿打着战。

莫宝郎没有吭声,这时,他的眼睛又睁大了,脸部的表情是惊恐的。滚滚而下的水面上,又漂来了一些物体,有好几十个,红色的,随着洪水的翻滚起起伏伏、飘飘荡荡,更像是有人在水里举着一把把火炬。当这些"火炬"从莫宝郎的眼前闪烁而过时,他看清了,是那些战士的尸体。这些战士随着洪水向前漂浮时,如同一只只花蕾,争先恐后地要去前方打开和绽放。

啊——啊——

龙丫、悄悄和几个妇女也看到了这一幕,同时惊叫起来,龙丫举着双手,大声哭喊着,我的妈呀,我的妈呀!这……这怎么办啊?这怎么办啊?天哪!

站在龙丫旁边的莫大兴家的二丫头悄悄,尖叫声更大,撕心裂肺一般。她一边凄厉地尖叫着,一边不停地跳着脚。跳脚时,两只脚一上一下的,如踩水一般。当那些"花朵"漂远时,女人们抱在一起,哭成了一团。而此时,莫宝郎的手在抖,身子也在抖,嗓子里发出了一阵莫名其妙的声音。

远方,水流激荡,水汽迸射,已经看不到蒋事业的身影了,也看不到那些"花瓣"了,但是,莫宝郎的目光还在追寻着他们。

叔,快走吧。莫大兴焦急地说。

莫宝郎好像没有听到莫大兴的话,只是柱子一般地立在那里。这时,他的目光沿着滩涂,迎着汹涌的洪水用力地向上移动和寻找,最后定格在激流中的那座转滩上。

这个滩原来与两岸相连,后来,有人取土烧砖,就顺着四圈挖,待四周的土取完了,就剩下了这座高高的山坡,因为四面悬空,有水时,人们可以围着土坡转着走,所以被称为转滩。

此时,那几名军人所在的转滩已被洪水团团围住,完全成了一座孤岛,不断赶来的洪水,像是一匹匹饥饿的狼,围着它不停地打转,然后一次次撕扯着它,一口一口地舔食着它。在滚滚的洪水和不断升腾的水雾中,转滩似乎在漂移,又似乎在晃动。

八

对于莫宝郎来说,在呲牙洼建立一条森林防火隔离带,并不是坏事,要说坏事就坏在蒋事业身上。蒋事业刚来村里挂职时,他就很不爽。在猪嘴冲,别说来了一个人物,就是来一条狗,也必须先到他莫宝郎的府上叫一声。可是这个蒋事业,凭着自己是省城派下来的村干部,根本就不把他莫宝郎放在眼里,不仅没有来拜过他莫宝郎的门头,而且见到自己还牛气冲天,没大没小,指手画脚的。这种不得意,莫宝郎一直攒在心里。

那天晚上,莫宝郎都上床睡觉了,莫宝兵来了。莫宝兵小声地向莫宝郎透露了一个消息,说近日驻村部队要挖掉呲牙洼的那些树,建一条防火隔离带。莫宝兵慢吞吞地说,蒋秃子一口就答应了,胸脯拍得比鼓还响。

听莫宝兵这么说,莫宝郎伸手就把面前的一只苍蝇拍死了。那个狠劲,让苍蝇脑浆子横流。他对莫宝兵说,宝兵,他们只要一动手你就告诉我。这一次,我要让蒋秃子和小当兵的都知道,在猪嘴冲,当家的到底是谁。

当天晚上,莫宝郎在村西莫家祠堂召开了族人大会。听说部队要挖掉各家在呲牙洼的"摇钱树",大家立刻想到上次部队盖营房的事,都认为部队还欠他们的,都说部队仗着蒋秃子欺负人。最后,大家都说,再也不能忍让,请莫宝郎出面摆平,合力保住大家的钱罐子。

家族的团结是需要大事件的,个人的威信也是需要大事件的,莫宝郎等来了这个机会,他当然不会放过。何况这是一场捍卫村民利益和家族利益的事,他愿意伸这个头,冒这个险,于是,便有了呲牙洼的那场纠纷。

呲牙洼事件发生后,莫宝郎当然是开心的。因为在这个事件里,他再一次被彰显出来,也狠狠打了蒋事业一记耳光。但是,他也是害怕的,因为对方是一支部队,捅的可是一只大马蜂窝。果然,第二天,区里、县里和乡里就来了一大帮人,陪同各级领导下来的还有派出所的几个民警。

那天,来通风报信的莫宝兵被吓得半脸青菜半脸白菜的,说了好几遍才把事情说清楚。还说,派出所来了好几个警察,屁股后面都一闪一闪的,肯定是手铐。听莫宝兵这么说,莫宝郎的女人龙丫傻傻地看着自己的男人,肥厚的嘴唇一个劲地哆嗦,风吹扇片一样。其实,在呲牙洼这件事上,龙丫是反对丈夫伸头的,她认为当兵的做的是善事,眼界比村里人高出好几码子。另外,自家在呲牙洼没有半棵树,犯不上去挣那个命,当初,她就反对过。那天,在莫宝郎出门时,她还扯过男人的衣袖子,结果差点被莫宝郎甩到木桶里坐着。今天,她听公家来人了,心里自然是又怕又悔又气,站在那儿怨恨地看着丈夫,一副似哭似气又都释放不出来的样子。莫宝郎一挥手说,没事,我看他们能把我怎么样。从今天起,我都不系裤带了,有本事来咬我。莫宝郎嘴上挂了十几只喇叭,心里却空空的,裤腰带那里早汗透了一大片。临走时,他漫不经心地说,家里的几张条子都在柜头上,你收好了,别弄丢了。莫宝郎说的条子就是平时卖桑树皮得的白条,可兑钱的,大几万哪。听莫宝郎这么说,龙丫感受到了一种绝望,嘴角歪了歪,往地下一瘫,嗷的一声哭了起来,一边哭一边紧紧抱着莫宝郎的大腿,硬是不让男人走。莫宝郎要给自己壮胆,也要给自己的女人壮胆,便破口大骂,说龙丫孬熊,没见过什么大场子。骂龙丫时,自己的手却瑟瑟发抖,连喘了好几下才把一口气接上。

和公家人见面是在村党群服务中心。上面来了七个人,由蒋事业陪着,莫宝兵说腰椎间盘突出的毛病又犯了,没有来。莫宝郎一进门就下意识地瞄警察的屁股,并没有瞄到手铐,他心里轻快了许多,估计是莫宝兵心虚,产生幻觉了,就放下心来。但是,话说开后,他便被置于一阵暴风骤雨之中。那个区长也不大,戴了副黑框眼镜,清秀、斯文、干瘦,整个人像一口北方的扁食,但一张嘴就变成了咆哮神。他手里拿了本书,说话时,用书啪啪啪地拍着桌子,为了钱,胆子比天都大!他咬牙切齿地说,还敢跟部队搞,幸亏是消防兵哩,要是炮兵,一炮发出来,肠子挂树梢子上去喽……

接着,区长的话越说越难听,越说越糟粕,若是饭,你即使再饿,也一口都吃不下去。这期间,莫宝郎到底没敢吭一声。处理结果是现场定的:把索要的树苗损失费全部退还给部队。每家抽一个劳力,确定工时,配合部队开辟防火隔离带。立即清除在村庄周围非法开荒种植的所有的檀树、桑树、构树和芭茅草。

区长说,要么依法抓人,要么配合部队干活,你们把眼镜戴上,看清了选。

好像区长的两个"要么"是成品,斗一般大,就摆在面前,莫宝郎手往前一指说,就、就后面的"要么"……

事件平息了,作为家族老大的莫宝郎,其自信心、虚荣心和威望都被碾得稀碎,心里自然又生出了一层芥蒂、一层痂。

九

汹涌而来的洪水带来了一阵阵强劲的风。风贴着水面疾驶,又赶出了一层层浪。浪头一层比一层厚实,形状诡谲而怪异,像一片片爆燃的火焰,如一头头饥饿的狮子,似一群群狂奔不羁的野马。在这些"火焰""狮子"和"野马"的践踏和驱使下,十几公里宽的冲里风狂浪欢,天翻地覆。

一直站在山坡上没走的莫宝郎,心里忽然一阵激动,随即一股热血涌向全身,他转身向莫大兴喊,大兴,我去祠堂,你快去喊人。带一部大车来。救人!

听莫宝郎这么喊,一直跟在莫宝郎身后的龙丫脸色大变,她猛地向前一扑,一下子抱住了莫宝郎的腰,然后大哭大叫着,宝郎,宝郎!水全部下来了,你不能回去,我死也不让你回去……

莫宝郎用力拨了几次也没拨开龙丫的手,他愤怒了,撒手!他指着转滩,大声地骂,你这女人,就看着他们去死呀! 莫宝郎这么一骂,龙丫手上的力气一下子就被卸掉了,莫宝郎再一用力,就挣脱开了。

一直在发呆的莫小山见莫宝郎向前跑开了,哭丧着脸大喊,老爹! 这个时候,哪个愿意回来啊!

莫宝郎边跑边高声地说,你去喊!

莫小山跟在莫宝郎后面,向前跑了几步,大声地说,找不到大车啊! 大车都是工厂的,上面全是货……

莫宝郎已经跑出去很远了,还是听到了莫小山的话,他向后挥了挥手,高声地喊,你去找——

莫小山绝望地叹了口气,然后突然转身,跌跌撞撞地往山上爬去,而龙丫几步就跑在了莫小山的前面。

莫宝郎跑到宗祠时,立刻傻眼了:宗祠的院门被锁上了。那锁是去年清明时节家族人捐款买的,一斤多重,此时在两个巨大的铁门环上咬了个死口。莫宝郎用力推了推,大门毫无动静,他又用肩头撞了撞,仍然没有反应。于是,他向后退了几步,扑通跪了下来,先是重重地磕了三个响头,然后大喊,列祖列宗,人命关天,惊扰了! 说着,他爬起来,抱起旁边的一块石头就向那锁拼命地砸去……

连续砸了几分钟,直到莫宝郎累得一屁股坐在地下,那锁上还是一点白印子都没有。就在这时,村里忽然传来一阵阵急促的汽车喇叭声。好! 莫宝郎大叫一下,兴奋得一下子爬了起来。不一会儿,三辆大卡车在巨大的轰鸣声中先后开了过来。车子一停,卡车上打落枣子似的,纷纷跳下三十多条汉子来。这时,莫宝兵从一辆车的驾驶室里跳下来后,大声地问,老大,你要干什么? 莫宝郎指着大门说,把门撞开。听莫宝郎这么说,莫宝兵有点犹豫,他看着卡车里的司机。莫宝郎再次喊,车撞坏了回头再说! 莫宝郎的话音刚落,排在前面的一辆卡车就轰鸣着冲向了大门,随着"嘭"的一声,两扇大门崩了出去,那锁和铁环则飞到了一边。

门一撞开,莫宝郎边向院子里跑边喊,抬竹筏,快,去石桥口!

十几分钟后,两辆卡车拉着竹筏开到石桥口。莫宝郎一下车就被眼前的景象惊呆了。

石桥建于 1982 年,长 1230 米,宽 45.7 米。平时桥下无水,桥墩高耸、挺拔,现在,桥墩的大部分都被洪水吞没了,远远看去,整座石桥像是漂在水面上。此时,从桥上望去,冲里的水面又宽了许多,水势也更急了,展现在莫宝郎等人眼前的已是一片汪洋大海。在这片灰白色的浑浊的大海上,远方的鸡头山、牛背山、大红山、喊山成了几条断断续续的虚线。此时的转滩更令人焦虑,原来高高在上、孤傲地屹立在河道中心的它,正在一圈一圈地萎缩,现在的面积只有半个足球场那么大。可以较为清楚地看到,孤岛上有八名军人,一棵孤零零的树上挂着一面红旗,风太大,那红旗的一角在剧烈地抖动着。此时,军人们已经看到了莫宝郎等人,他们显得很激动,一起向这边挥手。

看到这个情景,站在桥上的三十几条汉子们都现出了惊愕状。这时,莫宝兵看着滚滚向前的洪水,皱着眉头说,老大,老大……他也不知想说什么,连说两个"老大"也没有把意思表达清楚。

平时,莫宝郎虽然脾气暴躁,心却是很细。半个月前,他安排族人做竹筏时,不仅让人在竹筏的四周和中间都打上了铁环,还在每只铁环上拴了绳子。使用时,只要把绳子扯起来,就等于在竹筏的四周加了一道栏杆。现在这些都用上了,他一边紧着竹筏上的绳子,一边大声地喊,什么都别说了,捞人!放过鱼鹰的先上。

猪嘴冲村前面有一条小溪,有许多来路不明的杂鱼,总量很大,于是村里就有人买了鱼鹰,专门在小溪里捕鱼。听莫宝郎这么喊,莫小山和一个汉子便将一条竹筏推到了水里。其他人见状,忙用绳子帮助他们控制住竹筏。跳上竹筏后,莫小山显得很慌乱,他喊,爷,水急啊,漂不过去的。

莫宝郎没有理莫小山。

其实,莫宝郎之所以选择从石桥口放筏是经过计算的,因为石桥口在转滩的上游,两点之间有一个很大的斜角,从这里放排,竹筏可以借助水流的速度直接漂上转滩;把几个当兵的接上后,竹筏虽然不可以再回头,但可以顺势漂到大红山和喊山之间。那里有一个湾,这时正好可以作为躲避的港湾。于是,他冲莫小山喊,咋呼什么?没事。

听莫宝郎这么喊,大家就开始放绳子了。这时,莫小山在竹筏上剧烈地晃动着身子喊,不行不行,水太急了,太急了!

莫宝郎生气了,大声地骂,就你命值钱,死不掉,死了我给你戴孝!

莫小山不叫了，却转过身子，惊恐万状地看着身边的浪头。他面色苍白，两条腿抖个不停。

这时，站在莫宝郎旁边的莫宝兵说，我也上去吧。说着，就扶着桥上的栏杆，扯着绳子，小心翼翼地跳到了竹筏上。见莫宝兵上去了，一个村委会委员也默默地跳上了竹筏。果然，莫宝兵和村委会委员一跳上竹筏，莫小山就安定多了，于是，莫宝郎一挥手，大家便一起松开绳子。

当岸上的人将手中的绳子松开后，那竹筏顿时如同一块铁片打在了飞轮上，嗖的一声就溅了出去，不到十秒钟，便冲出去了一百多米，又过了几秒，就缩成了一个点，像是一粒无头无脑的弹丸。

孤岛上，从看见莫宝郎等人放竹筏开始，那几个军人就挥手了，当竹筏向孤岛冲过去时，几个军人挥手的幅度更大了。他们大声地喊着，有的还不断地蹦着，只是风浪声太大，相距又远，谁也不知道他们在喊什么。就在这时，希望出现了，竹筏按照莫宝郎先前的推测和计算，斜着冲向了转滩，而且越来越接近。石桥上，莫宝郎看到这一幕，他不停地抓着自己的脖子喊，好，好呀，好……

可是，就在莫宝郎的这个"好"字还没有落地的时候，惊恐的一幕出现了。

激流中，那只刚才还犹如利箭的竹筏，突然以不可思议的姿态停了下来，仅仅几秒，又骤然旋转开来。转了几圈后，猛然直立，接着，在轰然的巨响声中，和水面形成了一个90度直角。这个直角只保留了几秒钟，转眼就变形了。再看那竹筏，此时像是被谁从水底用力地托举着一般，向上狠狠地蹿了一下，转眼便消失在浪涛里。

竹筏消失的时候，桥上的人发出一阵阵惊恐的声音，啊！我的妈！天啊！这时，有人手指着水面大喊，快看，看！莫宝郎向远方看时，竹筏在离刚才消失的地方约200米处漂浮上来，但是，竹筏上已经没有人了。

哼！莫宝郎的嗓子里发出了一种奇怪的声音，眼睛一下子就红了，接着，两行热泪在他的脸庞上肆意地流淌起来。几个笨种呀！他骂着，又发出哼哼的声音，嗓子里呼噜呼噜地响。

这时，莫大兴擦去眼泪说，我叔，救不下来了。快跑吧，桥也不行了，在抖。

莫大兴说这句话时，一排排浊浪涌到了桥面上。这一阵阵浊浪如同示威一样，在莫宝郎等人的脚面上凶狠地扫了一下，又迅疾退走了。接着，又有一阵浊浪来了，这一次，它们更为凶狠，斜着身子向着莫宝郎等人撞击过来，莫宝郎的裤子立刻就湿透了。

当一阵阵激浪冲过来时，众人都本能地向后退，莫宝郎却没动。他看到，远方的转滩又少了一圈，那几个军人在那棵插着军旗的树下，互相锁着胳膊，紧紧地靠在一起。

宝郎，宝郎！同辈的在喊，赶快离开！救不下来了。

莫宝郎回头看了一下，不知什么时候，所有的人都离开了桥面，他们站在一个高坡上，一起向莫宝郎喊叫。这时，莫宝郎感到自己的嘴里咸咸的，像眼泪，又像是血，因为，他感觉自己的舌头有一种撕裂的痛。他大喊，大兴，快到我家拿铁丝，就在厨房门后挂着！又说，把厨房门砸开！工具箱在下面。

大兴愣了一下，马上向远处的卡车跑去。

十

呲牙洼事件后，莫宝郎沉闷了很多，也低调了很多，有那么几个月，他在村里见人便低头。别人知道深浅，也念着莫宝郎在这件事上的担当，照样称他为老大、莫爷、当家的。别人这么喊他时，他也应答，只是声音模糊了许多。而另一个景象则更扎他的心，他发现自从自己被区长约谈后，蒋秃子越发地骄傲起来，秃顶更亮了，都能"发电"了，笑声更大了，在村口拦住秃子，向他递烟、找他说话的人也更多了，而晚饭后来他莫老大家唠嗑的人则分明减少了。

此时，莫宝郎开始在乎两个人，那就是黑罐子一般的皮耀远和尖白脸古谈。他认为在这件事上，姓古的和姓皮的跟自己玩了套路——一方面向自己道歉，背后却去告状，这种表里不一的人，他莫宝郎从来就看不起。

为此，在以后的日子里，他看到穿军装的就烦，渐渐地，他连部队的军号声和出操声也无法接受了。过去，听到这些声音，他还有些稀奇感和安全感；现在，他一听到这些声音就心烦意乱加头疼，而且，他觉得这些声音越来越大,好像是古谈和皮耀远故意让号手对着他耳朵眼吹的。他心里有火,却不敢发作,因为自己刚受过区长的警告,区长那个黑眼珠子少、眼白子多的样子确实让他畏惧。直到一个月后,他终于找到了一个翻牌点。

那天下午,莫宝郎正在自家的院子里砸树皮,莫大兴和几个村民来了。对于现在的莫宝郎来说,像这样呼啦来好几个人串门的,已经很少了。他正感到意外,莫大兴跟他说了一件事。这个村子家家都有加工厂,每家都有深夜加工的习惯。加班的工人早晨就想多睡一会儿,可是,往往大家正在睡梦中,部队吹起床号了。所以,他们想请莫宝郎出面摆平。

听莫大兴这么说,莫宝郎的心里一下子舒服起来——原来,呲牙洼事件后,他莫宝郎在村里的威望还在,大家有了难事,还得指望他。于是,心里就生出了许多虚荣感和满足感,更生出了几多的豪侠和义勇。

在屋里擀面的龙丫,听到外面的话,就出来了。莫大兴是晚辈,骂起来没有忌讳,于是,她就骂道,你们这些孬子耶,脑子里没有上下坡了是不是?人家小当兵的规规矩矩的,怎么招惹你们了?怎么老跟人家过不去呀?你们作吧,是有报应的。又对莫宝郎说,老祖宗,你不能再搞啊,你心里还没有数吗?

龙丫后面这句话意味深长,对于莫宝郎来说就等于揭疤了。莫宝郎就很厌烦,他挥了挥手,哄鸡鸭似的说,去去去,一边啄米去。龙丫瞪了莫宝郎一眼,又把来的人都瞪了一遍,嘀嘀咕咕地走了。

龙丫走后,莫宝郎继续聊这件事,但是,这一次,他多了个心眼,他说,我出面摆平这件事可以,但是,大家都要有个态度,这叫快刀难切千层纸。

来的几个人琢磨了一下就懂了莫宝郎的意思,于是,不到一天,就把一件"宝贝"给了莫宝郎——就是那两张盖满红手印的纸。

"民意"拿到了,宝贝也有了,但是,莫宝郎心里有数,他知道让部队不吹军号是绝对做不到的,但是,他可以以此为难一下古谈和皮耀远,顺便也惊动一下蒋秃子,从而让自己出口气。即使最后部队没有答应他的要求,他在这件事上也尽到了莫家老大的责任,是有作为的,只赚不欠。

所以,莫宝郎在村党群服务中心向古谈和皮耀远下过"通牒"、甩过脸子后,他就端坐在家中,专等第二天早晨的 6 点 20 分,这正是部队吹起床号的时间。但是,他在这个点上没有听到号声。他以为自己看错了闹钟。忙把闹钟搬到灯下细看。闹钟无恙,分钟和秒钟都精神得很,跨正步一样,咔咔地走得欢实。于是,他又去问龙丫。龙丫有块手表,女儿孝敬的,大几百哪,平时爱得仔细,拴在裤腰带上养着,准时得很。龙丫睡得深,被莫宝郎摇醒后有点不高兴,她哼哼唧唧地伸出短而粗的胳膊,在床里面胡乱地抓,最后把手表抓到了,手一抖扔给了莫宝郎,便又睡去了。莫宝郎将手表拾起来,看了一下,上面显示:6点50了。他心里一怔,一下子坐了起来,然后靠在床上不说话。

一直等到天完全放亮,也没有听到军号响,莫宝郎又去晃龙丫的肩膀。他问,哎,你有没有听到吹军号哩?龙丫的两只大桃仁眼一下子就睁开了,然后又一下子坐了起来,她看了看窗外,又看了看手表,像是被吓着了,大呼小叫地喊,天哪,怎么都8点了!

原来,这些日子,龙丫已经养成了习惯,军号一响就起床做事,待当兵的排着队、唱着歌从自己家的院门前走过时,自己的事也干得差不多了。今天,显然她没有听到军号,也就睡过去了。现在,她既懊悔又纳闷,一边慌乱地找衣服,一边嘀咕,该死,今天部队怎么不吹喇叭了?

莫宝郎仍然不相信部队没吹军号,他不相信在那两个小军官面前,自己的话就这么好使,后面还有村"两委"、镇长、区长、县长……

莫宝郎心里有疑惑,更有了好奇,他又去问莫大兴。莫大兴正在水池子中漂白做纸用的麻纤维,见莫宝郎来了,便丢下手里的活向莫宝郎竖了下大拇指。还没等莫宝郎说话,他就高兴地说,我叔,有你的哦,哈哈,他们真被吓住了,今天早晨耳朵眼里干净多了。还有,我看到他们出早操了,也不唱歌了,从山里跑步回来时,大气都没敢喘,齐刷刷地走,跟鬼影子样。

你真没听到吹军号?莫宝郎问,他很不死心。他一直觉得莫大兴的心肺比常人少半斤。

没有——莫大兴拖着很长的音,很开心地说。说着,又向莫宝郎竖了下大拇指,说了几句恭维的话。

因为心事重,整个一天,莫宝郎都沉郁得很,这期间,他不时地向西看,终于熬到了日头淡薄于林间,夜幕徐徐降临。吃完饭后,莫宝郎让龙丫把院门闩了,然后独自上楼去了。

山里人懒散,说是刚吃完晚饭,也都8点多了。到了楼上,莫宝郎早早坐在床上，两只耳朵神奇地动了好几次，耳眼直接对着军营，专等熄灯号响。但是，一直等到夜里10点，军营那边也没有动静。龙丫上床时已经11点半了，她一边上床，一边说，要命鬼，怎么不吹喇叭了？坏了？喇叭坏了也不修修，我这早晨睡过了，晚上又睡迟了……

莫宝郎也不知哪来的气，他骂，是军号，还喇叭，你真土！

龙丫不气，把被子一卷，油辘辘似的滚到床里面，很快就扯呼了。

接下来，又是几天过去了，村子里仍然没有听到军号声，莫宝郎有些不安了，坐下来时会不停地挠头。莫宝郎是油性发质，他一挠头，头皮屑雪花一样地飞，纷乱纷乱的。

这天早晨，莫宝郎正在厨房喝姜茶，就听莫大兴在外面和龙丫说话，我婶娘，锅底子这么厚就倒啦？龙丫说，人少。莫宝郎知道莫大兴问的是什么，龙丫说的又是什么。每次做米饭，龙丫都放很多米，待烧好了，莫宝郎不是在工厂食堂吃，就是被人请宴，所以经常一剩就是半锅。对此，龙丫把剩的饭用水一泡，就倒了。

说话间，莫大兴端着饭碗就进来了，也不找板凳，只是往门槛上一坐，一边吃饭一边说，我叔你可知道？部队走了。

莫宝郎一愣，问，什么？什么时候？

估计是连夜走的。莫大兴说，营房空空的，连根毛都没有。

真的呀？莫宝郎这么说着，把原先披在肩上的衣服穿上，急急地走了出去。

莫宝郎走到军营时，军营大门口已经站了很多人，三三两两地议论着。军营外面的围墙上新贴了许多标语：

> 森林火灾危害大，害人害己害国家！
>
> 保护森林，造福子孙！
>
> 军民同步，火魔却步！
>
> ……

莫宝郎快步走进军营一看，傻眼了。军营里果然一个人也没有了。院子里干干净净的，营房里也干干净净的，连玻璃都擦过了。莫宝郎再往前走时,在一个宣传栏上看到了一则告示。

水
患

告老乡书

亲爱的老乡们:

　　因为部队有最新部署,我大队于今日凌晨1时离开贵村了。在贵村的这些日子里,我们给你们添了许多麻烦,也干扰了你们的日常生活,对此,我大队全体官兵向你们表示歉意,并向你们敬礼!

　　莫宝郎在看告示时,村民们陆续围了过来,很快,院子里就站满了人。大家都昂着头去看。告示上的文字很少,许多人看完了,就再看一遍,又看一遍,好像那几行字在循环放映一般。看告示的人谁也不说话,有一种说不出的凝重结在每一个人的脸上,如同稠腻的糨糊。此时,莫宝郎是想听听大家是怎么说的,高兴可以,责怪也可以,但是,大家就是不吭声,也不议论。于是,莫宝郎的心里便空空的、凉凉的。无滋无味地磨叽了一会儿,莫宝郎就默默地回家了。

　　莫宝郎走进自家的院子时,莫宝兵正在帮着龙丫从水槽里向外捞檀树皮,见到莫宝郎在树下坐了下来,就甩了甩手上的水走了过去。莫宝兵的大女儿开春就要出嫁了,莫宝郎就问,大丫头的事准备得怎么样了?

　　莫宝兵看了看莫宝郎的脸,感觉莫宝郎瘦了许多,他拖了一条板凳在自己的屁股下,说,小孩的事我们插不上手,随他们。

　　莫宝郎就递了一根烟给莫宝兵。两人点上烟后,有一分钟都没说话,最后还是莫宝兵打破了沉默。他苦笑了一下说,老大,这一次,祸惹得不小啊。

　　莫宝郎心里咯噔一下,他就等莫宝兵评价这件事呢,待莫宝兵提出来了,他又感到很不安,但嘴上一点不软弱,他不打自招地说,惹什么祸?又不是我撺他们走的。

　　莫宝兵吹了吹烟灰说,老大,你年龄也不小了,有些事也该忍忍了。也怪我……

　　莫宝郎挥动着手说,与任何人不相干。

　　莫宝兵就把几个月前的事说了。当时,区里得知莫宝兵带人打了军人,非常恼火,当即要求派出所抓人,并且把祸首直接定在莫宝郎头上。但是,和部队交流后,古谈坚决不同意,认为在这件事上,部队也有责任,就把这个事压了下来。万万没想到,莫宝郎又惹出这个事来。莫宝兵说,部队连夜拔营,说什么也与你吓唬他们有关。如果部队没走,还可以过去道个歉,缓和一下,现在好了,连道歉都找不到门了。接下来……如果……

莫宝郎大笑一声说,道歉?我怎么能干那事?说这句话时,他觉得心里虚虚的。

两天后,莫宝郎去了湖南,对人说是看姑娘。但是,谁都知道他干吗去了。

在湖南待了两个月,莫宝郎每隔几天就拐弯抹角地问龙丫,家里可来什么人了。龙丫一直都说没有,后来被问急了就骂,先头我还以为你稀罕城市里的水泥渣滓,现在我总算明白了,你是出去躲债的。你不是能吗?跑什么?你以为你把人家逼走了,是你把你自己逼走了。

莫宝郎在那头喊,废话什么!

龙丫不依不饶,天天问家里可来人了,人家要是跟你计较,跑那点远有什么用?有本事你跑到美国空间站去……

女人唠叨起来跟刀刮鱼鳞一般,弄得莫宝郎很不舒服,但是,烦乱了一会儿,心里还是轻松的。于是被骂着并高兴着,眼看这个月又要出头了,勒在莫宝郎心上的那截绳子就脱落了,他便悄悄地回到了猪嘴冲。

在村里,又待了一个月,还是没人找上门,莫宝郎就深深地叹了口气。

那天傍晚,莫宝郎端着碗稀饭,一边吃,一边往部队营房走。等走到部队营房时,稀饭已经吃了一半了。此时,部队营房静静的,当年的大铁门上已经结上了很厚的蜘蛛网。这时,天空忽然传来一阵翅膀的颤动声,莫宝郎一看,是一群鸟。莫宝郎心里一动,他知道这里已经成了鸟的家了。

这时,不远处有人在唱歌,不是太好听,多是山里人闲时唱着玩的:

> 构树、桑树、青檀树。
> 妹妹心事算哪株?
> 哥哥要猜哥就来哩。
> 妹妹唱歌哥记谱。
> ……

如今山里已太平，

妹妹有火谁来扑？

......

唱歌的是个女孩，骚情了，山歌唱得弯弯的、低低的，一伸手就能够到的样子。后面两句明显不是原词，原词是：哥在山外路赶路，妹在心里鼓打鼓。其实，都是村里人，三天两头碰面，莫宝郎一听就知道是谁。是莫大兴家的二丫头悄悄，在村里开理发店，不知怎么就和一个来理发的军人有瓜葛了。军人有纪律，矜持了些，悄悄的心事就成了那些小石子，在人家军人后面扔过。这事被莫大兴知道了，撵了半个村子，撵上后，好像女儿是塑胶做的，也不心疼，只顾劈头盖脸地打，一根檀木棍子都打出丝来了。

山歌不长，悄悄连唱了几遍，最后声音慢慢地糊了、淡了，想必是烧心了，又被风一丝一丝地吹走了。

莫宝郎倒是愣了一下，忽然向大门一侧的院墙走去。院墙上，部队临走时贴的那些标语还在，这时，莫宝郎忽然发现有一张标语出了问题，因为时间长了，有一张标语的下角绽开了，在风中不停地扇动着，像一只不断地挥动着的手，像轻呼吸。这时，莫宝郎向标语走了过去。此时，他的碗里还有稀粥，他就用那粥，慢慢地、仔细地将标语那脱落的一角粘上了。

十一

卡车疯一般地开了过来，飞旋的车轮卷起了一阵阵冲天的水汽。随着一阵尖厉的刹车声，莫大兴拎着一圈铁丝从车上跳了下来。看到铁丝，大家便懂了莫宝郎的意思，于是，他们用铁丝齐力将两只竹筏铰在了一起。

这时，莫大兴一边在竹筏上拧铁丝，一边紧张地向冲里张望。冲里，洪水向上、向四周不停地鼓胀着，俨然就是一只要爆裂的锅。我叔，还能下水吗？莫大兴担忧地问，由于内心的恐惧，他不停地眨着眼睛。莫宝郎没理莫大兴，他一边理着绳子，一边向转滩方向看。

风来了。堤岸上的树是有个性的，但还是被风一次又一次按下了高昂的头颅。下雨了。雨是从风里生出来的，显得那么有力、那么粗大，像一根根鞭子，狠狠地抽着它所触及的一切。在它的狂虐之下，四处都被激怒了，万物喧嚣不宁，反叛不止，于是，它便以百倍的气势和力量再予以鞭挞和镇压。

那水啊！

天被谁撕烂了？那水是从天上倒灌下来的，是从地缝里迸射出来的，又像从空气中溢出来的，那么多，那么密集，无法计算和阻挡。在四处鼓荡的大水中，转滩似乎晃动得更加厉害了。转滩上，几名军人若隐若现、若有若无。他们穿的那种橘红色的衣服，越来越模糊，上面的颜色被狂风和暴雨一层层减弱着、剥离着……

不一会儿，两只竹筏被固定好了，莫宝郎猛地抹了下脸上稠腻的雨水，让大家抬着竹筏沿着桥面往前跑。当众人跑出去200多米后，他让大家拉住绳子，然后把竹筏慢慢地放到水中。

两只竹筏连接在一起显得巨大、笨拙，但是当它一下水，立刻就像是被魔鬼附身了，剧烈地晃动起来，拼命地想往水里钻，有几次，差点把在岸上扯绳子的男人们拉下水来。拉紧！拉紧——莫宝郎大声喊着，纵身跳上了竹筏。

跳到竹筏上后，莫宝郎先是扯住绳子将自己固定住，然后看着大家。

他不说话，只是看着大家。

岸上的几十条汉子先是愣了一下，接着有了反应。莫大兴先走了过来，接着又有几个人走了过来。

莫宝郎说话了，有儿子的上！他大喊，然后歪着头，用肩膀擦去脸上的雨水，再上三个就可以了。于是，走在前面的四个人，纷纷跳上竹筏。莫宝郎指着莫大兴说，你上去。莫大兴扯着绳子，极力地保持着身体平衡，说，叔……我有劲……走吧。没事……

莫大兴说话时，他的小臂和大臂的关节处鼓出一团肌肉，像铁疙瘩。这给了莫宝郎很大的信心和安慰，也让他的判断更为清晰了。莫宝郎认为，第一只竹筏之所以出事，一方面是莫小山和莫宝兵在大风大浪面前输了胆气，加上手忙脚乱，没控制好，只能喂了大水。还有一点，莫宝郎观察到了，从上游下来的水先从转滩两侧分流，然后又在转滩前面汇合，最后形成了一个巨大的旋涡，莫小山他们的那只竹筏在向前冲时，正赶在那个旋涡口上。刚才，他让大家抬着竹筏向前跑的目的，就是想再一次拉大漂流的距离，以增加从出发点到目的地的斜角，这样就有可能避开那个旋涡，让竹筏冲上转滩。

走！这时，莫宝郎大喊了一声。

听到喊声，岸上的汉子们便一起松开了绳子。待众人将手中的绳子一松，竹筏立刻像一匹受惊的野马，向前猛然一跃，啪的一声跨上了浪头，然后昂首向前冲去。

激流中，竹筏的速度超出了莫宝郎的想象，他这才理解了莫小山等人内心的恐惧，也明白了那只竹筏为什么下水不久就完全失去了控制，倾覆于水底。此时，他感到绳子越来越细、越来越硬，如同一根铁丝，手心传来刀割一般地疼，后脑丘也剧烈地痛起来。很快，一股细长的血痕开始从他的指缝里向外蠕动。那弯曲的血痕被雨水冲淡后，很快又红了，接着又被雨水冲淡……

莫宝郎从来就不知道，穿行于风浪之中，自己的耳朵听到的竟然是轰隆轰隆的声音，那一定是自己的耳膜被强大的压力挤到了前端，像一块破被单挂在风口。此时，他浑身都在发抖，先是脚的前掌，然后是小腿、大腿、双臂、心脏。他伤心地感到，在猪嘴冲一向说一不二、挥手就能摘下星星的他，此刻是那么渺小，那么脆弱和心虚。此时，他还感觉到一种尖锐的力量正从水底向上拱，然后一寸一寸地钻进了自己的身体，一点一点地抽走了他的力气，再从他的骨头里一丝一丝吮吸掉了他的骨髓和信心。他觉得自己不行了，要倒下了，要死了。为此，他有些后悔了，甚至有些恐惧了，真希望竹筏能回头。但是，竹筏上一定是有魔鬼的，这个魔鬼也一定看出了他的胆怯和后悔，为此，竹筏的漂移速度更快了。堤岸在剧烈的颠簸中飞速向后退去，最后成了一条虚无缥缈的粗细不均的线。这时，莫宝郎忽然发现，转滩已经出现在自己的面前，那几个军人也出现在自己的面前，其中的三个军人他都认识，是皮耀远、宁小则和黄正东。与此同时，皮耀远等人也看到了从水雾和高大的浪墙里冲出来的竹筏，他们一起挥手，不断地疯狂地挥手，嘴里发出了一阵阵喊叫，只是四处的噪声太大，相距又较远，他们的喊叫声很快就被风吹走了，被浪吸食了。

突然，几道粗大的闪电在四处闪现，接着，雷声四起。那雷声响时，就如同在人们的头顶悬挂着几十面巨大的铜锣，发出了振聋发聩的声音。

这种纷乱难抑的景象,这种不可一世的声音,却让莫宝郎一下子振作起来,心中忽然涌起了一阵无比高涨的自豪感,同时,鼻子发酸,莫名其妙地想流泪。他觉得是感动,至于这种感动来自前面的几个军人还是自己的内心,他也不知道。于是,他冲着一排排压过来的恶浪,放声大喊,左手握绳,靠近右肋,右手向前,把住绳子,脚下用力,身子往后,倒——

他大喊时,头发竟然完全直立起来了,脖子上的青筋则像树根一样裸露着。

风猛烈地撕扯着他的衣服,他那露出来的身体黝黑、健壮、线条清晰,在闪电中,在雷声和巨浪里,在雨水的冲刷下,发出一种奇异的光。竹筏上的人一下就被他唤醒了,便一起传递着他的话,身子向后,向后,倒——

于是,几条汉子便像几根斜扎在竹筏上的钢针,死死地钉在竹筏上。那竹筏在整齐的喊叫声和力道下,忽然转了一个角度,向转滩冲去。

就在这时,远处传来一阵轰鸣声,有人大喊,飞机,直升机呀!

莫宝郎抬头一看,他们的左侧果然出现了一架直升机。飞机的侧面有"八一"的标志,机腹是橘红色的,很刺眼,从航速和方向上看,显然是冲着转滩上的几个军人来的。

莫大兴笑了,他大声地喊,我叔,他们的人来了,我们往下漂吧!

不行! 莫宝郎大声地喊道,站稳了,冲过去!

你们快看! 这时,莫大兴大声地喊。

众人一看,便一起喊起来,啊! 旋涡!

在离竹筏30多米的地方,一个巨大的旋涡在安静地旋转着。那旋涡像一个喇叭口,越往下越深、越浑浊、越黑、越充满了凶险。此时,"喇叭口"四周,不断地出现漂浮物,但转眼就被吞噬了,接着又来了许多漂浮物,转眼又不见了,而那旋涡则显得那么从容,又那么冷静……

赶紧向左呀!

这时,有人绝望地大喊,因为,竹筏只要向左,就可以避开旋涡了,但是,也就完全偏离转滩了。于是,莫宝郎大声地喊,不行,向右! 用力,向右……

莫宝郎的话音刚落,竹筏已经冲出去了十几米,接着恐怖的景象又出现了。那只竹筏像是被一块巨大的吸铁石吸住了,骤然间就停了下来。

莫宝郎的脑海中一片空白,此时,巨大的耳鸣声令他悬置于一个完全静止的时空,在这里,他仿佛看到许多怪异的黑影正举着利器,向自己扑过来。他闭上了眼睛……

仅仅几秒钟,莫宝郎感到脚下的竹筏又旋转起来。这是极为吃力和笨拙的一转。这次旋转一下子就让竹筏掉了一个头,随即,竹筏愣了一下,猛然向前蹿去。

这是生死攸关的一蹿,竹筏断然偏离了方向,神奇地逃离了那只巨大的居心叵测的旋涡,但是,转瞬间,它也远离了那座转滩,远离了莫宝郎拼死想去的地方。

莫宝郎大惊,他使出全身力气,紧紧地拉着绳子,整个身子几乎斜立在了竹筏上,嘴里发出了一阵阵豪迈的大叫,回来——回来——

莫宝郎吼叫时,神情是那么狰狞,形象是那么丑陋,眼中的绝望无边无际,漫过了他眼前所有的一切。此时,竹筏上所有的人都没有放弃,所以也没人看到莫宝郎此时的表情,还有他眼中刚刚流出来的泪水。那眼泪里充满了无限的遗憾和怨恨。

这时,一阵阵浊浪又来了,它们像一头头穷凶极恶的狼,一口气就追上竹筏,然后猛烈地撞击它、推搡它、撕咬它,令它再也不能回头。激流中,那竹筏像是受到了一根巨大的木棍的捣击,每捣击一次,就向前猛地弹跳一次,然后越去越远,最后成了一个点。

当莫宝郎等人控制的那只竹筏顺流而下时,转滩在洪水中只剩下了三十几平方米的面积。此时,那架红肚子直升机已经飞临转滩的上方,它先围着转滩转了一圈,然后悬停在那面红旗的上方。

莫宝郎没有看错,现在,转滩上有八名战士,皮耀远、宁小则和黄正东都在其中。其实,指导员古谈也应该在这里。出发时,他随队了。

开始,在皮耀远的坚决要求下,古谈是答应留下来的,但在部队出发前,尤其是在作过动员报告后,他便决定要参加这次救援了。耀远,别说了,我必须去。古谈最后跟皮耀远这样说。因为他心里明白,战士们的情绪并不高,但是,时间紧,没有机会再做那么多的思想工作了。再说,这么大的思想疙瘩,仅凭几句大道理是无法消除的,自己和战士们在一起,比什么豪言壮语都管用。还有,时隔一年,他特别想见见猪嘴冲的乡亲们。他心里就是不服气:他认为出现那么多不愉快的事,就是差一件事没做好,还得做……

他仍然没做好。

当他和他的军车、和他的士兵被一起卷入水底时，他这么想。

此时，还活着的皮耀远和他的战友们看到了飞机，看到了他们的生命的出口，也看到了他们最后的机会，他们应该兴奋、激动、感恩，于是，人们看到，他们一起仰着头，拼命地向飞机挥手。飞机上的人似乎看懂了皮耀远等人的手势，开始不断地调整机位。不一会儿，飞机似乎找到了一个理想的位置，在大风中晃晃悠悠地悬停下来，接着开始向下放软梯。

当软梯出现时，皮耀远等人还在不停地挥手，在大声地呼喊着什么，当软梯慢慢地降到皮耀远等人的身边时，没有一个战士爬上软梯，只是拼命地挥手，不停地喊叫。直升机明显不耐烦了，它不断调整姿态，以保持在风中的稳定。不久，一名穿橘黄色救生衣的军人从机舱里伸出头来，开始和皮耀远沟通着什么，但是，皮耀远的回答就是不停地挥手，更大幅度地挥手，于是，那软梯便一点一点收了回去。

飞机的舱门关上了，它围着转滩、围着皮耀远等人绕了一圈，然后晃动了一下，突然飞走了。

飞机没有按照来的方向返回，而是沿着莫宝郎等人驾驶的那只竹筏的漂流的方向追去。

很快，直升机就锁定了一个在洪水中飞速移动的点，那个点正是莫宝郎等人乘坐的竹筏。

这时，猪嘴冲的东北角又传来几声巨响——由于上游的水流汇集太快，军机开始对黑山坝的东北段进行了第二次爆破。几声巨响后，方圆几公里的人都能看到，先是有一道高过天际线的水雾腾空而起，接着，水雾中蓦然出现了一道宽达十几公里的水墙，这水墙好像是不动的，但是，仅仅过了几分钟，它的面容就清晰了，是浑浊的、巨大的、无视一切的。

它来了。

它骄横地翻滚着，肆无忌惮地碾压着，先前冲下来的水很快就臣服了，被它恶狠狠地覆盖到身下，然后发出了一阵阵令人恐怖的、类似于大口咀嚼的声响，那水里好像长着无数个尖锐的牙。

那是一只饕餮之胃。

在那座石桥上，又有一只竹筏下水了……

长　夜

李凤群

这个夏天，是我在麻省首府一所大学攻读博士学位的最后时光。我的女友不久前离开了我，我退掉了原来在学校附近和她一起租的公寓房，搬到了艾尔克顿。

我和前女友是大学同窗。我是班上的学霸，而她则是侥幸被录取的漂亮学渣。我们来自同一座三线城市，又同在学生会。其貌不扬的学霸被漂亮姑娘喜欢上，印证了"知识就是财富"。这个故事虽然老套但常常令人羡慕不已。大学毕业没多久，我们同时申请出国读研。那时我们如胶似漆，她愿意和我一起继续读书——然而只有伊利诺伊州的一所不知名的学校给了她录取通知书，所以我放弃了加州一所知名大学，选择和她去同一个城市。事实证明，这样的牺牲是完全值得的——这个大学所在的小镇人迹稀少，古老的房屋、小小的超市，物价低廉，只有在星期天的教堂里才能看到上百人聚集的情景，人们都很友好。这让我们两个从人头攒动的城市出来的人乐坏了。头两年，我们尽情享受二人世界，忙碌而又甜蜜。要是听了我妈妈的话就好了——动身来美国之前，我妈妈期期艾艾地建议说，要不然先把结婚证领了再去美国读书？她知道我女友眼巴巴地盼着这一时刻。我一下看穿了妈妈的心思，对于她的提议，我觉得相当于"乘人之危"。我的家境很一般，母亲是个普通的工人。在我很小的时候，她就告诫过我："我们这样的家庭没有捷径，想要改变自己的命运，唯一能做的就是好好学习，上一个好大学。"我牢记妈妈的话，一直专心读书，高中和大学本科阶段，我代表我的大学、我们市甚至我们省参加各种智力和数学比赛，获得了不少荣誉；我的画像被挂在学校的优秀校友展示厅里。我凭着优异的成绩得到了一个又一个机会，甚至远远超出了母亲的预期，她对此相当自豪和满足。她心甘情愿地卖掉了外公的房子送我来美国读研。但对于结婚一事，我没有赞同母亲，我踌躇满志，相信自己将来一定有能力为女友办一个浪漫的婚礼，也有能力给母亲想要的一切。研究生毕业之后，我们已经爱上了这里的氛围和环境，决定留下来，当然也明白光有研究生学历，未必能找到一份好的工作；也清楚学校排名对研究和择业的重要性。基于此，我申请了现在的这所著名的大学继续攻读数学博士学位。我女友深表赞同，随后也申请了跟我的学校毗邻的一所学校继续学业。如果不搬来麻省也就好了——我总算见识了美国极发达的城市之一，这是艺术和科学的前沿，既古老又崭新，世界各地的人都在这里。不过，物价也比原来的城市高出一倍以上。我们租住在沿街的老公寓里，学业繁重加上生活成本激增，目前而言，我的前途还不明朗，结婚的计划再次搁浅。我每天去图书馆查资料、做研究。我的女友通常都能照顾好自己，晚上回来的时候，餐桌上摆好简单的晚餐。来麻省之后，我发现女友所在的学校华人数目惊人地多，我于是常常听到她感叹中国同学的慷慨。她们班有一位留学生喜欢在高级公寓打游戏，因为不隔音的房子招来许多投诉，为了避免麻烦，他竟然把左右邻居的房子全部租下来，邀请喜欢游戏的同学免费来往，既有了同好，又避免了邻居的投诉和抱怨。还有其他许多挥金如土的小故事，不时会在我们的餐桌上提起。但真正的理想生活图景却渐渐在我心里形成：用体面的成绩在大学拿到一份教职或者在某个研究所建立研究团队，三十岁之前办一场浪漫的婚礼，四十岁前生两个孩子，养一条狗，平常好好工作，周末的时候，全家开车去海边捡捡贝壳、打打水仗，实在是幸福之至。总而言之，努力在新的国家用自己的智慧和勤劳勇敢地开疆辟壤！不幸的是，两个月前，我的女友离开了我。我们在麻省的三年多时间，她一共提过三次分手，但我一次都没有当真。直到她给我看她回国的机票，我才明白一切都结束了。这个打击深重，以至于我很长时间都无法正常思考。女友离开时，我的公寓租约还没有到期，可是，每天看到我们共同去的街区、比萨店和健身房，每次想到我俩共同经历的那些时光，都令我异常烦躁，长时间陷在低落和沮丧之中。痛苦留在了我的脸上，我已经留意到自己不知不觉皱起眉头，一副百思不得其解的表情。在我未来几十年的人生规划里，一直都有她的一席之地。我深信自己一定是犯了什么难以原谅的错，才令她放弃了五年的感情。我试图找到症结所在，回忆越来越久远，以致现在已经开始回顾刚认识时的情景。我在想，是不是从那个时候起，我就一直在犯错，以至于分手成了一个注定的结局。坦白说，我并没有彻底死心，幻想着在这个暑假找到自己的错误所在以及一条挽回的路径，期待下学期开学她回来时能和我重归于好。

最终，我怪罪这间靠马路的房子：窗外昼夜不歇的地铁和过路汽车以及过于熙攘的人群，才是扰乱我们生活节奏、破坏我们关系的罪魁祸首；而今我更是彻夜难眠，专注能力下降，健康受损。我的同乡董先生帮了我一个忙，他把我引见给眼下这个房子的房东，令我得以在远离喧嚣的郊外安顿下来。

艾尔克顿是座有两百年历史的古老小城，远离麻省首府，挨着一个游轮终日进进出出的港口，却没有火车站，也没有大型购物商场，只有数家租赁游艇和船舶设备的小店开在码头附近。海岸边是连绵不断的森林和绿地，镶嵌在绿地里的是一幢幢气派考究的度假别墅。在许多房子的露台上，可以看到蓝色大海的某一区域，大多数时候海水温柔地颤动，像连绵的轻音乐一样沁人心脾。过去这里白人居多，近几年流行起外地甚至外国人来买房子，用于养老或投资。按理说这里几乎没有便宜的房屋出租，但什么事都不是绝对的，因为远在异国的房东不能及时过来打理，只好转给熟人或代理公司以低廉的价格出租。当然对承租的要求也相当古怪。我因为不养宠物、丢了女朋友、作息规律，并承诺修葺草坪，幸运地租到了这幢房子当中的一间卧室。

我比预想的更快地适应了这孤独生活。

夏日清晨，我常常会在阳台上眺望海滩，森林、大地与海水之间的热气氤氲袅袅，风声、鸟声和海水翻腾声合而为一，仿佛世外桃源。这里，有各种肤色的游人，美国人、墨西哥人、巴西人、亚洲人……这些人带着太阳伞和啤酒来海边享受夏日清凉。人们穿梭不息，每天都是完全陌生的面孔。但是，短短一个月，我竟然连续两次碰到了同一对华人夫妻，这令我万般惊异——光碰见不足以令我"万般惊异"，使我感兴趣的是他们过于悬殊的外表。

第一次碰到是我在艾尔克顿邻镇的一家四川饭馆吃晚餐时。这里的中餐馆屈指可数，饭馆里除了两三桌筷子拿不利索的老美之外，其余的都是从

131

几十英里外驱车而来的中国人。

坐在我斜对面的这个男人，额头弧度圆润、亮堂，两鬓可见白发；他穿一件黑色的丝质衬衫，身姿挺拔、骨架清奇，不胖不瘦，使衬衫看上去很有型。他身边的女人——乍一看你会以为是他的母亲。她的头发很短，露出粗短的颈脖，胸脯丰满——对于年轻的美女来说，这是特别吸睛的地方，但是，对于一个有了年纪的妇女来说，说是累赘未尝不可。从我的角度看不太清她的五官，但能清晰地看到她健康饱满的腮部、她搛菜的动作，她在男子跟前放松的吃相让我很快判断她是妻子而不是母亲。后来，再留意她仰起头跟他说话的样子，我更加确定这是一个妻子对丈夫的神情和语调。这两位真不般配啊，我想，这位太太虽然长相粗鄙、衣着随便，却是相当豪爽。服务员递上账单，这位太太直接用一张百元现钞付了账，摆手表示不用找零。服务员道谢的时候，她还微微颔首。他们出门后，没有马上离开，而是在楼下的花丛边站了一会儿。这位先生点了一支烟，不疾不徐地抽完，然后坐上了副驾驶座。这位太太开车，似乎更加印证了我的判断。

第二次见到他们，是在市里唯一的超市。我去买市里统一使用的垃圾袋，这两位又出现在我的视野里。这一次，这位先生穿得更加讲究，上身着淡青色的薄开司米外套，里面是件同色的T恤衫，脚上一双棕色的软牛皮平跟鞋。他身材挺拔，衣服的下摆轻轻摆动，我看到经过的人都为之侧目。这里的人通常都穿运动休闲装。我上次见到如此精致优雅的男士，似乎还是在去年学校组织的一个大型的庆祝会上。这位男士，容易使人想到那些自小就养尊处优的公子哥。站在他边上挑选物品的，是一个穿着大短裤、露出厚重腿毛的外国男士，两相对比，更显出他风度不凡。那晚和他一起吃饭的太太跟在他身后。经过她的身边，我看清了她的长相：她长着张正正方方的脸，上唇有清晰的竖纹，像是对他安排的路线不是很满意，却又死活不会说出来的样子。他们两位在一起的形象又让我想起了一位长相英俊的著名影星娶了一位资产雄厚但相貌丑陋的女人的新闻。报上说，那有可能是场交易。总之，这对男女相貌上的差异，很容易在像我这样的阴郁而苦涩的心灵里升起一股无端的恶意来。

两个星期之后，帮我租房的董先生打电话问我前天晚上有没有去观看国庆烟花。——他在国内事业有成，来美时间不长，有强烈的创业和投资热情,已经创办了一个公司。如果不是我的专业不对口,在他那里谋份工作完全不成问题。正是因为他的热心介绍和担保,我才得以住在艾尔克顿。

没有。

并不可惜,他说,几年前他和几个朋友去查尔斯河边看了一会儿,不明白那么平常的烟花怎么吸引了那么多人,今年也没有兴趣凑热闹了。他对我说,还是在国内的时候有意思,人多,现在凑一个牌局都要几个月,不过,从前年开始,他倒是学会了寻开心。

他接着说,他和几位中国来的老朋友,每年7月份,国庆日也好,哪个周末也好,都会约一场。喝酒的喝酒、打牌的打牌,不到天亮不会散场。到了天亮,谁能从车道边的石阶上走一趟不掉下来的话,谁就能在他的酒窖选一瓶上好的葡萄酒。他酒窖里的酒每瓶至少一千美金哦。

他问我有没有兴趣参加。

车道边的石阶很窄,目测只有八厘米宽,一米二左右的高度,石阶可能是隔开与邻居的地界,但正常情况下,在上面行走是不会掉下来的。我拿不准这个游戏有什么意义。

哎呀,不是每一件事都有意义,自娱自乐而已。看我一脸茫然,我的同乡拍拍我的肩,不要给每一件事命名,这又不是数学研究,一定需要理由的话,就算是考验意志的比赛好了。老外玩的那些我们都不懂,我们就按自己的想法创造玩法。你加入吗?

如果是个游戏,这也太简单了。

对你来说简单,对于我们这个年纪的人,那就另当别论了。去年,没有一个人做得到。

他对我说,他人即课堂。带着一颗学习的心,研究任何东西都能学到许多知识。自从失恋之后,消化这些痛苦,已经耗干了我身上的水分,我有一种往身体里注入点什么的渴望。我点了点头。

我之前来过董先生的家。这幢房子坐落在一个隐秘的位置,前门与主路之间隔着一大排密集重叠呈扇形的香脂冷杉,与靠近房屋草坪附近的短叶松和红松合力形成一个天然屏障,巧妙地隔绝了主路上的噪音。房屋是砖石结构,坚固气派,我相信即使真的通宵达旦地饮酒欢歌,也不会因扰邻而被投诉。我记得第一次来的时候，看到地下室有几幅前主人留在这里的油画。其中有一幅正是这幢房子的前廊。纹理清晰的砖墙，砖墙上的壁灯，以及走廊上的罗马石柱上洒着的午后的树影，斑驳陆离，温暖又宁静，再看，又似乎听得到鸟雀啼鸣，我一下子爱上了这幅画，久久观摩。

董先生说，前主人去了养老院，这些画带不走，想当礼物留给我。可是这画跟我的装修风格不搭啊！再说，画框都旧成这样，快散了吧？挂哪儿呀？他无奈地耸了耸肩，表示难却好意的无奈。我在想如今这幅画去了哪里，仍旧在地下室还是去了旧货市场？

我还记得那一次我女友也一同前来，我们站在偌大的后院，看着延绵到海边的草坪，赞叹不已。我女友没头没脑地说：董先生家的房子一年要交好几万美金的税吧？

我傻乎乎地接腔说：

啊，不用替他们着急，他们的实力很强。

草地这么大，很难打理哦。

那时，距离现在也才一年多，我傻乎乎地安慰她：

打理房子也是一种乐趣呢。

下午五点半，我到的时候车道上已经停了好几辆车。这是夏日一天中最好的时光，热气消散、夕阳温柔，花园里开放着百合、鸢尾和芍药，还有几只不惧人类的鸟儿在栅栏边踱步。我又看了一眼即将用来游戏的那一排石阶：石块砌得齐整，隙缝适中，也就十五六米长。我已经想到自己手握一瓶上好葡萄酒往回走的情景了。此刻，四个五十岁左右的中年男子，手持扑克，坐在走廊上的方形桌前。桌边放着茶水和香烟，牌局已经开始。其中就有我的同乡大哥董先生，他向我挥挥手，指了指自己手上的牌，表示走不开，他又指了指门，欢快地对我说：

自己进去，请像在家里一样随意。

我走进屋。中国式茶几上摆着成套的工夫茶具。三个十来岁的男孩正围坐在客厅的壁炉边打游戏，边玩边笑。他们笑声清甜，我好像听见一弯清澈的溪水在流淌。但那不是全部的孩子，楼上有重重的脚步声，客厅的吊灯在微微震动，显示至少还有两个在楼上追逐呢！我走进厨房，董太太——比我上一次见到时更瘦、更白，她看到我，眼睛四周聚焦起浓浓的笑意，接过我手上的点心。谢天谢地，她没有打听我女友为何没同来。另外几个准备晚餐的差不多年纪的妇女，也停下手上的活打了招呼。几乎是清一色的中国人。这很像我小时候经常见到的场景：男人们赌钱饮酒，女人们忙碌，孩子们玩耍。

就在这时，我看到了那位太太——那位我两次偶遇的英俊男士身边的太太，她竟然也系着围裙，在水池边洗芹菜。水池边的烤箱敞开着，里面是一排红彤彤的龙虾。这位太太的刘海粘在额头上，面色因为烤箱的热气而绯红。她没有认出我来，但给了我一个微笑——跟她迟钝的眼睛和古板的面相相反，她的声音有一种出乎意料的亲切：

男的都在打牌，我先生一个人在后院呢，你可以去后院找他聊聊天。

我立刻明白她指的是谁。后院比前院更加开阔。挨着厨房的是一个更大的露台，后院的草地也更青郁浓密。再向前的白色栅栏外，是一片灌木，我们的眼睛掠过整洁的草坪以及矮坡下的灌木丛——另一侧的树木和海滩被遮挡在视线之外，使人觉得大海紧靠着灌木，而且纹丝不动，当然那是错觉——我在港口伫立过，常常看到一人多高的浪头打在礁石上，发出砰砰的撞击声。走近，才知道海浪有多凶悍。

后院，那位男士独自端着酒杯坐在藤椅上。今天晚上他穿着一件浅灰色麻布对襟大褂，这种衣服我原以为只在中国的艺术家，诸如国学大师、国画大师们之间才流行，他下身穿一件质地光滑的阔腿裤，脚上是一双浅棕色羊皮拖鞋，鞋面干干净净。前院赢家的喝彩声冷不丁窜过来，他的背影在灿烂阳光的阴影里，显得越发寂寥。我推开门，走到他跟前，他站起来表示欢迎，好像专门等我出现似的。他问我是不是董先生说的"小老乡"。目前来看，这里只有我的年纪还能被称为"小老乡"，我愣了一下，点点头。

听说去年的聚会，董先生请了十来个小年轻，没想到他们闹腾得太凶，跳舞唱卡拉OK，玩真心话大冒险，又喝了太多的酒，天亮的时候竟然没有一个能从石阶上走一趟，有的到第二天下午还没法从沙发上站起来。那感觉不太好，把董老板累坏了，所以今年他没有打算找年轻人。

他的话里丝毫不带恶意，是一种就事论事的态度。他说，一过五十岁，人的性格就会发生许多变化，最明显的就是对于年轻人那种咋咋呼呼的闹腾，已经吃不消了。

也许到了七十岁的时候，又会重新喜欢和不管不顾不节制的年轻人在一起。

我想起了我女友的话——她第一次引见董先生给我时说，这些国内来的有钱人，比美国人更顽固、傲慢，排斥新鲜的血液，他们一眼就能看出你的来头，并且还不露声色。

这位优雅的先生姓冷——冷热的冷。这一次我看得更清楚：他的头发和脸庞都富有光泽，可能是酒的缘故；没有胡须的面庞上，闪动着一双明亮、单纯、毫无倦意的眼睛，使我产生了一种好感。我也介绍了自己的名字和就读的学校。

二十四五岁就读博士了。他赞叹着说。

不，我已经二十八了。

但你是个博士，他加重语气强调说。

仿佛因为我比他以为的更大一些，又因为我是个博士，使他很满意。他热情地建议我也来一杯来自南加州的葡萄酒，这些酒的口感一点也不逊色于法国那些动辄上千块的大品牌。

他说，我人生中最大的遗憾就是没有读什么书，所以，我看到你这样的年轻人，真是很羡慕，我觉得你们真是前途无量。

这个人的长相和声音都有一种很特别的亲切感。他一开口，全身就好像都散发着一种号召，嗨，我要开始说什么有趣的事了呢；你说话的时候，他看着你，整个姿态都好像在说，嗨，我听着呢，说吧。他的快乐和随和鼓励了我。我告诉他，我已经"认识"他有三个礼拜了，第一次和第二次分别在哪里。他听了快活地笑了起来，迎着夕阳的眼睛微微眯起来。他说，世界真的很小啊。

我冒失地问他，厨房里那位短头发的真是你太太？

哈哈，他大笑起来，好久才停住笑声说，我刚刚听到你的脚步声时，就在猜想，这个小伙子最感兴趣的话题会是什么。我打赌是关于我太太的事。哈，我又猜对了。

我只不过……我结结巴巴地说，可是我的脸不适当地红了。

郎才女貌的故事永远没有过时的时候，反之亦然。他自嘲地说，我早就习惯了人们的好奇心。他的直率感动了我。很快，我们熟稔起来。我似乎在他身上看到了什么熟悉的东西,到底是什么呢? 我百思不得其解,情不自禁地在他旁边的椅子上坐下来。他变魔术一样拿出一只空酒杯,倒了一杯,示意我尝一尝。在美国,并没有劝酒的习惯,加上他的衣着,都跟周围的环境格格不入。我斗胆猜测他刚来不久。他点头认可。三个月,他笑着补充说,正是对这个国家充满好奇心的时候。

随后他告诉我他的趣事:前几天,一个中国小女孩,在他们夫妇散步的时候跟他们打招呼,问候他"叔叔好",问候他太太"奶奶好";还有一次,他和太太一起去购物,一个营业员在他太太埋单的时候热情地对她说,太太,你儿子真帅。

你瞧,这种冒失的错误美国人并不常犯,不过,在我身上,已经见多不怪了。

我都五十出头了,他话还没说完,咧开嘴,发出快乐的笑声。我被感染了,也情不自禁地跟着笑了起来……

突然,我们一扭头,同时留意到厨房的窗口上印着两只眼睛。我认出那是他太太的。

你看,他朝我眨眨眼,她对我不放心呢,就好像我是才学会走路的小孩,会从后院的栅栏上摔下去呢。他脸上仍然带着那种快快乐乐的表情,可是,他的声音里有着隐隐的不悦。说完,将杯中的酒一饮而尽。

我留意到茶几上的酒瓶已经所剩不多,以及他脸上那不合年龄的红晕。也许,她只是担心你喝得太多。

哈哈,他找到知音一样夸张地笑起来,所有的母亲都担心儿子不成才,所有的太太都担心丈夫贪杯……

你想象不到这里的樱桃有多么甜……

我们猛一回头,冷太太的声音冷不丁在背后响起,她手里端着一盘水果拼盘,樱桃、西瓜和蓝莓。冷先生歪着头,目不转睛地看着她,像要接受,又像要拒绝。

冷太太进屋时,顺手带走了桌上的酒瓶。我和冷先生,我们又谈了一会儿东北部的水果、天气和家乡的小食。突然,冷先生把脸凑过来,我敢打赌,要不了五分钟,她还会站在窗口巡视……

我们沉默了一下,仿佛专门腾出时间等他太太再露一次脸。直至我的余光真的感觉到窗口有阴影掠过。冷先生朝我心领神会地一笑——这一笑，好像不止这一刻，而是更多的方面达成了默契。他使我对这个房子、这个后院的陌生感顿时化为乌有，他甚至使我觉得有趣极了。这莫名其妙的轻松是我这几个月以来难得的一次。

他碰也没有碰那盘西瓜和樱桃。有关他太太的趣事，却一桩又一桩想起来，直到追溯到他年轻的时候——

其实我太太是个大好人。我们认识差不多已经快三十年了。她是城里人，我是20世纪90年代初那批最早到那座城市闯荡的乡下人。我在一家私营铸铁厂做热处理工。热处理厂在东郊，和主城区隔着一条护城河。我跟我的工友们一样，白天上班，晚上喜欢在堤岸上溜达以消磨时光。那是一条正在受污染的小河。污水横流，河床发臭，水流过的石块发黑发霉，一棵树都没有。河对岸则是一排排五六层的居民楼，楼下种着一排排有年头的梧桐，树叶在月光下影影绰绰，月色撩人。成双成对的人在那里散步，好像这世上所有人都能在那样的月色下找到心仪的另一半。我们也常常绕道几公里，跨过那座木桥，跑到对岸的某个阴暗的地方坐下来，想象能邂逅几个理解我们的姑娘谈场恋爱，觉得只有恋爱了的生命才算有那么一点儿意思。

但是能接近的漂亮姑娘并不是很多，我们遇到的大多是和我们一样地位低下、朝不保夕的服装厂或纺织厂女工。她们的心思也不在我们身上。和我的朋友不一样，我有一张跟我的身份不符的脸。我自小就容易招来亲戚、邻居的赞扬，他们总说我是"长得福相"，是有福之人。事情好像确实如此，我十几岁时就容易招来女孩的好感——许多女孩子很容易迷上我的外表，乍见之下，立刻对我表现出很大的兴趣，我也就渐渐有点自命不凡。但是在那个年代，你知道，户口非常重要，人们交往非常讲究门当户对。我虽然大饱眼福，跟不少可爱的女孩子打过照面，但是最终，我没有得到一个真正的女朋友。这些有头无尾的空欢喜带来的挫折，尤其是在劳作一天、洗去铁屑的黄昏时刻，使我更觉得寂寞难以排遣。我的伙伴们也有同感——那些在河堤上抽烟喝酒、打打闹闹，或是在打烊的橱窗面前踯躅的穷光蛋们，到处听闻发财传说——大路敞开，机会万千，然而，对于缺乏根基、缺乏人脉、缺乏眼光的我们来说，只有这护城河发臭的沟渠映照出来的微弱的光芒才是真正属于我们的。许多个夜晚,我们对着这摇曳的水波开着玩笑,共同虚度着大把青春和充满饥渴的夜晚。

年轻时的恋爱经验,就是认识社会和自己的大课堂。这就是我为什么现在鼓励我的女儿多谈几次恋爱。谈情说爱的机会最容易让你知道自己真正拥有什么,配得上什么。但是,对我来说,我那时拼命追求女孩子,只是单纯地想找一个结婚对象,但是现实回以一次次暴击。经过三次疑似失恋之后,我基本明白了许多人一生才能明白的事:就好像有的人早就在宽阔的大路上随时准备搭乘去往明亮天地的汽车,而有的人甚至连"这世上有一条通向明亮前程的大道"这个概念都没有。不是谁都能白手起家,大多数时候我们的面前虽然空旷无垠,但又有无形的屏障阻拦我们去任何地方。有时我呆呆地坐在街角的一块水泥墩或是靠在一根电线杆上,看着一个个打扮入时的姑娘骑着自行车经过我的身边。城市的夜空闪烁着幽暗的路灯,每一盏灯的背后都是一个神秘的世界。有时,我幻想着跳上她们的自行车后座,搂住她们的腰,跟她们一起进入那些像鸽子笼一样的楼房,进入黑暗的楼梯,然后到达温暖的卧房。卧房到底什么样子?影院、商场、书店我们大可随意进出那么几次,可是真正的城里人的卧室和书房的布局,我就无法想象了。我特别渴望看一看那些丑陋又庄重的房子里到底是怎样的摆设。我想去里面参观一下,看看装在家里的厕所究竟有没有臭味。这种渴望越来越强烈,好像我大老远的跑到这里来,了解了这些,才算是触碰了真实的城市;了解了这些,我才有资格说,我活在这人世间。

人与人生来不同,因而一直到死,也将与任何人不同。对我来说,"一分耕耘一分收获"是一种天大的误解。

这就是我那段时间在那条寂寥的小路上苦苦思考得到的顿悟。

后来我决定调整战略。我跟我的朋友们分开,把每个月省下来的饭钱都拿去买进高档舞厅的门票。我去那里撞运气,寻找不存在的出路。但是,这样的冒险也被证明是幼稚的。此后几次挫败让我领悟到一个更惊人的真相——使我不受待见的不单单是"穷",伴随着贫穷的是我对这个社会一无所知。除了漂亮的外表,我一无所有,一无所用,这才是我真实的处境。就算我攒到了舞厅的门票钱,也买了一套穿得出去的行头,可那又什么用呢?

舞厅里的地砖光溜顺滑，鞋底轻轻划过，人不由自主地想要欢乐。越是幽暗的地方越是充满着莫名升腾的愉悦。所有舞厅的曲调都那样温柔和哀伤，经过调拨的忧伤让身体无限膨胀。跳迪斯科的时候，所有人扭在一起，灯光不规则地摇晃，经过每一个人的脸，瞬间又跳到另一处，每一个人都那么新鲜，又那么亲切。天地都在震动。

一曲终了，舞厅中央的旋转彩球还在无声地吐着火焰；姑娘们笑笑闹闹、气喘吁吁地拿手扇着风，看似漫不经心地左顾右盼。可是她们的眼睛毒着呢——你有没有再买一杯茶水的钱，你有没有请漂亮女人跳舞的勇气，你有没有取悦女人的技巧，你有没有体面的工作，等等，她们总能很快搞清楚，也总能很快决定接受不接受你下一支邀舞。总之，就算有人真的对我有最初的好感，我也会在接下来的一个钟头内把自己的短处和底细暴露无遗。

等到曲终人散，一切打回原形。

那天我坐在一个角落里，身侧音响里的剧烈的音乐声振聋发聩，鼓点好像在我的心头敲击，把我心头的灰尘扑得四处飞扬。就在这时，一个姑娘向我伸出手。那是一只圆乎乎的手，手指又短又粗。一种麻木的状态下，我捏住了这只手。这只手的主人，你明白了吧？就是我太太，长得可壮实呢！我礼节性地陪她跳舞，其间几乎不作交谈。没想到接下来的一支又一支舞，她都走过来请我跳。直到最后一支舞结束的时候，她还贴在我身上，不肯松开。在黑魆魆的舞池里，什么都看不见，我却能感觉到她死死地盯着我，像大山一样密实有力，我简直不能呼吸。我在心里说，这女的长得真丑啊，再怎么着我也不会娶这样的女人做老婆。这是我实实在在的心里话。男人都好色嘛，就算又穷又无知，我也丝毫没有追求她的冲动。

出了舞厅，我不打招呼就要离开。我甚至不想让人在有灯光的地方看到我和一个这么丑的人有什么瓜葛。但是，她对我说，她想送送我。

什么？我以为她想让我送她回家。

我的司机在路边的车里，我想让他送你回家。

就这样，我第一次坐上了小轿车，之前我连出租车都没有坐过。我紧张地坐在汽车里，听着她对司机交代怎么走怎么走。根据我之前给她的假地址，她把我送到市中心电影城附近的一个黑洞洞的房子前。我站在离我的工厂七八公里的地方，哭笑不得。公交车早就停了，我身上的现金不够打辆出租车。我不得不摸索着往厂里步行，许多地方黑灯瞎火，中间好几次走错路，一直到凌晨三四点才一身露水地回到职工宿舍。

对我来说，那天晚上就是个笑话。但这个笑话很快变成了我对她的第一次感动。从那之后，她经常到厂里来找我。就像我说的，不止"穷"是我身上的标签，"无知""无用"也是。她不仅知道我穷，还看过我装腔作势——我年轻时有一个坏毛病——聊天时喜欢引用几句名人名言。我发现，就算我张冠李戴，她也毫不在意，并不是因为她无知，相反，她是本市的高考状元。之所以没有到大城市去发展，是因为她对自己的家族负有使命。她的父亲，是近几年发了大财的有钱人。那时候，人们有钱，不是靠拆迁和投机，而是凭实实在在的真本事赚来的。她父亲经营棉纱厂和电缆厂，后来还染指房地产。遗憾的是，他只有两个女儿，而且自己还是个鳏夫，这使他的女儿们都很警觉，双双自愿留在他身边，保护他和他的财产。

我太太，自打第一次跟我跳了一场舞，她对我的来历基本就一清二楚了。她不仅接受了我的穷，还接受了我没有知识也没有像样的工作以及农村出身。她知道了我的真实地址后，仍然孜孜不倦地来找我，隔三岔五送礼物过来。有一次，我偶然跟她说起我们老板要裁员了，并且猜测自己是那个倒霉的家伙。

她说，你是热爱你的工作还是热爱你生活的这个地方呢？

我当然说我热爱这块土地。

她为难地说，可我不希望你继续在热处理厂工作，在高温下作业，你会很快烤成干巴小老头。她可不是随便说说。她让她爸把这个厂买了下来，拆了，在原址上又建了一个电线电缆厂。电线电缆厂在任何地方都可以建，何必费这么大劲呢？又是拆迁赔偿又是安置工人。她讲了让我十分感动的话。她说，建在与你有密切记忆的地方，这就会变成你自己的文化和经验。这真叫人心里一动。当然我并没有真的爱上她，那仅仅是一种温柔的感动的心情——天真的人遇到欣赏的人。

凭着这样的感动，在等着拆迁的热处理厂楼下，因为天黑没有路灯，我试着把手从她衣服的领口伸进去。她轻轻地哼哼，声音还算好听，我激动了。后面的事都很顺利，并没我想象得那么难。男人其实可以很简单。

接下来，她带我回去见她的父亲。说到我的准岳父大人，在我去之前，我就做了许多心理准备。我知道他和他另外一个女儿不会顺顺当当接受我的。他们会像这城里的其他人一样嘲笑我、置疑我，甚至羞辱我。果然一见到我，她姐姐就对我出言不逊，喊我"吃软饭的"。话音刚落，她妹妹一只酒杯砸向她姐姐，她姐姐的嘴角顿时血流如注。她父亲、家里的阿姨和她姐姐全部愣在那里，连血都忘记擦了。

我太太淡定地说，流血，有疤最好，你就不会那么快忘记。

我的准岳父大人，他是最有资格嘲笑我的人，毕竟，我这个乡下来的穷光蛋将要占他的便宜。可惜他还没来得及发作，就被我太太那气势震住了。经过这次，这家人对我的态度收敛许多，甚至，后来情况向相反的方向发展。就是说，我时不时地可以开开有钱人的玩笑，讲几个关于吝啬鬼的段子。因为我发现，我嘲讽岳父这个事情，一点也不会破坏我太太对我的感情和我们之间的关系。我的准岳父果然也置若罔闻。这个家庭有意思的现象就是姐妹俩的长相和性格。我那个大姨子，爱打扮，长相漂亮，还挥金如土，尤其酷爱收集世界排名前十的各款名表，什么百达翡丽、欧米茄、宝玑她几乎全有。我的太太呢，十分沉默寡言，又吃苦耐劳，衣着随便，有时候浑身衣饰加起来不超过一百块钱。站在她姐姐身边，她就像一个专职的女佣。她俩在家谁更受宠可说是一目了然。但我太太这个人，相当执着且有韧劲。我起先认为我俩交往、结婚的难度跟中百万大奖一样。她呢，硬是迎难而上，朝她姐姐来了那么一下子，把不可能变成了可能。自从我俩恋爱之后，她坚定地站在我背后，应对包括其他亲戚、朋友和社会圈子对我的刁难，决绝果断、毫无保留。我那阵子晕晕乎乎的，处理这些未曾体验过的事情让我身体里的每个细胞都满满的，挥发出跳跃的质素。一句话，我忘乎所以，真心不在乎她长什么样。

结婚的时候我这边的家人是缺席的。我和我太太的想法是一致的，两个身高、体型、身份上的各种反差如此大的人，并排站在一起，我的没见过世面的亲戚们一定会当场失态。我们在一起的时候，那些跟在我们身后的陌生人的目光已经无数次像麦芒一样刺向她了。农村人又不是很懂得礼数，他们一定会窃窃私语，在背后把这个事盘算来盘算去，打探个不停，议论个没完。忘了跟你说，我有一个哥哥，因为小时候得了脑膜炎，落下了些残疾，二十七岁了还没有结婚。对于他能找到对象，我家人是完全不敢指望的，传宗接代的大任落在我身上。这些都会使我们遭受更多的猜疑和议论。经过商量,我们一切从简,来了个旅行结婚。那也是我第一次坐飞机。飞机往上攀升的时候,机身剧烈颠簸,令我头晕目眩,恶心想吐,再加上我太太搂得我有点紧,不一会儿就产生了一种莫名其妙的失重感,呼吸越来越困难,差不多快要窒息,后来我竟不能自控地贴在机窗玻璃上颤抖。我太太轻声安抚我,马上就好马上就好! 她执着地贴着我,告诉我第一次这样很正常。她的温柔让我如此感动,以至于那一瞬间我反而愿意让这一时刻成为我人生的终点:不能同生,但求同死!

一直到飞机降落,来到了天堂般的海南三亚,在临海的酒店里洗了个澡,吃了顿海鲜大餐,我才从求死的强烈欲望中缓和过来,并且明白了一个道理:美景治愈一切消极的情绪。

以我当时的智力和见识,我也能意识到这一点:尽管她长得不算好看,但找个跟她经济状态差不多、长相周正的肯定也不在话下,毕竟我的条件接近零下了。要说优势,我唯一的优势就是跟她的生活毫不相干,不合她所有家庭成员的心意。她对跟她般配的男人、她父亲满意的男人、能促进她家族生意的男人统统没兴趣。如她所言,她奋斗的乐趣、她生命的意义就是与家庭战斗并获得胜利。而我现在是她最信得过的战友。

从认识她一直到现在,她对穿着打扮方面从来都不在意,什么名牌包包和时髦首饰她统统不感兴趣。即使后来减肥、整容成了一种时尚,她也绝不动摇。

你以为是她审美差没见识那可大错特错,因为我的衣着品位就是在她帮助之下变得越来越进步。什么牛仔裤配皮鞋、西装裤配夹克衫的笑话一开始我也经常闹呢,可是,渐渐地,她的指导加上从偶像剧和时尚刊物上摸出的门道,我对色彩搭配和潮流渐渐有了自己的心得。我去年还以潮流的引领人的身份上过许多国内杂志的时尚专栏呢。我太太以前总是会对我说,建国,你是我这一生见到过的最帅的男人,没有之一。只要一看到你优雅地站在我跟前,我一天的疲劳就去掉了一多半。

她还说,好马应该配好马鞍,否则是暴殄天物。她相信钱花得越多,人就越令人瞩目。

她喜欢每时每刻都看到我像宝石一样闪耀,她自己呢,则愿意做我的陪衬。

有时我怂恿她做些改变。她却坚决地说，她的心情好坏来自我，而不是来自她自身。她还说，真正在意外表的人，是不会在自己身上做文章的。这话令人费解。

一套衣服就能让人挺直腰杆，抛弃过去。华丽的衣服能够吸引到过去不正眼看你的人，获得意外的尊重。实不相瞒，我后来变得有点过度关注外表。靠着一表人才，我安然度过了最初的艰难时期，后来也习惯了每天穿着质地精良的体面衣裳出入一些大型的商务会谈等重要场合，纵然我不参与家族的生意投资，也总是愿意抛个头露个面。

说到衣着搭配，也是一门学问哪。穿衣的高妙之处，不是让你万众瞩目，有时候恰恰相反，要让人完全忽视你。或者说，衣着是另外一种语言艺术。它能召唤到同类的人，也能驱赶不相干的人；它能让你充满威信，或者表现出毫无攻击性……

打个比方，真正有能力成为鹤立鸡群的那一个，色彩方面反而特别简单。把事情搞复杂容易，把事情搞简单最难。扯远了，总之穿衣的最高境界其实是舒服。不过你看，到如今我也没有做到。我除了舒服，还喜欢小小地炫耀……

冷先生的话被一阵警车嘟嘟嘟的鸣叫打断，那声音雄浑、粗粝，突破冷杉的屏障，坚决地冲进你的耳膜。冷先生顿时停住。

一般都不是大事，即使只是查个超速，也会动静很大。我轻声安慰冷先生。

是啊是啊，不像我的老家，许多事都是悄悄地发生的。他幽默地回应。

总之，简单来说，我命运中的大反转，都得益于我太太，也可以说，借着她的力量，我在年轻的时候打了一个漂亮的翻身仗。那几乎是我人生当中的第一次感动。此后很长时间，有个声音一直在我脑子里提醒自己：你甩掉"穷"这个鬼东西了，你不一样了。这样的提醒督促我十分珍惜我的婚姻。既然这世上有许多关系是建立在深深的爱情上，就会有许多关系建立在其他的因素上，而我的婚姻实实在在基于这样的感动。

警车的鸣笛声又持续响了几声，不过，似乎渐行渐远。

我是不是说得太多了？他像从别人的故事中回过神来，感到不安似的

山上的云朵：

开始道歉。经过这么长时间的交谈,他脸上的醉意出乎意料地消失了。现在,他好像有点靠近了他的真实年龄——变得有点儿严肃了。

并没有,我赶紧表态,我很喜欢听。这是实话。冷先生的故事,使我几乎忘记自己是一个沉湎在失恋痛苦中的穷光蛋。

这时,董先生推门出来,招呼我们进屋。原来客人们已经到齐,他要给我们介绍。一进入厨房,佳肴的香气就扑鼻而来。在摆满食物的餐桌边,我和刚才打牌的几位握了手,又对着几位更加陌生的眼睛点头致意,晚餐正式开始。

中国人的聚会上菜肴通常都是这样丰富:本地龙虾和牛肉整盘从烤箱端出来,摆在餐桌的中央;炸得酥脆的鸡翅闪着亮油油的光;比萨已被孩子们瓜分得少了一多半;豆腐和水煮鱼片则是正宗的四川烧法,麻辣香味弥漫整个屋子;还有客人带了自己包的韭菜馅饺子,可爱地立在瓷白盘子里。这些中西不同的菜品混杂在一起,加上还得照顾孩子们的口味,一大块比萨占了一角。刀叉是先前摆好了的,有人不习惯,去厨房找了一双筷子;另一个人也要求带一双来。不一会儿,几乎人手一双,摆在面前。混合的餐桌我见过太多,有中国人的聚会上一直如此,它会变成永远的特色。

孩子们既是黏合器又是分散剂,一阵旋风般的操作后,他们各自端着盘子到另一个房间去。董太太追出去,小声叮嘱他们别去客厅边摆设了佛堂佛龛的那间房。董先生信佛,每逢初一、十五和相关佛教节日,都按时在家烧香拜佛。他见佛就拜,进庙就塞钱。即使环境变了,他也保持住了他的信仰。董太太的叮嘱特别小心谨慎,一则怕他们逆反心理作怪,二则怕他们不理解,毕竟有些在这里受教育的孩子觉得上帝是唯一的真神。大家举起酒杯向董太太道谢。准备这么一大桌菜费了太多的时间和精力,值得大家真诚地赞美。客套之后,大人们并没有端坐在一起,有的人只顾品酒,有的人则只对龙虾有兴致。气氛一度有点尴尬。我也终于发现,并不只有我是陌生人,其他人彼此也并不熟悉。比如那四个牌桌上的对手和搭档,竟然也都是初次见面。冷先生和冷太太坐在一处,董先生介绍他们是一对时,大家都假装对冷先生和他妻子如此不般配的外表毫不在意。这些人表现得过于不露声色,反而令我生疑。我突然想起自己第一次见面时对他们怀揣的恶意的好奇心，认定这位太太有不俗的背景，我相信另外这些人持有同样看法。他们对冷太太格外尊重，感谢她亲自帮厨，又感谢她递纸巾过来。

牌桌上的一位先生，胳膊上还有文身，面孔肥胖而黝黑，乍一看以为他是个粗人，他却细心地拿出手机，给每一道菜一个特写，又拍了一张十多人的合影。我留意到他用的是美颜相机，加了滤镜。我本以为自己的忧心忡忡和懵懵懂懂都被镜头逮住，还好，高科技之下，加上这位先生显然学过摄影，他的镜头稍稍上扬，每个人的脸色看上去都特别滋润；每个人都比自身更高，最高的快要接近天花板似的。身后的满桌佳肴像无声的语言，让我们看上去其乐融融。

这一顿是我一个月的生活费，可能还不止。我不愿意想得太多，这只会使我变得拘谨。

我的女友说得没错，有钱人聚集在旧金山、硅谷、西雅图、纽约和波士顿等大城市。我跟富人素无交集。我读研究生学的是基础数学，后来发现自己一直对理论比较有兴趣，所以来麻省后顺理成章选了数理逻辑。我对自己的专业很有热情，计划将来去大学任教或者做科研。女友一度非常支持我，她说，做自己喜欢做的工作是一件幸福的事。基于同样的原则，她选择的课业相对轻松。加上她的学校中国人多，她很快交到了一大帮朋友，这让她的性格变得更加活泼，她比以前更喜欢打扮得漂漂亮亮地出门。要说坏处，就是社交占用了她太多的时间。但我相信她能调整好，如同她从恋爱时就一直对我的承诺和前途抱有信心一样。

她半年前第一次跟我提分手的头天晚上，我们有过小小的争执。当时已经是深夜，她突然问我：

如果我当时反对你学数理逻辑和计算数学，你会听吗？

我想了一想，回答说：这一直是我的学习兴趣所在。

她坚持问：如果我当时让你改学金融工程、business analytics（商业分析）、data science（数据科学），精算诸如此类的学科呢？

我仍然坚持说：我还是更喜欢数理逻辑。在我看来，至少在学业方面，从我们刚开始认识的时候，她是带着坚定的崇拜来看待我的学习能力的，无论在哪个学校，我都能拿到全额奖学金，我相信自己的魅力包含着天生的学

习和专注能力,但这一次,她沉默了。她说:

要是别人,一定会顾及女朋友的感受。

这件事,被我理解成自己不够甜蜜、不够浪漫的指证。我立刻向她道歉,但没有改变自己的说法。第二天她提出分手的时候,我本能地以为是因为昨天的争执造成了不愉快。我跟她解释说计算数学是可以直接应用的。工程里很多的问题需要数学来建模,比如数值模拟技术是石油开采行业中的重要工具,是确定剩余油分布和提高采收率的主要手段之一;其次,即使工作一时难找,转行也是比较容易的。

我现在在谈分手,你的专业跟我们的分手并没有关系。她打断了我。

啊,我觉得是不是你对我就业赚钱的信心不足?

并没有。她说,你为什么会觉得这跟钱有关呢?我们虽然过得清苦一点,但是这世上并不是没有钱就没有幸福,幸福跟钱是不相干的。

我再次向她道歉,当时的气氛激发了我内心的愧疚感,我为自己的不解风情道歉,为简陋的公寓道歉,为寒酸的屋内设施道歉,她都一一拒绝接受,因为她不是因为这些想与我分手。

她用行动证明了她的话:我们和好了。分手风波之后,我继续埋头写论文。但是,我的同门师兄告诉我,他在与几家大公司的接触中,意识到这个专业的局限性,收入没有我们想象的那么高,可供选择的公司并不多,外国人的身份也使他不那么敢理直气壮地提合理的要求。虽然也有漂亮的履历和推荐信,也有论文发表,但是,每当他积蓄着优势面对面试官的眼睛时,无名的怯意突然爬上他的额头。他仿佛不是坐在椅子上,而是坐在城门之上,他伸直双臂,试图发力,但是,那些貌似可以轻松推开的铁门,竟然纹丝不动,甚至每推一下,就更牢固一点。

我师兄跟我聊这些的时候,没有回避我的女朋友。我女友冷眼看着我师兄的窘境,等他走后,她不客气地说:

我就说嘛,像他那样的人,想必压根不知道自己有多么寒酸、多么窝囊,前途又是多么渺茫,还自我感觉良好,一点不愿意改变自己。

师兄的挫败并没有影响到我的信心。但是,现在,我好像明白了些什么:我女友可能听到我师兄在电话里的叹息,对我所学专业的质疑和"分手"的话并不是一时负气,这些事一定使她对前途感到不安,而我因为过于自信,竟完完全全地忽视了她的感受。

刀子切牛肉摩擦盘底的声音,汤锅里散发出来的热气,脆饼在嘴里的咯吱声,满足的笑声。大家竭力赞扬食物美味。来美国时间长了就知道这些未必能当真。见识过冷太太在川菜馆的重口味,我认为她未必满意。冷先生吃得很少,却也连连附和他太太。与刚才的表现相比,现在的他不过是想显得与大家很投缘罢了。一轮寒暄、敬酒之后,人们开始放松。聊天的继续聊天,抽烟的继续抽烟。不一会儿,餐厅里充斥着中国的烟草味。刚才打牌的那几位从出国旅行聊到赌场里的二十一点,后来又聊到他们吃过的美食,这里面有人竟然吃过腌酸鲊蟊、油炸蝗虫、盐水龙虱、香酥蟋蟀、甜炒蝶蛹……那位先生随随便便地说,我吃过的可不止这些,女人的胞衣我都尝过。体验体验嘛。

我的胃一阵翻滚。我看了一眼冷先生。他正在吃冷太太搛过来的一块牛排,坐在后院讲故事时的放松和自得完全消失。说来奇怪,一直没有适合我们插进来的话题。倒是冷太太,说起了她的企业在过去数年中的好几次危机。我看了看冷先生,一只调羹在他手上无声地调过来翻过去。后来,董先生谈到孩子们在学校的处境、贸易战带来的困扰以及遇到邻居时的沟通障碍等等。他们谈,似乎只是说出来,并不为寻求什么意见和解决方案。多种话题搅和在一起,有时接话的人会弄混淆。似乎大家都有一种默契,懂得如何维持一种平衡状态——不轻易表态,也不随便下结论。

一阵孩子的欢呼传来。几位女士起身说去看看。趁着这时机,冷先生和我也站起身来,一前一后悄然离开餐厅回到后院。黑暗像一张网,逐渐地铺陈下来。坐回原来的椅子上,酒杯像个顽皮孩子一样跟在他手上出来了。

感应灯被惊动,照亮了草地上的翩翩飞虫,数以万千,原地起舞。欢快的气氛以及盘子和筷子的磕碰声从窗户、从门缝里往外倾泻,显得格外刺耳;感应灯倏地悄然熄灭,黑暗顿时裹住我们,屋内仍然灯光透明。夜色渐渐成了一个分界线,把我们和屋内的客人分隔开来。那些笑声却并不像是真正的开心。有时他们笑得特别大声,好像只是有意为了让屋外的人听见罢了。我和冷先生像被黑暗招安的叛徒,脱离了屋内,成了他们的背景。不久,黑暗里涌动着一股暗流,在我和冷先生之间搭了一条连接线,我们一动不动,似乎都很享受这种身在其中的隐形感,甚至有一瞬间,俨然游戏里的盟军。即使是像我这样的书呆子,也明白冷先生不属于屋内那个团体。

远处一星倏忽的光闪了一闪,像是疾驰而过的车灯,又像是流星划过。再过半个月,这个时辰就要穿外套才能坐在月光下了。他说。他的声音充满着诗意。他的酒杯又空了,颤动着的摇椅以及他似乎略有点把持不住的手腕,据此我猜测他醉意很深了。正因为如此,才更凸显出他的风度。他清楚自己想说的话。

我情不自禁地把失恋的故事告诉了他。

他听完只是默默点了点头说,历史总是重复上演。

他的话使我一头雾水,明明他刚刚讲了一个圆满的感动,而我,是被抛弃的那一个。我怀疑地看了他一眼,但他的表情格外认真——仿佛自己讲了句真理似的等着我点头。我受到感染,下意识地点了点头。

一阵笑声扑出来,我本能地回头朝屋里看。冷太太正在和女主人一起为孩子们切水果冰蛋糕。她的刀子猛地插下去,又重又狠地捞出一大块,孩子们的纸杯沉甸甸的。从这个角度看,十足一个宠溺又过度操心儿孙的老祖母。

我是一个有点死脑筋的人,我女友一直这样说。从前她觉得这是好的,因为我思想单纯,满脑子清规戒律,使她很有安全感。就像现在,明知冷太太担心冷先生会喝多,我便不能假装毫不在意。我时不时地回头,总觉得冷太太又会冷不丁出现,端过来一碟甜点。我的分神被他留意到了,但他的叙述语调保持着平和,也可以说,尽量不被醉意和外在因素所左右的腔调。他的用词——有时你觉得是在寻找跟别人相同的词,为了获得别人的理解;有时候,他想找到完全独一无二的词,以免跟别人的故事混淆。

他轻声地说:我说的吧,她实在是一个大好人呢,好到一般人难以理解的程度。

后来呢? 我及时打断他的抒情,既然他说历史重复上演,他肯定会给我揭开谜底。这正合他意。他找到了自己舒适的坐姿,继续讲述——

自从结婚起,从90年代中期到新世纪,这日子像坐火箭一样嗖嗖向前,眨眼工夫,五年过去了。

这五年时间，我们办婚礼、装修房子、生了女儿，我到岳父的家族企业去打工。另一方面，我用我的私房钱帮我哥哥找了个外地女人。实不相瞒，这个嫂子长得不丑，人也算机灵，就是家庭条件太差，选择我哥哥也是为了她的家庭考虑。我妈第一次看到我嫂子不仅没有高兴，反而为此忧心忡忡。实在不般配，她说。她担心人家是骗彩礼，过几天就会跑掉。我安慰她说有结婚证。她说，有结婚证跑掉的女人我们村里还少吗？

一直到我的侄子出生，我妈才松了一口气，明白我嫂子发下的毒誓不光是走走过场。我也尽力照顾他们的生活，帮我哥哥在婚姻里争取一点点主动权。

我女儿开始上幼儿园的时候，我基本不用上班了。我太太说，我们这家境实在犯不着为了三四千块一个月的工资起早贪黑。这是实情，我岳父没有给我什么重要职位。以我当时的能力，并没有丝毫野心。想要担当更大的职责，对我来说也是头疼的事，我干脆挂着一份闲职，拿点零花钱，倒也心安理得。

至于她家族里的纠纷，从我出现之前到现在都没有停歇过。我大姨子一如既往地挥金如土，基本上啥也不干，每个月去一趟财务核查监督一下账务；我太太的经营能力显而易见，我岳父的心却从没有往正中间挪一挪。老爷子扬言过世的时候，财产一分为二。我太太甚为恼火，一是因为她在家族生意上操心比较多，另外就是那块因我而买的地皮价格暴涨。我太太觉得这种增值应该算在我的头上。我的岳父没有采纳她的意见。这些事，似乎加重了姐妹间的裂隙。

俗话说得一点不假：富贵不还乡，如锦衣夜行。所以我渐渐和少年时代的伙伴以及青年时代的工友恢复了联系。有一次，我被邀请参加一个同乡的聚会。我少年时代的一个很玩得来的伙伴，叫陈涛。虽然他也是在各个城市迁徙，受了不少苦，但如今也买了房、娶了妻，有稳定的生活。喝了几杯酒之后，他吹嘘自己和二十多个女人上过床。他的话令我震惊不已。

什么？

不要告诉我你这个大帅哥没有去过那些场所哦！他脸上挂着猥亵的笑，拍着我的肩膀说。我这才知道他是个风月高手。上高中的时候，就有过男女方面的经验，用他自己的话说，人要有什么爱好，就算穷得叮当响，也总是能想出办法让自己如愿以偿。

当时坐在左边的一直抿着嘴的年轻男孩,他们喊他江一飞,竟然有一位姑娘为他喝了农药自杀,最后虽然救了过来,但也变得不那么正常了。这个男孩,在别人讲他故事的时候微笑不语,算是默认。我急切地问他:

那你们结婚了吗?

当然没有,他得意地解释说,因为她父母反对她跟我在一起,两家人打过数次架,她绝望了才喝的药。

哦,你不能她好好的不许我们在一起,喝残废了才愿意给我吧,这也太欺负人了吧!这家人,大概巴不得我早点死吧!他被自己的幽默给逗乐了,终于咧开嘴。我看到他缺了一颗门牙。

所以,那个自杀未遂的女孩最终也没有嫁给爱情?

我正纠结这个故事的时候,其他人又开始讲述自己的各种艳遇,这个缺了门牙的男孩又讲了一段最近才发生的爱情,但这一个显然不够传奇,很快被别的声音压了下去。

而我,自以为幸福的生活,在他们眼里,竟然显得那样无足轻重。不知道是出于嫉妒,还是真正的心里话,他们居然断言说我过得"苦涩"。

"苦涩"这个词一经他们说出口,一下子败坏了我的胃口,后面上的菜我竟然真的觉得味同嚼蜡、毫无食欲。

那次聚会结束,回来的路上,我心情复杂,很不是滋味。

都快十二点了,可是街面上新冒出来的酒店、KTV 和电影院都是一片繁荣景象,就连很远的房屋都沐浴在金色的光圈中。经过一个夜市的时候,露出长腿的姑娘们在那里游逛。不只是我,我看到街边无所事事的摊主也盯着她们看。一时间,某种东西从我的体内苏醒。五年多的时间,我完全没有出轨的打算,光是享受生活中得到的这些,已经让我够激动的。就在那天晚上,似乎白天还让我兴致盎然的一切都失去了魅力,昨天还在我体内驻扎着的对家庭的满足感、对财务自由的庆幸感,都突然之间烟消云散了,或者说,像是一盆凉水浇了下来,我哆嗦了一下,像从梦里醒了过来。过去的幸福仿佛全部变成了错觉,像是一种自我麻痹,仿佛这会儿的感觉才是货真价实的。

诚实地说,我的婚姻生活中,从来没有什么心醉神迷的时刻,当然也没有猜忌、没有担忧、没有嫉妒；我会常常告诫自己，这一切得来并非易事，也不是人人都有这样的好运。但这次聚会，让我意识到自己的盲区——在我得到这一部分好运的同时，我可能失去的是作为一个男人本应该得到的一些东西，比如坠入爱河，比如失恋，比如邪恶——原来人可以活得这样五花八门，别开生面。

那是我结婚五年来第一次失眠。我无心抚摸我的妻子。过去这几年，我兢兢业业，每晚给她足够的抚慰后，让她酣睡在我的臂弯。这会儿她浑然不觉，并不知道这次聚会给我带来的冲击，放松地躺直了，自信和坦然地等我上来……我看着她的脸，过去几年积累起来的感动，一夜之间竟然消失得无影无踪。有个声音一直提醒我，睡在我身边的是一个长得极其粗鄙的女人；一个棉纺厂的女厂长；一个身形巨大、翻身都有点困难的胖子。并且，更可气的是，我的女儿长得跟她几乎一模一样，这一点，也让我暗生怨恨。就算再生一个，也有可能继承她的基因——基因这个东西完全会被强者吸引。

我边琢磨边卖力地表现着。那天晚上，我终因体力不支而倒下来，没有让她睡在我怀里。

后来我又参加过一次类似的兄弟聚会，又重逢了旧同事王强。据他自己讲，他也玩过很多女人，仿佛为了验证我少年伙伴陈涛的话，他对我形容这些风尘女人的妙不可言，放荡，时时如你所愿。

我跟着王强第一次去了KTV。那里的姑娘，我得说，那真是非常不一样。她们放得开，喜欢甜言蜜语，一点点钱就让她们笑逐颜开。她们带给我一种轻飘飘的快乐，无拘无束的快乐。

我觉得家庭不再是温暖的中心，而是变成了一个遗憾。你想一想，你原以为生活是一层烙饼。你掀开一层，发现了另一层，又发现了一层，虽然没有到掀不完的程度，但也绝不是当初想的那样单薄。

我的身体焕发出一种新的活力。我庆幸自己内心仍然有对美好东西的向往，有怜香惜玉的本能，这个东西过去几年消失殆尽，我差点就未老先衰了。

有过这样的经历——据我的朋友们说，他们的力气使完了之后，回家只能做些面子上的表演工作，比如做家务、把私房钱掏出来等等。但是我跟别人不同，我也有补偿家庭的心理。我会在饭桌上谈笑风生；调动我的幽默细胞,逗老婆发笑;陪岳父下下棋;送孩子去学琴;但是对于我太太来说是远远不够的。她基本上每天晚上都需要足量的爱抚才能安心入睡。这项习惯性的义务说断就断的可能性几乎没有。她甚至都不关心我白天去了哪里,和哪些人在一起,花了多少钱,喝了多少酒。她不是一个喜欢事无巨细、喋喋不休盘查的女人。她不问。她就躺在那里,等着我过来爱抚她一番,好让她洗去一天的疲劳。

别人在外干了不清不楚的事,恨不得擦得干干净净地回来。我吧,每次从 KTV 和酒吧回来,都兴致勃勃,充满活力,恨不得露出浑身的破绽,让她当天戳穿我——怄个气,拌个嘴,吵几句,然后分床睡——我几乎从来没有得逞过。

我不得不偷偷吃些市面上流行的伟哥之类的药。

有一次,我明知衣服上沾了一个女人的口红,我甚至都没有想擦一擦,把那个有嘴唇形状的衣服带到卧室里,算是摊牌。这回,她没法回避了,死盯着我,射出冰锥一样的目光,我觉得她就要跟我撕破脸了……她没有,她的声音很平静,她说洗洗睡吧。

我感觉自己要被吸干了,开始有了一种想要逃脱的冲动。

我很快爱上了一个比我小十岁的护士。说来有意思,我太太陪我去看急诊,这个护士为我量体温、打点滴。我太太去缴费的时候,她拿药棉在我的手背上反复摩擦。持续消毒了很长时间后,她用近乎耳语般的声音说:你是一个多么能忍的人呵!她说话时表情没有变化,这些字的声调也没有起伏,但是恰恰因为她是个陌生人,又是一位穿着白大褂的护士。白色的灯光打在她的额头上,使她看起来更加温柔。她又重复了她的意思——她同情我,看我那样病弱又斯文又帅气的外表,却由一个如此丑陋的女人陪伴,她真心替我感到愤愤不平。她年轻的脸上带着夸张的怒气,反而加重了她话语里的善意——完全剔除掉了恶意和玩笑的意味。这善意里有一种不可抗拒的偏爱,藏着一种坚定的永恒。她的话就像在为我的昨日洗罪——无论我做过什么,都是理所当然的。

趁我太太拿药快回来时,她快速地把传呼号码写在我病历的最后一页。

这个情景让我十分着迷,到如今我都记忆犹新。你可以想象这样一幅情景,我躺在病床上,打着点滴,我太太庞大的身躯拦在我和护士们之间——但是不久,她不得不离开医院——她有许多事情需要操心,我被理所当然地交到这位护士手上。后来我又生了好几次病,有两次是头疼,还有一次是不知名的神经官能症,剩下的几次是失眠。

那段日子,我脑子里全是与钱红相关的画面:穿着护士服弯下纤细的腰,她扎针的动作,医院里消毒水的味道,就连瘸腿走路的病人在我眼里都是美好的人间。我们见缝插针地在病人睡过的钢丝床上肢体缠绵。啊,恋爱者的眼睛里,连死亡的痕迹都充满着美感……恋爱究竟是怎么回事,我完完整整、全心全意地亲身体验了。

有一个画面牢牢地印在我脑子里:有一天,我带着这个年轻的姑娘一起去参加朋友们的聚会,他们扭转了对我的看法,那时我得到了应有的尊重。

另一方面,我虽然服了药也无法对太太的身体感兴趣,偶尔为之也是苦不堪言,应付了事。这样一来,就连维持面子上的和平都难以为继了。

我开口提出了离婚。

我太太开出的条件令我惊讶,热处理厂的那一整块地——那时我的岳父还没有过世,也没有分家产,她竟然自作主张说要全部给我。因为我的回忆和青春在那里,也因为在那里我第一次抚摸了她。

这样的离婚谈判自然是轻松和略带伤感的,我们甚至都没有大声地嚷嚷一声。出于补偿,即使是谈判的当晚,我也尽心尽责地履行了丈夫的职责,十分卖力地表现……

就在我们开始谈这些细节的过程中,有一天,我太太匆匆出门,她的电脑开着,QQ一直在闪烁,克制不住的好奇心使我打开了她的QQ。

我先看了一下她和她的闺密昨天的聊天记录。里面抱怨了一些她姐姐的事。比如她姐姐去年光花在一块表上的钱就有三十几万。这个信息让我大吃一惊。家里的生意,我没有刻意打探,但是能拿出几十万买一块手表,可见他们的财富远远高过我猜测的那个层面。换句话说,我太太千万身家,不,亿万身家也是可能的,毕竟电线电缆和棉纱的利润这么高。我看完这一段聊天记录,发现自己全身上下竟然汗津津的。我又点开我太太和另外一个闺密的聊天记录,这一回,她们聊到了我,聊到了我的婚外情。

我太太告诉她的闺密说,钱红是郊区的一个农民的女儿,她上面有一个残疾的哥哥,腿脚不方便干农活,快三十了还没有讨到老婆(这也是我和钱红能够惺惺相惜的原因），而郊区的风气是，讨老婆必须先盖三层小洋楼，尤其像钱红哥哥这样身有残疾的，必须还得有更多的彩礼才能娶到一个普通人家的女孩。我当然知道这也是事实。我太太在 QQ 上对她的闺密说：

我算了一笔细账，钱红一个月两千多块，她父亲还有风湿，手脚都变形了（这一点我也听钱红提起过），而且重男轻女的思想格外严重，每个月钱红的工资一发，他就打电话催个不停，让她回去交钱（这些情况属实）。钱红这几年简直被钱逼疯了，谁都知道这些事啊！

我太太在电脑上打出一连串哭丧着的脸的表情，接着说，可怜我老公这个人，过于单纯，不会算计，已经享惯了福，就算离婚他能分到一笔钱，这笔钱也很快会被钱红拿去帮她哥哥盖房结婚；就算我不要他给女儿抚养费，他自己的父母兄弟还伸手等他接济呢。这个社会对他，本来就不公平，这些担子太重了，没有人为他撑腰。就算他去卖血，也维持不了多久啊……他得找一份月收入两万的工作才能应付得过来。

往后余生，我老公都有苦头吃了。我都梦到他被这些人活活榨干了，穿得破破烂烂，缩在护城河边的桥底下，苍蝇臭虫在咬他！

看完这些聊天记录，我最初的反应是气愤不已。第一个念头是她一定找私家侦探了，因为她看上去比我了解得更多（而且也更准确）。我一心想着去责问她，可是又觉得昏头昏脑，胸口发闷。我站到阳台上想透口气，正好一辆汽车从门口开过去，一道强光打进房间，像是一把刀子，正好扎进我的眼里，我晃了几晃，才没摔倒在地。

那天晚上的情景我也是历历在目啊。

我冲出家门时，刚下过一场冬雨。街上冷冷清清，偶尔一辆大货车从身边呼啸而过，大货车掀起大片泥浆溅得我浑身潮乎乎的。一幢幢楼房拔地而起——灰暗的围墙，冰冷的窗户，这些房子让城市一天一个模样，只要三五天不出门就有迷路的可能。我漫无目的、身不由己地走，不知不觉到了钱红的医院。我知道她正在上夜班，但我没有进去。我心里有种说不出的滋味，不知不觉转换了方向，向我曾经工作过的热处理厂走去。就是我太太在网上提到的护城河边，曾经昏暗的河道上竖起了路灯，河道两旁砾石堆成小山似的，巨大的起重机的阴影覆盖住我的影子，沟渠正在被逐渐填埋。这里有我太太的产业，相信将来会建成新的商业区……说来奇怪，这块我生活过的地方,这会儿让我有一种病态的恐惧,远观这一片已经陌生的土地让我感到毛骨悚然。我好像看到自己缩在角落里,就等着一铲土把我埋进去。我停在河堤上,当时正是严冬,地面上结着白白的冰霜,像铁一样硬。一阵冷风,我感觉有一种新鲜的暖乎乎的东西从胸口往我的喉咙乱窜,这是一种无法言喻的东西。一开始,仿佛是绝望,似乎无路可走,再后来,我以为是爱的思念,但最终,我突然明白过来,这是一种深深的感动。换位思考一下:如果你是一位受到背叛的丈夫,你会不会静下心来,还想着妻子的将来如何保障?你会不会被愤怒占满整个灵魂,你有没有想到要报复甚至同归于尽?但是,我太太,她担心的是我的生活,是我能否获得幸福。

这是我从她身上获得的第二次感动。这感动使我泪流满面,情不自禁地蹲在地上,久久哽咽不已。

屋里一阵剧烈的笑声响起,感应灯又亮了。冷先生抬起闷闷不乐的眼睛,停住了。我保持着倾听的姿势没有动。我觉得此时动来动去是对他的冒犯。我也没有催促他。像没有刹车的自行车遇到了下坡路,他的故事不会就此打住。

我回到家的时候已经下半夜了。我太太一见到我,立刻扑过来,她捧着我的脸对我说,啊,我以为你出什么事了,我太担心了,刚才新闻里还说街上出了一场车祸,有人被大货车卷进车底去了。

说着,她掩面哭了起来。如果我没记错的话,这是她第一次在我跟前放声大哭。她的哭声越来越响亮,几乎声嘶力竭。这时,我才开始仔细地端详她。与刚认识时相比,她看上去更强壮了——发黄长斑的皮肤,有力的臂膀绷住了衣服。不,她是多么脆弱啊。这可是我第一次见到她哭。她稀里哗啦地哭,看上去却有一种柔和的感觉。她在哭,可你能感觉到她的动人,她的脸尽管比刚认识时更显老,但那种丑的感觉消失了,是的,她哭的时候一点也不丑,相反,露出的软弱和痛苦,使她变得很有魅力。客厅里有一面镜子,在她痛哭的间隙我一抬头,看到了自己年轻时的身影和英俊的脸庞。我的肤色苍白,看上去像病了一场,但完全没有年轻时的营养不良,也没有过去的愤世嫉俗,相反,是保养得当的精致。那也是我第一次差点爱上自己呢。过后,我几乎毫无睡意,在房子里四处走动。看着客厅里的欧式家具、大背投彩电、厨房里德国进口的不锈钢锅具、浴室的按摩浴缸,这一切,突然变得无比可爱,同时,从自己的眼睛里,我终于确定了:我处于一种深深的感动之中,我感动于她的爱,感动于她的痛苦。表面上,她是受害者,但她脱离了她的外表,也脱离了我。她让我敬佩起来。

很奇怪,感动升起的地方,爱情消失了,你看,多少人可以谈情说爱,但又有几个人在这个时候这样从对方的角度看问题呢?

我毅然决然地跟钱红分了手。我是打心眼里没有想见她的兴致,我又有勇气面对眼前的生活了——陪女儿做作业、去老裁缝那里拿定制的西装,给厨房里缺损的挂钩重新上一个螺丝。虽然想起她的模样还能唤起强烈的欲望,但过去的意乱情迷、挥之不去的紧迫与无力感消失殆尽:带一个漂亮姑娘回乡下显摆,在朋友面前吹嘘——不过是浅薄的虚荣心在作祟。像我这样没有能力的人,离开她也许是她的幸运,她一定能找到更有担当的男人。这样一想,我彻底释然了。

事情就是这样,一个世界只有一个位置留给你:你是一个享乐的人,你就不能同时做一个勤奋的人;正如你不能是一个被妻子感动的丈夫,同时又是一个信守诺言的情人。我后来再也没见过钱红。有意思的是,离开钱红,过去那种寻欢作乐的欲望好像也潮水一样褪去了,我之后好长时间对其他女人也失去了兴致。

生活回归了平静之后,我的思想发生了巨大的变化。我算是领悟到了期待与结果之间惊人的差距。你想一想,还有什么比我这种婚姻更自由?我周围那些结了又离的,大动元气之后还不是重复着经历过的新欢旧爱。只要看一看身边那些把自己弄得灰头土脸的人,我就能打消重新来过的念头。

冷先生讲到这里的时候,屋内竟然有人轻声哼唱起《鸿雁》的调子来。有人在拍掌附和,有人发出叹息,有人大声地提议举杯——像是为这种伤感难为情。我们静静地听着,以为这酒局恐怕还得持续一阵子,可是突然,刚才打牌的一位先生竟然向主人告辞了,理由是孩子们明天还有小提琴和跆拳道课,有人发出不乐意的嘘声。可欢乐过后总是离别,大家跟他挥手,挨个说"再见"。我们也站起来站在屋角与他挥手道别。车门关住,汽车发动。汽车掉头时灯光呼一下照过来。就那么一小会儿,我一眼瞥见了冷先生。

他似乎步态不稳，背部有佝偻的迹象，看上去像个老头。我心里咯噔一下，竟然有种大失所望的感觉。重新落座后不久，董先生探出头来邀请冷先生和我们其中的一个去补缺。冷太太则站在董先生身后，微微往外探头。

哈，我是什么牌也不会玩的。冷先生温和而又无动于衷地拒绝了。

我也是。此时此刻，除了坚定地陪他坐在这里，我似乎退无可退。

我们谁也没有先开口，好像轻易开口就破坏了什么似的，只是静静地听着屋内的动静。

不一会儿，我们听到某位女士被拖到桌前，牌局又开始了。有了女人的牌局，话题零乱起来。那位有文身的先生——据说在国内有一家大企业，因为他包的饺子大受欢迎，加上他喜欢钓鱼，后来嫌剖鱼太麻烦，经常把钓到的鱼放生，他准备开一家中餐馆。那位女士温柔地批评他歇不下来，说没见过一个腰缠万贯的大老板变成一个中餐馆小老板。再说，中餐馆的钱可难挣了，不是光会包饺子、钓鱼就成的。他不屑地反驳说：

其他的可以学嘛，再说先亏点钱也不是大事。要不然，坐在家里等死吗？

世界冠军变成装修工人，大学教授在幼儿园看孩子……到美国之后，总能听到奇奇怪怪、不太平常的故事。譬如昨天我就听到办公室的同事说在地铁上看到了成龙——从理论上说，这是不可能的，可是基于成龙这样容易辨认，他被认错的可能性也很小——唯一的解释，人有时会混淆真实和虚构。再譬如我的一位邻居，明明是个单身汉，不知出于什么缘故，他虚构出一个妻子和一对双胞胎留在国内。这个虚构故事除了让他失去一次又一次爱情的机会外，对他的好处到底在哪里呢？

"爱情"这两个字一下子触动了我的神经。我想起女友第二次提出分手的情景。那次分手说起来跟董先生有点关系。此前我通过女友结识了这位老乡。董先生对我的印象很好，他正准备和我的导师达成一个项目上的合作。之后他委托我帮他完成一些申请资料的补充和翻译。他给出的价钱很诱人。临近我女朋友的生日，我很想帮她买一条亨迁顿街上爱玛仕橱窗里的那条"H"形项链，这是她名字的第一个字母。我知道她很喜欢。

董先生对我的工作很满意。但是在项目快要接近尾声的时候，他向我提出了一个我难以允诺的请求：透露一些另外几位申请者的情况给他。我的确听我导师提过,但这与我的工作范畴不相干,也违背了公平竞争原则。我毫不犹豫地拒绝了。当他再一次提出来的时候,我果断提出中止合作。

这个赚点快钱的好机会,就这样被我浪费了。

当天晚上,我女友突然向我提出分手。然后在我想说点什么的时候,坚决地伸出手示意我停止。她说,你不要又以为我是因为买不了项链而跟你分手,如果你那样看我,就是对我的侮辱。

她的话这么坚决,我看着她的眼睛,听她说分手的理由。

她说,我觉得你的情商很低,这么多年来,你从来没有浪漫过一次。

这不是她第一次对此抱怨。每每她一开口,我马上就会认错。因为,我长时间在资料室流连,甚至经常忘记了吃饭、忘记她,这样的事都时有发生。但我牢记"认错"是必须的。

她接着说,你岂止是不懂得浪漫,你甚至都不会做人。你想一想,我们不在原来的城市、原来的国家,这里人生地不熟,一点人脉都没有,好不容易遇到一个这么有成就的老乡,你却这样轻而易举地得罪了他!

可这是原则问题。这对其他的竞标者不公平,我的导师知道了,也会对我失望的。

这世上不公平的事太多了,何止多这一桩,我女朋友说,你应该清醒清醒! 要是五年前,你这样有原则,我觉得很好,可是现在,我们算什么呀! 哪有资格讲什么原则和公平……你为什么还没有学会变通? 你看看那些成功的人,一定有高情商和变通能力……我承认你是一个有正义感的人,但你不能完全脱离现实来考虑问题。

现实是如果我真的那么干了,董先生也会瞧不起我。

他们那些人,只会瞧不起穷人!

说完她停了下来,她比较介意我认为她嫌弃我穷,所以急忙补充说:

他们尊重你的才华和知识,这就是为什么他雇用了你。如果你不得罪他,他一定会回报你的,他至少会给你一些机会。

我不需要他给我工作,我找工作不成问题。

机会不是工作,为什么你不懂呢?

啊,我真是太生气了,你竟然一直以为我为那条项链生气。我并不在乎那条项链,那根本不算什么。从此以后,都不要这么简单地看问题了……你竟然完全不明白你自己的处境。

在此之前,我们之间不曾有过什么敌意。一想到她用过去少见的批评和嘲弄的眼光直视着我,到现在我还感到不安。

你,为什么、为什么木讷到不可理喻的程度呢?! 你都二十七岁了,应该醒醒了!

如果我没有记错,这是她对我最严重的指控。我有点发蒙。出于求和的本能,我再一次道了歉,但是,那项有点违背我人品的资料,我仍然没有向董先生提供。事实证明,董先生并没有往心里去。后来我们一直时有联系。比如像今天这样的夜晚,我竟然在董先生家交到了朋友,还能够与他推心置腹。

这一次分手,更像一次冷战。她说去她的闺密家住几天。我从来没有想过会跟她分开。我的人生中早就确定了两件事:一件是好好学习,另一件是给她幸福。我不停地给她打电话,一心想着挽回她。那时看来,所有的误会都会化解。也许是我的执着,也许我的电话让她不胜其烦——三天之后,她回来了。

那次短暂的分开,使我品尝了过去几年都没有品尝过的痛苦,我意识到她在我生命中的地位。之后,我加倍珍惜她,甚至准备在毕业之前就向她求婚。但是,她之后的态度变得很陌生,让人很难以接近,有时候我半夜从图书馆回来,她还没有回来,一回来就喊累;有时候早上醒来,就看到她呆呆地凝视着天花板,变得深沉又忧伤,令我深感不安。这个情景没持续多久,等待我的是第三次——也是最终的分手通知,以及一张回国机票。

回忆使我的情绪越发低落,我把目光转向冷先生——只有他的故事能让我暂时忘记自己的处境。

说到我太太给我的第三次感动。冷先生等我提出来,已经等了很久。他清了清嗓子——

第三次是在我四十岁生日过后。那时我女儿已经来到美国念高中,我的生活更加安逸。外面那些艳遇对我的吸引力越来越小。究其原因,如果有一个女人,你仅仅贪慕她的肉体,你知道也没几天新鲜劲,可是人家非要海誓山盟,或者有强烈的意愿嫁给你,你能怎么办? 再比如你送给她一千块的礼物,本指望她满心欢喜,可她念念不忘那一万块的包包,你又要怎么办?还比如,你奉上你的真心,一心一意想让她快乐,她却根本不在乎,只是想着用一个漂亮男人来填补她内心的空虚,你能怎么着呢?! 哎呀,这种令人大失所望的落差时有发生。有时,看到漂亮的姑娘释放出爱情的信号,我也有心好好爱一场。可是一想到要学会不脸红地撒谎,找各种借口出门约会,还要在时间上精确计算才能确保平安无事,实在难以应付,让人烦不胜烦。为了避免麻烦,偶尔碰到个顺眼的女人,再开心我也不会失去理智,不要说电话号码,就连姓名都不会轻易透露。我变得越来越挑剔,越来越不合群了。

我还发现身边的有钱人越来越多。不管走过多少弯路,经历了什么风波,无论是早年买房子发财的,还是炒股跌了大跟头的,即使婚姻失败的,大家都各有成就。比如王强,经营着三个连锁饭店。这家伙有多少本事我是一清二楚的。现在老朋友见面,大家都是王总王总地叫他,而我呢,过去的外表,殷实的家境啦,说到底,都太普通了。人生过半,发现自己站在一条一望到底的玻璃桥上,既看得清怎么走来的,到哪里去也是一望到底,一点点惊喜都没有。我有一种被生活欺骗了的感觉。我常常开着车到僻静无人的地方,打开车门,看着浩瀚的星空,想着自己一事无成,成功人士的尊贵感,我只能靠想象来完成,想着想着竟有万念俱灰之感。

我太太很快看穿了我的心思。她说,虽然我不赞成你出去吃苦,你不应该活在压力之下,毕竟我们的条件还好,但是,你愁眉不展,我也不开心。她主动提出给我五十万:如果你喜欢,就去创业,怎么样? 还能怎么样? 世界上真有这样的女人,能力非凡、性格果断、愿意付出、懂得怜悯,能够和我感同身受。她从来没有让我失望过。她是我的知己。我在心里暗下决心,打定主意开创一个新事业,让人刮目相看。这个念头牢牢抓住了我。

你可能想不到,用了不到两年时间,我的创业宣告失败,前前后后亏空了上百万。我失败的原因总结起来有三个。

第一个是我对创业的艰难估计不足。我根据自己十几年来的经验,决定做一个高端男装品牌。我亲力亲为,从寻找高端面料到请设计师裁剪缝制,甚至连代加工厂的工人素质培养,都一一过问,比如我的服装工人每天工作不得超过十个小时。我非常清楚疲劳作业对产品的损害,怀着愤恨和不满的心情做出来的产品是缺少灵魂的。我要求工厂允许工人听音乐，久坐之后起来做做拉伸运动，我想赋予我设计的产品非凡的气质。这一切都没问题。问题出在租店面的时候缺少经验，精心装修不到两个月，拆迁令就到了，富丽堂皇的地方很快就变成了一片废墟。这一变故，让我白白损失了三十多万。第二次找门面的时候，稳妥起见，我入驻本市大牌云集的德基商城。我做过市场调研，只要这个城市有一百个像我这样有衣品的男士，我就能盈利，继而名扬全国，到其他城市开分公司是不成问题的。

事实真是讽刺。门店开业的时候，我在报纸上连续投了一个星期的整版图片广告，收效卓越！我的品牌可算是人尽皆知，我的衣着款式、面料材质，都得到了认可。多少人慕名前来，拍照发到朋友圈。形势看着不错吧？结果呢，人人嫌贵！看的人多，买的人少；更有钻营的小人，拍照仿制，那个时候正遇网络购物兴起。一件五千元的衣服上架才三天，一模一样的就能在网上买到，价格还不到我店里的十分之一，真让人瞠目结舌。开业半个月，我的销售额竟然不到五万元钱。这些钱维持一个店面和背后的设计团队肯定是远远不够的。

第三个也是最要命的，在这节骨眼上，我太太和她姐姐的矛盾开始激化。我太太毫不客气地讥笑她姐姐"喜欢那些没有生命的死物"，她姐姐则拿我的创业说事。眼看着她们不和的传言愈演愈激，以至于企业里的员工开始公开站队。在我老岳父的干预下，姐妹俩坐下来谈判，最后达成协议：谁也不能动用公款办自家的私事，任何人动用公司超过一万元的资金挪作私用，即算作自动放弃财产处置权。表面上，这可以治一治我大姨子花钱如流水的习性，事实上，真正受到冲击的是我的事业。就这样，创业不到一年，品牌建设刚刚完成，我就因为资金链断裂而关门大吉。

我大姨子呢，不满我太太说她的表是"没有生命的死物"，她开始热衷养狗。她养的可不是一般的狗，像什么埃及的皇家狗萨路基猎犬、秘鲁印加兰花犬和日本秋田犬。且不说这些狗买来要花大价钱，听我太太说，这些狗一个月的伙食费是我家保姆一家全年的伙食费。养狗的费用高过了她的预期，为了从公司拿钱，她绞尽脑汁，甚至不惜把我太太告到法院，还把会计师请到公司来查账。我岳父后来完全控制不了局势，连病带气，很快过世了。老人过世之后，姐妹俩就把公司一分为二，老死不相往来了。

你可能要说,你太太这个时候可以继续扶持你了吧？唉,事与愿违,这个时候我却变得消沉起来了,就算她愿意继续帮我,我也无心继续挣扎了。

实不相瞒,要是换了我太太来经营我的店,不要说我这三次危机,再加三十次她也能安然度过。我心里清楚得很。

那些日子我消沉得很,整晚孤零零地坐在自家的阳台上发呆,一待就是几个钟头,看着天一点一点变黑。我看着马路边的大排档摆出来,看着邻居家孩子的三轮车骨碌碌滚过门外的车道,看到路灯亮起,又看到一切消失。我淹没在颓废的气息中。说起来还挺有意思,坐得越久不动弹,越觉得自己像迷途的游客,又像个要饭的穷人。我还发现,只要坐在那里两个钟头不动,脸上的胡子就会噌噌地疯长,不一会儿,就把我整个脸都包围住。

经过这次失败,我对这个城市厌恶透顶。这里再也不是过去我向往的模样了。到处是工地,围绕着城区的护城河已经被填埋,百年梧桐都被砍得差不多了,我刚来时的老街老店也都基本消失得干干净净了,取而代之的是网吧啊、奶茶店啊这些完全不熟悉的东西。人越来越稠密,天气也越来越坏。这一切似乎都是造成我萎靡不振的原因。我像吸入了一种剧毒农药,不仅对创业没了兴致,对喝酒也没有了兴致,对美食、对身边的人,更对自己的外表统统产生了一种极度讨厌的心情,甚至觉得活着一点意思都没有。我开始不修边幅、衣着随便,无心吃喝和健身,任凭头发大把脱落。我经常整夜失眠,睁着眼睛到天亮;我渐渐变成了自己年少时最不喜欢的那一类人。不久,我开始有一种将遁入黑暗的想法……好几回,我站在阳台上,真有纵身一跃跳下去的冲动……

我太太被我吓着了。她带我去各个大城市看心理医生。有的说是厌食症,有的说是神经衰弱,也有的诊断说是抑郁症……

现在我要说说我太太给我的第三次感动。

有一天早上,我睁开眼,天色已经大亮,我太太已经衣着整齐地坐在床边。她在等我醒来。

她拿出一沓材料来给我看。原来她已经进行过资产评估和股份转让协议,只等着我稍稍振作一点去工商管理局注册。

什么呀！我有气无力地说,我都是要死的人了,你还想让我经营公司,

163

再说，我也没这个能力呀。

不用你经营，你只管拥有这些公司，是这个公司的法人和董事长，其余的事我来打理。

这算什么事呀！有意思吗？

有意思呀！往后，家里的钱都在你的名下，处置权和管理权都真正属于你。你什么时候好利索了，就参与进来，咱们一起管。

就是说，我签了字，公司变更公告一发布，过去那些把我当客人的前台呀、秘书啊、主管啊，个个对我换了称呼，我不再是过去的冷先生，我是冷老板了？

振作起来吧，想一想这个世界美好的地方……

她摇晃着我的双肩，我无法动弹。她伏在我身上，令我更加透不过气……实不相瞒，在我所有厌恶的人和事中，就包括了她呀！她的厚实的肩膀，她的黑得发亮的脸膛，她那多肉而勒住丝袜的脚背……她的脸看上去多么索然无味，却又包含着一切深意。她是阻挡风雨的铜墙，是庇护所。我看着她的眼睛，她眼皮垂下来，裹住这精通世故的眼睛，好像看穿一切，又好像什么都不知道。她的脸已然悄悄变得丰富，但即使她老了，某一部分年轻时的模样，仍然保持着。似乎是一个记号，让我认得出她，让我能够回忆起来一切……她不常说什么刻薄话，可是她身上每一处都在提醒我要去掉那些不切实际的幻想……我终于看清自己身上那可笑的优越感和伤感——我是配不上我太太的。

这么一想，自尊心带来的烦恼消失了，我的厌世和厌食都奇迹般地不治而愈了。

我现在身体各方面都很好，能吃能喝，一点毛病都没有，跟你这个年纪的人几乎没多少差别呢！冷向我伸出胳膊。他的小臂紧致有力。自信加上财务自由，这是他能够赶上这个浪潮，到这里来养老的原因之一。

一轮弯月挂在天边，从我们的角度，影影绰绰的树梢拦住了月光；黑夜之中的树梢仿佛比月亮更神秘，更有威力。

冷先生笑着总结说：因为这三次感动，使我相信了一点，人与人能够在一起，绝不能因为爱情，相反，是因为至少三次的感动，爱情调动着你的情绪，可是感动能让情绪归于平静。

美国是一个环境优美的国家,也是个文明的世界。我小时候,会打架的男人有气场,这里呢,男人的风度是不跟人争执、不居高临下地对待服务人员和女性。即使遇到不公的事,也尽量心平气和、客客气气地说话。所以说,环境和审美标准都变了,我理解得没错吧?他端着酒杯轻轻摇了两下。我看不清他的脸,但他的声音显得不确定,可能是醉了,也可能带着夸张和表演的成分:你看,我现在每天喝点红酒,欣赏欣赏这里的美景,高兴的时候陪太太四处走一走。人活一世……人哪,活到我这份上,虽未读万卷书,可是算行了万里路。

明月已经高悬,露水打湿了我们的脚背。我突然感觉到饥肠辘辘。原来我从进门到现在只喝了一杯酒呢。我向冷先生打了个招呼,起身到厨房寻找食物。灶台上堆满了用过的盘子,冷太太正在厨房里收拾。见我进来,她从冰箱里拿出一块完整的蛋糕。我接过来,道了一声谢。此时我发现对她的印象发生了奇妙的变化。我从她的脸上看到了一种此前不曾留意到的生动之处。这种生动一时很难用语言形容,但绝不是"美"和"丑"这些简单的词所能概括的。从我傍晚进门之前怀着那种奇怪的偏见时起,时间似乎有一年那么长。我不再觉得他们过于神秘和怪异,甚至高不可攀了。她如今似乎与她先生那俊美的模样不能分隔了。

我整个人起了一种变化,像是突然亢奋了。趁着自己心情激动,我带着一种谦卑而快乐的表情再次跟她打了一次招呼。我凑近她,对她说,我跟您的先生谈了很久,我觉得您大可不必对他不放心,就算喝多了,他也是一个心里很有数的人。

像是对她先生跟我的谈话了然于心,她笑了一笑,算是向我表示感谢。

她说,我并不担心他喝得太多,也不在乎他喝多了乱说话……他不是个有破坏力的人,要说这个屋子里谁最没有攻击性和防备心,就是他了。我也不是担心他喝坏身体,我这样做,纯粹是多年来的一种习惯。

我们还说了一些其他很有礼貌的话。这时,又有一对夫妇带着他们的两个七八岁的男孩准备离开。这两个男孩身高脸型都差不多,像是双胞胎,但是一个略胖,另一个则很瘦小。胖的那个活泼爱笑,另一个则沉默害羞。有点奇怪的是,他们没有出现在饭桌上,整个晚上没有出现在我的视线里。

我今晚竟然第一次见到这两个男孩。他们在门口道别的片刻,冷太太向那位沉默害羞的男孩挥了挥手,然后转过头来,对我说:

很多家庭都有这种现象,孩子们刚开始的时候都是一样的,但是长着长着就变得完全不一样。我像他们这么大的时候,我记得,我父亲带我和我姐姐到乡下去看亲戚。亲戚给了我们一只水蜜桃。不知道你有没有尝过无锡的水蜜桃,那是世界上最好吃的水蜜桃,皮韧易剥,汁多甘厚,味浓香溢,入口即化。但是,我那天没有尝到。我父亲把水蜜桃捧在手上,指着前面的一个池塘,笑着对我说,你不是想要玩水吗?去吧,去玩一会儿。

我边走边回头看。我看到他小心地剥开水蜜桃的皮,捏着两端,让我姐姐一口一口地咬到嘴里。我这一辈子都忘不了我姐姐闭着眼享受水蜜桃的样子。真的太诱人了。但是,我父亲没有分给我一点的意思,我姐姐同样如此,后来我直挺挺地站到她面前,表现出特别想吃的渴望,她也丝毫不为所动,干干净净地吃完了一整个水蜜桃,把光溜溜的核放在嘴里嘬了好一会儿,才吐掉。

我还没有反应过来,冷太太话锋一转说:

所以啊,这些年,我再忙都会专程开车去无锡买正宗的水蜜桃。现在市面上假的无锡水蜜桃那么多,我尝一口就能知真假。但是,我姐姐就不一样了,什么是好东西什么是坏东西,她根本分不清。她特别喜欢那些没有生命的死的东西,把那些瑞士名表当成心头好。她以为是值钱的东西,我可一点儿也不稀罕呢。她不愿意带着这些值钱的东西出门,又不敢把这些东西单独放在家里,所以她哪儿也去不了。

她一口气把这些话说完,就好像她整个晚上一直在忙碌、在帮厨、在收拾屋子,就是为了到头来,像这样的时候,把这些话一字不落地说出来似的。

她的话使我不由自主地挺直了身体。我一下子记住了她强壮的意志力,与她的身躯是成正比的"STRONG"。今天晚上——在这之前我觉得整个艾尔克顿的华人之夜像一幅乡愁深浓的意味深长的油画,此刻——在这幅成品上面,有两条浓重、另类的深色油彩,使这幅画变得相当古怪,以及深不可测。

后来她又用轻快的、我刚进门时的亲切的声音补充了一句说,她姐姐沉湎于这些物件,对于真正的生活,是不了解的。她后来竟然喜欢起狗来,可是,这些狗也只是增加了她的负担。她以为是慰藉,但无论是钱也好,狗也好,对于理解真正的人生是远远不够的。

在那个完全被冷先生占领的聚会上,冷太太的话,就算我当时没有听错,也很快被冷先生的话语所覆盖。她先生进屋的时候,她停止说话,牵起他的手,与主人握手告别。他们在门口也停留了不短的时间,我听到冷先生客气地跟主人约定下一次在他家的聚会日期。我现在仍然能回想起他柔软的语音以及柔软的眼神和额头,他的太太温柔地点着头。转身的时候,他特意给了我一个亲切的微笑,叮嘱我到时也把时间腾出来。他跟在太太身后、踏下一个台阶的一瞬,他的后背显得孤零零、可怜巴巴,甚至有点儿踉踉跄跄。

他的形象就这么突兀地发生了逆转。现在的他,掩盖住了我第一次见到他时的印象;刚刚出门的形象又掩盖了他下午的形象。变化如此之大,令我有点错乱。他走后好几个钟头,他低沉的声调仿佛还停留在我的耳边。他的离开,唤起我内心的孤独,使我比刚来时还要感到不适。随着他离开,他激起的某种涟漪——那微微的、颤动着的涟漪慢慢消散,最终,他带来的气息彻底消失了。

另一间屋里的人,只剩下先前几个打牌的还在。他们的声音很是疲倦,即使打出了一张好牌、发出夸张的喊声,这喊声里也有一丝勉强。孩子们不知去向,可能上楼睡觉了,或者被女士们先带走了。

我坐在客厅的沙发上。茶几上有孩子们的玩具,客厅的墙壁上竟然是空的。虽然嫌弃前主人留下的画,可董先生还没有来得及为房子配上符合心意的装饰。可见,这世上符合心意的东西并不太多。

这样的夜晚,我的记忆却异常清晰,我想起前女友提出的第三次分手,也是正式分手的那次。

跟头两次一样,也是那样突如其来。我们在学校附近的公园散步,听到两个印度人在用英语交谈。

他们的口音非常重,声音还特别大,彼此因听不明白而着急上火。我想起了网上关于印度人口音的段子,我看了一眼女友,以前我们看到不寻常的事情时也会这样相视一笑。这一次，她假装没有听到也没有看到。一直到远离了两位印度人之后，快到家门口时，她突然停下来说：

你是不是觉得自己的口语很好呢？

这种挑衅的口气并不常见。我一听就觉得来者不善，一下红了脸，我支支吾吾地说，还行吧！

其实并不好，她的目光变得严厉，嘴唇紧紧地抿住了。她说，你的单词量和听力的确很好，但你的口音有时候很好笑呢。听你在重要场合说英语，我每次都捏一把汗，生怕别人会笑出声来。

我当时的反应——现在还记得一清二楚，一阵酸楚袭击了我，我的喉咙发出了吞咽声。如果她在日常生活或者在为人处事方面打击我，我都会欣然接受，毕竟我不觉得这是特别重要的事。但是，说到口语，来美国这么久，英语已经成为我身体的一部分，是我安身立命的本钱。与其说我的自尊心受伤，不如说我被搞得不知所措。

趁着那种尴尬的气氛，她再一次提出分手。她说，我们之间三观不合，你喜欢做研究，我喜欢热闹的生活；你向往儿女双全，而我，一直想做个丁克呢。她顿了一顿，继续说，我觉得这样下去越来越不快乐了。请你尊重我的决定。

趁我没有回过神来，她收拾了自己的行李，搬了出去。我意识到情况不妙，想着如何沟通的那几天，她发来机票信息，让我不要找她，她已经回国。她说如果我下学期再去纠缠她，她就会转学。

我突然回过神来：她宣称分手的时候，带走的行李是那样少，简直连一只小小的行李箱都塞不满。那么，她冬天的衣服呢？她的雪地靴呢，她的小熊抱枕呢？直到今天，我才发现，这些东西早就无缘无故地不见了。

在这万籁俱寂的别墅，只闻蛙鸣如鼓，令我错愕不已的更多的细节——清晰地再现。比如面对董先生家的草坪，置疑打理困难的女友，我安慰她说，董先生付得起。如今我才听出自己当时多么心虚。而这心虚，我的女友，她早就有清楚的认识，并且，对我的前途有了不乐观的判断。

这些细节从来没有消失过，只不过一向只以为把书读好最重要的我，没有真正的勇气面对它们罢了。

一切幻想都已破灭。无论我做了多少努力，其实早在第一次分手时就

山上的云朵：

已经无可挽留了。失去她是早就注定的事,甚至在我还不知爱情为何物的时候而不是决定来麻省的时候就已经注定了。我一度痛心疾首,认为是自己对学业的过于专注导致了我们关系的破裂。事实上,这是一个方向性的大错误。在今夜之前我的反思都走错了方向。我的前女友一定察觉了我至今才承认的事实,那就是——我一直承诺要给她的生活,已经不是或者本来就不是她想要的那种生活,我的承诺,对她,甚至已经是一种折磨。

我听到自己的心脏剧烈地跳动,我突然开窍了:对于我的失恋,今天在场的每一个人都假装不知道,他们都像对待冷先生一样,装着对我的失恋和失败置若罔闻,其实他们可能比我了解得更早、更多。

就在昨天下午,我还抱着同情的目光看着眼前这些人。他们带着不知从什么行业赚来的钱,年纪大了,英文不好,假装自己和在国内一样充实、风光,是故事的主角,搞不定就美其名曰是“文化冲突”。他们还不在文化里,只在边缘踱步、沉湎于新鲜景致,哪里有什么冲突呢。他们的生活乏味着呢,他们在这里摸索商机,享受空气和酒;他们常常有大把的时间不知如何消磨。我呢,还当自己与众不同而沾沾自喜。多么可笑。说什么知识已经改变了命运;假装不知道女朋友离开的真实原因;似乎自己的黑头发黄皮肤不是什么事;仿佛所有一切都是自己决定的。

就算7月天气,凌晨仍然是一天中最冷的时候。我的腿瑟瑟发抖。周围一片陌生。我的意识开始混沌,随时都有遁入虚空的可能。在他乡暂旅的微光之中,某种在被遮蔽状态中的情绪悄然显露。她并不是抛弃我,而是在否定我,如同当年她对我的崇拜,肯定着我从小到大的努力;如今她的离去,不仅否定了我们的感情,还否定了我的目标和方向。仿佛一道闪电,照亮了一切。这一刻变得令人不能忍受。再也没有比这一夜更漫长、更折磨人的了。这就是我现在的处境;这也可能是我的将来,像被镶嵌在水泥里的事实一样很难更换的未来。

我很后悔没有留住冷先生,不然的话,现在分享故事的就应该是我了。想到这里,冷先生那微醺的脸再次出现在我面前,他仿佛正摇头晃脑地用一种冷式温柔总结说:

我真是感动啊,她那么年轻,却甘愿过那么清贫的生活,真是了不起,你读博士的第一年她可能就已经看到你的专业不占优势,后来认识了那么多的有钱人,却要每日回到跟你合租的嘈杂的小公寓,她一定独自承受了你意料不到的压力,不得已才做出了离开你的决定。

我好像真的听到了冷先生一板一眼的分析,扑哧笑出了声。我起身走向窗口,有一种想夺门而出的冲动,但是我的破车停在靠里的位置,外面有两辆车挡住了车道。那些信誓旦旦坚守到天亮的人,所有人都没有兑现他们的诺言,或驾车而去,或倚靠在沙发上睡着了:打过的残牌散落在桌面上,陪着几杯未尽的残茶。

不知道过了多久,窗口渐渐发白,曙光出现了。我走出后门。天空雾气浓重,无声地贴在树梢上,跟昨天黄昏的感觉刚好相反:遥远的海面上巨大的浪头在翻滚。置身这昏白无声的海港小城的黎明,这座房屋和它旁边的那些更大的,以及屋前开放的花朵也跟昨天完全不同了。对于天空来讲,这里就是个完全不起眼的边角,我比我以为的还要渺小一百倍,即使用"微不足道"也无法形容我身处的位置。我走到马路边,朝两头看了看,树木向远方延伸,道路画了一条坚挺的弧形也向远处而去。我觉得脑子里乱糟糟的,昨晚的一切都不像是真的,不,过去的一切都不像是真的。

我独自走向那个石阶,现在,它孤零零地立在清晨的雾气里。我呼了一口气,踩上去,试着走了起来。才走了五六步,突然一个趔趄,猛地失去平衡,掉到了另一侧。我完全没有思想准备,貌似柔软的草地比想象的要生硬得多,腰和臀部受到了重重的撞击。我爬起来的时候,鞋和裤腿上沾满了露珠和草屑,甚至脸颊上也沾上了凉丝丝的露水。发现自己错判了形势,高估了自己,我左右看看,希望自己狼狈的样子没人看见。我可是品尝了露珠的滋味——如果这会儿某个晨跑的人发现我跌了这么一跤,我大可这么自嘲一番。突然,树枝一阵颤动,一只窥见了秘密的松鼠呼地窜走了,过一会,它又在草地另一侧探出头,看来想看热闹的心不死。我回到石阶的起点,但没有意愿跨上去。抵抗漫漫长夜,并非坚持不昏睡,而是正确预估难度。而眼下,我这样的状态,就算再给我一次机会,我也无法保证不从石阶上掉下来。

太阳仿佛被什么弹了一下,腾地跳出地平线,紧贴在大海的边缘。金色的光芒在树尖上闪亮。层层树叶密密实实,眼前的一切罩在阴影之中。

爱 恨 江 城

李国彬

一

找不到肖义,对于江彦彦来说,就等于把整个世界都丢了。

上午,江彦彦正盯着肖义的微信头像发呆,手机嗡的一声响了,把她吓了一跳。

短信是王主任发来的,要求江彦彦紧急填写一张全市医务人员登记表。江彦彦抱着手机,两根纤细的手指上下翻飞,很快就回了一句:我已经辞职三个月啦。

对方也是秒回:特殊时期的特殊表格,都要填。接着又追发了一则市卫健委的通知:

紧急通知:

　　目前,武汉发生新型冠状病毒肺炎疫情,且有向全国蔓延的势头。请各院通知到本地的医疗从业人员(包括在职和离职的),明天上午8点之前,必须回到各自的工作岗位,对拒不服从工作安排者,在职在编的,将按照解聘程序予以除名;离职在外经营医疗业务的,报有关单位,吊销其执照。同时,从明天开始,各医疗诊所绝不允许截留发热患者……

2020 年元月 27 日

在医院工作时,江彦彦就一向不屑于王主任的那种阴阳怪气和咄咄逼人。她立刻把王主任拉黑了。

江彦彦刚把王主任拉黑，自己所在的那个医疗群里便冒出了二十多条信息，因为肖义也在这个群里，江彦彦便把这个群点开了。

江彦彦刚把群点开，有关疫情的信息便如同一条条触网的鱼，纷纷跳了出来。江彦彦感到很无聊，便"转身离开"了，然后拨打了公克的手机。

今天是年初三，手机打通后，江彦彦先喊了一声"公总"，然后向他拜年。听说她找兔子，公克冷笑了一声说，说是去娘家了，娘家说初二就回南京了。

这一点和江彦彦得到的消息一样，因为，她也给兔子的母亲打电话了。

她的行踪越来越诡秘啦。这时，公克无不嘲讽地说，呵呵，狡兔三窟嘛。江彦彦笑着说，该不是大哥又惹兔子生气了吧？见对方忽然不吭气了，江彦彦忙改口说，哈，兔子的性格你还不知道，罗锅子上山——钱（前）心重呗，呵呵……

如果真是那样也不错。公克幽幽地说，又问，找她有事？

江彦彦叹了口气。

从 11 日开始，江彦彦和肖义就没有见过面，这一转眼都快有一个月了。其间，江彦彦多次打肖义的手机，肖义不是说在公司进货，就是说在外地谈业务。最后一次通话是元月 12 日，江彦彦告诉肖义，大地影院来了一部新片子，大制作，魔幻的，已经有上亿元的票房，她已订票，想和肖义一起去看，算是迎接鼠年春节。肖义告诉她，公司介入了"一带一路"，2 月份，他会有一个随团出国的机会，从 13 日开始，他要在天津参加由两省卫健委共同举办的出国学习培训班。学习是封闭式的，时间是一个月。春节都免了？江彦彦委屈地问。肖义郑重其事地说，这是国家项目啊！春节就显得太狭隘了。最主要的是，它可是我的一张商业门票。江彦彦只好退而求其次，要肖义说出在哪里"封闭"，她好去"探班"。肖义又以"商业秘密"和"均有承诺"等理由谢绝了。但肖义保证，学习期间，他一定会和江彦彦保持热线。

但此后发生的事情，让江彦彦很恼火。起初，肖义虽然不愿意接手机，信息还是有的，再过几天，信息都没有了。江彦彦打他电话，对方要么语音留言说在上课，要么彻底关机。那时，被"断电"的江彦彦，眼前一片漆黑。

听江彦彦这么说，公克笑了笑说，嗯，那你找兔子就是对的。

找不到她呀。江彦彦懊恼地说。昨天，我发红包求回电，她都没反应。

哦，没反应。公克漫不经心地嘀咕着，接下来，一句话都没有了。

公克的磨叽和酸腻劲,让江彦彦急得直冒汗。于是,她找了一句客气话做铺垫,便结束了通话。但是,和公克结束通话不久,江彦彦收到了一条短消息:肖义在武汉。

信息是公克发来的。

二

中午,江彦彦爬上了小区的楼顶。

江彦彦自拍了一段视频。画面上,她说,肖义,我现在就站在楼顶上。我只等你半个小时。半个小时后,你不现身,我就献身。

这一招很灵,不到十分钟,肖义要求视频了。他一出现就面带怒气地说,你疯了? 下来,你下来说话。江彦彦的泪水一下子就涌了出来。因为太急,那泪水出来时呈泛滥状,她说,你终于现身了。你在哪?

这时,肖义换了个笑脸说,宝贝,一个年过傻了是不是? 我……

江彦彦打断肖义说,一字一顿地说,天津? 封闭式学习?

是呀……肖义笑着说。急死了,我正准备逃课哪!

哼哼。江彦彦冷笑着说,那好,我相信你。把你的定位图发给我。就是现在,现在——

说到最后一个"现在"时,江彦彦突然失声尖叫。肖义显然是害怕了,他忙说,亲爱的亲爱的……

给我定位图,给我——

江彦彦仍然声嘶力竭地叫着,接着便大声地哭起来。楼顶上的风很强劲,江彦彦的哭声像是挨了千刀万剐,零零碎碎,一片一片的,瞬间就被剐跑了。

这时,肖义迟疑了一下说,亲爱的,我说实话,你能原谅我吗?

还是我先说吧。江彦彦咬着牙,带着不置可否的语气说,你不在天津,在武汉。

肖义愣了一下,然后尴尬地一笑说,是的,呵呵……

江彦彦显得更伤心了,她说,你去那儿干什么? 为什么说在天津? 为什么要撒谎? 你真让我浮想联翩……

肖义叹了口气说,亲爱的,我另有隐情啊!很痛苦。如果你能下来,我慢慢说给你听,好吗?

肖义说这句话时,整个人显得很憔悴,江彦彦心里混乱了一下,便挪动了脚步。

见江彦彦从楼台上下来了,肖义解释了自己失联的原因。

半个月前,武汉白特琪医疗器械公司想集中甩卖库存的三百多台医疗器械。甩卖价为6.6折。该公司的副总是肖义的朋友,有心拿下这笔巧钱,但忌惮闲话,又短腿于资金,于是暗通了肖义,邀他过来收购,待年后把这批货拿到手,再高价转手到"一带一路"项目中去。因为,此事既敏感也紧急,又需要保密,肖义就没跟江彦彦说。说完,肖义晃了晃手中的一沓合同说,事情进行得非常好,这些是意向性的合同……

肖义的话还没说完,江彦彦的嘴角忽然露出了一丝不易察觉的笑容。

是的,肖义刚才的这一番话,每一句都像一把锋利的小刀,很快就将这些天来,江彦彦心头的那些怨恨、不满、怀疑和迷惑,一一削平了。

我想你,我要去找你。江彦彦忽然这么说,肖义,你让我孤悬正泰27个日日夜夜,我的心都碎了,你要亲自把它缝合好。

肖义说,亲爱的,你真不知道吗?武汉已经封城了。

知道。江彦彦扬起下巴,眼神中充满了倔强地说,那又怎么样?我必须要见到你。你知道我的性格。你知道的。

不行不行。肖义连连说。哦,客人来了,回头聊。

肖义!肖义!江彦彦大声地喊着,等一下……

那边,肖义已经挂机了。

混蛋!大混蛋!江彦彦骂着,气得要摔手机,但只在空中挥舞了一下便作罢了。

接下来,江彦彦还是不死心,她一屁股坐在楼台上,一直盯着手机看。她觉得这个问题还没有讨论清楚,肖义一定还会回话。但是,一直等了半个小时,对方也没有回音。此时,那手机悄无声息的,像是一个咬紧牙关、一言不发、又蠢又笨的哑巴。

看来,肖义是被客人缠上了。江彦彦这样宽慰着自己,然后向楼下走去。

在下电梯时,她又给肖义发了一条信息:我是一定要去的,你考虑给我订票吧。

三

江彦彦回到诊所时,吓了一跳。平时自己那少有人至的诊所,这会儿,门口站满了人,而且是两路纵队。江彦彦很纳闷,她挤过人群,一边开门,一边问,你们这是干什么?

队伍中有人说,买酒精。接着,众人纷纷问她,有84消毒液吗?

有没有口罩?

……

江彦彦明白了,她忙摆手说,我这是小诊所,不卖这个。

见队伍不乱,走进诊所后,江彦彦找来纸笔写道:本所不卖口罩,不卖酒精,不卖84消毒液。待江彦彦把这张纸贴到玻璃门上时,人群才慢慢散去了。见门口亮堂了,江彦彦又把手机打开了,就在这时,她的手机"欧耶""欧耶"地响了。

打来电话的是江彦彦的大学同学,上大学时,江彦彦参加过一个诗社,这个同学是她的诗友。

多年没见了,这会儿联系上了。这个同学一句多余的寒暄都没有,开口就问,知道吗? 我们诗社恢复了。接着,他激情澎湃地说,孝感告急,黄石告急,荆州告急,武汉告急,湖北告急,蝙蝠已经遮挡了汉江的上空,国难当头之时,我们诗人不能缺席啊! 江彦彦,我喜欢你的诗歌,快写吧,挺武汉,挺中国……

这个男同学真能说,她在江彦彦一句没搭的情况下,一口气说了半个小时,其中,有十几分钟是在朗读他新写的诗歌。在他的诗歌里,医生叫逆行者,军人叫绿巨人,志愿者叫佛手……

最后他忽然问,你还在听吗?

江彦彦看着肖义的微信头像,半天才说,嗯,你说什么……

这个男同学就把手机挂了。

诊所里终于安静了,江彦彦拨打了兔子的手机。这次,竟然接通了。

天哪！你在哪……手机一接通，江彦彦就这么问，声音很大。话说半截，就委屈得说不下去了。

兔子哈哈大笑，像哄孩子似的说，呃，我的宝贝，你这是怎么了？谁把我的宝贝欺负成这个样子？哈哈哈……又说，我一直在南京呀。买卖上门，不能往外推吧，这也是生意人的无奈。

为什么老关机啊？江彦彦问。

兔子马上压低声音说，和树懒吵架了。躲他呢。

江彦彦知道兔子说的是公克，心里一下子就释然了。

接着，她马上把自己刚才和肖义的通话和盘说了出来，然后表达了自己的想法。

听说江彦彦要到武汉去找肖义，兔子笑着说，情节也太离奇了吧。知道武汉的情况吗？说着她接连发来几张对话截图。

目前我们不仅是封城，而且是封省了。
今天，路都封了，所有上街的私家车都被电视台曝光了哒。
不是暴发，是爆炸啊！被感染的人每天都在增加。
不仅是武汉，听说下面各市县以及各乡镇都要设路卡了。
……

估计江彦彦已经把截图上的内容看完了，兔子问，还想去凑热闹吗？

江彦彦叹了口气。

兔子又说，我武汉的朋友讲，现在，只要你听到武汉人哼一声，你就被传染了。

兔子的这段话，像一块石头，将江彦彦彻底压到了缸底，她久久地沉默。

这时兔子又神灵活现地说，还有呀，就是刚才，镇江的一个同行，因为没有报告从武汉返回的情况，检察院已经介入了，可能要以涉嫌妨害传染病防治罪被起诉。你现在去武汉，是什么性质？

听江彦彦这边一点动静都没有了，兔子笑着说，其实，所有的道理你都懂的。

和兔子结束通话后，江彦彦坐在那里一动不动，发了半天呆。最后，她把这几张截图发给了在武汉协和医院当护士的表妹朱莎。

很快,朱莎就回信了:谁再以这种轻描淡写的口吻描写武汉,谁就呈冠状……

第二天凌晨三点半,江彦彦给肖义发了一条信息,怎么办啊?你说。没有你的日子,我觉得我就是行尸走肉。

四

三年前,肖义、江彦彦和兔子同时毕业于南京医科大学五年制临床专业研究生班。三人都属于那种"鲸族"。毕业后,在社会上滑行不久,肖义就在正泰市第一人民医院找到了工作。两个月后,在肖义的引荐下,江彦彦也被该医院的传染科录用。兔子冷傲,多少看不上正泰这种地市级医院,她"原汤化原食",抱着自己的学术论文,在母校的对口单位南京鼓楼医院找到了自己的岗位。

江彦彦到正泰市人民医院报到的第二天,受兔子之邀,肖义和江彦彦赶到了南京。当晚,兔子请客,三人在秦淮河岸边一个叫"稍微"的酒吧里喝茶。其间,他们谈到了理想。肖义的理想起点是,一年后,至少要坐到内分泌科主治医师的位置上。兔子的理想是找个好老公。江彦彦把手搭在肖义的肩膀上,笑着说,可不许找他这样的,出门撞衫。兔子笑了,然后说,放心。在我这里,仅仅帅是不行的,还得有钱。这个是一点都不能打折的。你呢?兔子转而问江彦彦。江彦彦意味深长地看着肖义,笑而不答。

也算是心想事成,不久,南京传来好消息,兔子成功地"干掉了"一个做塑钢生意老总的正室,正式"履新"了。那个老总,就是公克。目前,兔子已经单干了,在浦口开了一家医疗器材贸易有限公司。肖义更红,他提前半年就从医师助理干到主治医师。这还不算完,院内传言,肖义来年便可能当主任,接着就会鞭指副院长、院长。

那天,兔子问江彦彦的理想是什么,江彦彦笑而不答。其实,江彦彦的理想很简单,那就是,把自己连衣带帽地交给肖义,然后让自己的爱有一个最终的落脚点。现在,她非常满意,她的世界里除了肖义,连一根头发丝都装不进去了。

真叫世事无常，做主治医师没到半年，肖义突然决定跳槽单干了。这让江彦彦大惑不解。那天晚上，江彦彦找到肖义，两人做了一次长谈。江彦彦说，当下是微店和电商时代，开实体店很难与网点竞争。肖义说，人在水里是没法活的，鱼活得不是很好吗？江彦彦说，在正泰医院，你是有积分的，为什么要半途而废？肖义说，《列斩》我已玩了十一年，说扔我不就扔了吗？这叫舍得舍得。想到平时，肖义常为工作辛苦、工资死、医患关系紧张等发牢骚，江彦彦说，我们还这么年轻，有些苦都是在途中的一些见证，很有意义的。今天的付出或许就是我们明天的支付宝呀。又说，闹事的家属毕竟是少数，他们也有值得同情的地方……

那天，江彦彦很泄气，她感觉自己的劝说是失败的。她太了解肖义了。如果肖义对一件事表示抵触或者不开心，眼神就会紧缩，然后冷冷地飘移到别处。当时，江彦彦把话说到这儿，肖义露出就是这种神情。

江彦彦不死心，她请假去了南京，然后找到了兔子。她认为，在这件事上，兔子一定会和自己站在一起。结果，兔子却这样劝江彦彦，你爱他什么？自信、有主见、脑回路异常发达……这些可都是你亲口跟我说的。这个时候，你去阻拦一个对未来已有设计且雄心勃勃的男人，会怎么样？会显得很愚拙，很麻烦。还有……

接着，兔子跟江彦彦说了另外一件事：这半年来，肖义和钱院长的关系并不好，两人在院长办公室还大吵过一次。那天，肖义差点跟钱院长动手。

因为什么？江彦彦问，嘴巴张着。她感到很意外，因为，肖义从来就没有跟她提过这件事。

兔子说，因为肖义上班喝酒吧。

听兔子这么说，江彦彦就没再阻拦肖义，因为，她知道自己根本就没有能力来调和这两个男人的关系。

其实，江彦彦极力阻拦肖义离开医院，除了为肖义惋惜以外，主要还是怕肖义会由此脱离自己的视线。她的担忧也不是多余的。

辞职后，肖义开了一家医疗器械销售公司。公司起势不错，接着越来越好，直到风生水起，赚得钵满盆盈。但随着肖义的生意做得越来越大，江彦彦的自信心却越来越没了，于是，她为肖义定了一个规矩：每天都要有图有声有信息。每天都要说声"亲爱的"。每个星期至少有两次独处的时间。除了清明节,一年中,每个节日必须有礼物……

但是,随着公司的生意面扩大,肖义实在无法完成江彦彦给自己定的课程表。于是,两人三天一小吵,五天一大吵,其中还常伴随着无休无止的冷战。

有一天,江彦彦和兔子诉苦时语出惊人。她说,兔子,肖义是不是怀疑我和钱院长的关系呀?

江彦彦这么说是有背景的。

在正泰市第一人民医院,江彦彦是有成就的。根据临床经验,她的论文《感染的溯源法则》得以在《当代医学》杂志上发表,部分章节还被国际著名的综合性医学期刊《柳叶刀》选载。这是江彦彦在院期间的成就,多少是能代表医院实力的。钱院长非常高兴,明确表示要对其进行重点培养。那天,钱院长做出这种表态时,拍了拍江彦彦的肩膀。江彦彦跟肖义谈到这个细节时,戏谑说,好像是掐。

听到这个细节,肖义的脸色一下子就变了。当时,他正在吃薯条,竟然咬到了自己的舌头,遂大怒,将半包薯条愤然摔了出去。

对此,江彦彦既高兴,又后悔。高兴的是,这说明自己在肖义的心里是何等重要,后悔的是,自己让肖义担心了。

如今,再联想到肖义和钱院长之间本来就很"疙瘩"的关系,江彦彦说,姐,我也想辞职了,然后跟他一起办公司。

No!No!No!兔子的舌头像是被扔到了开水里,她忙不迭地说,你不要在错误的路上再穿上一只错误的鞋子。女人失去了社会地位,就什么都没有了。OK!又说,你高看了肖义,这个家伙可实际了,是个嫌贫爱富的博美,你要是一无所有,他会咬你的,哈哈哈……

接着,兔子又说,肖义的公司实行的是股份制,你如果进了公司,肖义会很尴尬的。到那时,你就不是秀恩爱了,那是砸场子!

江彦彦觉得兔子说得很有道理。但是,令人大跌眼镜的是,不到一个月,江彦彦便在永辉超市对面开办了一家私人诊所。

听到这个消息,肖义很意外,那天,他在电话里沉默了很久,才问,疯了?

江彦彦说,你要是不踏实,我的日子就是倾斜的。

五

元月 31 日凌晨 3 点 10 分,在沪蓉高速公路上,一支由五辆货车组成的车队正在向前开进。这几辆车的车头上都悬挂着条幅,上面写着"同舟共济 倾力相助"八个大字,车厢上也有条幅,上面的口号是:

抗击新冠肺炎,心系湖北武汉!

武汉挺住,我们来了!

……

落款是正泰市生物科技有限公司。

江彦彦就坐在第 3 辆车里。

正泰市生物科技有限公司的老总曾经是江彦彦的护理对象,病愈后,也成了江彦彦的追求者。昨天,江彦彦找到他,也说了实情:去找自己的恋人。这位老总当即答应给予帮助。

上午 11 时,货车把江彦彦丢在了武汉市内的兴华小区门口。

接江彦彦的是她的舅舅,见到外甥女,他吃惊得脸都绿了,不停地松领口。江彦彦说,舅舅,你要为难,我就走。舅舅不再说话,带江彦彦到小区门口测体温和登记。说明情况时,舅舅说了谎话。谎话竟然和江彦彦设计的一样:先前来武汉进货,封城后不能回去了。物业的两只眼睛像是个长跑运动员,在江彦彦身上来回扫了好几圈,然后说,程书记,制度都是你们政府定的,我也不能不给领导面子,是吧? 不过,有个小要求,这个美女进小区后,哪里都不能去的,要自我隔离 14 天才好。陈书记点了点头。

回到家,舅舅问,能做到吗?

江彦彦说,做不到,您看着办吧。

舅舅叹了口气。

接着,江彦彦草草吃了点东西,就打了肖义的手机。

听说江彦彦到了武汉,肖义哈哈大笑,说,我不相信。

真的。江彦彦认真地说,我是想给你个惊喜的,怕你不配合,就直接跟你说了。

听江彦彦的口气这么认真,肖义声音变了,他又问,真的?

江彦彦说,我在舅舅家,要看照片吗?说着把照片发了过去。

照片上是可以显示日期的,最重要的是,窗外隐约就是武汉 CFD 时代财富中心大楼。肖义那边立刻传来一阵稀里哗啦的声音,显然是失手打碎了什么东西。你疯了?你疯了吧?肖义连连说。

肖义的态度让江彦彦很失望,她压住自己的泪水说,这种疯狂你也不是一次两次见着了。怎么,你竟然一点也不高兴……

哈,肖义奇怪地叫着,我当然……

你当然什么?当然不高兴?

不是呀,不是呀。

那你为什么这么慌乱?

亲爱的,肖义叹了口气说,你问我为什么这么慌乱,我问你,你知道现在是什么时候吗?你知道你站在什么地方吗?

是天崩地裂的时候。是雷区。

肖义说,彦彦,你听我说……

江彦彦的眼泪一下子就涌了出来,她哽咽着说,肖义,不用再说了。为了你,我什么都不去想,什么都敢做。我要见到你……

接下来江彦彦说,你知道我这次来武汉多么不容易吗?你知道我要付出多大成本吗?还不包括别人为我承担的,你知道我要担多大风险吗?你知道你要不见我会是什么后果吗……

知道知道,我都知道。肖义像是在告饶,他连连说,然后把一个地址发给了江彦彦。

六

下午 2 点半,江彦彦来到都会轩小区,这里就是肖义给江彦彦指定的地址。

此时,小区门口一片混乱。几个戴红色袖章的人正在四处喷洒消毒液,大门右侧停着一辆警车、三辆负压救护车、一辆白色的应急车和一辆大巴车。大巴车上写着"国家紧急救援"几个字。十几个身穿白色防护服的医护人员从一辆大巴上鱼贯而下,然后拎着大箱小箱急匆匆地向小区内走去。隔着铁栏杆,几个保安和一男一女吵成一团。江彦彦走近后才得知,这个小区昨天发现了家庭式聚集疑似病例。那两个和保安争吵的人是一对老夫妻,本来是去满春里小区看孙子的,结果小区被封,不准出门了。

想到肖义,江彦彦心头一紧,抬腿就往里走。这时,一个戴袖章的男人叫住了她。有出入证吗?"袖章"问。江彦彦愣了一下,把一张纸条给了"袖章",那上面记着肖义给她的住址。"袖章"看了看纸条说,站着别动。说着向岗亭走去。过了几分钟,"袖章"从岗亭里出来了,他把纸条递给江彦彦说,7栋2306室是出租房,你找的这个人早走了。听"袖章"这么说,江彦彦脑子里嗡的一声。她立刻拨打了肖义的手机。

打了几遍后,手机通了,当肖义的第一声"喂"出来后,江彦彦大声地说,你要害死我呀? 我好不容易才找到这里……你要害死我呀……

江彦彦又气愤,又委屈,说了几句就说不下去了。

这时,肖义突然咳嗽起来。他虚弱地说,亲爱的,知道我为什么不让你来武汉吗? 其实……我已经感染了……

江彦彦的脸色一下子就变了,愣了几秒钟,她急促地问,你在哪? 你在哪? 在医院,还是在哪……她声音低低的,浑身都在颤抖。

肖义断断续续地说,快回去吧……赶快离开这里……离开武汉……

说着,就关机了。

看着手机,江彦彦分明听到自己的身体里传来一阵阵坍塌的声音,两行热泪一下子就涌了出来。"袖章"一直在观察着江彦彦,见她一副崩溃状,忙问,怎么啦? 朋友……中了?

江彦彦擦去眼泪,转身对"袖章"说,请您帮我打听一下好吗? 我想知道我朋友是什么时候离开这个小区的,然后去哪了。

"袖章"点了点头,再次要了江彦彦的纸条,又向岗楼走去。

很快,"袖章"把新的信息交给了江彦彦:7栋2306室的租户确实叫肖义,正泰市人,元月15日搬走的。另外,新的信息中还有肖义搬来该小区前的住址。

师傅,江彦彦问"袖章",按照你给我的这个地址,车子怎么坐呀? "袖章"没有回答江彦彦,只是指了指旁边的橱窗。

　　橱窗里贴着一张告示。这张告示是 23 日凌晨由武汉市新冠肺炎防控指挥部发布的：

　　　　自 2020 年 1 月 23 日 10 时起，全市城市公交、地铁、轮渡、长途客运暂停运营；无特殊原因，市民不要离开武汉，机场、火车站离汉通道暂时关闭。恢复时间另行通告。

　　看完告示，江彦彦点开了滴滴约车功能。

　　令江彦彦意外的是，她很快就约到了一部快车。江彦彦正在庆幸之时，司机打来电话，开口就问，哪个医院的？江彦彦很纳闷，问，什么意思？司机问，您是医师吗？江彦彦说，是的。那好。司机这么说，仿佛在动车了，但是马上又问，您去哪个医院？是五院、华中科大还是金银潭？江彦彦说，我不去医院啊。司机便说，哦！对不起，我们只拉去医院的医生。江彦彦很生气，正要争辩，对方挂机了。

　　望着手机屏幕上的小汽车转了方向，江彦彦头上的汗一下就出来了。此时，她看到，所有的街道上都空荡荡的，而且在不断地变形、弯曲。江彦彦揉了揉自己的眼睛，向天空看去，天空碧蓝，蓝得怪异。空气则是浑浊的，其中弥漫着浓郁的 84 消毒水味，还有一些酒精和莫名的香精味。

　　不，我一定要找到你。江彦彦嘀咕着，听起来更像是在哭。就在这时，她的手机突然响了。

　　手机是兔子打来的，这让江彦彦精神为之一振。兔子显得很开心，先是给江彦彦拜年，然后问江彦彦去哪了。因为，她给江彦彦的父母打电话拜年了，江彦彦的父母说，今年江彦彦没有回家，留在正泰过年了。

　　是的，江彦彦的老家在六安。元月 17 日，江彦彦就准备关门停业，然后回六安和父母团聚的，但是，她一直联系不上肖义，又怕自己离开正泰后，肖义突然来诊所找她，于是就滞留在了正泰。

　　你现在在哪？兔子问。

　　江彦彦的眼泪一下子就流了出来，她说，姐，明年清明，你能为我扫墓吗？

　　什么意思？兔子大叫，大过年的，说这种不吉利的话。你到底在哪？

我在武汉。江彦彦声色灰暗地说。

兔子愣了半天，然后连声不迭地说，你疯啦，你疯啦！你真去啦？

江彦彦哭了，是一种无声的哭。此时，她不想让兔子听到她的哭声，不想让她看到自己在这份爱上是多么软弱，又是多么倒霉。

这时，兔子不停地叹着气，显得很无奈地说，江彦彦，你太痴情了，太糊涂了，我好无语啊！下一步怎么办呢？

我要找到他。江彦彦坚定地说，不管怎么样。

你浑呀！兔子有点气愤地说。你去你表妹家吧。赶紧回去，最好是想办法回正泰。现在，武汉很危险，你如果感染上了，怎么见叔叔和阿姨？你给你舅舅送的礼物也太昂贵了吧？

不，我不能回去。江彦彦无声地哭着说。此时，她特别想把肖义被感染的消息告诉兔子，特别想让兔子来分担她内心的痛苦和绝望，更想让兔子来为自己指点迷津，但是，最终她还是选择了缄口。她觉得肖义被感染是个坏消息，她不想把这个消息传播出去，她觉得这是一种对肖义的保护，也是一种希望。

这时，兔子在那边说，亲爱的，如果你心里还有我这个姐姐，请听一句忠告好不好？你真爱肖义吗？爱他就万万不能去找他，离开！快离开，知道吗？你这个时候去见他是极不负责任的，对所有人都不负责，很自私。什么都别说了，赶紧回到你舅舅家去。

接下来，兔子又和江彦彦说了十几分钟，都是情深意切，字字带爱。兔子在班里就是个话痨，此时，江彦彦能想象出兔子脸色苍白、唾沫星子四溅的样子。

姐，不用再说了，我考虑一下吧。想必是再也承受不了兔子的这番"苦口婆心"了，江彦彦终于表态说。

听江彦彦这么说，兔子这才长长地舒了口气，接着又唠叨了几句，就把手机撂下了。而江彦彦仅仅发了一会儿呆，便在手机上打开了人工导航软件。

七

两个小时后，江彦彦一步一步地走到了户部巷前的解放司门口大街。

比她早到的是一条她发给肖义的信息：

亲爱的,我去找你了,你病了,我就没有了回头之路……

此时,她全身都汗透了,脚掌上出了血泡,哪怕向前挪动一寸,也钻心地疼。临走时,她没有喝水,也没吃早饭,现在她才发现自己犯了多么大的错误。惨白的大街上,所有的店铺都关闭了。四周无声无息,连鸟那样大小的活物都没有。这种情景让江彦彦的心不时地抽搐,一时间,她感到自己呼吸都困难了。就在这时,一辆摩托车悄无声息地开了过来。摩托车开得很快,如同在冰面上滑行,然后在离江彦彦大约 20 米远的地方戛然而止。开车的人穿着一身乳白色的医用防护服,从头到脚裹得像具木乃伊,戴着一副大得有点夸张的墨镜。墨镜是用透明胶裹在脸上的,看上去很滑稽。车后面堆着几只包裹。一只蓝色的袋子里露出了一把芹菜。江彦彦正在猜想这个人的身份时,那人说话了,声音很大很粗很冲,脑壳子里被灌水了啊,怎么把口罩摘了？江彦彦吓了一跳,忙戴上口罩,然后仓皇而逃。她一边跑一边回头看。回头时,她发现那个男人一直坐在车上,一直看着她,直到她拐进一条巷子。

在都会轩小区,"袖章"在给江彦彦的那张纸条上做了这样的说明:半个月前,肖义从都会轩搬走了,原因是,他准备从户部巷后面的金来货物中心16 号公寓向都会轩转移一批货物,因为合同上没有这一款,于是和房东发生了纠纷并最终解除了租房合同。也就是说,来都会轩前,肖义曾经在户部巷后面住过,现在,如果肖义不在医院,就有可能还住在那里。

他为什么要住在那里？他进的什么货？为什么要到武汉进货？这么重要的事情为什么一点也不愿跟自己透露？他既然被感染了,为什么不早说？还给了自己一个作废的地址。

……

这些都是困惑江彦彦的问题,令她心乱如麻,但是,这些疑问和委屈很快就被她那无限的思念和焦虑代替了。

下午 2 点半,江彦彦找到了金来货物中心大院。

这是一片老房子,灰突突的,风过处,灰尘四起,隐约能听到细碎的跌落声,其形象和前面繁华的户部街形成了鲜明的对比。院子里同样很安静,是那种带着腐朽气味的静,能让人感受到一种停滞和阻塞。院子里凌乱地住着十几户人家,门上都贴着春联。每家的门头上都有一块蓝色门牌,上面印着数字。看到这些门牌,江彦彦的内心一阵激动,她知道,按照现在的门牌顺序,再往里数几次,就是 16 号了。于是,江彦彦便从 3 号门牌开始,边数边往里走。当她数到第七户人家时,忽然停下了脚步,然后慢慢退到了墙角。

不远处,有一个巨大的环形楼梯,此时,一对男女正从楼梯上蜿蜒而下。男的很高,穿着黑色羽绒服。这件羽绒服和江彦彦去年冬天给肖义买的那件完全一样。那女孩穿着一件鱼白色的羽绒服。看得出来,这件羽绒服很昂贵。女孩紧紧抱着男人的胳膊,于是,男人向下走时,胳膊上像是吊着一只白狐。尽管这对男女都戴着口罩,江彦彦对眼前的这个男人还是做出了肯定的判断,只是眼前的这个女人让她有点迷惑,于是,她拨出了一串号码。很快,她发现那女人松开男人的胳膊,然后打开了自己的手机。见状,江彦彦从墙角后面走了出来。很快,三个人的目光聚集到了一起。那男人先是愣怔在那儿,然后对那女人说,你走吧!江彦彦却高声喊道,肖义,你走。你让我亲姐留下来。我好奇死了。肖义迟疑了一下,便快速地向楼下走去,然后钻进了另一个巷子。待肖义的身影即将消失在巷口时,江彦彦大声地喊,不要回头啊!我已经是鬼了。

八

这是下午 3 点 20 分。武汉寂静,寂静到密不透风。空气中偶尔会传来一种类似于哗啦、哗啦的声音,忽长忽短,凝重而艰涩,像是来自城市的呻吟,又仿佛是汉江的叹息。

这是套房,很大,更像是仓库,里面堆满了箱子和仪器,外面是客厅。由于许多窗户都被货物挡上了,屋里非常昏暗,此时,粗陋的光线下,两个年轻的女人正相向而坐。她们显然都哭过,眼睛一个比一个肿胀,只不过一个呈桃红色,一个呈枣红色。四周一片狼藉,地上到处都是打碎了的瓷器和撕烂了的盒子,一把断腿的椅子斜躺在餐桌旁边。屋里所有的灯泡都是破裂的,一盏吊灯如同刚被狂风掠过的木棉树,花叶皆无,只剩下了几根孤零零的

"枝干"。

这两个女人刚才还在谈着什么的,现在被隔壁一阵绝望的叫骂声打断了。

那是一个男人,正在跟谁打电话,情绪非常激动,俨然是失控了。电话开了免提的,他声嘶力竭的声音和对方小心翼翼的劝阻声形成了鲜明的对比。

我老婆孩子都发烧三天了,你们给我的指令就是隔离观察,隔离观察。一直观察到死吗?我打了市长电话,打了物业电话,打了120,打了防控办,我连谭德赛的电话都打了,都打不通,打不通……

对方说,请耐心等待呀,我们的宗旨是每个人都要得到救治。

你们的宗旨是把你们的亲戚朋友先从棺材里拖出去。

你要有信心,中央已在全国发动员令了。火神山和雷神山的建设已接近尾声,就要收治病人了……

我不听你们的宣传,我也不上你们的新闻圈套,两个小时后,如果你们再不给我床号,我们全家都到洪山路7号自焚去。

男人说到这里就把电话摔了,接着号啕大哭。男人的哭声很大,想必是崩溃到了极点,屋里的两个女人多少受到了感染,都低下了头。

先前,这里经历过一场"暴乱",江彦彦从肖义和兔子的卧室砸起,一直砸到厨房,她大打出手的样子使人一下子想到了一条著名的言论——人本是人和兽的合体。

在江彦彦纵情"施暴"时,兔子点上了一支烟,待江彦彦怒气冲冲地坐到她的对面。她说,我们谁都没有错是不是?另外,我得提示一下,你要冷静,你在我身上留下的所有伤痕,哪怕细如发丝都将成为法律依据。

江彦彦冷笑一声说,可耻!我真舍不得我的手被玷污。

接着她慷慨激昂地送给了兔子一大堆词语:骗子!小三上位的九段高手!垃圾箱!蝙蝠王!恶心透顶的女渣……

骂完了这些,江彦彦才冷静下来。于是,兔子就开始和江彦彦谈心。这一谈就是好几个小时。

相比于江彦彦的感性、直接和幼稚,兔子真是老练和油滑多了。几个小时以后,她转而变成了江彦彦的同路人。其间,她的一些叙述还让江彦彦颇为感动。

按照兔子的说法，她也是一个被伤及五脏六腑的受骗者。先说公克，当初兔子进鼓楼医院时，公克帮过她。公克的关系都是钱买的，不牢靠，但很现实，管用，所以，在兔子看来那么难的事，公克出面说一声就落实了。后来，兔子要离开鼓楼医院，开一个属于自己的医疗器械贸易公司，公克又送了一个大股份，其实就是送了一个公司给兔子。对于公克的帮助，当初兔子只有感激，随着时间的推移，兔子对公克的妻子越来越不服气。她觉得公克的妻子根本就配不上公克。于是，好胜的她略施"松动"，就把公克搞定了。当然，结婚后，她对公克的爱还是真诚的。但是，仅仅过了半年，公克就来了一个大手笔，她看傻了。那天，兔子应约去了雨花派出所——前一天晚上，在高天会所，公克正和三个姑娘玩"三进三城"时，警察敲门了。

在派出所，兔子平静得令警察只挠头，她一声没吭，如数交了罚款后，就把公克领回了家。当晚，出乎公克的意料，兔子也没有跟他大吵大闹，只是把一床被子反复消毒后，扔到了一楼卧室。

兔子从鼓楼医院辞职开办医疗器械贸易公司时，肖义还在正泰医院当主治医师。整天骂骂咧咧，牢骚满腹，一心想突围的肖义，在思想上很快就和兔子水乳交融。接着，他甘愿做兔子的内应和走卒，帮助兔子接连完成了好几单生意，并轻松拿到了九万多元的提成。当然，这也是他失去了钱院长信任的主要原因。那天，正是因为接到举报，说肖义利用医院的资源，在捞外快，才让钱院长大动肝火的。然而，这种甜头终究未能让肖义收手，于是，他利用一次医患纠纷，决然跳槽，开办了神手医疗器材贸易分公司（从南京分来）。接着，他和兔子南北呼应，针走线合，生意做到一点火就着，不用说，两人的感情也随即熰边了。

是你追的他？江彦彦斜视着兔子问。

兔子没有吭声。

江彦彦说，肖义的品格我还是知道的，你下了不少功夫吧？

他没有那么坚强。

可耻。

你应该理解我这句话的含义。

我理解不了，我被你们的表演完全搞糊涂了。

山上的云朵：

兔子想说什么,但缄口了。

这时,江彦彦叹了口气,仰起脸,无比怀念地说,真想不通啊,他和我在一起时,那么快乐。

其实……和你在一起时,他一直很烦恼。

是吗?那是在你追他之后吧。

发几张截图给你看吧。

哼!你真仔细。

不是,纸总归包不住火,我要对自己负责。

真是做贸易的。

兔子不搭江彦彦的这句话,她给江彦彦发来了一串截图。

这些截图都是肖义在正泰医院上班时发的信息,确切地说,是和兔子的对话。其中有一段对话,兔子做了记号:

> 兔子:嘻嘻,总觉得有点不公平。为了你,她真放弃了一切,奉献了一切,可谓百依百顺……
>
> 肖义:这恰恰是我最不欣赏的。怎么说呢?是个好人,就是太没有理想,太没有主张,太没有主见,太狭隘,简单到了自私的地步。还有,我实在受不了她那种爱,其实就是一种绞杀,你每天都像是碰到了食人树……

看这段话时,江彦彦一脸的意外,她大睁着眼睛,一副受到惊吓的样子。接着,她嘀咕道,太没有理想,太没有主张,太没有主见,太狭隘,食人树……一时间,好像是被人揭短了,脸涨红起来;又好像被人掏空了,整个人虚弱到连连晃动。

这时节,兔子又将十几张截图发了出来。在这十几张截图里,肖义的态度已经很明显了,他要娶兔子,要彻底离开那个"又蠢又平庸的女人"。

盯着"又蠢又平庸的女人"这句话,江彦彦看了十几遍,直到这几个字完全模糊,完全看不清。江彦彦知道,这些字都是被自己的泪水淌走的。

既然这样……江彦彦突然失声叫道,但是,话没说完就停了下来,然后,不停地摇着头。

兔子能体会到江彦彦的心情，她不愿再说半句话。

过了一会儿，江彦彦收起手机说，是的，我真是太蠢了。随即，她咬着嘴唇看着兔子说，这次你们来武汉是为了度蜜月？太麻烦了吧？我太了解他了，就是在树杈上也可以偷情。

兔子摇了摇头。

兔子在武汉有一个门店，2020年1月5日下午，正在向非洲发货的兔子接到了肖义的电话。在电话里，肖义说，世界格局马上就要发生重大变化，你我人生的格局也是。我坐下午3点25分的动车过去。

兔子以为肖义跟自己开玩笑，因为，兔子是一个把生意和休闲分得很清楚的人，24日就是除夕了，她准备16日给员工发红包，18日就返回南京。她开玩笑说，生理期到了吧？要不通融一下，本宫允许你召见江彦彦。肖义说，汉口车站见。

当天晚上，肖义和兔子见面了。见面后，肖义将十几本书一股脑地推倒在兔子面前。有明人吴有性的《瘟疫论》、美国人威廉·麦克尼尔的《瘟疫与人》、黄祯祥主编的《病毒学》、殷霞主编的《动物病毒学》以及马亦林、李兰娟等人主编的《传染病学》等。

看到这些书，兔子有些蒙。肖义便告诉她，2019年12月30日，武汉华南水果海鲜市场确诊了7例，目前内部确诊为冠状病毒。因为圈内对这种病毒的传染性质有争论，出于好奇，肖义也开展了研究，现在，肖义确定，这种病毒传染力很强。到那个时候，你想想，武汉会最缺什么？肖义问。

兔子感到自己在这个问题上还没有准备，她摇了摇头。

肖义说，一旦出现大面积传染，最紧缺的是口罩、酒精、84消毒液，还有各种各样的检测仪器和临床设备。接下来，我们要做的，就是抢占先机，大量地采购和囤货，然后坐等疫情和财运一起爆发。

兔子说，肖教授，您都研究到这一步了，应该报告政府吧？

肖义说，专业的事要专业的人办，报告政府不是我的强项，我更不想制造纠纷。

我倒是认为你不自信。那又何必冒这个险？这些都需要成本的。

摸着脊椎往上数，举凡大事业，哪个不冒险？再说，我们就是从事这类销售的，将来，即使没有出现大面积感染，我们已有的通路也足够消化库存的……

囤货初期,兔子的心里还在打鼓,到了元月 20 日,她看到了曙光。此时,圈内传来了大量的消息,在武汉,许多人确实被感染了,再环视四周,所有的人都戴上了口罩。没有口罩的人神色焦虑,以手挡脸,在大街小巷慌乱奔走,四处打听哪里能买到口罩。许多医药商店的门前排起了长队,一夜间,口罩、酒精、84 消毒液、板蓝根销售一空。欣喜和佩服之下,兔子也担忧起来,她劝肖义:这里慢慢就成了剧毒之地,我们得赶紧脱手脱身。肖义则笑眯眯地说,再等等,不着急。接着他眼睛瞅着窗外,嘴巴贴近兔子的脸,说了一件事,今天上午,他在街头试了一下口风,如果有 KN95 卖,200 元一只都有人买。肖义说,我们不能发国难财,不要 200 元,80 元。我们是 4.5 元拿来的,80 元一只是什么概念? 12 万只口罩又是什么概念?

在算账方面,兔子要比肖义更为精细,更快,更具有衍生相关价值的能力。她算了一遍后,便抱着肖义的胳膊说,我不怕了,你在哪我就在哪。

真是同心同德。羡慕你们。听完兔子的叙述,江彦彦不无嘲讽地说。

兔子把手里的烟掐了,叹了口气说,彦彦,什么也不说了,我愿意给你一点补偿,你有要求,可以提。

江彦彦摇了摇头,神情涣散地自言自语地说,你永远都补偿不了,他也是。

兔子仔细琢磨着江彦彦的话,感到很渣,好难咽。过了一会儿,她叹了口气,苦笑了一下说,那就求你一件事,请你……不要把这个事告诉公克……

江彦彦立刻拨出了一串手机号。

江彦彦打的就是公克的手机。她问,知道我在哪吗?

在武汉。

知道我和谁在一起吗?

和你最亲密的最信任的闺密在一起。

你真阴险。你早就知道肖义和查静的事,却不说半个字。

是吗? 请查一下年初四的信息。我说了五个字。否则,你怎么能到武汉,怎么能参加"锵锵三人行"?

你真阴险。

不是我阴险,是我更缜密。我在生活中已经够被动的了,我怎么还敢把话说到证据之前。

于是你就叫我来找证据。

这不是很好嘛!大家都豁然开朗了。

她就在我面前,你不想说句话吗?

不用了。

你真不像个男人。

哈,我早就不是男人了。

江彦彦狠狠地把手机按掉了,然后,大口喘着气,脸色越来越苍白。

这时,兔子微笑着说,没达到目的很恼火吧?我给你一点平衡。说着,她把一把折叠刀放在面前。你动手吧。她说,只要你能解气,深浅由你。我现在忽然都想明白了。

你是听了他的话才明白的吧?江彦彦说,嘴角上满带嘲讽。

兔子的眼泪流了出来。

这时,江彦彦把那把折叠刀拿了过来。她从槽中剔出刀锋,先是翻来覆去地看了看,然后对着自己高高地举了起来。兔子一直在看着江彦彦,这会儿她猛地扑了上去。江彦彦太虚弱了,兔子把她扑到身下时,就像扑在一张薄薄的纸片上,整个人再也不能挣扎。过了一会儿,江彦彦松懈了。两个女人合在一起,哭成了一团。

哭了一会儿,江彦彦先坐了起来,她将兔子猛地推向一边,然后踉跄着走出了屋子。

九

初中二年级时,江彦彦和表妹朱莎来过武汉长江大桥。

该桥素有"万里长江第一桥"的美誉,是湖北省武汉市连接汉阳区与武昌区的过江通道。该桥西起楚琴立交,上跨长江水道,东至中山路,主桥全长 1156 米。

那是春天,草长莺飞,江水柔曼,江彦彦和朱莎在大桥上蹦蹦跳跳,不到四十分钟,就从桥南跑到了桥北。可是今天,江彦彦用了一个半小时才走到大桥的中段。

天阴晦,低沉。江面带来的风尖利而寒冷,一如此刻江彦彦的心情。她趴在桥的栏杆上,默默地看着浑浊的江水。江面上没有行船,过去的那种百舸争流的盛景像是一夜间都沉到了江底。这期间,有许多人打江彦彦的手机,给她发信息。母亲的未接电话最多。舅舅的信息虽然很短,但很严厉,要求她马上回去。当中还有表妹朱莎的信息。朱莎显然是从舅舅那得知表姐来武汉的,特别惊讶,但也表示了道歉:姐姐,没有时间跟你说话喽,没有时间见你哦。到处都是感染者呀。体育馆都住满了。几百个床位一天就没有了,现在,地上全是床铺,全是人。他们都不说话,也不吵,好像在等着什么,太吓人了……

从信息中,江彦彦能看到表妹穿着隔离服跑来跑去,一脸惊恐,满头大汗的样子。她没有给母亲和舅舅回电,也没有给表妹回信息,而是编发了一条长长的短信:

这些年,我只做了一件事,那就是把自己的心擦拭得干干净净,然后让你住进来,再加上一把锁。呵呵,你看我是多么狭隘。昨天我都看到了,你是魔术师,我的锁是失效的。你离开的速度犹如逃生表演。

世界大乱,我的心里唯有你!你的心里却装满了待价而沽的口罩、酒精、84消毒液、双黄连和无穷无尽的情欲,我倾其所有也没能得到方寸之地。

将来你要对我的灵、我的魂怎么解释呢?真好意思说是为了逃避吗?不,是欺骗,是玩弄。你才是食人树。你罪该万死,我死不瞑目。

这是一段爱恨交加的信息,编发后,江彦彦已经泪流满面了。她紧紧捂着自己的胸口,凄切而沙哑地说,知道我被你骗得好苦吗?我的心好难受,非常难受。这些年来,我不知道自己一直在寡居,一直在大海上独自漂流。你对我太不公平了,你真的把我从爱的那头逼到了江边。我无路可逃了……

平时,江彦彦是恐高的,可现在,她向桥下看去时,那种深度里氤氲着一种稠腻的甜蜜,她从中能听到一种温柔的呼唤。这种呼唤使她有了一种被勾魂摄魄的感觉。她莫名地兴奋起来。

就在这时，她忽然屏住了呼吸。她隐约听到了一阵阵轰隆隆的声音。这声音很整齐，从远而近，越来越响。渐渐地，她分辨出来了，是脚步声，继而，她看到了一面鲜红的旗帜，接着是两面、三面……不知是风卷动着它们，还是它们卷动着风，那些旗帜在队伍的上方猎猎作响，呈剧烈的鼓动状。再有一会儿，一支队伍在江彦彦的视线中慢慢地浮现出来，然后一点一点地升起，一点一点地向江彦彦靠近，越来越近……

跑在队伍前面的是穿着迷彩服的军人。全是年轻的女兵。她们背着巨大的包裹，个个满头大汗。跑在中间的是来自各省的医疗救援队。江彦彦看了一下旗帜，这支队伍由来自五个省的医护人员组成，有省直的，也有各市县的。跑在队伍最后面的一律穿着橘黄色马甲，后背上写着"青年志愿者"字样。尽管队伍中的所有人都戴着口罩，但是，江彦彦还是能看出，他们当中大多是年轻人，尤其是那些女军人和来自各个大学的志愿者，不过就在十八岁到二十岁之间的样子。

队伍很长，从江彦彦身边过去时，足足用了十几分钟。可是，当这支队伍已经消失在了桥北时，江彦彦的耳边还在回响着一阵阵整齐的脚步声，而且，这种脚步声越来越大，越来越有震动感。

就在这时，一阵短促而刺耳的喇叭声传了过来。江彦彦转身一看，在她的对面，一辆警用摩托车停了下来。这时，一个交警撇腿下车，然后向江彦彦走了过来。想到那个大骂自己的武汉男人，江彦彦忙把口罩戴上，又用手拍了拍。

交警很瘦小，所戴的帽子显得十分巨大，加上防护镜和口罩，江彦彦的感觉是：一副警用外套正向自己晃晃悠悠地走来。

在离江彦彦3米左右的地方，交警站住了，他先是向后退了半步，然后问，哪个单位的？需要帮助吗？

江彦彦摇了摇头。

交警刻意地看了看江彦彦的眼睛，说，隔离很苦吧？是在家憋不住了，还是想不开了？

江彦彦觉得这个警察真粗鄙，她不想理他，把脸转了过去，然后趴在栏杆上，目光空洞地看着长江。

这时,交警又说话了。

不要添麻烦。不是恐吓你,现在,武汉活人都顾不过来。

江彦彦火了,她转过身说,你会不会说话?你是人民警察吗?你怎么能这样跟我说话?

交警傲慢地说,对不起,我们执勤是不带词典的。

交警的这句酸溜溜的话更加激怒了江彦彦,她说,那就别乱说。我死也好,活也罢,与你没关系。

交警像是怕病毒钻进来似的,一边不断地向上撸着白手套,一边一字一顿地说,这里可是我的执勤点,确切地说,是我的防区。

江彦彦觉得这个交警真专断和自私,真恶心,她向桥北一指说,那里是你的防区吗?那里,还有那里,整个北半球。

交警顺着江彦彦手指的方向,认真地看了看,说,哦,大桥下面就不属于我了。看到黄鹤楼了吧?那里还不错。黄鹤一去不复返,白云千载空悠悠。

一阵恶心和愤怒再次涌上江彦彦的心头,此时,她真想抱着这个交警一起跳下江去,但最后,她只是用眼角轻蔑地看了看交警,便快步走开了。

二十分钟后,江彦彦走到了大桥北端,正要下桥,两部警用摩托车迎头开了过来,然后一左一右拦住了江彦彦。

这时,一个交警从车上跳了下来。这个交警很高大,很胖,像是一只酵母加多的面团,他说,从桥上下来的吧?黄鹤楼早就关闭了。

江彦彦很快就明白了这两个警察拦住自己的原因了。她说,黄鹤楼关闭不关闭与我有什么相干?

两个警察互相看了一眼,问,你是干什么的?

江彦彦说,我是安徽的,青年志愿者。

听江彦彦这么说,两个警察又互相看了一眼,然后突然同时立正,一起向江彦彦行了个军礼。

十

江彦彦一回到舅舅家就睡了。朦胧之中,先是听到保姆在四处喷洒消毒液的声音,接着又隐约听到舅舅敲门,喊自己吃饭的声音,最后什么都不知道了。

　　江彦彦的这一觉，从下午5点多，一直睡到第二天凌晨2点半。这是她一个月来，睡得最深入、最扎实的一觉，近乎昏迷。奇怪的是，醒来后，江彦彦发现自己满脸都是泪痕。她不知道自己是什么时候流泪的，又是因为什么流下了这么多眼泪。她把泪痕擦去后，披上衣服，慢慢地走到窗前。

　　这是28楼，一眼望去，整个武汉宛如白昼，且不说那些桥，那些商业大楼，那些街道，每个小区，每家的灯都亮着，而且一盏比一盏出力，似乎都在证明，我们还活着，我们一定要活着，我们会活得更好。这让江彦彦的心头骤然一热，是啊，要活着，一定的。她自言自语地说。

　　其实，江彦彦的这个念头，最早出现在昨天下午，出现在那座大桥上。那时，她是决然要死的。但是，当那些年轻而略显稚嫩的面孔从她身边跑过去时，她的注意力就被分散了，同时，紧紧吸附在她身上的那些死亡气息也被一阵阵脚步声碾碎了、瓦解了。一刹那，她忽然感到了一种狭隘、一种自私，尤其是感到了一种无聊和羞赧。而桥上那个骑着摩托车骂自己的男人和那三个警察，让她感受到了一种从未有过的尊严和温暖。

　　她踱步回到床上，然后打开了手机。昨天下午，也就是她在大桥上痛不欲生的时候，那个生物技术公司的老总发来信息，说，货车返程的时间是今天上午7点半。从昨天开始，出城的手续多了，严格了，实行一人一表，人事相符的放行制度。如果江彦彦要回去，可以躲在货车的储藏箱里。这封短信充满了善意，但在当时那种情况下，江彦彦是顾不上回这条信息的，因为她的手正被死神紧紧握着，现在她回道：谢谢，不需要了。随后，她在自己的日记上写道，这些年来，江彦彦一直躲在别人的箱子里，现在要走出来了。那只箱子该彻底扔掉了，永远也不用再见了。

　　5点的时候，江彦彦给表妹朱莎发了一条信息。到了6点半，朱莎回了，朱莎告诉她，目前，他们就住在医院，为防止感染家属，所有的护士都不允许回家了。第二，上班期间不能用手机，刚才交接班时才看见江彦彦的信息。江彦彦表示理解，然后表达了自己的诉求：想让朱莎介绍一下，在武汉当地当一名青年志愿者。

　　听江彦彦这么说，朱莎拔腿跑到了楼顶，然后藏在一角，大口地喘息着说，你也知道，我爸和我姑向来不和，你要是在武汉出了问题，他兄妹俩得上

2019—2020年安徽省中篇小说精品集

法庭。

江彦彦说，那你把有关武汉志愿者组织的电话给我。

朱莎叹了口气说，难怪我姑说你是一根筋，我服了，我真服了。

江彦彦说，朱莎，我已经经历过一场生死，什么都不在乎了，你不用担心我。给我吧！

朱莎说，姐，你经历的生死在这个时候显得很奇怪，你知道吗？好吧，大街上有宣传车，有报名点，你自己查，自己报名，我出不去的。正要撂下电话时，又想到了什么，说，你一个硕士生，在街头上做志愿者太浪费了，听说，你们省的第一支医疗救援队到武汉了，就在博大星际国际宾馆驻点。对了，好像你们正泰也来人了。

江彦彦眼前一亮。

上午 8 点钟，江彦彦拨通了正泰市第一人民医院的院长室电话。接电话的正是钱院长。

听说江彦彦在武汉，又听说江彦彦要参加援鄂医疗队，钱院长震惊之余，连说了几个好。然后大声说，我就知道你不会缺席，英雄都不会缺席。接下来，他介绍了这次正泰市组建武汉医疗救援队的情况。

本次，正泰市抽调了 113 名医护人员，其中，正泰市人民医院抽调了 16 名。带队的是王瑞王主任。目前，这支医疗队，确实住在博大星际国际宾馆。接下来，钱院长提供了王主任的手机号，并承诺，他会让王主任亲自去接江彦彦。最后，他充满深情地说，去吧去吧，我在家给你们做奖章，还有，我在感染科给你留位置，只要你还愿意回来。

当天下午，王主任并没有亲自来接江彦彦，仅仅派了一个护士和江彦彦做了对接，然后，江彦彦按照这个小护士的指引，来到了博大。

一走进博大的院中心，江彦彦就被镇住了。院子里停满了负压救护车，到处都是穿防护服的人，他们连走带跑，一时不歇。不停地有病人被送进来，又不时地有救护车开出大院。而在 D 区，许多市民正在排队。队伍很长，队尾已经摇摆着出了院中心，不知在接受什么检查。

走到大厅门前，江彦彦先登记、测体温、全身消毒、填表，完成这一套程序后，这才向二楼走去。在二楼一间简陋的办公室里，王主任接待了她。

王主任变化很大，人老了不少，显得很疲惫，额头上起着许多红疹，脸是变形的,并且有几道交叉在一起的深紫色的痕迹。江彦彦知道,这是超时戴口罩形成的。

辛苦了。江彦彦发自内心地问候王主任。

王主任却一点笑容也没有,也不看江彦彦,也不给江彦彦让茶,只是边整理着面前的表格边说,你要考虑好呀。

我已经考虑好了。我已经经历过生死,无所谓了。

王主任显然对江彦彦说的什么"生死"毫无兴趣。

有费用方面的要求吗?

没有。

需要单独买保险吗?

不需要。

需要写遗嘱吗?

不需要。

前期需要心理医生吗?

不需要。

江彦彦最后说,我只有一个要求,如果录用我,我想重新用一个名字。

王主任看了看江彦彦,半天才说,可以呀。

江彦彦很感动,想到年初三那天,她拉黑王主任的那件事,感到有点不好意思,说,主任,那天的事,请您不要计较……

王主任想了想,然后黑着脸说,在武汉,你不重要了。说完打开自己手机,和江彦彦重新加了微信。

随后,江彦彦被带到了发热门诊检验科,配合耳鼻喉科的一个护士对疑似患者进行手工采样,为核酸检测做准备。

这个护士是蚌埠的,叫魏小妹,对王主任为她增加人手并不领情,待检验科只剩下她和江彦彦两人,她问,谁让你来的?

江彦彦说,我自己。

魏小妹笑了笑说,这样说也蛮减压的。

江彦彦说,真是我自己。

魏小妹向江彦彦竖了一下大拇指,说,我×,你生的伟大。

魏小妹的这句话很粗,江彦彦认真看了看,发现魏小妹确实是女的。

接着,魏小妹把一只精致的塑料盒递给江彦彦,说,据说,胸部 CT 最保险,但是,没有这么多仪器,采样和取咽拭子只能靠手工了。来,这是压舌板,一盒 120 支,今天必须要用完。说完,她把江彦彦带到一道帘子后面,开始帮江彦彦穿隔离服,戴口罩和眼罩。待做完了这些,她又找来一卷透明胶,将江彦彦的两只脚裹了起来。一边裹一边说,这种隔离服不问脚上的事,脚踝是透风的,前天检验科的三个护士就是因为脚上感染,被隔离了。

谢谢。江彦彦说,心里暖暖的。

接着,魏小妹又告诉江彦彦,隔离服太少了,脱了就不能用了,从现在起,你就不要喝水了,最好能坚持到十个小时以后再脱。王主任牛,一套防护服能穿到 18 个小时。还有,少说话,话说多了,防护服里就更热了,你刚来,受不了这个……

江彦彦眼睛一热,她一下子就喜欢上了这个女孩。

魏小妹没说错,9 点半一过,检验科的走廊上立刻就被来自各区的疑似病人塞满了。

十一

昨天,到了晚上 11 点,江彦彦把整整两盒压舌板全部用完了,也就是说,在不到 16 小时的时间里,江彦彦为 240 位疑似病人做了采样。魏小妹似乎更多,刚说收工,她就累得瘫在了地板上。穿着防护服的魏小妹躺在地板上时,像一只在风雨中穿行太久的天鹅,那翅膀显得凌乱、疲惫而潮湿。

奇怪的是,江彦彦竟然一点也感觉不到累,相反,内心却洋溢着一种莫名的轻松感和期待感。

四天后,前方传来消息,从她和魏小妹的采样中,医院确诊了 86 例新冠肺炎病人。一个多月来,江彦彦第一次开心又不无忧愁地笑了。她在日记里写道:开花了。花园里到处是新开的花。我喜欢紫罗兰,花园里到处都是开了花的紫罗兰。

接着,她给表妹、舅舅和母亲都发了信息,把自己现在的状况告诉了他们。永远都在跑来跑去的表妹给江彦彦发来了几个"赞"的手势。舅舅的回信很短,冒着冷气:这件事,你要跟你妈说清楚。一向接信必复、接信即复的母亲直到晚上才发来一张图片。图片上是母亲亲自抄写的各种防护新型冠状病毒肺炎疫情的方子，除此以外，什么也没有了。

母亲的这个反应很异常，但是，江彦彦最理解，她给母亲回了短信。她说，您过去说得对，我太娇弱，太缺少经历。别人说得也对，太没有理想，太狭隘，太自私，太依赖别人。你们说得都对。所以，我要给自己重新刷漆了。谢天谢地，我在武汉找到了我想要的颜色。

但是，今天，对于江彦彦来说，这个颜色有点过重了。

早晨，江彦彦刚走到医院设置的防护缓冲区，就听到确诊病房那边传来了一阵阵议论声，接着，她看到，许多病人和护士都往窗口拥。

从窗口看下去，院内的一副担架上躺着一个女人，这个女人因为感染新冠肺炎已经死亡。据说，这个女人是在物业逐户测体温时被发现的，那时，女人穿戴整齐，整个人都躺在满是消毒液的浴缸里。另外，女人戴了七八只口罩，因为无法固定，就用一根布条紧紧地扎着。

此情此景让江彦彦很难过，内心掠过一阵强烈的内疚感，她下意识地向检验科跑去，她觉得如果这个女人早来检验科，她一定能为她准确取样，也一定能保住她的性命。

这么想着，江彦彦便走到了检验科门口。就在这时，她看到一个穿隔离服的护士从检验科里夺门而出，然后疯狂地向男卫生间跑去。很快，男卫生间里传来了一阵阵尖厉的哭声和嘭嘭嘭的撞击声。卫生间是带回声的，像只大音箱，此人的哭声通过这个"音箱"播放后，显得更大，更尖厉，整个楼道的人都听到了。

江彦彦忙走进检验科。走进检验科后，她发现魏小妹的桌子上一片混乱，地板上到处都是压舌板，江彦彦大惊，连忙跑了出去。在男厕所里，江彦彦很快就在一个隔断里找到了魏小妹。她一把抱住魏小妹，大声地喊，魏医师，魏医师。魏小妹一边不停地摇着头，一边大声地哭着说，怎么会那么多？怎么越来越多呀！受不了了，受不了了，让我感染吧，感染我吧……

这时，又有几个护士跑进来，七嘴八舌的，一起安慰魏小妹，然后齐力把魏小妹从男卫生间里架了出去。

工作不能停，魏小妹离岗休息后，王主任即刻为江彦彦配了两名护士。到10点半左右，当江彦彦带着两名护士正在为外面的疑似病患者采样，走廊里突然又出现了骚乱。江彦彦伸头一看,大吃一惊。

饭菜临时加热柜前,一个四十多岁的女人挥动着胳膊,正在高声喊叫着:凌晨3点,我和老公在一起。7点30分,我和小区的刘师傅说了话。8点20分,我去了超市,没开门,我和物业老黄说了几句话。9点20分,我进超市,被量了体温,正常。10点半我回小区,被保安量体温正常。10点45分,一个司机向我打听7栋608怎么走。10点50分,我开单元门和一对老夫妻相遇。10点53分,我在电梯碰到一条狗。10点50分,我回到家,就再也没有出来。晚上我就发烧了。是谁传染了我,是谁? 有种站出来,站出来——你要害死我呀! 我生病了怎么办? 怎么办?

女人一边声嘶力竭地反复地叫喊着,一边不停地去撞墙。而围观的人没有一个人敢上前劝阻,其间,有几个护士向前动了一下脚,又退了回来,显然是怕被这个女人抓坏了隔离服。眼看这个女人在墙上撞出了血,江彦彦一下子冲了过去,她把女人牢牢地抱在了怀里,小声地说,阿姨阿姨,你这是参加疑似检测,还在取样阶段,没有人说你被传染了。我是检验科的,你要听我的。接着,又小声说了几句什么,这女人才慢慢安静下来。

女人安静了,走廊里的秩序又恢复了,江彦彦首先为这个女人取样,然后开始一一取样,一直忙到夜里12点。

江彦彦回到宿舍,已经是凌晨1点20分了,待卸下防护服,正准备消毒和冲澡,手机响了。江彦彦脚下一软,伸手把手机拿了出来。电话是王主任打来的,她开口就说,那个能把自己从凌晨3点到10点55分所接触的人都报出来的女人被确诊了,是生理性发烧,现在回家隔离去了。

这个消息让江彦彦很欣慰,同时也感到很意外,因为,这几天王主任一直在ICU,不知她是怎么知道这件事的。她说,谢谢主任。

王主任说,明天你到ICU来吧。

十二

江彦彦是10日到重症科上班的,11日下午就参加了一场紧急调度会。

下午1点半,十几个医师先后到了主任办公室。王主任先让江彦彦为大家发修复液、体温计和袋装水果,然后开会。江彦彦发东西时,医师们的反应很麻木,他们神情凝重,憔悴而疲惫,有的坐下不久便开始打盹了。王主任在笔记本上列了许多会议提纲,都是有关具体业务的,但是,她还是先通报了全国疫情情况:

> 截至 2 月 11 日 24 时,全国 31 个省(区、市)和新疆生产建设兵团报告,现有疑似病例 16067 例。当日新增 3342 例。累计死亡病例 1113 例,当日新增 97 例。现有重症病例 8204 例,当日新增 871 例。确诊病例 44653 例,当日新增 2015 例。累计治愈病例 4740 例,当日新增 744 例。

说到这里,王主任说,目前,国家正在举全国之力打阻击战,来自全省的医疗救护队已经达到两万人,而且还在源源不断地向武汉集结。尽管如此,相对于目前疫情暴发的速度,人力物力仍然很短缺,我们每个人的压力仍然很大,仍然要有打持久战的思想准备。

这些形势,电视里都反复播放过,王主任之所以又重说了一次,自然是做背景资料的,这一点,大家都很明白,果然,王主任很快就转入了正题。

上午,江汉区华融宾馆临时确诊病房转来了两个重症病人,目前都进入了 ICU。1 号患者的状况是:呼吸困难,心率过快,脉搏微弱,皮肤出现了瘀斑。2 号患者更为严重,已经出现急性呼吸窘迫综合征和脓肿性休克。

为了让大家看得更为直观,王主任打开手机,将 1 号和 2 号病人的现场视频展示了一圈。

播放完视频后,王主任说,我知道大家手里都有病号,体力都接近了极限,我也是。但是,任务既然落到了我们身上,就不能推出去。又说,新闻上的那些话太花哨,我说不好。这两个人谁接?

王主任说完,开始环视大家。此时,王主任的目光像一把锋利的弯刀,在场的人则如同一把把韭菜,王主任目光所至,"韭菜"们便一一倒伏下去。

见大家都低着头,王主任说,那就抓阄。

我接吧。这时,江彦彦突然这么说。江彦彦这么说时,心里很慌乱,怦怦直跳。

听江彦彦主动请缨,大家都抬起头来,一起看着她。王主任显得更加意

2019—2020 年安徽省中篇小说精品集

山上的云朵:

外。因为，江彦彦过来报到时，她跟江彦彦谈过，暂时做她的助理。此时，她先是盯着江彦彦看了两秒钟，然后站起来，向江彦彦深深地鞠了一躬。

王主任这深深的一鞠躬，让江彦彦有一种要流泪的感觉。不知所措的她，也慌慌张张地向屋里的人鞠了一躬。算是答谢王主任对她的信任，也是向大家表明自己的真诚和态度。

很快，特制防护服拿来了。这种防护服和普通的防护服还是有区别的，除了全封闭，还有双层护目镜，再加上口罩。

王主任亲自为江彦彦穿上了隔离服，不一会儿，江彦彦整个人只剩下了一双眼睛。她走到江彦彦的背后，用蓝色记号笔，先写上了一个大写的"V"字，然后写上了"辛欣"两字，这就是那天江彦彦向王主任申请的新名字。

十三

那天，当王主任播放视频介绍重症患者时，江彦彦就认出来了，2号病人是肖义。

在江彦彦的心里，那是一张多么英俊的脸啊，毫无瑕疵，一尘不染。两道浓密的眉毛几乎长到了一起。眼睛大而深邃。鼻翼高耸。嘴角一直带着一种神秘的微笑。这张脸整整迷了她七年，不用说，几乎要了她的命。而现在，这张脸是枯黄的、丑陋的，并且满是褐色的瘢痕。病毒高举着长长的喙，正在一口一口地、肆无忌惮地啄食着他，等着他彻底虚脱和消亡。看到肖义这个样子，江彦彦的心里平衡了许多，随即什么都放下了。当然，她之所以主动要求护理他，有不忍，有莫名的软弱，或者还有其他。

因为有"战例"和学术意义，本次对重症患者的投入是巨大的，护理也是精心和全力的。在接下来的四天里，江彦彦开始吃大苦了，平均一天要上15个小时的班，这期间，各个岗位都在拼命，没有人为她轮岗，更没有人为她代班。她一下子瘦了5斤。她常常感到，自己的衣服找不到自己的皮肤。常常感到自己是飘着走进监护室，又飘着走出监护室的。

对于江彦彦来说，这些都是能忍受的，是可期待的。最让她无法接受的是，到了重症室后，她深深地感到，这种病毒确诊快，进展快。要么马上死亡，要么马上降低级别护理，甚至能出院。这种落差让她感到人类的空乏和羸弱，人的生命在死亡面前的被动和不确定性。

今天是 2020 年 2 月 18 日，武汉下雨了，不大，是那种毛毛雨。天气阴晦，纤细的雨丝在空中显得明亮而脆弱。

下午 3 点 23 分，1 号病人的病情突然加重了，已开始使用 ECMO（体外膜肺氧合）。到了 5 点 10 分，1 号病人出现了重度衰竭，经过两个多小时的心脏按压，还是没能拯救过来。这个高中三年级的"小鲜肉"，这个来时手心里还写着微积分公式的学子，最终还是走了。

医生是不允许在病人面前流眼泪的。这是王主任在动员会上为所有的护士下的命令。江彦彦无法接受这个事实，她悄悄地走出病房，然后躲在宾馆安全走道的一个拐角，偷偷地哭了一场。

随后的几天，这种情绪一直影响着她，加上 1 号病床又来了一个女性重症患者（一住下，就处于重度昏迷状态），这让江彦彦常常有种被谁紧紧扼住喉头的感觉。

令江彦彦欣慰的是，肖义的情况开始好转起来。那天，肖义醒过来后，目光就在四处缓缓地转动着，先是天花板、床头的各种仪器，最后把目光定格在江彦彦的身上。

这种眼神令江彦彦十分敏感，难道认出我来了？她在心里问。就在这时，肖义指了指前方。

为了防止重呼吸引发的对流给护士带来的感染，王主任要求各监护室配备了写字板，以便和病人交流。此时，江彦彦看懂了肖义的意思，便把写字板和记号笔拿了过来。

肖义接过记号笔，写道：谢谢您，辛医师。

看到肖义写出这样一句话，江彦彦这才放下心来，但是，接下来的对话，又让她在心里打起鼓来。

肖义写道：我这是自寻绝路。我感染了别人，罪孽之下，积重难返了。

要有信心。

恨我吗？

我是医师，没有这个资格啊。

为什么不放弃我？

我没有这个资格呀！我是医师。

对话到此,肖义的目光先是在江彦彦的身上反复扫视了几次,然后就不说话了,接着,好像是疲倦了,慢慢地合上了眼睛。

晚上,江彦彦怎么也睡不着,她的眼前满是肖义在写字板上写下的那些字,满是肖义审视自己的眼神,那眼神里分明带着判断和疑惑。这样的话,让她越来越觉得,肖义的每一句话里都揣着明白。不过,她转而一想,又觉得不可能。

目前,她穿的这种隔离服能把同等身高和同等胖瘦的人变成一个模样,也能让人的性别一概模糊,加上口罩,如果不看背后的名字,仅凭穿戴者露在外面的一双眼睛,那是很难判断出对方的身份的,而且,这双眼睛还被防护服外的透明挡板和里面的眼罩遮挡着。

这是肖义住进 ICU 的第 9 天。

星期三下午 4 点,王主任带着护士长、责任组长以及几个主治医师来查房。查房后,王主任把江彦彦喊到自己的办公室。

走进王主任办公室后,王主任告诉江彦彦,昨天,2 号病人的两次核酸检测结果都出来了,呈阴性,接着胸片和血液检测也一一达到健康标准,已决定于明天将其转到观察区(轻 2 区)。14 天后,准备对 2 号病人再进行两次核酸检测,如果指标正常就可以出院了。

这个消息是令人振奋的,江彦彦深深地舒了口气。

这时,王主任把门轻轻地关上了,然后从柜子的深处拿出两套隔离服来。江彦彦正在疑惑,王主任说,我省下来的,送给你。明天,你可以奖励一下自己,当中放放风,再换一套。

江彦彦的眼睛立刻潮湿了。在江彦彦的心中,王主任是一个冰冷的老女人,喜欢挑刺,毒舌,极少夸奖别人,今天,她万万没想到,这个不善于表达善意的女人竟然会以这种形式来肯定别人。江彦彦确实被暖到了,她远远地张开双臂,然后深情地拥抱了王主任。

今天这个班又是 16 个小时,但江彦彦不知疲倦,这主要是因为王主任的褒奖。但是,到了下午,江彦彦突然莫名地烦躁起来,整个人如芒刺在背,坐立不安。交接班时,还差点忘了清点药物、物品和移交记录,甚至双层医护手套只脱了一层。最后,她终于明白,这种感觉与明天肖义转区有关。

当这种感觉明晰了,她越发难受了。这种"难受"像一根根细小的绳子,牢牢地捆绑着她,而且越来越紧。

她想到了解脱——明天,我应该让他知道我是谁。她想,我要让他知道,一个舍命护理他九天九夜的人就是他要推到汉江的人。

不!这个念头刚刚燃起,很快又被她否定了。

我为什么要这么做呢?她问自己,让他感恩,让他羞愧,还是……

想到这些,她不停地摇头,最后,筋疲力尽地长长地叹了口气。

算了!忘掉这片落叶吧。春天不是来了吗?让每一棵树都安心地发芽吧。她如此沉吟。

十四

第二天,参加过上岗前的集体测体温和晨会后,江彦彦便来到了医师站为2号病人办理转院手续。因为要为病人准备转区病例和填一大堆表格,江彦彦索性找来一张凳子,坐在那里一张张地写。就在这时,她忽然听到王主任在说话,因为声音比往常大,这引起了江彦彦的注意。她转头一看,发现王主任和护士长正站在重症监护室门口说话,也不知谈到了什么。王主任显得很火大,这个补助标准什么人定的?王主任问,还医师300,护士200,同样感染病毒,是不是护士能比医师多活一天?你看看重症室的江彦彦,护理的是男性患者,除了没有替他们换过衣服,男医师干的事,她哪件没干过?

江彦彦没想到王主任在这件事上又提到自己,心里立刻涌起一阵暖流。这时,她又听护士长问,哪个是江彦彦?就是辛欣呀。王主任回答,语气还是刚才的语气和声音,很大,很冲。护士长就没有再说什么了。接下来,两人好像在衔接医护上的事了,声音也低了许多,说着说着就走到走廊那头去了。

为2号病人办完了转区手续。江彦彦回到了重症监护室,她先是检查了3号病人的颈静脉置管和CRRT(连续肾脏替代疗法),然后来到肖义的床前。当她走到肖义床前时,吓了一跳。此时,肖义双目微合,满头大汗。见状,江彦彦忙走过去,用纸巾在肖义的额头上慢慢擦拭着。就在这时,肖义慢慢地睁开了眼睛,并把写字板拿了出来。江彦彦一看,写字板上写着这几个字:你相信命吗?

江彦彦看了看肖义,她发现,肖义没有回避自己的眼光,俨然在等待,于是她写道:你命很好。马上就要转到轻2区了。祝贺!

肖义写道:安排在你的手上,就是我的命。

这句话让江彦彦有点敏感,她迟疑了一下,写道:谢谢。

看江彦彦写出这两个字,肖义显得很失望,也很疲倦,他将脸转到了一边。过了一会儿,显然是觉得江彦彦要走了,他从枕边拿出一张纸条来,递给了江彦彦。

接过纸条,江彦彦只看一眼就被吸引住了。

十几天前,有一个女人被感染了。她没有去医院,就在家躲着。后来,物业在各小区逐户测体温时发现了她。那时,她穿戴整齐,整个人都躺在满是消毒液的浴缸里。她到医院就死了。死的时候戴了好多口罩。口罩太多了,根本就无法固定,她就用一根布条死死地扎着。她就是兔子……

纸条已经看完了,但是,江彦彦动也不动,眼睛还在那些字上。接着,她感到自己的鼻子一酸,眼睛慢慢地热了起来。

你知道这件事吧? 这时,肖义在写字板上写道。

江彦彦控制了一下自己,然后在写字板上回答:其实,她应该从那间屋里走出来的。

所以……我要祝贺你。这时,肖义突然说话了。

江彦彦一怔,接着她很快判断出,肖义一定认出了自己,于是,她不知所措起来。就在这时,肖义叹了口气说,彼此原谅吧,我们都付出了代价,只是有的平白无故,有的罪有应得。

不是吗? 这时,肖义又说,你的诅咒就是我现在这个样子。我觉得非常好……

说到这,肖义分明有点激动,语气中有一种委屈和苍凉。

一种失败感在江彦彦的心中油然而生,她知道自己再也无法装下去了。她向后退了一步,然后靠在墙上说,其实,那天在大桥上,她刚把短信发出去,就后悔了。她认为不值,现在想起来,更感到荒唐和可笑。

原谅我吧！肖义说,知道吗?在我的心里,你是有根的,很深。在这里,第一次见到你,我就被一种气息所包裹了。记着吗?那天,我一直盯着你的眼睛看,因为你的眼睛和他们的不同,那里有余火,是关于我们的。只是我的内心已生怯弱,不敢去确定而已,直到刚才……我真是又喜又悲又不知所措……

江彦彦感到自己被什么控制着,整个身体在收缩,有一种窒息的感觉。她坚持着,抗争着并准备着逃离。

这时,肖义叹了口气说,人只有经历过一次死亡,才懂得新生。

江彦彦咬着牙说,你说得好。

重新开始吧。我已经忏悔了。从骨头里。

江彦彦没有说话,她感觉自己越来越重,整个身体都在向下坠落,鼻翼也急剧地翕动起来。

不可以在腐朽之上吗?肖义问,有气无力的,甚至有点可怜。

呵,你太浪漫了。江彦彦感到自己终于挺了过来,她笑了下说,其实,她早就开始享受遗忘和平淡的好处了。

你不是说过吗?一直在找落脚点……

不用了。她已经找到。江彦彦说,声音里有一种战栗。

听江彦彦这么说,肖义沉默了,接着脸突然红了,而且越来越红,随即额头上再次出现了汗豆,那汗豆越来越大,越来越密集,起泡一般,最后,他声音很小地说,祝贺你……

谢谢。江彦彦说,说完后,觉得自己还是被什么打倒了,眼泪瞬间就流了下来。那泪好多好凉。她想控制,但无济于事。

这时,外面忽然传来了一阵救护车的鸣叫声,接着,走廊里脚步杂沓,一片混乱。江彦彦腰上的对讲机也响了,王主任在里面喊:江彦彦,辛欣。

听到有人喊江彦彦,肖义充满渴望地看着江彦彦,然后用尽全力地说,彦彦……

这时,江彦彦把自己的脸猛地转向门外,然后冲着对讲机,有力地回答:辛欣到!

找呀找幸福

余同友

一

王功兵坐在路边石头上等李朝阳时,满心的不耐烦。本来说好了,五点多钟就能接上人,结果,到六点了,还没见到那人一个鬼毛影子。王功兵看着落日把西山都染红了,一毫毫渐渐往下滑落了,他想,要是太阳全部掉下去看不见了,那个叫李朝阳的家伙还没来的话,他就立马发动他的"爬山虎"小四轮,一秒也不耽搁,直接回到幸福村。

山里的落日像一面大铜锣,敲出满天的晚霞,敲着敲着,咣当一声,就把自己敲到地底下去了,这节奏,这时间点,作为山里人的王功兵很熟悉。当他从石头上跳下来,甩掉烟头,用铁摇把起劲地摇动车子时,落日果然就咣当一声不见了。但摇了好几把,车子就是没能发动起来。他这辆二手小四轮已经开了十多年了,算是超期服役,最近老是闹情绪很不配合他。王功兵恨不得踹它一脚,这个臭铁疙瘩。当然,骂归骂,他可舍不得不要它,他要靠这个铁疙瘩做营生呢。他定下心,蹲下马步,深吸一口气,左手卡住油门芯,右手蓄足了力气紧握摇把,使劲地抡圆了摇,一圈、两圈、三圈,越摇越快,哗啦,它终于哼出了声,启动了。两只车前灯虽然只有一只是亮的,但照在狭窄的山道上还是挺亮堂的。他爬上驾驶座,刚准备踩油门,猛然发现,车前头立着一个黑影,他一惊,以为是头大野猪,再一看,是个人,这个人伸展开双臂,像要抱住四轮车似的。

"你是来接我的吗?我是李朝阳,幸福村新来的扶贫工作队队员。"来人一个大头凑过来,并且毫不生分地一屁股坐在王功兵身边,将随身拖着的一个大皮箱扔到了车斗里,他嘿嘿笑着,灯光里,露出一嘴白牙。

王功兵看了这个人一眼,这家伙理了个平头,三十多岁的样子,一张圆脸,一看就是个新雀蛋子。他气呼呼地说:"你们干部不是最有时间观念的吗?说好的五点来接你,你看看现在都几点了!"

李朝阳连连拱手说:"对不起,对不起,是我在乡政府耽搁了一会儿,让你久等了。"

其实,王功兵平时也没有那么强的时间观念,在这山里,早点迟点,根本没什么大不了的,但王功兵今天就是要讲究讲究。

早上的时候,村支书王仁杰来喊他,让他去山脚桥头那里接新来的扶贫工作队队员、幸福村党支部第一书记时,他就故意刁难道:"你得问问他几点到,我总不能痴汉等丫头,一等一下午吧,我还得拉货挣钱吃饭呢。"

虽然捋起来,王仁杰还是王功兵的叔叔辈,但面对这个犟毛驴,王仁杰只好当着他的面打了个电话给乡政府文书,弄清了李朝阳到幸福村山脚下的大概时间。他对王功兵说:"新书记五点多到,清楚了吧?你一定要把人接到啊,少不了你的钱的!"

看着新来的这人一个劲儿地打躬作揖,王功兵撇撇嘴,暗地里笑了笑,正准备开动时,那人却腾地跳下车,喊道:"等等,等等。"

李朝阳跑到桥头边的山崖处,打开手机电筒,上上下下、左左右右将石壁照了个遍,边照边喊:"不对啊,不是说桥头一百多米处的山崖下有块碑吗?我来之前在县志上看了,县志上还有张照片,那山崖可不就是这山崖嘛!但碑呢?那块石碑怎么不见了?那可是新中国刚成立时就立的一块碑啊,都快成文物了。"

看着李朝阳一惊一乍的样子,王功兵更不屑了。李朝阳说的那块碑他来来回回不知看过多少遍了,它的来历他早就听得耳朵生老茧了。要说,那块碑上的字还是王功兵他太爷爷刻的。新中国刚成立那阵,县委书记是山东南下干部,这个人是个干实事的,他了解到这个全县最偏僻的山村,只有一条羊肠小道进出,他便下了决心,要给山里人修一条板车道。在修路之前,他让做石匠的王功兵的太爷爷在山脚下刻了一块碑,就两个字——"幸福",字是县委书记亲笔手写的,他对村里人说,希望这里修的是一条通往幸福的路。后来,路修通了,村子也改名叫"幸福村"了,名字是个好名字,但村子里的人并没有感到幸福。山穷水恶,人瘦毛长,还幸福呢,村子里的人编順口溜说:"不到幸福想幸福,到了幸福不幸福,离了幸福才幸福。"

这么多年过去了,山还是那座山,路还是那条路,这块碑离村子九公里?可我王功兵离幸福还是那么遥远,何止九公里? 九百公里都不止。正因为这样,王功兵心里其实一直对这块碑有意见,他觉得那"幸福"两个字是对他和幸福村里贫困户们的一种讽刺,幸福个屁呢! 他根本不管这是他老祖宗亲自刻的碑,只要在这里歇息,他就故意蹲坐在碑上,当屁股底下的石凳子坐。你作践我,我也作践你,每次看到碑,他都想骂一句,去你大爷的幸福!

有一年,王功兵领着女儿王琼瑶从南京治病回来,走到那块幸福碑时,两人都累了,便在碑上坐下歇息。父女俩满面尘灰,背着的蛇皮袋里装着衣服、脸盆、水瓶等等。那一次去医院,王琼瑶住了一个月的院,花光了王功兵所有的钱,可她的病情看不出一点好转。王功兵郁闷得很,但他不想让女儿看到自己的绝望,一路上照常说说笑笑。回来的路上,他不舍得买火车卧铺,两个人硬撑着坐硬座,这刚一到山脚歇息,立即就睡着了。等他们醒来时,却发现乌云盖天大风狂吹,很快铜钱大的雨点就啪啪啪地落下来了,跑又没地方跑,躲又没地方躲,两个人很快成了落汤鸡。瓢泼大雨中,王琼瑶埋在王功兵的怀里哭泣起来,王功兵抹抹脸,也无声地哭了,泪水和着雨水流。一道闪电横空而过,照亮了他们身下的幸福碑。王功兵的驴脾气又上来了,他恨这块碑,恨碑上的这两个字,他摇摇石碑,发现它原来埋得并不深,加上许多年的雨淋风吹,这一摇就晃动了,他一用力,石碑就倒了。就这样,他还不解气,它躺在这里,到时候来来去去的还是碍眼,便抱了它扔到一旁的山沟里,这下好了,眼不见为净。

现在,这个新来的书记,别的不急着问,却一惊一乍地关心一块石碑,看来也是一个虚头巴脑的货。这样想着,王功兵决定给这个省城下来的小年轻一点颜色看看。待李朝阳上车后,王功兵突然松开刹车,猛踩一脚油门,小四轮车轰一下往前冲去,将毫无防备的李朝阳差点甩出了车窗外。

"抓紧了!"王功兵吼道。一边说,却一点也不减速。

独眼的车灯把山里的黑夜挖出一个大洞,照着两边的树木、峡谷,山路颠簸不平,更要命的是又弯又陡,弯的地方几乎是九十度直角,一个转弯,让人感觉不是转弯,而是直接将车身射进峡谷悬崖,陡的地方简直就是悬挂在绝壁上爬行,似乎轻微的一阵风就会将车子吹翻。王功兵用眼角的余光迅

211

速瞄了一眼李朝阳，果然，这家伙一脸紧张，一双手死死握着车门把手，额头上冒出一粒粒绿豆汗。这就对了，还以为你不怕死呢。王功兵想，这下你还幸福吗？

王功兵的车子开到王仁杰家门口时，他看见李朝阳下车时两条腿都不太利索了，一定是刚才抖动过度了。

李朝阳艰难地从车斗里拖下皮箱，强打着精神说："大哥，你这车技也实在太好了。"

王仁杰迎了出来，老远就伸手，紧握李朝阳的手说："哎哟，李书记，辛苦辛苦，欢迎欢迎。"

王功兵并不将车子熄火，而是在一旁站着说："别光顾欢迎了，快把我车钱结了吧。"

王仁杰说："急什么？记个账，回头一把结，还少了你的钱不成？"

王功兵伸出手："不行，我不记账，你们这帮干部我信不过，必须现结。"

王仁杰问："多少钱？"

"四十。"王功兵说，"本来要五十，因为接的是扶贫领导，优惠十块。"

王仁杰说："你拉倒吧，平时跑一趟都三十，你以为我不知道行情？三十！"他说着，从口袋里掏钱。

"不贵，真不贵，这一路坐过来，像坐过山车，刺激，过瘾！"李朝阳说着，抢先把四十块钱递到了王功兵手里。

王功兵接过钱，爬上驾驶室走了。车灯暗了，车子的轰鸣声还在响。

看着王功兵走远的方向，李朝阳问王仁杰："王书记，这人叫什么名字？"

王仁杰摇着头气愤地说："说起来还是我远房的侄子，叫王功兵，这家伙是头犟驴子，专门和政府、干部们作对，你让他往东他偏要往西，你让他杀狗他偏要撵鸡。"

李朝阳说："哦，可是看起来很能干啊！他是贫困户不？"

王仁杰说："要是对照条件，他应该算是个贫困户，别看他开着小四轮，却是穷得卵子打板凳。"王仁杰说着，意识到自己说了粗话，猛地刹住了话题。

李朝阳说："那是漏报了？"

王仁杰说："不是，这家伙死活不愿意承认自己是贫困户，就是不愿意建

山上的云朵：2019—2020年安徽省中篇小说精品集

档立卡。"

李朝阳惊奇地说:"还有这号人?不是说很多老百姓都不愿意脱下贫困户这顶帽子吗?"

王仁杰说:"所以,他是个专跟你反着来的犟驴子啊。"

李朝阳说:"哦,回头我倒要见见这个人。"

二

出乎王功兵的预料,连着三天都没有人来家串门。往常,只要村里派个新的工作队员来——这些年村里前前后后起码来了有十多个各种各样的工作队员,谁叫幸福村是个有名的贫困村呢——村子里就有一些人会钻到他家里来,余来苟啊,马德才啊,张五四啊,向他报告这个新来的工作队员的情况,向他讨主意,或是撺弄他去抵制新官上任的那三把火。虽然明知道这帮人是拿自己当枪使,但王功兵就是愿意出这个头,看到那些干部落荒而逃,他就高兴,心里头那一股无名之气才能消停一阵子,那个爽利劲儿,比喝一顿好酒还要爽上十倍。

这个早晨,王功兵特意推迟了出工。本来,他每天早上起来,就整理货品,摇响四轮,然后开着车去附近几个村吆喝,当然不需要他自己扯着嗓门吼,如今都是录好了声音的电喇叭循环播放:"水果蔬菜,咸蛋海带,种子化肥,衣帽鞋带,应有尽有,要买赶快……"可是,早饭吃过了,烟都抽完三根了,茶水也快喝淡了,还是没有一个人上门,王功兵有点奇怪。他的老母亲也奇怪,奇怪的是他怎么不急着出门做生意去,她说:"功兵,你今朝在等人?"王功兵摇摇头说:"不等人。"

这时候,女儿王琼瑶又在打她的架子鼓了,她一打架子鼓,准是八点半。王琼瑶虽然是个脑瘫儿,走路摇摇晃晃的,但时间观念极强。半年前,一个省城来支教的老师听王琼瑶打了一次鼓,指导了她一下,然后就鼓励她说,每天至少要打两个小时。而且,她这样一个残疾人,最好每天是从上午八点多开始练起,因为这段时间,人的元气最充沛、精力最集中,最容易取得训练效果。王琼瑶听了这话,把它当了圣旨,就每天雷打不动地,八点半在二楼准时打响她的架子鼓。她的手脚并不十分协调,加上整个身体呈现左高右低的形态,所以坐在架子鼓前打鼓时,显得格外手忙脚乱,让人眼花缭乱。

咚咚咚,咚咚咚,咚咚咚咚咚咚咚……

八点半,够迟的了,看来自己不得不出门了,王功兵第一次觉得女儿这架子鼓敲得有点儿烦。他慢腾腾地发动了小四轮车,拧开了电喇叭:"水果蔬菜,咸蛋海带,种子化肥,衣帽鞋带,应有尽有,要买赶快……"

咚咚咚,咚咚咚,咚咚咚咚咚咚咚……

架子鼓的声音在身后撵着王功兵的耳朵。

车子出了村,王功兵有点走神。他回头望了一眼自己的家,三层小楼在村子里高高矗立,还是挺显眼的,虽然没有装修,二三楼的门窗也都用塑料纸封着,像座破败的烂尾楼,可是它高大啊。当年起楼时,王功兵不顾老婆赵红梅的反对,非得要坚持起三层,而且每层都有个大露台,他有他的打算。他对赵红梅说:"我要建一个露天餐厅,一个露天花园,还有一个屋顶游泳池,听说新加坡那地儿就有个巨大的楼顶游泳池,能够供几百个人在里面扑腾,世界各地的人都去看新鲜。"那时候,王功兵心比天高,他觉得这世上的事,只要自己想干就一定能干成。他也确实差点就成功了,如果不是后来突如其来的变故。

王功兵脑瓜子灵活,高中毕业后,他没有像别人那样出去打工,而是做起了贩卖野生白芷的小本生意,那几年药材行销,收购药材的人少,他赚了人生第一桶金。有了钱后,眼看着收药材的多了,没什么利润了,他就买了辆小四轮车,拉着小百货,走村串户,成了现代货郎。他这个货郎有一套生意经,既零售,又换销,所谓换销就是货换货,遇上那些没有钱的买主,就可以拿家里的农副产品换取他们需要的东西。稻谷也可以,茶叶也可以,香菇也可以。他做生意不要奸,不使滑,很快在方圆十里赢得了好人缘,生意越做越上道儿,经营的品种也越来越多,从最初的百货小商品扩展到农资、电器、小五金等等,总之,什么来钱卖什么。有一回他喝了几杯酒后,碰到一个乡里干部,他牛气冲天地对那个乡干部吹牛,他现在除了军火、毒品和人不卖以外,其他啥都经营,把那个干部气得直翻白眼。这话虽是吹牛,但那时王功兵在幸福村确实是个牛人。牛人有了钱,娶了媳妇,就起了这么个大楼房,房子要建成什么样?他买了本大挂历,那上面尽是欧洲家庭别墅的照片,他对施工的人说,就照着这上面的样子建。于是,就有了那巨大的空中露台。

　　王功兵起房子的时候，老婆赵红梅正怀着孕，按照他的计算，楼房的毛坯起好时，老婆就该生娃儿了，到时可算是双喜临门。可是，赵红梅分娩时出了问题，她肚子刚痛时，王功兵就拉着她去了乡卫生院。本来，村子里生小孩子大多请个接生婆回家就可以了，不用费劲巴力地去医院，但王功兵不放心，他认为乡里正规卫生院应该更可靠些。到了卫生院，负责妇产科的医生过来草草看了下，就走了，说是还没到时候，早着呢，至少得到第二天晚上。王功兵也就耐心等着。可是，赵红梅的肚子却越痛越厉害，到了晚上，她痛得呼天喊地，脸上汗如雨下，王功兵知道赵红梅不是个娇惯的人，平时很能扛痛的，他赶紧去找妇产科医生，却怎么也找不到人，值班的医生打电话找了一遍，也没找着。后来，王功兵才听说那个医生当天晚上是偷着去打麻将了，为了不受影响，她关了手机。赵红梅嗓子都喊哑了，身子底下开始流血，随后出现昏迷状态。医院值班医生这才慌了，找来了院长，经过诊断，这应该是胎位不正所致，产妇母子双双危险，立即喊了车来，一路疾驶到五十公里外的县医院。

　　坐在车上，赵红梅呼吸困难，像一条被甩上岸的鱼，已经喊不出疼了，连睁开眼睛的力气也没有了，她只是偶尔挣扎着睁一下眼睛，看一看王功兵，眼泪无声地流下来。王功兵不停地催促司机："快点，快点，你快点啊！"他攥紧赵红梅的手，对她说："红梅你别急，马上就要到了，你要坚持住，把孩子生下来，我还要带你去新加坡看楼顶游泳池呢。"赵红梅闭上眼，嘴角似乎挂着笑。

　　到了医院，赵红梅立即被送进了重症监护室。抢救了十几个小时，孩子生下来了，老婆赵红梅却没保住。更让王功兵绝望的是，医生告诉他，因为难产，这孩子脐带绕颈加上在娘胎里长时间呼吸窘迫，先天不足，很可能是脑瘫儿。听到这句话，王功兵不知道自己是怎么扶着赵红梅的遗体回到乡里的。刚到乡政府，他跳下车，咆哮着，冲到了乡卫生院，去找那个杀千刀的妇产科医生，那个女医生事先得到消息，早躲起来了。王功兵一拳头将卫生院的玻璃窗砸了个洞，自己的那只手也成了一个血馒头，热热的血喷溅了他一头一脸，他像个血人，对着天空怒吼。

　　那几年，王功兵一直要告那个医生，但那个医生不久就悄悄调走了，听说她的姨夫是县里的一个领导。王功兵本来就仇视那些当干部的,这下更是见到个凡是干部模样的就恨不得扑上去连皮带肉咬上一口。

脑瘫这种病根本治不了,王琼瑶从小没妈,体质又弱,十五岁前,隔三岔五就要生场病。王功兵不甘心,每年只要挣了钱就带着女儿去全国各地的医院诊疗。因为这,王功兵立即从幸福村的冒尖户变成了穷光蛋。

三年前的那个夏天,王功兵又一次带着王琼瑶去上海看病,傍晚的时候,他们走到黄浦江边去看对岸的东方明珠。正散步闲逛时,父女俩看到一群人在江边露天演出,有一个小女孩,头上扎着发带,脚踢手打,双手挥舞,几面桶一样的大鼓在她身下发出激昂的音调。王琼瑶看呆了,她大概是被那小女孩狂野的样子吸引住了,半天不舍得走,目光灼灼直盯着那女孩看。

王功兵问她:"你也想打那些鼓?"

王琼瑶先是点头,后又摇头:"不,那是城里有钱人玩的,再说我又这样子,我要是玩这个那还不笑死个人。"王琼瑶知道王功兵有时挺疯狂的,会做一些让村里人看不懂的事。

王功兵果然犟驴劲儿又上来了:"凭什么呀!城里人玩得,我们贫下中农就玩不得?"他拉着王琼瑶到了附近街上的琴行,才知道那玩意儿叫架子鼓,打听了一下,最便宜的也要一千块钱。他摸摸瘪瘪的口袋,惭愧地拉起王琼瑶走开了。

过了几个月,王功兵却不声不响地驮了一组架子鼓回来,就架在二楼的露台廊檐下。"敲吧,城里人能敲,我们也能敲。"他笑着对王琼瑶说。

听说这玩意儿花去了一千多块钱,王功兵的老母亲心疼得几天没睡着觉。村里的人一拨一拨地来看这稀罕东西,个个拿起鼓槌四六不着调地敲几下,他们都不理解王功兵为什么舍得花钱买这个既不能吃又不能喝的东西,也许在整个幸福村,也只有王功兵才能做得出来这样荒唐的事。

从此,深山里的幸福村就早早晚晚响起了架子鼓的声音,王功兵听着这鼓声,就觉得它在说话,在替自己说话。有很多话他不知道怎么说,但一直压在心底里,像压着一块大石头。其实,那天离开上海那家琴行的时候,他就下决心一定要给女儿王琼瑶买组架子鼓。

王功兵并不是赌气。当时,他想到了自己小时候经历的一件事。那年夏天,他读初一,校园里刚刚时兴起穿运动鞋,红圈白面橡胶底,穿在脚上,就像安上了哪吒的风火轮,班上许多同学都有了,他羡慕得淌口水,梦里几次穿上它,笑醒了,脚上依然光溜溜的。去供销社商场看了好几次那鞋,可家里没钱给他买,他就决定自己挣钱买。他得到了一个消息,有一群地质队勘探队员在幸福村的山脚下扎营,要勘探这里有没有金矿。他们二十多个人就在山脚下住宿,当然少不了吃饭,所以附近的人家就将家里的蔬菜拿去卖给他们。听说他们很大方,买菜时从不还价,也不打白条。王功兵于是征得母亲同意,在自家菜园里砍了一担新鲜的莴笋,捆扎得整整齐齐,一头一捆,挑着去探矿队。刚开始挑担,几十斤的东西并不显得重,可走到一半时,莴笋就不是莴笋了,就成了石头。上岭下坡,肩膀上的担子变得越来越沉,天又热,他气喘吁吁,汗如雨下,两个肩膀头磨破了皮,汗水一渍,又辣又痛。他几次想打退堂鼓,但一想到弹力十足风火轮一样的运动鞋,就又咬牙坚持着。从村里到山脚九公里,那个时候他觉得这一段路是多么漫长啊。他头昏眼花地挣扎着将莴笋挑到探矿队时,那个厨师正在吃午饭,饭菜的香味扑鼻而来,他面前有好几盘菜,甚至还有一瓶长颈子的啤酒,泛着金黄的泡沫。厨师翻弄着那两捆莴笋说:"我们刚才已经买了两捆莴笋了,我们队员总不能餐餐就吃一个莴笋吧,你还是挑到别处卖吧。"

厨师照例是个胖子,说话也轻声细语的,王功兵大失所望,他磨蹭着,哀求着那个厨师:"这个莴笋腌着吃也好吃的,你看,这么壮实的莴笋,一根能炒一盘。"

那个厨师不再理他,转身坐下,喝一口酒,吃一口菜,嚼得满屋响。他看见王功兵目不转睛地看着自己吃菜喝酒,便撮起一琥珀状的东西送到张开的嘴里,有点像表演,不料,手和嘴巴的配合没有形成默契,手一抖,菜掉到了地上。胖厨师看了看地上,又看了看王功兵一张一合的嘴巴,他突然笑着指了指地下,对王功兵说:"这是松花皮蛋,可好吃呢!你要不要吃?捡起来洗洗是可以吃的。"

王功兵愣怔了好一会儿,才明白那个胖厨师说的是什么意思,他挑起两捆莴笋就往回走。走到幸福碑的时候,少年王功兵再也控制不住自己,放下担子,扑倒在石碑上,号啕大哭起来。他觉得特别委屈,不仅仅是因为没有卖出去那两捆莴笋,而是那个胖厨师的眼光、语气、神情和举动都让他特别受伤。那个人,竟然让自己吃他掉在地上的东西,在幸福村,只有狗才去吃别人掉在桌子底下的东西啊！那个人为什么要那样？难道一个人贫穷了，就只能得到狗一样的对待？

那一场遭遇，让王功兵认识到，再穷也不能轻贱自己，再穷也不能失去了尊严。从此，他也格外敏感起来。几年前，听说要对贫困户建档立卡，他就不同意将自己定为贫困户。谁说我是贫困户了？你看我这大房子，我这小四轮，我不是贫困户！他对上门来的干部们吼道。

咚咚咚，咚咚咚，咚咚咚咚咚咚……

小四轮出了村后，鼓声渐远。王功兵心想，大概那个叫李朝阳的家伙被自己那天的飞车表演吓坏了，还没有回过神来，所以还来不及烧他新官上任的三把火。

但让王功兵没想到的是，这天晚上，他开着小四轮收工回来时，没见到来串门的邻居们，倒是那个李朝阳站在院子里笑眯眯地等着他。

三

王功兵说："什么，听听我的意见？你抬举我了，我没别的意见，就一条，你能把进山的路给拓宽了，能走小中巴车，而且一直通到家家户户门口，那你就是真菩萨，别的都是虚的。"

他以为李朝阳听了这话会生气，哪知道这家伙仍旧笑嘻嘻的，点点头说："这个意见，大家伙都说了，这几天我可是把村里的所有贫困户都走访了个遍，你还有没有其他什么高见呢？"

王功兵才明白为什么余来苟那些家伙这几天没来及时报告了，他说："你还当你是孙悟空啊，有三头六臂？你能把修路这一件事做好了，我王功兵就佩服你一辈子！"

李朝阳说："反正我在幸福村要待三年哩！你等着瞧。"他说着，在王功兵家的院落里、屋子里转悠起来，像是不经意地问："听说，你原来想弄个楼顶游泳池？"

王功兵说："是村里书记他们当笑话说给你听的吧？我知道他们天天在说我笑话。"

李朝阳说："大哥，我不认为这是笑话。对了，你现在还要改回名字吗？

山上的云朵：2019—2020年安徽省中篇小说精品集

你要还是想改，我这就去公安局以组织名义出面帮你跑这事。"

王功兵说："你帮我跑，为什么？"

李朝阳说："这是你的权利啊，事关一个人的尊严哪。"

王功兵愣了一下，他沉默了一会儿说："算了，过去那么多年了，我这把年纪了，不可能再又能文又能武了。"王功兵知道这一准是王仁杰说给李朝阳听的另一个关于他的笑话。

那是王功兵当年刚做生意时，去乡派出所办身份证，他本来给自己取的名字是"王功斌"，文武斌，寓意自己又能文又能武，从小学到高中，他一直都叫这个名字。可是，派出所那个民警问他叫什么名字，他喊出"王功斌"三个字时，到了民警手里记成了"王工兵"，三个字错了两个，他赶紧提醒民警："是功夫的功，文武斌的斌，文武双全的意思。"民警有点烦，顺手将"工"字边加了个"力"，对"兵"字却拒绝修改，还说："什么双不双全不全的？你一个农村人讲究这个有屁用，'兵'字多好，简单好写，就这样了。"气得王功兵说不出话来，他想再和民警理论理论，但他听说这个民警脾气坏得很，得罪了他，身份证说不定几年都办不下来，而他又急需这身份证外出，便只好忍气吞声，认下了这个错误的名字。一个月后，王功兵拿到身份证后，他久久地盯着那个"兵"字，不由得气不打一处来，他逢人就说："可惜啊，我本来文武双全，这下活活被干部们搞坏了，文是文不成了，只能一辈子做个武夫了，还是个小兵！"

因为这改名字的事，王功兵更加对所有的干部都冷眼相对，他认为他们全都是糊弄老百姓，根本不把老百姓当人看。所以，只要有乡里的干部到幸福村办事，他碰上了，就故意扛着大铁锹，大大咧咧，骂骂滋滋，目不斜视，旁若无人，像一只好斗的公鸡，耸着翅膀从干部们身边走过，像是随时准备着给他们一铁锹似的。

这么多年了，王功兵"文武双全"的故事早成了幸福村的笑料，每来一个外地人，就要被重新演绎一次。别人听了，也都哈哈一乐，大不了说一声"王功兵是个怪人"，当成个笑话去听。现在还是第一次有人认为这"事关尊严"，王功兵不由得再看了这个小年轻一眼，他觉得这个省城下来的干部面目似乎也不是那么可憎。

这个李朝阳真是个自来熟，他转着、看着，一点不见外，竟然几步就转到

219

了王功兵家的二楼露台上。

露台上,王琼瑶正坐在架子鼓前看书,她的身后是大山,青绿的大山之上,是高天流云,她的身前是幸福村的田畈,一条小河弯弯曲曲地流过。

李朝阳转身对跟着上来的王功兵说:"老哥,这真要是弄个游泳池,那可是美极了,你看,青山树影和蓝天白云会倒映在水里的,到哪里找这样好景致的大游泳池?"

王功兵将头扭向一边,他有点恼怒李朝阳不经他这个主人同意就上了二楼,倒不是二楼有什么机密,而是相比一楼,二楼就更像一个破败的废墟。大露台上空空荡荡,当年剩余的建筑垃圾还随意散落着,一群麻雀把这里当作它们的乐园,星星点点的鸟粪在围墙上凝结成了恶心的小型粪堆,他认为这个李朝阳是在存心出他的丑,看他的笑话。

谁知道这个家伙还不满足,他走到王琼瑶面前,眼睛放光:"真没想到,咱们幸福村还有这东西!"他说着,俯下身对王琼瑶说,"原来,每天的咚咚咚是你打出来的,打得真好,能不能让我也试试?"

王琼瑶刚让开身,李朝阳就拿起鼓槌,双手上举,闭上双眼,突然,像接收到了某个指令,猛地一槌,喤,咚,咚咚,两只鼓槌雨点般落在鼓面上,他的身子也跟随着内心音乐的节奏上下起伏左右扭动,像一条鱼畅游在激流里。

哎哟,王功兵心想,这水平,连他都清楚那是要比每天苦练的王琼瑶高出好几个等级的。一旁摇晃着身体的王琼瑶早已听呆了,这孩子,一发呆,口角就流口水。王功兵赶紧趁李朝阳双眼似睁非睁的时候,迅速上前,用衣袖擦去了女儿口角上的口水。

李朝阳敲下最后一记鼓槌时,王琼瑶咧着嘴笑了,双手直鼓掌,如果不是站立不稳,估计她要跳起来向他三呼万岁。

李朝阳的额头上又冒出了汗珠,这是个容易出汗的人,但他的面容在傍晚的风中,似乎散发出一种让王功兵说不出从何而来的微光。怎么说呢?这个人不太像他以往仇视的那些干部。"原来,你就是玩这鼓的?"王功兵问。

李朝阳站起来对王功兵说:"会一点儿罢了。其实,我最会玩的是铜号,我没想到咱们幸福村还有人会敲架子鼓。我下次回家一定要把我那把铜号带来,给架子鼓凑个兴。老哥,我走了,有困难一定对我说啊。"

山上的云朵:2019—2020年安徽省中篇小说精品集

王功兵条件反射似的立马不爽，他说："有困难？我没困难，我的困难就是进山的路太窄。"

李朝阳笑笑，也不解释，又对王琼瑶说："姑娘，好好练，下次我给你组织一台个人演奏会。"

李朝阳前脚刚走，余来苟、张五四几个人就来了，王功兵忙着补车胎，有点不想搭理这几个厌货，可这几个厌货就是赖着不走，看着他在院子里修车。他们围在旁边，拼命地七嘴八舌地把话题往这个新来的李朝阳身上引。

"这个新派来的人，是个从来没听说过的单位选派来的，好像是什么做窗帘布的，这也是个正经单位？"

"什么做窗帘布？我问了我儿子，他打听清楚了，这个李朝阳的单位叫文联，具体搞什么我也不知道，反正就是写写画画、唱唱跳跳的，他是那里面的一个什么创作联络部的部长，简称'创联部'，不是窗帘布。"

"上面对我们幸福村太不重视了啊，派的都是没权没钱没用的部门哪，我们幸福村就是后娘养的，那些电力、税务的就从来派不到我们幸福来。"

"我们又不需要窗帘布，你哪怕是电信、联通的也好，再不济，一家发个手机总可以吧！"

王功兵被他们鸡一嘴鸭一嘴吵得头痛，他上好轮胎，正要轰赶他们时，王爱莲顶着鸡窝头一头扎进了院子。

王爱莲一看院子里有人，喊了一声哥，就在院门口的一堆废柴桩上坐了下来，看样子是要打持久战。其余几个人一看这阵势，立马撤退，把空间让给了王爱莲。

王功兵看了一眼院墙，把地上的一个酒瓶提拔到墙上，数了数，然后对王爱莲说："你这是第十二次上门了。"

王爱莲假装吃惊："怎么，我这么重要，每来一次，你都要记一次数？"

王功兵说："你来一次，我这个墙头上的酒瓶子就多了一个。不过，这是最后一次，下次你要是再来，我这个酒瓶子就不是放在墙上了。"

王爱莲说："嘻嘻，哥，我知道，我要再来，你总不会把瓶子直接放到我头上吧？"

王功兵真是拿这个女人没办法。"那可不一定。"他说，"我不是早跟你说了吗？我不同意的事，你也不能逼我啊。"

王爱莲的老公是个扎匠，也就是用竹丝糊上红红绿绿的纸，扎成纸屋纸人纸马之类的东西，山里人信这个，只要家里有老人殁了，都要买上一套，在墓地前烧。王爱莲之前在城里服装厂打工，日子本来过得不错，没想到她老公一次开摩托车回幸福村，一个大拐弯没注意，直接摔成了高位截瘫，下半身毫无知觉，不能动弹。王爱莲只好从城里回来服侍老公，但日子不能这么过啊！这个女人不愧在城里摸爬滚打过几年，脑子活，她进了一批五颜六色的铝丝，让老公坐在轮椅上编些工艺品，什么摩托车、小轿车、水立方、长城、鸟巢，然后拿到镇街上卖。这个东西不实用，就是个空看的，不好卖，她就打感情牌。一到晚上，她就在县城的热闹地块铺开席子，摆着一地的工艺品，让老公坐轮椅上现场编织，她自己就在一旁唱歌，她嗓子不错，会唱许多歌曲。这一唱，就有人围观，顺带着就把那些"长城""鸟巢"卖出去了。可是，唱了一年多后，这招不大灵了，毕竟县城就那么些人，新鲜劲一阵风过去了，他们就不买账了，王爱莲唱得再怎么凄惨，也没有人围上来听了。王爱莲突然想到了另一招，那就是让王琼瑶跟她干。王琼瑶什么也不做，就打着架子鼓，又玩了，又把钱赚了，多好的事啊。她这样跟王功兵说时，王功兵这头犟驴就是不愿意，他一听这个就反对："那不成！那成什么了？说白了，那不就是要饭吗？树要皮，人要脸！我王功兵家穷死不当官，饿死不要饭！"

本来王爱莲吃了闭门羹就该知难而退了，但她有一次趁王功兵不在家，偷偷地把王琼瑶带到了县城，结果王琼瑶一出场，不管是"水立方"，还是"鸟巢"，立马销量大增。她分析：一是架子鼓有气势，一敲就能拢住人；二是脑瘫女孩敲架子鼓更吸引人，王琼瑶那副努力的样子，再配合着她王爱莲的如泣如诉的歌唱，人家以为他们是一家人呢，同情心立马飙升，还还个什么价呢？买、买、买就是了。当天晚上还有个什么电视台记者要采访他们，但王爱莲害怕王功兵看到了发脾气，只好谢绝了。因为尝到了这甜头，所以王爱莲一次次地上门来做王功兵的工作，可王功兵的工作谁能做得通啊！这家伙认准了这是个要饭的营生，要饭这个丢脸的事，他王功兵不可能答应的，弄不好，他真有可能把那酒瓶扔到王爱莲头顶上的。

王爱莲看着墙头上立着的那一排酒瓶子，风吹过来，酒瓶里灌满了空气，竟然发出了呜呜的声音，像一个人吹着排箫。她听了半晌，无计可施，只好从怀里掏出一个东西，递给王功兵："好吧，我认输，你把这个送给琼瑶，我特意编给她的。"

王功兵一看,是个用铝丝编织的架子鼓模样,活灵活现的,王琼瑶一准喜欢。他说:"你编的? 你现在也会编这个了?"

王爱莲说:"是啊,我老公教我的,我现在编起来不比他差。"

王爱莲走了,王功兵端详着那只小小的架子鼓,月光照下来,光在鼓面上跳动,像是要敲出好听的声音来。

四

经朋友介绍,王功兵在县城做了二十多天的活。县城里在搞大拆迁,建筑垃圾要集中运走,王功兵就开了他那辆"爬山虎"小四轮,没白没黑地拉那些房屋残骸,每多拉一车他就想着银行贷款的数字会少一些。这些年,为了给王琼瑶治病,他不但没余下钱,还欠了亲戚朋友好些钱,银行贷款也有好几万,加起来有十来万。这些欠下的钱,让他感到背上时时驮着几座大山,压得他几乎没有脸面见人。而他王功兵活了半辈子,要的不就是一个脸面?所以,挣外快还债,是王功兵眼下的第一要务。

二十多天后,王功兵从这次挣下的一万块钱中切出了八千块钱,一半还银行贷款,一半还借钱的亲戚,每次还了一笔钱,他的心情都十分愉悦,所以,当天他是一路吹着口哨回到幸福村的。

可是一回到村里,王功兵看见许多人都在地里忙活着,一个个撅着屁股整地、起垄,这时候种油菜还早了点,他们种什么呢?

到了晚上,王功兵特意邀了余来苟、张五四、马德才几个来家喝酒,一问,才知道他不在的这些日子,李朝阳和王仁杰开了几次村民大会,商量着要抓扶贫产业。

商量了很久都没商量出结果来,先是有人提议养牛,搞养殖,张五四第一个反对。他前些年养了五十多头猪,想大发一把,也起个楼房,结果发猪瘟,亏得本都没了。又有人说种果树,刚一提就被否定了,桃三李四柑八年,即便嫁接,从种下去到盛果期也得有好几年,而且水果市场变化太大,销路不好找。后来据说那个李朝阳不声不响地去周边考察了一遍,最后定下来,要种白芷。

山上的云朵：

2019—2020年安徽省中篇小说精品集

于是村里又开了一次村民大会，李朝阳扳着手指头给他们算账：邻县的一家药材公司答应先赊给村民种子、肥料，提供种植技术指导，而且药材收获后包回收，种不愁，卖不愁，粗算下来，一亩地能赚上个三千多块钱，比种油菜划算多了。至于土壤条件，李朝阳说他请了技术员带了土样去检测，正合适。

李朝阳这样一说，大家伙都有点心动，但还是不敢签协议，以前村里也搞过集中种植，有一年种荷兰豆，说是一家蔬菜速冻厂包收购，大家兴致勃勃地精心种植，荷兰豆果然大丰收，结果那个厂倒闭了，荷兰豆烂了一地。村民们只好自认倒霉，气不过就骂几句荷兰人，好像都是荷兰人惹的事，虽然他们压根儿不知道荷兰豆和荷兰人有没有关系。后来还有一年，乡里号召种黄姜，也是干的时候热火朝天，派来的技术员一开始也还尽心尽职，但过不了一阵就想和王爱莲"打皮绊"，天天有事没事就往王爱莲家里跑，王爱莲烦不过就拉着老公上街卖唱带卖工艺品，那个技术员见王爱莲走了，也就不见了人影。技术指导没跟上，产量低，质量不符合要求，厂里耍赖不收购了，村里人吃了一年的腌黄姜，个个伸出舌头都是一股黄姜味。那玩意火气大，吃得人眼珠子红得和兔子一样。

这会没能开下去，李朝阳又找到了那家药材公司，将老总带到了幸福村，当着面，将口头承诺变成了书面协议，这样一来，大家伙才没什么犹豫的，然后由村里出面造册登记，凡是畈上有田的都通知到了，和村里签订种植白芷协议。

听到这里，王功兵的脸阴沉下来，都快要下一场大暴雨了，他家畈上也有一块田啊。他问老母亲："村里有没有通知我们家种白芷？"

老母亲说："没有，没人通知。"

王功兵喝了一杯酒，强压下情绪，装着满不在乎的样子对张五四他们说："这就对了，反正我是不会种白芷的。"

"那你种什么？"他们问。

王功兵手一挥，说："我种油菜。"

张五四他们走后，王功兵气不打一处来，这肯定是王仁杰故意漏了他家，不通知他家种白芷，还叔呢，就这点气量。王功兵后悔自己没早点下手，其实，他以前贩过野生白芷，知道白芷不仅是一味中药，还是常用烹饪香料，更是一种美容原料,现在在市场上行销得很,这东西分很多品种,其中一种亳白芷以前在本地区广泛种植过,他原来计划今年自己先试种一亩的,没想到李朝阳和他想到一块去了,还很快就组织起来了,看来,这个搞"窗帘布"的除了会打架子鼓,还有别的两把刷子。现在,王仁杰既然没通知自己,自己就绝不可能去上门求他,这点脸面必须要保住。但,不种白芷,损失的是自己啊,有什么办法呢?王功兵感觉自己上火了,他到厨房腌菜坛里去摸酸萝卜,洗去浮沫,啃了一口,酸得牙根一紧,心肝儿都被酸倒了,他狠狠地骂了句:"王仁杰,你缺德!"

大概是张五四他们把王功兵的话传了出去,第二天,李朝阳就带着王仁杰上门来了,他一进门就对王功兵说:"大哥,白芷你得种!"

王功兵说:"为什么?"

李朝阳说:"这东西得连片种才好,你那田就在畈中央,你不种,还怎么集中打药、喷灌啊?"

王功兵心想,这样啊,机会来了。他不看李朝阳,盯着王仁杰说:"这会儿求我了,早先为什么不通知我,还不是生怕我沾了光。我不会种的,你就是产出金子我都不会种的。"

王仁杰气得脸涨成了猪肝色,他对李朝阳说:"你看,我说的吧,这个犟驴子能听劝?"他一跺脚走了。

李朝阳皱着眉头,看看王功兵一副油盐不进的样子,只好摇摇头也往外走,走了几步,又转回头,说:"我想再到你家二楼看看。"

王功兵说:"有什么可看的?不就一个破露台嘛!"

李朝阳说:"就你这露台把我想死了,多好多大的地方啊。"说着不等王功兵同意,噔噔噔地爬上楼,把大露台左左右右看了又看,又走了个来回,嘴角带着点神秘的笑走了。

王功兵看着李朝阳走了,心里有了主意,他立即烧柴火灶,把铁锅烧红了,将几斤油菜籽倒进锅里,不停地翻炒,炒熟了才盛起来摊凉。

第二天,王功兵没有出摊,他大张旗鼓地把畈上的那一亩田翻了,告诉左右邻居自己要种油菜,到了下午,他果真将那炒过的油菜籽背到田头抛撒。

李朝阳一路小跑过来:"大哥,你还是要种油菜?"

225

王功兵说："我这不是在种了吗？"

李朝阳说："这样，你种白芷，我让王仁杰书记当面给你道歉，你看可以吧？我知道你的，大哥，其实，你要的是尊重。"

王功兵说："你说话作数？"

李朝阳说："当然。"

王功兵说："那好，什么时候？"

李朝阳说："现在。"他说着，拨打了王仁杰的手机。

不一会儿，王仁杰跑来了，他手里拿着两张纸，怏怏地对王功兵说："大侄子，你看，这两张纸，一张是我的道歉信，一张是种植白芷协议书，道歉信你是要我贴在村口呢，还是要我现在念给你听？"

王功兵一看这情形，知道这一准是李朝阳先前就给王仁杰做了工作，否则不会准备得这么齐全，还两手准备呢！他不由得又看了一眼李朝阳。这会儿，余来苟这帮捣蛋分子纷纷都围过来了，王功兵便接过两张纸，先在那份种植协议书上签了字，又将那份王仁杰的道歉信看了又看，随后塞进了裤子口袋里。他伸手问王仁杰："白芷种子呢？"

王仁杰说："随我到村部拿去。"他一边走，一边冲着围观的人说："看什么呢？没看过种油菜？"

王功兵冲着余来苟偷偷做了个鬼脸。

余来苟到底忍不住，他大声喊："你这刚撒了油菜籽，跟着种白芷，油菜、白芷一块长，你还收个屁白芷呀！"

王功兵大声回："怎么办呢？那还不是给干部们一个面子呗。"

王仁杰走在前面像没听到他们对话一样，从后面看，他脖子上的两根筋像插着的两根筷子，硬邦邦的。

五

李朝阳回了省城几次，这次回来总算带回了铜号。王琼瑶念叨了好几次，每一次见到李朝阳出山，再进山，就要问王功兵，那个干部有没有带铜号，他可是说过要带铜号来的。王功兵被问得烦了，就搾女儿："人家放个屁你都当香的，干部们说话要能相信，老母猪都能飞上天了。"

李朝阳背着金黄的大铜号,像背着一朵盛开的大喇叭花,径直到了王功兵家的二楼露台上。王琼瑶早就敲起欢迎的调子,这节奏怎么那么熟悉呢?王功兵在楼底下听了好一会儿,也没听清楚王琼瑶敲的是什么曲子。真是的,这孩子肯定敲得不对。王功兵摇摇头,忽然又想起,自己这些年根本就没有认真听过一首歌,哪有那个时间,又哪有那个心情呢?而读书时,自己还是班级的文体积极分子呢,元旦晚会上自己总要带头唱歌的。

在王琼瑶的架子鼓咚咚咚的声音中,很快加入了铜号嘀嘀嘀嘟嘟嘟的声音,这一下,王功兵终于听出来了,他们是在合奏一曲《幸福》:

你是我生命中一盏灯

照亮所有迷惘角落

是你流淌着爱

是爱浇灌着我

幸福是风霜雨雪都经过

再把阳光收获

是你付出了爱

是爱教会了我

幸福是不管一路多颠簸

双手依然紧握

……

这歌原来王功兵也不知道,是王琼瑶从网上下载的,她说,将来要是幸福村也要唱村歌的话,就可以用这一首现成的,这可是歌星毛阿敏唱的呢。王功兵当时装着不以为意,心里却记住了,有意无意地,他经常一个人偷偷地哼着这首歌的旋律。

一曲终了,李朝阳下楼来,直接对王功兵说:"大哥,我看上你家这大露台了。"

王功兵说:"怎么,你要在我这里开音乐会?"

李朝阳一拍手说:"还真让你说中了。"

王功兵看李朝阳那神情不像是开玩笑,他笑了:"哈,你要真弄,我就让给你。"

李朝阳说："这可是你说的,君子一言,驷马难追,不准反悔的。"

王功兵说："我又不是干部,还能不讲信用?"

李朝阳坐下来,拉了王功兵也坐下来："大哥,我跟你好好谋划谋划。"

王功兵这才知道李朝阳的主意。李朝阳告诉他,在省里几家扶贫帮扶单位的努力下,幸福村公路拓宽改造工程资金落实了,这回的标准比之前高,不仅拓宽,还全部浇筑柏油,两个星期后,就开始施工了。而这样一来,至少有半年,王功兵的小四轮出不去、进不来,要耽误他的生意,让王功兵有个思想准备。

听到这,王功兵的心里确实往下一沉,他现在挣钱还债主要靠的就是那辆老爷小四轮,一旦路不通了,他就进不了货,那还不是死翘翘了,但修路这事又耽误不得。他没多想,表态说,只要能修路,自己的损失自己想办法。

李朝阳说："我有个主意,你看,你种白芷的技术那么好,全村那些种植户就数你掺了油菜籽的那块地长势最好,这个白芷我觉得可以大干,但目前这样种植不行,我们得引进地膜覆盖等新技术,这样就可以将风险降到最低,确保增产增收。眼下,药材协会在皖南那边开办了个白芷新型种植培训班,我们想派你去,反正你也开不了小四轮了,不误你的事。"

王功兵想了想说："不会这样简单吧,你肯定会有别的幺蛾子。"

李朝阳哈哈大笑："大哥,还真有别的事,但绝对是好事。"他指指楼上,"你这么大的一个地方,闲置了那么多年,可惜了啊。我估摸着这游泳池暂时是搞不成了,但我们可以搞点别的,我想了个项目,就用扶贫资金,在你这楼上建一个幸福村工艺品编织扶贫车间。"

"编织什么工艺品?"王功兵问。

李朝阳说："王爱莲那里不是有现成的技术吗?"

王功兵忍不住笑了："就那? 那是要饭的技术还差不多。"

李朝阳说："别慌着笑,你听我说。"李朝阳拿起一根树枝在院外地上画起来,"你看,我了解了一下,咱们村像你家琼瑶这样生活不便的有几十位,其中能学会编织铝丝工艺品的应该有二三十人左右,我想将他们集中起来,一边学习编织,一边呢,可以办个残疾人艺术团。你想,王琼瑶会架子鼓,王爱莲会唱歌,尤其是山歌,她老公还会拉二胡,再弄几个会吹笛子会打锣的,

2019—2020 年安徽省中篇小说精品集

山上的云朵:

不就能整出个艺术团来了?"

"说来说去,你还是要带着他们上街敲锣打鼓地要饭?"王功兵瞪大了眼睛,像一双牛眼睛。

李朝阳说:"不,不,不,我是这样想的,这个艺术团既可以满足村民们陶冶情操自娱自乐的需要,也是一种商业上的引流和背书。"

王功兵皱眉说:"你说什么啊? 我不懂。"

李朝阳说:"简单点说吧,我要让这个艺术团成为网红,带动我们的铝丝工艺品销售。我已经和我们文联领导说好了,也得到了领导的支持,马上就会派知名的导演、音乐家过来,辅导和培训我们艺术团的人,保证编排出几十个叫得响的节目,通过各种网络媒体发布。这个可是最好的广告啊,你就等着看好戏吧。"

王功兵说:"那,王爱莲能同意?"

李朝阳说:"人家就等着你这句话呢! 她本来是要和我一起来的,但她说怕你一酒瓶砸到她头上去。"他说着,掏出手机,拨打王爱莲的电话,笑着说:"你过来吧,安全了。"

像变魔术一样,不一会儿,王功兵看见村口的山岩拐角的地方,走来了一队人,打头的是王爱莲,她推着坐在轮椅上的老公,后面是身有残疾的马张根、盲人史七斤、患了脊髓炎腰椎弯成 S 形老也长不高个子的黄铁牛……

有十来个人,王爱莲扯着嗓子带头唱,看来这都是李朝阳事先安排的,她唱的还是那首《幸福》,她老公拉着二胡伴奏,黄铁牛敲着不知从哪里捡来的破瓷盆,其余的人则跟着王爱莲吼唱,吼秦腔一样,喊得山野里群山回响。最后面是一辆板车,板车上堆着五颜六色的铝丝,他们缓缓走着,歌声越来越近。

李朝阳站起来,取下背上的铜号,鼓起腮帮子吹了起来,楼上的王琼瑶架子鼓也敲了起来。

在这热烈而又抒情、高亢而又悠远的曲调中,他们走近了。

王功兵掉头往屋后走,李朝阳说:"哎,干什么? 你别走哇!"

王功兵背过身偷偷抹抹眼睛说:"我不走,来客人了,我总得把楼上打扫干净吧。"

六

白雾从山脚慢慢飘到了山腰,先前被笼罩在雾中的田野露出了土地的颜色,前不久竣工的那条通往幸福村的九公里盘山公路也露出了长蛇般的身影。当然,如果你把视线再聚集,你就会看见王功兵的身影。

王功兵一早就坐在田地里了。去年的白芷收成不错,家家都挣到了钱。王功兵虽然因为修路,半年没有开动小四轮,少了这部分活钱,但因为扶贫车间厂房出租有收入,白芷又卖了五千多块钱,他的收入没减反增。最让他高兴的是,王琼瑶也挣钱了,她学着做铝丝编织,跟着李朝阳请来的导演排练节目,还负责电商平台直播。王功兵搞不懂,王爱莲搞起的这个残疾人工艺品厂,竟然通过网络,一件接一件地往外发货,王爱莲这个女人虽然有时有点虚荣,说点大话,但那一件件卖走的东西,收回的一笔笔款可是实打实的呀。一年下来,连王琼瑶挣的都比王功兵还多,这才真是一部电影里说的,他们是玩着也把钱挣了。

不管王琼瑶怎么解释,王功兵总认为网络直播那东西还是太缥缈了,看不见摸不着她就把生意做了,真像山里的雾一样,你知道它什么时候来,什么时候又走了呢?他认为还是地里长出的东西让人踏实。

自从参加了新型白芷种植培训班,王功兵就成了幸福村白芷种植带头人,整个村从原先的几十亩种植面积一下子扩大到两千多亩,俨然是一个白芷种植专业村了。除了整块的田地种上以外,田间地头、塘边沟畔,全都被村民们种上了白芷。在签订这一年的协议时,王功兵在会上发了话:"现在我们不愁销路,也不愁技术,技术全掌握在我手里啊!我这技术是核武器技术。别笑,你们也看到了,去年我那地里又种油菜又种白芷,最后我的产量不还是最高、质量不还是最好的吗?这说明什么?说明我王功兵技术没白学啊!你们还信不过我?所以我今年把家里所有田地全种上白芷!"

王功兵这样一说,全村的种植面积呼啦啦就涨上来了,在他们的影响下,周边其他几个村有人过来参观,也要种植白芷。幸福村这么多年来第一次成了被外人参观的对象,王功兵虽然有点儿得意,但自己在会上把大话说出去了,心底里还是有点儿担心,假如种不好,那他就别想在幸福村里待下去了,更没办法向村民们交代啊。他表面上照旧嘻嘻哈哈,其实,整个心思都扑在了白芷地里。

白芷种植新技术虽然产量高,但管理要更精细,每一个环节都不能出岔子。王功兵从下种子开始就没好生睡过一觉。下种子要在白露前后,早了,发育太猛,影响药效;晚了呢,冬季山里温度低,雨水少,影响出芽率。这可不能马虎,王功兵要求大家伙儿松整好土地后,一步一步按他讲的播种要领去做。

王功兵在地里头吆喝:"首先要控制窝穴的间距,左右一尺,前后八寸到一尺。你们还记不住的话,就看我的,这是我老王发明的技术。"他说着,开始示范,用前脚掌轻轻地点踩出窝穴来,边走边踩,不但效率高,间距适合,窝底还少有明显的缝隙,这有利于种子和土壤亲密接触。这一招让余来苟佩服不已,村里派出去学习新技术的不止一人,但只有王功兵这家伙能想出这鬼点子。下种子也有技巧,白芷种子是小叶片状的,抓在手里像一把碎纸片,每个窝穴里放上五六片种子,盖土就要注意了,要把土捏碎,碎如细沙,轻轻地撒上去,既要把种子全盖住,不然易被风吹跑,又不能太厚,厚了苗芽钻不出来,成了哑种。

白芷种下去,王功兵刚松口气,过不了两天心就又悬了起来:这种子能不能如期发芽呢?

他几乎每天都要到基地里去看看,不仅看自家的,还要看别家的。差不多二十多天过去了,放眼一望,那些青绿色的小点点从泥土里冒出来了,一簇簇,一窝窝,像一只只绿色的小手。王功兵一窝窝地看,村民们也跟着他看,一边看一边听他介绍管护要点。

白芷长到半尺高的时候,地气回暖,春天到了,这个时候它开始疯长,几乎一天一个样,但问题又来了。因为一个窝里没有苗不行,苗太多太密也不行,会影响它后来的成长,得间苗。间苗怎么间?学问可大着呢。眼看着几千亩面积,这一个个地去现场教他们也不现实呀。李朝阳琢磨了几天,找来广播电视台的人员,在村里架起了大喇叭,村部里一喊,全村都听得见。

现在,王功兵就在大喇叭里喊:"喂喂,大家伙儿注意了,这间苗要点啊,每一窝保持三到五棵苗,间距要均匀。最弱的苗要去掉,别舍不得,另外,每窝留下的苗不能少于三棵。后期可能还有公苗,公苗会捣蛋,到时还要除一次。"

王功兵这边喊完了，关了大喇叭，才走到田里，就有人冲着他喊："白芷苗还分公母？王功兵你说说怎么分出来。"

王功兵背着手，走来走去，冒出来一句："别急，到时候再告诉你们。"

清明前后，白芷苗又蹿高了，到人膝盖了，小狗跑进去，都淹没脊背了。王功兵发现白芷中的公苗了，他在大喇叭里喊："战斗机里有公鸡，白芷苗里有公苗，公鸡不下蛋，公苗不长根，所以大家注意了，把公苗都要揪出来。怎么认识公苗呢？注意了，公苗上面枝粗叶大，下面根大须多，它比别的苗高，苗秆像竹子一样会分杈，颜色也是灰白色的。再重复一遍……"

余来苟等王功兵关了广播，指了指手中的《白芷栽培技术要点》说："这上面也没说什么公苗母苗呀。"

王功兵轻声说："这帮家伙你跟他说书上的他不懂，'公苗母苗'是我打个比方，我这样一说啊，他们才记得住，而且动作快，生怕公苗吃了母苗。"

余来苟一拍脑袋："你幸亏只叫王功兵，要是叫文武斌，恐怕把一村人卖了，我们还帮你数钱呢。"

这两人的对话被李朝阳听到了，他快步跑到王功兵家，爬上二楼望向村前的田野，果然，白芷地里，已经有人在弯腰间苗了。他拍拍手对编织车间的王爱莲说："怎么样？王厂长，工间来一个？"

王爱莲说："来就来一个。"

二十个残疾人离开工位，齐齐聚集在露台上。王爱莲冲王琼瑶点点头，于是，哐一声鼓响，拉二胡的拉二胡，敲锣的敲锣，唱歌的跟着唱歌。歌声不断，李朝阳按捺不住，从盒子里取出铜号，也跟着他们吹了起来。

王功兵心想，今年的白芷一准长得好，为什么？因为白芷们都是听着音乐长大的呀。

秋天，收获季到了，王功兵像个军事指挥员指导采挖，因为采挖时间大有讲究。挖早了，白芷根部营养转化没到位；挖迟了，白芷根部会重新发新芽，耗费了营养，想要挖得不早不晚得有好眼力。王功兵天天走在田畈上，察看白芷的茎叶枯萎的程度，又扒开泥土看根茎。哪家该挖了，他就通知哪家。

果然，音乐没有白听，圆锥形的白芷根，个顶个地壮实、匀称，像一根根大人参,通体散发着特殊的药材香味,这浓烈的香气在幸福村的上空整整飘荡了一个多月。

邻县的药材商来收购的时候,也大大夸奖了一番,说这是他们今年收到的最好的白芷。为此,他们还主动将收购价从每斤八毛涨到了每斤九毛。

王功兵家里的欠债还得差不多了,再有一年,他就可以将"负翁"身份摆脱了。最后一家白芷收购结束,幸福村的田野陷落在温柔的夕阳里。他坐在田埂上,吸着烟,看着脚边的土地,一只蚂蚱在跳跃,一条蚯蚓在钻洞,不远处的一只八哥在啄食草籽,微风将泥土的气息运送到很远的地方,又运回到人的心里。王功兵不禁伸手捏了一把泥土揉搓着,泥土潮润、细腻、松软,似乎可以食用。做了这么多年农民,他还从来没有一次这么从心底里感受到泥土的可爱。几十年来,他一直想着的就是离开土地,如果不是女儿得病,他肯定也会到城里去的,像很多村里人一样,做建筑工,做保安员,只要能离开土地。而眼下,你用八抬大轿请他去城里他也不去啦!

他突然想到一个哲学的问题,一样的土地,为什么会有不一样的力量?现在,他从土地里感受到了一种力量。以前,虽然他见到干部们都故意横眉冷对。其实,他知道自己是虚弱的,自己并没有力量,随便来一场病、一场灾,自己所有的挣扎与努力都无济于事。为什么自己那么渴求尊严?是因为祖祖辈辈都被贫穷的生活压迫怕了。在贫穷面前,哪还有什么尊严可言?

而现在,土地深处的力量正一波一波地传导到他身上来,他感觉到自己浑身都是气力。

七

王功兵是提前一天才得知李朝阳要走的消息。

三年了,李朝阳挂职期满,就要离开幸福村了,考核等程序都走过了,但具体哪一天走他一直没有说。那天,王功兵开着新买的皮卡车去乡里,无意中听乡文书说,李朝阳单位第二天要派车来,接他回省城,乡里征求李朝阳的意见,要不要在村里或乡里举行一个欢送仪式,结果李朝阳没同意,他说他就一个人悄悄走算了,乡亲们眼下都忙着种白芷,就不要兴师动众了。

第二天王功兵看见李朝阳还跟个没事人一样,在村子各处转转,和余来苟拉了拉家常,还到王爱莲扶贫车间买了几个小工艺品,说是带给同事的。他选了几个后,还不满意,就问有没有更有特色的。

王爱莲想了想说:"最近又开发了一款,就是可以用铝丝编织人像,类似于人像剪影。"

李朝阳说:"这个好,那你给我编一个。"

王爱莲问:"编哪个的剪影?"

李朝阳说:"那就编个老王吧!这两年幸福村的事多亏了老王哪!"

王爱莲构思了一下,着手编起来。她编了一个人,歪着脑袋,拧着脖子,腰弓腿弯,左手持一簸箕,右手做挥洒状。

李朝阳一看,乐了,这不就是王功兵当年不种白芷种油菜的场景嘛,形象,传神。

半下午的时候,一辆小车滑进了幸福村村部,不一会儿,李朝阳拖着他那个巨大的皮箱,背着巨大的铜号,上了车,走了。

小车在山道上行驶,新铺的柏油路,平展、结实,虽然免不了山道弯弯,但不少地方裁弯取直、降坡增宽,路况已大大改善了,下山的时间也格外快,到了山脚时,车子开不动了。

李朝阳下车一看,呆住了。

一块碑立在山崖边。旁边,停着王功兵的皮卡车,车边摆放着架子鼓,鼓后坐着王琼瑶,左边,王爱莲的老公坐在轮椅上,手里提着二胡,再过来是王爱莲,后面是残疾人艺术团全体成员。王功兵靠在石碑边吸着烟,石碑上"幸福"两个字被重新描红了,果然是好书法,这一描,更清晰了,铁银勾,力道十足。

李朝阳说:"这就是我三年前刚来时要找的幸福碑?"

王功兵点点头说:"嗯,就是这块。"

李朝阳说:"老王大哥,谢谢你帮我找到'幸福'碑。"

王功兵说:"不,不,李书记,应该谢谢你,是你让我找到了幸福。"

李朝阳用手抱住那块石碑,双手抚摸着碑文,久久不语。

王功兵一挥手,顿时,鼓、琴、锣、笛、镲一齐被奏响,众声高唱,唱的还是那首毛阿敏的《幸福》。

这曲调一起,李朝阳禁不住泪水涟涟,像往常一样,他立即拿起了铜号,走进他们当中,加入了演奏的行列。

你是我生命中一盏灯

照亮所有迷惘角落

是你流淌着爱

是爱浇灌着我

幸福是风霜雨雪都经过

再把阳光收获

是你付出了爱

是爱教会了我

幸福是不管一路多颠簸

双手依然紧握

你是我枕边一场梦

梦醒时天就亮了

你是我生命中一盏灯

照亮所有迷惘角落

是你流淌着爱

是爱浇灌着我

幸福是风霜雨雪都经过

再把阳光收获

是你付出了爱

是爱教会了我

幸福是不管一路多颠簸

双手依然紧握

双手依然紧握

雕　　像

——老红军李开文的故事

曹多勇

一

1949 年 1 月 31 日,北平和平解放。

那段时间,李开文空闲下来最喜欢做的两件事,就是看报纸和听收音机。报纸是《人民日报》。那个时候,《人民日报》创刊不久,为华北中央局机关报。收音机是美国制造的,使用交流电,又蠢又笨。半年前,中央机关由陕西吴堡县川口,东渡黄河,迁往河北省平山县西柏坡村,这台收音机"淘汰"下来,"流落"到中央特灶管理班(简称"特灶班")。当时,李开文任特灶班班长,专门给毛主席、周恩来、陈云和李富春等中央领导同志烧锅做饭。中央机关搬至西柏坡,告别生活战斗了十三度春秋的陕北根据地,特灶班跟随一块搬过来。

李开文耳朵聋,听收音机,音量开到最大。别人受不了,远远地躲开。李开文知道收音机吵别人,慢慢地调小音量。收音机声音小,李开文听不清,索性关上。

李开文不识字,看报纸只能看照片。北平和平解放,解放军进驻北平城内的消息,李开文先听收音机,再看报纸上的照片,显得更直观、更形象。李开文手上保存着这么一张报纸,上面有两幅照片:一幅照片是一群解放军战士站在一辆卡车上进驻北平城,卡车前面悬挂着毛主席和朱德的巨幅画像;另一幅照片是一群女学生夹道欢迎进驻北平城的解放军。女学生手上举着横幅。"横幅上写的什么字?"李开文问小陶。小陶告诉他,写的是"女师大附中"几个字。

李开文问:"'女师大附中'是什么意思?"

小陶说:"学校是女师大办的,里边全是女孩子。"

李开文在特灶班年岁最大,小陶在特灶班年龄最小。小陶的一条右腿被敌人炸断,来到特灶班。李开文是安徽金寨人,小陶是安徽寿县人。李开文亲切地喊小陶"小老乡"。

李开文留存这么一张报纸,还有一个特别的原因,就是照片上那位手持铁皮话筒的女学生,跟他老婆长得像。李开文耳朵聋,说话嗓门大,跟别人说话像吵架。别人不爱跟李开文说话,小陶喜欢跟李开文说话。

小陶说:"李班长,你说我家嫂子有这个女学生漂亮我相信,你说我家嫂子有这个女学生年轻我不相信。"

李开文说:"你家嫂子嫁给我那一年虚岁十八,你说年轻不年轻?"

小陶问:"人家女学生个个都认好多字,我家嫂子认得字?"

李开文说:"怎么不认得?她在娘家念过两年私塾。过门那一天,她带来两幅大红剪纸,一幅大红双喜,贴在我家的窗户上;一幅喜鹊闹梅,贴在我家的床头上。"

小陶问:"人家女学生个个都剪短头毛,我家嫂子也剪短头毛?"

李开文说:"你家嫂子梳两根大辫子,辫梢上扎两根红头绳。过门那两天,她天天早上梳头都要梳上两顿饭工夫。"

李开文说着说着,声音小了下去。小陶看见李开文一只手在报纸的照片上抚摸着,一只手抬起来擦眼泪。小陶知道李开文这是想家了,想老婆孩子了。

两个月后,李开文跟随中央机关一块进驻北平。这一次,李开文没有继续留在特灶班,根据党组织安排,他先去中央群工部报到,而后被派往中央机关干部学校学习。临行前,李开文去和毛主席告别。李开文跟毛主席说他不想离开特灶班,不想离开战友,更不想离开中央领导。

毛主席说:"你先进学校学习,等革命胜利了还有更重要的事要做,没文化哪行呀!"

李开文朝毛主席点点头。

毛主席吩咐说:"等你有时间再来看我,不要不来啊!"

李开文说:"照!照!"

"照"是李开文的家乡话。照,就是好,就是行。李开文说"照"的时候有些哽咽,除了说"照",他什么话都说不出来。

就这样,李开文五十一岁这一年,坐进教室,规规矩矩地当了一名小学生。同学中,他年岁最大,人们亲切地称他"老班长"。开班会时,同学们选他当班长,李开文慌张起来,结结巴巴地说:"学习不是烧锅做饭,这个班长我可当不了。我能当好一名认字员就算不错了。"

这些年在枪林弹雨中,李开文忙来忙去忙惯了,一下闲下来,坐在安静的教室里,一时半会不适应。课堂上,思想好开小差,去想别的事,要不就犯困,困得不得了,像三天三夜没睡觉。有什么办法呢?李开文就悄悄地伸手去掐自己的大腿。他不想辜负党组织的培养,不想辜负毛主席的教诲。困难再大,他也要拼命地学好文化课。

李开文是一个细心的人,哪一天认了哪些字,一个一个编号记在本子上。每一天他都给毛主席写一封信。"毛主席,我今天学会写'毛主席'三个字,能给你写信了。""毛主席好!我今天学会写'好'字,还学会写'共产党大救星'六个字。""毛主席您好!不知道现在中央特灶班同志烧的红烧肉,您吃得惯不惯?离开特灶班前,我手把手地教会小陶烧红烧肉,就怕他烧的不合您的口味。我们这里学校食堂烧的红烧肉,我说一句不谦虚的话,没我烧得好。"

"毛主席您好!我昨天晚上做了一个梦,梦见我的老婆孩子了。我老婆还是我离开家时的那个样子,跟人一说话就脸红,一副羞答答的模样。我儿子长成一个大小伙子,比我个头高,比我长得壮,就是见面不叫我爸爸,您说我生气不生气?我是个没出息的男人,后半夜躺在床上想老婆孩子就没睡着觉。""毛主席您好!我向您汇报一下,我在中央机关干部学校学习,认识了一千两百零六个字,能看书看报,能写简单的工作材料了。"

李开文从中央机关干部学校毕业,回到中央群工部,面临分配新工作。

李维汉时任中央群工部部长,跟李开文算是老熟人。李开文去办公室见李维汉部长,部长半开玩笑半认真地说:"李开文同志,组织上考虑你过去吃了太多的苦,现在就给你安排一个'甜'的工作。决定派你去天津糖厂,当那里的副厂长。"

天津解放比北平早半个月。1949 年 1 月 14 日,解放军对天津发动总攻,经过二十九小时激战,歼灭守敌十三万多人,活捉天津警备司令、六十二军军长、六十六军军长和天津市市长。1月15日,天津解放。

李开文一听组织要安排他当天津糖厂的副厂长,吓一跳,急忙问:"天津糖厂的干部群众很多吧?"

李维汉说:"一千多人不会少吧!"

李开文直摇手说:"不照,不照。一千多人够得上一个团的编制。我哪有这么大的本事管这么大的一个摊子呀!"

李维汉问:"你个人有什么想法说来我听听。"

李开文说:"李部长,你叫我回老家吧!"

"回老家?"李维汉有些意外。

李开文说:"我看报纸听广播知道,解放军打过长江,我老家早已解放,我想回去工作;再说,老婆孩子还在家里等我呢!"

李维汉劝说道:"李班长啊,当年红军撤离大别山,国民党军队和当地还乡团大开杀戒,跟红军沾亲带故的恨不能斩尽杀绝,你的老婆孩子还能不能见得到,恐怕都难说了。你听我的不会错,不想去天津,就留在北平工作吧。"

李开文说:"我还是想回去先找一找他们。万一他们不在了,就再说。十七年前,我硬着心肠丢开他们,现在眼看仗打完了,天下太平了,我得回去偿还这些年欠他们的情。"

这不是李开文一时冲动。当年,他跟随红军队伍离开大别山,一脚把大孩子踢开的时候,心里就是这样想的。他想,只要自己活着,部队很快就会打回来。只是没想到,这一走竟是十七年!

李维汉知道李开文人老实,脾气倔,决心已下,不便再劝。李维汉说:"那我叫工作人员先把你的组织关系转到华东军区,再请他们把你的档案转到安徽去。"

离京前,李开文想起了毛主席"等你有时间再来看我"的话,决定去看一看毛主席。他想,这一去就隔上千山万水,今后不一定有机会再见主席了。当时毛主席住香山双清别墅。双清别墅,是乾隆御题的香山二十八景之一。这里被确定为中共中央、解放军总部的临时驻地,为了保密需要,对外称劳动大学招待所,简称"劳大"。1949年3月25日至8月23日,毛主席一直居住在香山双清别墅。在这里,毛主席和朱德总司令签发了《向全国进军的命令》，"打过长江去，解放全中国"，后来解放军一举渡过长江，占领国民党首府南京。

毛主席从李维汉那里听说了"老班长"的要求，问李开文："你为什么不去天津糖厂呢？"

李开文说："天津糖厂的糖甜，也没有家乡的水甜。"

毛主席一听笑了："你这是要'叶落归根'啊！"

李开文说："我在中央机关干部学校学习，虽说认识了一千两百零六个字，可我心里清楚，不是那块当厂长的料子，没有那么大能耐。我回家乡，找个自己能够干得了的，一定好好地工作！"

毛主席高兴地说："认识一千多个字不简单啊。回去就回去吧，记得你要经常写信来。到哪里都要记住了，你是从中央出去的，你是从毛泽东身边出去的。"

李开文说："照。我回到老家就给毛主席写信。"

李开文随身带着的一只军用挎包里，就装着他在中央机关干部学校写给毛主席的信，他想掏几封信递给毛主席，想一想没有掏出来。李开文两眼含泪，与毛主席依依惜别，离开北平。

二

1897年，李开文出生在金寨县槐树湾乡板棚村的一个贫苦农民家庭。家里穷，劳力少，十六岁那年李开文就开始种地、烧窑、干苦力活。他个头矮，身子壮，山上山下地跑，练就一双铁脚板，一副担子上肩上，一天能走上百里。1932年6月，蒋介石坐镇汉口，调集三十多万军队向鄂豫皖苏区，发动了第四次围剿。红军寡不敌众，只能向西突围走出大别山。9月份，红四方面军主力离开金家寨向西转移。当时，李开文是一名赤卫队员，随红军二十五军第七十三师二一九团抬担架。部队转移时，团里要挑选一部分赤卫队员跟着一起走。团长吴坦是江西永新县人，在山里长大，知道应该挑选什么样的担架队队员。吴坦跟担架队队员说："你们跟随红军转移，就是正式参加红军。部队这一走什么时候能回来，不知道；你们跟我们这一走，能不能回得来，不知道。你们先回去跟家人打招呼，谁愿意跟红军队伍走谁报名。"

这个时候,李开文早已经成家,大孩子都八岁了。妻子张氏半个月前刚生了一对双胞胎,正在月子里。李开文想都没有想,当即举手报了名。李锦秋跟李开文在同一个担架队,算李开文的家门侄子,了解他家里的情况。李开文在家排行老二,哥哥叫李开习,弟弟叫李开香。按辈分,李锦秋叫李开文二叔。

李锦秋问:"二叔,你不回家跟二婶说一声?"

李开文说:"我怕回家当俘虏。"

李锦秋问:"你回家当谁的俘虏?"

李开文说:"当你二婶的俘虏,我这个人不怕白狗子的子弹,就怕你二婶的眼泪。"

李锦秋说:"你不回家跟家人说,我也不回家跟家人说。"

李开文伸手拍一下李锦秋的肩膀说:"好小子,像个李家的孩子。"

李锦秋说:"我跟二叔一块走,你去哪里我就去哪里。"

李锦秋是家里的独苗,回家跟父母说,一样难出来。

李开文说:"二叔带你一块走,二叔再带你一块回。"

李锦秋一脸稚气,还是个没长开的孩子。

团里正在做转移突围准备,李开文跟一群报过名的赤卫队员,等候吴坦的最后挑选。李开文担心自己个头矮,貌不出众,团长挑选不上他。哪想到团长第一个点名要的就是李开文,他还被任命为担架班班长。团长说:"团担架队一共确定四十八人,编成三个班,每个班十六人,李开文为一班班长……"李锦秋为一班队员。

那一天是农历八月十九。黄昏时分,部队接到命令,担架队紧跟大部队就转移了。暮色中,桂花树漫山遍野地盛开,浓郁的桂花香味,压得人们喘不过气来。

"八月桂花遍地开,鲜红的旗帜竖呀竖起来。张灯又结彩呀,张灯又结彩呀,光辉灿烂闪出新世界。"隐隐约约地有人唱《八月桂花遍地开》这首歌。李开文侧耳仔细听一听,又听不出唱歌的人在哪里。是队伍里的战士唱的,还是路边的群众唱的,李开文分不清楚。"亲爱的工友们哪,亲爱的农友们哪,拿起刀枪都来当红军,拿起刀枪都来当红军。"

说来巧了,大部队从板棚出发,正好从李开文家后面路过。李开文走到自己亲手栽下的一片竹园旁边,脚步迟疑一番,侧身偷看几眼自家的房屋,一转脸跟随队伍走过去。李开文眼睛潮湿,在心里默默地对妻子张氏说:"我不敢回家看你和三个孩子,我对不起你们娘四个。"

哪想到大孩子就在前面路上张望着。张氏听到队伍路过的脚步声,特意吩咐大孩子过去看一看。张氏说:"兴许你爸爸在队伍里,就算不在,你看见队伍里有村里的熟人,也能打听一下你爸爸在哪里。"李开文离开家后好多天没回去。张氏月子里忙孩子忙家,还要忙庄稼,实在需要李开文。李开文夹杂在一群队伍中,走到大孩子跟前。大孩子两眼闪光,一边跑一边喊,来到李开文面前。

大孩子说:"爸爸,妈妈天天念叨你,等你回家呢!"

李开文不敢停下脚步,不敢看大孩子一眼,假装没看见,不管不顾往前走。大孩子好不容易找到李开文,拼命地追上去,一把抱住李开文的两条腿。李开文不得不站住脚,不得不低头看大孩子。

李开文说:"你松开手,回家跟你娘说,过几天我就回家。"

李开文说话声音虚弱,知道自己说的是假话。

大孩子的两只手越抱越紧,说:"你不回家,我就不松手。"大孩子从小就脾气倔,跟李开文一模一样。

李锦秋走过来跟李开文说:"二叔,你还是回去看一看二婶吧。"

李开文声音很冲地跟李锦秋说:"你怎么不回家看一看你的娘老子?"

李开文不敢再犹豫。再犹豫就只能跟大孩子回家去。回家去就只能当逃兵。李开文一狠心,一抬脚,把大孩子踢到一边去。

大孩子坐在地上,哇哇大哭。李开文一边没命地往前走,一边不停地流眼泪。就这样,李开文离开了家,离开了金家寨,离开了大别山。

这一年,李开文三十五岁。

红四方面军主力一路向西转移,沿途遭遇敌人重兵围追堵截,红七十三师负责断后,战斗异常惨烈,伤亡很大。李开文和担架队队员们冲到前线,冒着连天的炮火和弹雨,不顾生死,不顾疲劳,不停地抬着伤员,拼命地送往野战医院救治。

断后,就是留在最后与敌人纠缠,让别的红军队伍尽快地向西突围;就是大路让给敌人走,红七十三师走小道,走那些没人走的山道,走那些能拖住敌人的山道。那个时候,红七十三师的战士走山道,脚上穿的是草鞋。半天山道走下来,草鞋底磨破,还没有新的草鞋换。山道磨破草鞋,磨破脚掌脚心,就有血水渗出来,浸染在山道上。红七十三师数千名干部战士,人人害上烂脚病,一边马不停蹄地不断赶路,一边龇牙咧嘴地忍受疼痛。有的战士忍不住,就轻轻地喊叫两声。

敌军凭借红七十三师留在山道上的血迹,就能知道红军的准确走向。红七十三师吃了几次亏,就在战事间隙里,命令战士不能休息,割山草编草鞋。深秋,山道两边到处都是枯黄的山草。只是有的战士会编草鞋,有的战士不会编。一般来说,山里长大的战士会编,不在山里长大的战士不会编。编草鞋看似简单,一时半会难学会。就算勉强编出一双草鞋,穿脚上走不到半小时山道,草鞋就散架了。怎么办呢?担架队队员都是山里人,人人会编草鞋。李开文就号召担架队队员利用空闲时间,少休息,多编草鞋。

李开文说:"我们多编一双草鞋,就能多救一双战士的脚。战士的脚流血少了,敌人发现我们的可能性就小了。"

那些天,李开文编草鞋,练就出两种别人没有的本事。第一种:一边编草鞋一边能睡觉。李开文手上编草鞋,实在困急了,两眼一闭睡一睡,一激灵醒过来,接着编草鞋。第二种:摸黑编草鞋。李开文编草鞋编多了,编熟练了,夜里黑灯瞎火的依旧能编草鞋。

别人问:"你一夜不睡觉,明天哪有力气抬担架呀?"

李开文说:"我晚上睡过不少觉。"

一夜忙过来,李开文身边编了一堆草鞋。

别人问:"晚上没有灯,你怎么看得见编草鞋呀?"

李开文说:"我心里亮着一盏灯。"

一夜忙过来,李开文两眼通红真的像点了两盏灯。

在这里不能不说这么一件事。在红七十三师最艰苦、最困难的时候,有些战士受不了身体和心灵的煎熬,丧失信念,感到绝望,就趁着黑夜丢下枪支溜掉了。其中也有担架队队员。

这一夜,李开文察觉李锦秋神色不对,早早地多留一个心眼。一是吃晚饭时,李锦秋多吃了一碗饭。多吃一碗饭干什么?好有力气跑山路。二是晚饭后,李锦秋多穿一件褂子。多穿一件褂子干什么? 好带走。往常晚上每到一地休息下来,李开文编草鞋的山草都是李锦秋去割的。李锦秋手拿一把镰刀,跟李开文说:"二叔,我去割山草。"李开文说:"你快去快回,二叔等着山草编草鞋呢。"李锦秋前面走,李开文后面跟。割山草要下山道,李锦秋却一直向前走不下山道,他心里想干什么事就明显了。李锦秋不是不警觉,知道李开文紧跟着,没有跑。

李锦秋说:"二叔,我实在撑不住了,你放我回家吧!"

李开文问:"你想回板棚?"

李锦秋点头说:"是!"

李开文说:"你怎么这么糊涂呢? 你回得了金家寨吗?"

李锦秋不解地望着李开文。

李开文说:"你参加了红军,就成了离弦的箭,没有了回头路。现在整个金家寨已经落在敌人手里,你回家不等于去送死吗? 你回去是一个死,不如跟红军一块走,兴许能走出一条活路呢?"

李锦秋问:"担架队里不是有几个人回了金家寨吗?"

李开文说:"他们都是些什么人? 你不是不知道。不是街乏子,就是二流子,他们想在队伍里混吃混喝混不下去了,你跟他们能一样?"

李锦秋毕竟是一个孩子,想事头脑发热,想不周全。

李开文说:"该说的话,二叔都跟你说了,你想回家你回吧。"

李开文丢下李锦秋往回走。李锦秋脚下迟疑一番,还是跟李开文归了队。

红四方面军主力一路激战离开了鄂豫皖革命根据地,随后翻越秦岭、大巴山,向川北转移。这一天,负责断后的红七十三师刚走到汉中附近,就被尾随而来的侦察敌机发现,数十颗炸弹一起扔进队伍中。剧烈的爆炸声连连响起,四处尘土弥漫,血肉横飞。李开文躲闪不及,一下就被埋进了碎石泥土中。

担架队队员扒出李开文的时候,他已面如土色,不省人事。大家认定他已经死掉了,就把他拖到牺牲的战友堆里,准备挖坑统一安葬。

李锦秋不相信李开文就这么轻易地死去,他没命地一路奔跑过来,没命地在一堆残缺不全的尸体中翻找李开文。李锦秋一边扒找一边哭着说:"二叔你不能这么死呀,你说要带我一块回家呢!二叔你一定要好好活着,二婶和三个孩子还在家等你回去呢!"

李锦秋找到李开文。李开文两眼紧闭,满身是土,满身是血,就是不像李开文。李锦秋擦干眼泪,屏住呼吸,慢慢地将手指移到李开文的鼻子底下,手指一热一冷、一冷一热,李开文还有一口气。

"我二叔活着!我二叔没有死!"李锦秋丢下李开文,赶忙跑到炊事班,找来半碗米汤,撬开李开文的牙齿,一点一点喂起来。就这样,李开文奇迹般地活了过来!

这件事被吴坦知道了。吴坦说:"李班长大难不死,必有后福!"

李开文一直昏迷不醒。吴坦就把李开文交在李锦秋手上,由李锦秋亲手照料。这之后,抬一路担架的李开文,躺在了李锦秋的担架上。队伍到达四川省的通江县驻扎下来,他被留在那里的野战军医院。

李开文苏醒过来,觉得浑身上下像散了架。一动弹,哪地方都疼痛难忍。一动弹,胳膊腿都不听指挥。胳膊像一副假胳膊,腿像一副假腿。全身最疼痛的地方,在心里。别人说话,李开文听不清。他知道,自己的两只耳朵在爆炸声中被震聋了。李开文吃不下饭,睡不着觉,自己变成了一个废人,变成了一个拖后腿的人,还不如一下炸死干净利落呢。医生护士轮番劝导李开文。

医生说:"你的身体,除了耳朵伤残,五脏六腑都没大毛病。"

护士说:"只要你主动配合治疗,归队打仗不是不可能的。"

渐渐地,李开文平静下来,想争取早一天康复出院,回归队伍。就算归不了队伍回老家,也要做一个自食其力的劳动者。

这一住,就是一年。

终于熬到出院那一天,李开文的身体恢复得不算太好,也不算太差,胳膊腿都能听从大脑指挥了,就是耳朵聋,听不清别人说话。当年,不少像他这样的伤残红军,不能再上战场打仗,组织上给一点盘缠,拿上一封介绍信就回家去了。李开文不想就这么回家,不想当一个半拉子红军。依照李开文的理解,抬担架不是打敌人,担架队队员算不上一名真正的红军战士。李开文下定决心,他要找到自己的部队,找到吴坦团长,他要上战场打仗,做一名真正的红军战士。李开文最终顺利地找到自己的部队所在地,顺利地见到吴坦和战友们。

这个时候,红七十三师在川陕革命根据地已经扩编为三十一军。吴坦依旧是团长。吴坦和战友们见到李开文都很开心很高兴。李开文自己不开心不高兴。李开文心里打鼓,担心吴坦要他回家去。

吴坦说:"我说嘛'李班长大难不死,必有后福'。你们看看李班长是不是变得又白又胖了?"

李开文说:"吴团长,我不想回家。"

吴坦说:"没人要你回家呀!"

李开文说:"吴团长,你给我一杆枪,我要当一名真正的红军战士,我要跟你一块上战场打敌人!"

吴坦伸手摸一摸自己的耳朵,大声对李开文说:"聋子怎么打仗呀?你现在连担架班都不能回去了。"

李开文问:"吴团长,你还是要我回家去?"

吴坦大声地问:"我问你,你愿不愿留下来烧饭?"

李开文听见团长说话,却没有立刻回话。李开文一心想留在队伍里,从没想过烧锅做饭这件事。

团长大声问:"你不乐意?"

李开文两眼流泪说:"只要不撵我回家,我留下来干什么都照。"

团长同意他留在部队,李开文的一颗心终于落地。没见李锦秋在跟前,李开文这才顾得上问一问李锦秋在哪里。战友们告诉他,半年前李锦秋就牺牲了。李锦秋咽气前,不断地喊"二叔、二叔",想见李开文一面没见着。李锦秋留下一个布包。李开文打开来,里边有一双布底鞋。这双布底鞋是他从老家带来的,一直搁在布包里没舍得穿。布底鞋是他娘一针一线做出来的。李锦秋想娘的时候,就掏出布底鞋,拿在手上摸一摸,捧在怀里抱一抱。布包里还有一枝干枯的桂花,上面有几片叶子和几串半开的桂花。李开文俯下鼻子闻一闻,桂花的香气还是那样的浓烈扑鼻。

就这样,李开文留在三十一军供给部被服科炊事班,当上了一名炊事员。

2019—2020年安徽省中篇小说精品集

山上的云朵:

三

1949 年 4 月,六安行政督察专员公署成立,隶属皖北行政公署,辖寿县、霍邱、金寨、霍山、舒城、六南、六北、六安市。不久,六南、六北和六安市合并为六安县。不久,李开文的组织关系从华东军区转到了安徽,又转到了六安行政督察专员公署。组织关系先到,李开文后到。专员朱家旺接待了李开文。

朱家旺说:"你的组织关系我看过了,上面说你想回家乡工作。"

李开文说:"我服从分配,干什么工作都照。"

朱家旺说:"昨天我们做了研究,你回金寨县当副县长怎么样?"

李开文迟疑一下说:"我看不大合适吧。"

李开文只说"不大合适",朱家旺却不知道怎么不合适。

朱家旺说:"你是从中央过来的同志,工作上我们会满足你的要求。你要是想留在六安行政公署工作,你说一声。"

李开文实话实说:"李维汉部长安排我去天津糖厂当副厂长,我感到一千多人太多了,我当不了那个副厂长。现在你叫我回金寨当副县长,一个县少说也有二三十万人吧,我哪有这么大的本事呀!"

朱家旺听明白李开文说的"大不合适"是嫌官大,哈哈大笑道:"那你先在这里住两天,工作的事我们再做研究好吧?"

李开文说:"我急等着回家见老婆孩子呢! 我在这里哪能待下去?"李开文日夜兼程一路奔波好多天,最想做的一件事,就是回家见老婆孩子。

朱家旺说:"正好办公室机要员小马明天去金寨,你跟他的车一块去吧。"

车是一辆马车,李开文坐在上面,一路颠簸,一路睡觉。半路上停车吃响午饭时,李开文才醒过来。

小马问:"你怎么一路上老是睡觉呀?"

李开文说:"我路上睡好觉,晚上好赶夜路回家呀。"

李开文说的是一句实话,马车从六安到金寨县城得要大半天时间,再从金寨县城走回老家板棚还要走差不多一夜山路。这些天一路上舟车劳顿,再加上日夜想念老婆孩子,李开文就没睡过一夜安稳觉。现在离家越来越近,李开文反倒劝自己好好地睡一觉,才好有精神回家见老婆孩子。

吃罢晌午饭,李开文坐上马车接着睡觉。

1947年秋天,刘邓大军挺进大别山,解放了立煌县城。9月4日,中共立煌县委、县民主政府在金家寨镇宣告成立。不久,立煌县改名为金寨县,金寨县由此诞生。县长刘伟是个黑脸膛的中年汉子。李开文跟小马的车到金寨县城,小马把李开文交给刘伟,就去办自己的事了。

刘伟说:"你先在县里住下,明天早上我派人送你回板棚。"

李开文说:"山路我熟悉,板棚我熟悉,我不要人送。现在我回板棚,明天早上就能到家了。"

刘伟问:"你想走夜路回去呀?"

李开文说:"当年红四方面军向西转移的时候,哪一天晚上不走上百里的山路?"

刘伟说:"眼下山里残余的土匪不少,我怕你走夜路不安全。"

李开文说:"我两手空空,土匪抢我干什么呀?"

刘伟见李开文执意要走夜路回家,就把自己的手枪从腰间解下来,交给李开文,说:"这把枪你带上,以防不测。"

李开文说:"我哪里会使枪呀!"

参加革命这些年,李开文没摸过一次枪,没打过一发子弹。

李开文傍晚出发,赶一夜山路,隔天早上五更天到板棚。远远地望过去,眼前的小山村是熟悉的又是陌生的,像记忆里的村子,又不像记忆里的村子。只有四周的大山亘古不变,一座连一座,蜿蜒连绵,郁郁葱葱,就像一天一天流水般的日子,就像一代一代不熄灭的生命。

李开文走到村头,突然犹豫起来,心里突然紧张起来。老婆张氏还在不在人世?当年被自己一脚踢开的大孩子,该是一个大小伙子了吧?那一对没见过面的双胞胎,也该比自己高了吧?

眼前就是他家房屋后面的那片竹园。原先的房屋不见了,出现在眼前的,怎么会是一个简陋不堪的草庵子?李开文紧走两步,轻轻地去敲门。起床开门的是一个五十岁左右的汉子,他好奇地打量着站在门口的这个人,奇怪地问:"你找谁?"

李开文认出来，这个开门的男人是弟弟李开香！

李开文说："我是你二哥啊！你不认得了？"

李开香不敢相信地抬手揉一揉没有完全睁开的两眼，问："你真是二哥呀！真的是你回来了，我这不是在做梦吧？"

李开文激动不已地说："你不是在做梦，我真的回来了！"

李开香上前一把抱住李开文，兄弟俩哭成一对泪人。

从弟弟嘴里，李开文知道，他离开大别山那一年，国民党军队很快进了村，一把大火烧了他家的房屋，烧了所有红军家人的房屋。国民党军队还四处追杀红军家属。张氏是一个小脚女人，为了逃命，连夜带着大孩子，抱着才出生不久的一对双胞胎，东躲西藏，不敢回村。那一年冬天，雪下得特别大，天出奇的冷，张氏躲在一个山洞里，没有东西吃，挤不出一滴奶水，眼睁睁地看着那一对双胞胎饿死在怀里……

听说张氏遭受如此大难，一对双胞胎死得如此凄惨，李开文泪如泉涌。

李开文小心地问："你大侄子和你二嫂还活着吧？"

"二嫂她、她改嫁了，大侄子跟二嫂一块走了。"李开香吭哧半天，才敢告诉李开文这件事。

李开文只觉得一盆凉水从头顶浇下来，浑身颤抖，脑子里一片空白。

弟弟说："你离开家这些年也没个音信，家人不知道你是死是活，二嫂一个妇道人家带着大侄子，日子过得苦啊。她等了你整整十年，心想你肯定不在了，这才死了心，改了嫁。"

李开文脸色铁青，嗓子眼发紧，喘不过一口气来。这之前，什么样的可能他都想过。比如张氏被白狗子打死了，打残了，或是糟蹋了，唯独没想到她改嫁。这些年来，不少战友、首长，劝他趁早找一个女人成一个家，他不找，就是想有一天回家，补偿妻子张氏的这份情啊！现在回来了，面对的却是这样一个难堪的局面。

李开文长叹一口气。李开香跟着长叹一口气。

弟弟说："二嫂命不好，本来这个男人对她不错，没想到两年前走了。"

李开文不解地问："怎么，他丢下你二嫂，跑了？"

李开香摇头说："他生病，两年前死了。"

李开文两眼发亮，有了新希望，盯着弟弟问："你说的这件事准确吗？"

李开香说:"前些天大侄子来了板棚一趟。人家把他当成亲儿子看待,那个人死了,他说着说着难过得不得了。"

李开文说:"她们娘俩住得离这里远不远?"

李开香说:"住双河。"

双河离板棚三十多里地。

李开文接着问大哥李开习一家现在怎么样。

李开香说:"大哥一家已经没有人在了。那一年侄子和侄女听说你随红军走了,他俩也参加了红军,大哥大嫂这不就成了白狗子追杀的对象嘛,到处躲藏,最后还是被还乡团逮到,被活活打死。侄子一去,至今没有消息;侄女倒是前几年回来过一趟,说她原先是在红军队伍里搞宣传,一次战斗中,被敌人俘虏了,敌人没有杀她,把她卖到湖北一户姓江的人家当老婆,姓江的人家对她还算好,要不她也就寻死了……大哥一家人不能提了。"

当年红四方面军走后,国民党军队占领大别山区,疯狂地杀害红军伤病员和红军家属,把红军家属中一大批青年妇女强行贩卖至他乡。

李开文跟弟弟一边说话一边烧锅做饭。李开文说他转战南北的人和事。李开香说这些年家里家外的人和事。吃罢饭,李开文躺在床上想睡一觉,但头脑里乱麻一般,哪能睡得着呀!李开文躺了一会儿,就一轱辘爬起床。

李开香问:"二哥你要干什么?"

李开文说:"我要把你二嫂娘俩接回来!"

李开香上前一把拦住李开文说:"二哥你糊涂啦?二嫂已经改嫁了,你现在是老红军,大小是个官,想找什么样的女人找不到,偏要去找一个改嫁的女人?"

李开文说:"你二嫂改嫁,不能怪她,是我先对不起她!"

李开香拦住不松手,还想劝说李开文:"二哥,你冷静下,听我说……"

李开文气恼地一把推开李开香说:"你就不该这样想!"说着拉开草庵子门走了出去。

李开文甩开一双大脚板,一路小跑去双河,像一头谁都拦不住的野牛。李开文一口气走到双河,在一处半山腰的地方,找到张氏后夫的家。大门关得严严实实,咚咚咚,伸手敲了几下门,不见屋里有动静。李开文一不做二不休,索性一屁股坐在门槛上,一边喘气休息一边等张氏和大孩子。

不一会儿,远远地,李开文看见一个小脚女人,提着一个竹篮子,一扭一扭地走过来。李开文早已认出,正是张氏!

李开文激动地站起身迎上去,不声不响地站在她面前。

张氏埋头走路,发现一个男人挡住去路,吃了一惊,待抬头仔细瞅,又吓了一跳。她死活想不到,站在眼前的是李开文!

李开文说:"是我,我回来了!"

张氏不说话,从李开文身旁慌慌张张地绕过去,一步路没走稳,一屁股坐到地上。李开文上前去搀扶,张氏不让李开文搀扶,自己爬起身,跌跌撞撞地往前跑。李开文木木地站在那里,看着张氏走进屋,哐当一声关上门。紧接着,李开文就听到张氏透不过气的一阵哭。

李开文忍不住喊道:"你开门,我有话跟你说。"

张氏说:"我没脸见你。"

李开文说:"那一年,你刚生过孩子,我狠心离开你,这一生,我亏欠你太多了!"

张氏说:"我也对不起你。你走后,我没法子,两个双生孩子,连名字都没顾上起,就活活饿死了。我想把大孩子拉扯大,才想到再嫁人,你不要怪我啊。"

李开文说:"我没怪你,我知道你过得苦。你快开门,让我好好看看你。"

张氏说:"你走吧!我不耽误你,你去另找一个女人,好好过你的日子。"

李开文说:"你别说蠢话了,我要想找别的女人,在部队早找了,在延安早找了,现在也不会回板棚。我现在回家来,就是要还你和孩子的情。"

张氏说:"我是一个再嫁的女人,不配跟你回板棚。"

无论李开文说什么、怎么说,张氏就是不开门。

李开文问:"大孩子在哪里?"

张氏说:"在码头上帮人家干活。"

淮河有一条支流叫史河。它的源头在大别山,水从深山流下来,从这里流过去。山里的货物往外面运,或山外的货物往山里运,都要经过这条河。大孩子在码头上干活,就是帮人家装货卸货,挣一份辛苦钱。

李开文问:"他二十五岁了,成家没成家?"

张氏说："家里吃了上顿没下顿,谁家闺女愿意嫁过来?"

离开前,李开文冲着屋里大声说："你等着我。我把工作落实了,就接你跟大孩子回家去!"

李开文暂时回板棚弟弟家。他知道张氏和大孩子都好好的,心里感到从来没有过的踏实。

四

1935 年 3 月 28 日,红四方面军强渡嘉陵江后开始万里长征。

过雪山时,风很大,要是走在山口和山顶,风吹得人站不住脚。李开文背一口大军锅,特别招风,走不动路。有的炊事员连人带锅被狂风卷下山去,踪影全无。李开文心里想,我死不要紧,军锅不能丢。丢了军锅无法做饭,红军战士吃不上饭,更没力气过雪山。李开文冒出这么一个朴素的想法,军锅就是炊事员的枪。一个战士,人在枪在,枪比人要紧。李开文个头原本就矮小,走在雪山上,俯下身子,沉下重心,几乎贴着地面走。到了山口和山顶,李开文就趴在雪地上,一步一步往前爬。就这样,李开文背着大军锅跟着部队翻越了一座又一座雪山。

过草地时,红军断粮。李开文所在的供给部每人只发半碗炒面。炒面吃光了,就没一粒粮食了。战士们饿得东倒西歪,直打踉跄。有的战士倒下去,就再也没有爬起来。行军时,李开文要背大军锅,负重前行。休息时,李开文要赶紧支起大军锅,挖野菜做菜汤给战士们喝。最难的是柴火,气候恶劣,刚刚还出着太阳,转眼就狂风暴雨,枯草干树枝都是潮湿的,一时半会儿很难燃着火。李开文开动脑筋,把潮湿的柴火甩一甩水,揣在自己怀里,用体温焐干柴火,焐干一把再换一把,保证烧锅时有柴火引子。这法子,一个传一个,行军路上,炊事员个个挺着大肚子,像一群孕妇。李开文个头矮,怀里揣的柴火多,肚子显得最大。军锅往后鼓,柴火往前鼓,李开文走在路上,步履艰辛不说,猛一眼看上去,像一个奇形怪状的动物。

数天过去,眼看大家饿得撑不下去了,上级下达了宰杀牲口的命令。供给部分到两匹马。炊事员接到命令,早上两点钟做饭,部队三点钟吃饭,四点钟出发。

2019—2020 年安徽省中篇小说精品集

山上的云朵:

炊事班在草地上支起四口大军锅。杀了马,剁碎肉,就等着烧熟吃马肉。哪想到天公不作美,哗啦啦地下起雨。就算有炊事员焐干的柴火,下这么大的雨,一样没办法烧锅做饭。按照惯例,刮大风下大雨,炊事班不做饭。

雨下个不停,炊事员只好休息等待。李开文睡不着觉,一点困意都没有。不管雨大雨小,他都觉得自己有责任按时烧熟马肉,叫战士暖暖和和地吃一顿饱饭。一连数天下来,大家饿得实在撑不下去了,有了马肉能救命。马肉不烧熟,明天早上总不能拿生马肉给同志们吃吧!他知道,一个人饿狠了,饿虚了,再吃不到一点东西,就会倒在草地上。

李开文爬起来去烧火。

锅灶下燃着火,李开文站起身子去挡雨,他光着上身,雨水顺着脊梁往下淌。有了李开文带头,炊事员个个都像他那样,光着脊梁站在四口大锅灶四周,为大军锅遮风挡雨。柴烟一股一股往上冒,熏得人睁不开眼,眼泪哗哗哗地往下流。

一个小时过去,大军锅里的水开了。

两个小时过去,大军锅里的马肉香了。

三个小时过去,大军锅里的马肉熟了。

"开饭了——"凌晨三点钟,炊事班准点开饭。

这个时候,李开文的一双眼是红的,一张脸是黑的,脊梁上的雨水都顾不上擦一擦,慌忙给红军战士一人一碗马肉。李开文劳累一夜,又渴又饿,身子摇摇晃晃,在大军锅旁边站都站不住。别的炊事员硬是上前把李开文替换下来。供给部的政委了解情况后说:"聋子的这种精神,就是我们全体干部战士的学习榜样。"供给部的部长向炊事班下达命令说:"大家行军要照顾好李开文,不能把聋子丢掉了。"长征路上,大家一直亲切地称呼李开文:"聋子。"

李开文开了雨天野外做饭的先河,也就破了雨天不做饭的规矩。

1936年10月9日,红四方面军到达甘肃会宁与红一方面军会师。李开文随后调到红一方面军,经过严格推荐选拔,第二年,李开文调到驻延安的中央机关,在中央组织部炊事班给陈云、林伯渠、李富春、徐特立、蔡畅等中央首长做饭。

中央组织部炊事班原本由一个叫李子清的老炊事员和一个姓钟的小同

志负责。按规定每天配给供应 4 斤肉、2 斤豆腐和蔬菜,数量不算少,可伙食老是搞不上去。几位首长吃的荤菜少,伙食费月月超支 20 多块钱。主管伙食的管理科很伤脑筋。

李子清调走后,李开文接替他的岗位,听说这种情况后,感到很奇怪。经过观察,李开文找到了原因,是不少机关的同志跟着首长一块吃小灶。

管理科科长名叫谢子祥。李开文跟谢子祥说:"从现在起,我每天只要 2 斤肉、1 斤豆腐和蔬菜。"

谢子祥说:"调你来是叫你搞好伙食,保证首长营养,不是叫你来搞节约的。"

李开文不做解释,只是说:"你叫我试几天,我保证把首长的伙食搞好。"

谢子祥心里依旧犯嘀咕,看到李开文诚恳的样子,就答应让他试一试。

李开文去管理科领了 2 斤肉、1 斤豆腐和蔬菜,就开始着手烧菜做饭了。烧好饭菜,李开文亲手一份一份打在首长的碗里,亲手一人一人送过去。李开文烧好的饭菜分得干干净净,一点都不剩。

小钟问:"饭菜一点不剩,我俩吃什么?"

李开文说:"我俩去吃大灶呀!"

小钟理解李开文的做法,只有他俩不吃小灶,其他机关同志才能跟着不吃小灶。到了吃饭时间,机关的一些工作人员跟过去一样,来小灶吃饭,一看,菜盆饭盆光光的,只好走开了。

不到一个月,中央组织部部长陈云觉得伙食这么好,怕再超支,就把谢子祥叫去问情况。

陈云说:"你去跟老李讲,不能这样搞,上个月超支 20 块钱,这个月不得超支 40 块钱呀!"

谢子祥说:"不会超支。我算了一下,这个月还结余 20 块钱呢。"

陈云听得糊里糊涂,谢子祥就把李开文的做法说了出来。

谢子祥说:"不少机关的同志吃不上小灶有意见。"

陈云说:"谁有意见? 你叫他来找我。"

常言道:一天吃一两,饿不死司务长;一天吃一钱,饿不死炊事员。李开文带头不吃小灶,别人吃不上小灶有意见,不去跟李开文抱怨,却跟谢子祥抱怨。

当时担任中共陕甘省委统战部部长的蔡畅,专门到厨房对李开文说:"那么多机关的同志都吃小灶当然不对,你是炊事员,吃小灶还是应该的。"

李开文说:"我到这里来不是想吃好的喝好的,想办法叫首长吃得好喝得好,才是我的责任。"

蔡畅说:"老李啊,听说你忙起来就不休息,还是要多注意身体呀!"

李开文说:"我忙惯了,不觉得忙,不觉得累。"

李开文整天忙个不歇,一个人把小灶的活忙完还有空闲。谢子祥看到这种情况,就放心地把小钟调开,叫他去干别的事。

李开文看到厨房有潲水,就拿出自己积攒的8块钱津贴,交给谢子祥,叫他帮自己买一头小猪来喂养。谢子祥嘴上答应,就是不照办,今天拖明天,明天拖后天。谢子祥这样做,是怕李开文忙不过来。小钟一调走,小灶上的活就落在李开文一个人身上。李开文看出谢子祥的顾虑,于是自己赶一趟集,逮一头小猪回来。是一头小花猪,放进早已盖好的猪圈里,它不停地奔跑,不停地嚎,引来不少机关的同志看热闹。

谢子祥问:"哪来的小花猪?"

李开文说:"在大路上捡的。"

谢子祥问:"老李你说话做事也学会绕弯子了。"

李开文嘿嘿地笑。

谢子祥说:"你想喂一头猪,我没意见。首长的伙食搞不好,首长批评我,我就批评你。"

谢子祥掏出8块钱,递给李开文。他知道小花猪是李开文找人借钱买来的。

李开文说:"谢科长放心,我会把首长伙食搞得更好。"

这之后,李开文利用休息时间,每天都要出门拔猪草,拔回来的猪草剁碎跟潲水一起煮熟喂猪。喂猪,煮熟食喂,不喂生食,李开文老家就是这样做的。

谢子祥问:"老李啊,猪吃生食跟吃熟食有什么不一样呀?"

李开文说:"那差别可大了,猪吃熟食长出来的猪肉香,猪吃生食长出来的猪肉不香。"

谢子祥说:"我不信。"

李开文说："赶明儿杀猪吃猪肉你就知道了。"

不过有一点倒是看得见的，那就是猪吃熟食长得快。小花猪喂了半年，有160斤重。天进腊月，李开文找人把猪杀掉，给首长和机关的同志加餐。

谢子祥问："老李啊，你杀猪给同志们加餐，这钱怎么跟你算呢？干脆你和公家对半分怎么样？"

李开文说："我出8块钱买猪，你还我8块钱就照了。我喂猪是想给大家改善伙食，不是想赚钱。"

猪杀掉后，李开文一样一样地忙，灌香肠、腌腊肉、卤猪耳、做捆蹄。首长的菜由4个变成6个。其中有一个菜——红烧肉，是李开文按照老家的做法烧出来的。五花肉切成三角形或四方形，先下锅炒出一部分油，肉皮微黄时捞出，滗出多余的油，再下锅加佐料大火翻炒，加热水烧开，大火改小火，炖四小时后出锅。李开文做红烧肉不加酱油，使用红曲调色。这样烧出来的红烧肉，自然跟别人烧出来的味道不一样。这是李开文头一回这样做红烧肉。平时一天配给2斤猪肉，哪里有猪肉做红烧肉？

这件事先惊动了陈云部长和李富春副部长。陈云叫李富春过去看一看："这个老李到底演的哪一出戏？"谢子祥一五一十地向李富春汇报说："老李自己养了一头小花猪，杀了给同志们改善伙食。"

接着，蔡畅亲自来厨房找李开文。蔡畅问："还有没有红烧肉？"李开文惊喜地问："蔡部长喜欢吃我烧的红烧肉？"蔡畅说："要是还有红烧肉，我给毛主席送一碗过去。"

李开文问："我做的红烧肉，毛主席不嫌弃？"

蔡畅说："毛主席吃红烧肉就不喜欢放酱油。"

在延安，人人都知道毛主席喜欢吃红烧肉。毛主席吃红烧肉不喜欢放酱油，就很少有人知道了。

李开文说："我给毛主席专门烧两碗，麻烦蔡部长送过去。"

这一年，李开文光荣地加入中国共产党。陈云和李富春亲自做李开文的入党介绍人。

1940年，中央机关在杨家岭成立了大厨房。李开文被中央组织部推荐担任中央特灶管理班班长，成了毛主席身边的炊事员。

五

1949 年 8 月,李开文回到阔别十七年、让他魂牵梦绕的家乡金寨。

当时金寨境内还在剿匪,刘伟县长安排李开文临时参加县里的宣传队,配合做一些剿匪方面的工作。这样一来,李开文就有机会在全县范围内跑一跑、看一看。这段时间,李开文去码头见到大孩子,从他那里了解到张氏和她后夫的一些事。张氏后夫是个病秧子。张氏改嫁,原本想他能帮她拉扯大孩子,再帮大孩子成一个家。张氏跟这个人没过两年安稳日子,这个人的病就一天天重起来。这个人对张氏不错,张氏对他也不薄。张氏差遣大孩子带着他到处寻医问药。四邻八村的大小郎中都看了一遍。结果不但没治好这个人的病,反倒欠下一屁股两胯骨的债。这两年大孩子去码头装货卸货挣钱,就是为了还债。家里的两亩山地张氏一个人在家干,天天忙得不歇闲。李开文掏出积蓄交到大孩子手上,叫他去还债,又叫大孩子卷铺盖回家去。大孩子名叫李锦旭。

李锦旭问:"我不来码头干活了?"

李开文说:"你回家帮你娘种地吧。"

李锦旭长得像张氏,个头比李开文高,身体比李开文壮,那么多年没见面,父子俩显得很生分。大孩子见李开文脸红、低着头,没喊一声"爸"。李开文见到大孩子没说上两句话,就不知道往下说什么了。

李锦旭说:"我找工头结了钱就回家。"

李开文说:"我明天去你家找你。"

"你家"指的是张氏后夫的家。

这之后,李开文一有空闲,就去张氏后夫家看张氏和大孩子。有大孩子在跟前,李开文就能进那个家的门,就能坐下来跟张氏说说话。在李开文眼里,老婆依旧是自己的老婆,孩子依旧是自己的孩子,只是这中间空出来的十七年,像一道巨大的山谷横亘在面前,怎么都跨越不过去。

李开文说:"我打算收罢秋庄稼,找人把家里的三间房屋盖起来。"

按照此地风俗,李开文不可能住在张氏后夫家里。李开文不在板棚盖房屋,就算他想把张氏和大孩子接回去,他们住哪里?

张氏问:"你掏了那么多钱还账,还有钱盖房屋?"

李开文连声说:"有、有、有。"

其实,李开文剩下来的钱已经不够盖房屋了。不够怎么办? 一是张嘴向别人借,二是慢慢地攒工资。找人借钱盖房屋不容易,靠攒工资盖房屋一样不容易。但即使不容易,日子还得照样一天一天往前过。李开文时不时地过来看一看张氏和大孩子,这就是往前过日子的动力和希望。李开文心里想,当务之急是找到一份工作,先把自己安顿下来,再安排张氏和大孩子。

这一天,李开文路过响山寺,发现过去比较热闹的响山寺一带,已经被战争破坏得面目全非了,到处都是倒塌了的房屋,到处都是被毁坏的山林。放眼四周,相对完整的似乎只有响山寺的寺庙了。

响山禅寺始建于唐朝,因其后有响山岭而得名,距今已有一千多年的历史。当年这里是去六安、霍山的交通要道,在地理位置上十分重要。抗日战争时期,国民党第五战区二十一集团军占据寺庙,在大殿后面建了一座弹药油库。1942 年 1 月 2 日,日寇窜犯大别山,放火烧毁响山寺的弹药油库,火势蔓延,整个寺庙化为乌有。后来寺庙重建,现有三十余间房屋。每年农历十月初一庙会,四邻八乡的百姓都来烧香。眼下寺庙内的房屋,被人民政府利用起来,变成响山寺粮站。

响山寺粮站离县城远,工作条件艰苦。李开文听宣传队的同志说,这里的站长借口身体不好,撂挑子回县城养病去了。李开文心里一动,觉得这里倒是一处适合自己工作的地方。一来这地方离板棚和双河都不远;二来寺庙内有不少空闲房屋,把张氏和大孩子接过来住这里,省得在板棚盖房屋。一直犯愁的工作和房屋,似乎在一瞬间都解决了。

李开文是个急性子,回县城当天就向刘伟提出来:"我要到响山寺粮站去工作。"

刘伟感到不可思议,一个山窝里的粮站,算什么级别呀! 一个从中央机关下来的老红军,怎么能到那种地方去工作?

刘伟说:"你想留在县城干别的工作我能当家,你想去响山寺粮站工作我当不了家。"

李开文问:"你说谁能当了这个家?"

刘伟说:"这个家要县委书记当。"

李开文说:"那我去找县委书记张延吉。"

刘伟说:"你去找张延吉书记,就怕他也犯难。"

李开文问:"他犯什么难?"

刘伟说:"张延吉书记最起码要去六安汇报,征得六安行政公署同意吧?"

刘伟说话绕来绕去,不是刁难李开文,而是想留李开文在县里工作。

李开文说:"我当了半辈子炊事员,后半辈子就叫我同粮食打交道吧!"

李开文认准了一条路偏要走,最后县委不得不依他。刘伟说:"你先到那里干一干,要是觉得不合适再调整。"

李开文主动向党组织要了一个"响山寺粮站站长"的头衔,就回到板棚。那个时候,有的事说简便也简便,李开文怀揣一份县委任命文件,自己去宣布自己的任命。

李开文正式上任第一天,在响山寺粮站就闹出一个大笑话。

那一天,李开文一大早敲开粮站的大门,看门的老魏见进来的是一个陌生人,问他是干什么的。李开文不说话,朝院子里指一指,老魏心想他是来找值夜班的,就放他进去了。

粮站缺少站长,疏于管理。李开文走进院子,发现东西堆得乱七八糟,地上到处都是粮食粒子,就动手先把院子里的东西一样一样归整起来。接下来,李开文找来一把大扫帚,哗哗啦啦前前后后将粮站打扫一遍,从磅秤边扫到粮仓边,从晒场上扫到屋拐角。那一刻,在李开文的心里,粮站就好像是自己的家。或者说,李开文已经把粮站当成了自己的家。不一会儿,李开文忙出一身汗,里里外外的衣服全湿透。

粮站职工陆续来上班。他们见一个陌生人蹲在地上,把掉进砖缝里的粮食一粒一粒地往外抠。有人心生好奇,问:"你是干什么的?"

李开文不抬头,回答说:"我是拾粮食的。"

有职工说:"你拾粮食真会拾,拾到粮站里来了。"

李开文说:"粮食是个宝,粮站职工不该这样不爱惜呀!"

有职工不高兴地说:"你是说谁呀?谁不爱惜粮食了?"

李开文指着从砖缝中抠出的一大把麦粒,说:"我只一会儿工夫,就从砖缝里拾了一大把麦粒,这么大一个粮站,要是拾一遍,不拾几十斤?"

这时,粮站职工一起围过来,觉得这个陌生人真是狗拿耗子——多管闲事。

有人说:"你走吧,不要在这里碍我们事!"

李开文说:"你叫我走,我就走啦?从今往后,我就不走了!"

大家一听,哈哈大笑说:"你不走,可没人管你吃管你喝啊!"

李开文见大家笑得前仰后合,拍拍手上的灰,从身上掏出县委任命文件,对职工们说:"下面我宣读一份县委文件!"

李开文宣读文件,自报家门。大家这才弄清楚,原来这个"陌生人"就是响山寺粮站新任站长。再以后,大家才进一步知道,他是个老红军,是毛主席身边的炊事员。

这天傍晚下班后,李开文叫粮站职工留下来加班干活。加班干什么活?李开文手指寺庙东北角的两间房屋,叫他们腾出房屋里的东西,再里里外外打扫一遍。李开文不说打扫这两间房屋干什么用,只是说房屋里的大小东西一样都不留,窗户上、房梁上的蜘蛛网都要扫干净。李开文掏钱叫看大门的老魏上街打酒买菜,亲自下厨烧出几样菜,管大伙一顿饭。李开文挨个向职工敬酒,挨个向职工答谢。

李开文说:"过两天我把老婆孩子接过来。从今往后,粮站就是我的家,就是大家的家,我们就是一家子人。"

有职工说:"就怕你在这里待不长,像前面的站长一样,待一待,一拍屁股跑掉了。"

李开文说:"我跟前任站长不一样,人家是城里长大的,在山里待不惯,我就是这山里长大的,你说我往哪里跑?"

这里人家盖房屋,大多是石头根基,泥巴墙坯,山草房顶。响山寺的房屋一律是青砖铺地,青砖砌墙,青瓦房顶,是周围最好的房屋。两间房屋腾出来后,李开文简单地置办几样家具,就把张氏接过来了。大孩子暂时留在双河。那里有两亩秋庄稼要有人侍弄。李开文是个细心人,去县城找人要了两幅大红剪纸,一幅是大红双喜,一幅是喜鹊闹梅。像当年他和张氏新婚一样,大红双喜贴在窗户上,喜鹊闹梅贴在床头上。张氏看见这两幅剪纸,脸色嚓啦一片通红。

张氏说:"这么一大把年岁还贴得这么喜庆,不怕别人笑话呀?"

李开文说："你在我心里一直都是嫁给我的那副羞答答的模样。"

李开文一说，张氏更加羞得抬不起头。

张氏问："你跟我说句实话，这些年来你心里就没有过别的女人？"

李开文说："我心里要是有过别的女人，还会回家？"

张氏说："我跟那个死鬼过的那些年，天天心里都想着你。"

"那个死鬼"，就是张氏后夫。

虽然还不到桂花开放的日子，这一夜桂花却悄然开放。李开文问："我怎么闻见一阵桂花的香味呀？"张氏说："现在桂花不开，哪里来的桂花香味？"李开文说："我真的闻见了，要不是桂花开了，就是你身上有一股子桂花的香味。"

张氏在屋里待不住，红着一张脸往门外跑，不想扑面而来的真是桂花的香味。李开文跟出门，问张氏："你还会唱那个歌子吗？"张氏问："你说的哪个歌子呀？"李开文说："《庆祝成立工农民主政府》。"

《庆祝成立工农民主政府》这首歌后来改名为《八月桂花遍地开》。张氏做姑娘时就喜欢唱这首歌，出嫁后依旧喜欢唱这首歌。张氏唱，李开文跟着一起唱。"红军队伍真威风，百战百胜最英勇。活捉张辉瓒呀，打垮罗卓英呀，粉碎了蒋介石的大围攻，一杆红旗飘在空中，红军队伍要扩充。保卫工农新政权，带领群众闹革命，红色战士最光荣。"歌词拗口，当时的李开文怎么都学不会，张氏就一句一句地教他。歌词的意思，李开文不明白，张氏就一句一句地解释。可以说，李开文最初懂得的一些革命道理，就是从这首歌词中来的。也可以说，张氏是李开文当年参加红军赤卫队的领路人。

"八月桂花遍地开，鲜红的旗帜竖呀竖起来。张灯又结彩呀，张灯又结彩呀，光辉灿烂闪出新世界。"

张氏说："你走的那一夜，我唱一夜这个歌子。我知道你离开家闹革命是对的，我知道你跟红军队伍一块走是对的。"

李开文说："我没想到这一走就是十七年。"

张氏说："你这不是回来了吗？"

李开文说："我还活着，你和大孩子还活着，我知足了。"

张氏说："从今往后，我们一家人就能团团圆圆地一块过日子了。"

李开文说："我回家来，就是想跟你和孩子一块好好地过日子。"

这一夜,李开文跟张氏一直坐在粮站的院子里。李开文说他离家十七年的人和事,张氏细心地听着,幸福地听着。不知不觉夜深了,不知不觉天亮了。李开文跟张氏就这么唠唠叨叨地说了一夜。

六

李开文当上响山寺粮站站长,这一当就当到他离休那一年。李开文把家安在响山寺粮站,一住就住到他离休那一年。

1955年10月,李开文被评为"全国保粮工作劳动模范",到北京出席全国粮食先进工作者代表大会。去北京开会前,李开文心里就有一个愿望,他想再见一见老首长,见一见毛主席。李开文去县里,问县里的同志:"毛主席参不参加这个会?"县里的同志说:"毛主席不会参加吧。"理由是,毛主席忙,很少参加这样的大会。李开文垂头丧气地说:"我也觉得毛主席不会参加。"李开文家有一台收音机,他天天听收音机,知道国家发生的大事小事,知道毛主席不怎么参加这样的大会。

张氏出主意说:"你写封信寄给毛主席,就说想见一见他。毛主席知道你去北京开会,说不定会见你。"

李开文说:"我听人说每天都有上千人给毛主席写信,就算我写信寄过去,毛主席也不一定看得见。"

张氏说:"真要有这么多信寄给毛主席,毛主席就算不睡觉都看不掉。"

李开文说:"我去北京看情况再说吧。"

这些年,李开文就像当年他在中央机关干部学校一样,给毛主席写过不少封信,只是一封都没有寄出去。有了什么开心的事,李开文写信跟毛主席说一说;遇见什么不明白的事,李开文写信问一问毛主席。

"毛主席,我回老家金寨找到了老婆孩子,只可惜我那一对双胞胎一个也没有活下来。我想他们一样是为革命死的,不知道算不算得上革命烈士?这么多年过去,我一想起他们,心里就一阵一阵地痛……"

"毛主席好!我找到工作了,在家乡响山寺粮站当站长。有的同志说我傻,放着大城市不去,偏要回老家。有的同志说我愣,副县长不当,当这个跟芝麻粒差不多大小的官。我跟这些同志说,我待在大城市不习惯,就喜欢待在山窝里，我当不了大官，只能当芝麻粒大小的官。毛主席，您说我讲得对不对？"

"毛主席您好！昨天我去县里报名参加中国人民志愿军，要去朝鲜打美国鬼子。县里负责征兵的同志说我年岁大了不合格。其实，我想给年轻人做榜样，叫他们参加志愿军，雄赳赳气昂昂地跨过鸭绿江，抗美援朝，保家卫国。我跟负责征兵的同志吵了一架，我说我打不了仗，我去烧锅做饭不是一样重要吗？后来我回家又想了想，应该以理服人，不该跟他们吵架。"

"敬爱的毛主席您好！我们老家在梅山镇那个地方建了一座大水库。梅山水库建成蓄水，淹了金家寨，淹了好多地方，淹了好多人家，县委、县政府也从金家寨搬到了梅山镇。毛主席您要是有时间来金寨，我带您去看一看。"

10月31日，李开文跟随安徽代表团一起到达北京，住进了西苑旅社。李开文住下来后头一件事，就是找到会务组的同志，说出想见一见老首长，见一见毛主席的心愿。会务组有一位在全国妇联工作过的老同志。这位老同志跟李开文说："你给蔡畅主席写一封信，我想办法转交给她。"蔡畅时任全国妇联主席。李开文急忙问："我给蔡畅主席写信，你能转交给她？"这位老同志说："我试一试吧。"李开文犹如在一团迷雾中看见一束光亮，连声说："我这就写。"

　　尊敬的蔡畅主席您好！我是李开文，一别六年多过去，我天天想你们老首长，我天天想毛主席，我想借这次来北京开会的机会，见一见老首长，见一见毛主席。我特地写这封信托人转交您。

　　　　　　　　　　　　　　　李开文
　　　　　　　　　　　　一九五五年十月三十一日

李开文写完这封信回到房间，一个人失声哭起来。他不是担心毛主席不见他，是心里积攒了太多的话，想跟毛主席说。

隔一天，李开文就接到蔡畅打来的电话。蔡畅说："我和李富春知道你来北京开会，都很高兴。"李开文急忙问："我来北京开会，毛主席知不知道？"蔡畅说："我已经打电话跟毛主席说过了。"李开文还是急忙问："毛主席怎么说？毛主席见不见我？"蔡畅说："看把你急的。你开完会不要回去，毛主席说他要请老班长到家里吃一顿饭。"

咣当一声，李开文心里的一块石头落了下来。

两天后，李开文被李富春、蔡畅夫妇派来的车接到中南海。中午，李开文在李富春、蔡畅家吃晌午饭。下午，李开文在李富春、蔡畅夫妇的陪同下，走进了中南海的丰泽园，来到毛主席的驻地——菊香书屋。

毛主席见李开文进门，站起身迎上来说："老班长回来了！"

李开文问："毛主席，你身体还好吧？"

毛主席说："好得很，那些年吃你烧的饭菜，身体的底子打得实在。"

12月的北京，已是冰天雪地，出现在毛主席面前的李开文还是一副老样子：身穿一件单薄的小棉袄，脚穿一双破旧的黑布鞋。

毛主席一看，皱起眉头说："老班长啊，你穿得太少了。"

李开文早已激动得手足无措，哪里还能感觉到冷？他连忙回答说："毛主席，我不冷，我一点都不觉得冷。"

毛主席伸手指一指李开文说："老班长没有讲实话，怎么可能不冷呢？"

毛主席回头交代警卫员，叫他去一趟王府井。警卫员瞅一瞅李开文的身高，瞅一瞅李开文脚的大小，就出了门。一顿饭没吃完，警卫员便拿来一件皮大衣和一双毛皮鞋。

毛主席说："你快穿上吧，看合适不合适。"

李开文放下碗筷说："好，我穿上！"

这一天，毛主席显得特别高兴。毛主席同李富春、蔡畅、李开文一块聊起了延安时期的一些旧事和趣闻。

毛主席问李开文："你在特灶班待了有十年吧？"

李开文说："我从中央组织部炊事班调到中央特灶班，干了整十年。"

毛主席又问："你今年快六十了吧？"

李开文说："明年整六十。"

毛主席说："你是当年延安'大生产运动'的老英雄，现在又评上劳模，真是老当益壮立了新功啊！"

李开文说："我是从中央出去的，不能给毛主席丢脸。"

毛主席想留李开文在中南海住一晚。李开文说："明天一早就要跟安徽代表团一起回去。"

毛主席说:"回去要多保重身体。"

李开文说:"毛主席也要多保重身体。"

抗日战争后期,日本鬼子和蒋介石对解放区实行全面经济封锁,延安掀起了"大生产运动"。毛主席号召"自己动手,丰衣足食",自己带头开荒种地。这样一来,中央特灶班不仅要负责中央首长的一日三餐,还要把茶水送到田间地头。每顿饭开饭前,李开文都要挑一担茶水送过去。他一去,离老远,毛主席就会大声地问:"李班长,饭烧好了吗?"李开文知道毛主席早就累饿了,便大声说:"毛主席,饭烧好了,收工吧。"毛主席操着浓重的湖南口音对大家说:"收家伙,吃饱肚子再干活!"

中央特灶班七个人,他们除了送茶做饭,还要开荒种地。班里多是年轻的小伙子,数李开文的年纪大,大家就不让他下地,说家里总归要留人。李开文拗不过,就留下来烧水做饭。他每天除了按时烧水做饭,还拾起了当年的"老把式"——编草鞋。他给自己定指标:一天编七双草鞋。编起草鞋来,他不光眼疾手快,还能编出多种花样来。同样是草鞋,他会把收集来的各色布条、彩线,像插花织锦似的掺进草绳里,编出来的草鞋耐穿、好看。隔上一段时间,放米放菜的库房里,草鞋就摞得有一座小山那么高了。李开文和特灶班的年轻人,把一筐一筐的草鞋送到田间地头,把一双一双草鞋分发到战士手中。

他编的草鞋毛主席穿过,周恩来、陈云和李富春穿过,毛主席的小女儿李纳穿过。当时李纳3岁,李开文特意为她编了一双小草鞋,鞋面上配上两朵红花。李纳穿脚上,喜欢得又蹦又跳。毛主席说:"你还不快谢谢李伯伯!"李纳连忙转过身,跑到李开文跟前,鞠一躬。李开文不知所措,问李纳:"你向我鞠躬干什么呀?"李纳一字一顿地说:"爸爸要我谢谢李伯伯,你就是李伯伯吗?"李开文伸手指一指自己说:"我就是你的李伯伯!"

大家哈哈大笑。李纳赶紧跑开。

那一年,李开文被评上陕甘宁边区大生产运动的劳动英雄。在上千人的大会上,毛主席亲自把一面白布毛边的奖状授给李开文,要他代表劳动英雄上台讲几句话。

李开文一上台心里就慌开了，不是胆怯害怕，是不好意思，自己没做什么大事，毛主席还亲手把奖状授给了自己。李开文张了几次嘴，就说出来一个字，脸却红到脖子根。

毛主席说："李班长，想说啥就说啥。"

李开文结结巴巴地说："我没做出什么样子，人民过奖了我，我往后一定拿出成绩来。"

毛主席带头鼓掌，大家跟着一块鼓掌。

李开文趁着掌声，走下主席台，走得太慌张，差点跌一跤。

三天后，李开文穿着毛主席送给他的那件皮大衣和那双毛皮鞋回到响山寺。那一年，金寨县举办"新中国成立成就展"，想用大衣和皮鞋做展品，李开文很高兴地交上去。展出期间，这两件东西引起了强烈轰动。一时间，毛主席与李开文的故事流传得家喻户晓，人人皆知。再后来，展览馆留下那件皮大衣做藏品，只把一双毛皮鞋还给李开文。李开文更加珍惜那双毛皮鞋了，舍不得穿，宝贝似的收在柜子里。李开文想起延安、想起毛主席，就叫张氏把皮鞋拿出来，仔细地摸一摸、看一看。

李开文问："你说我回老家工作这些年，丢没丢毛主席的脸？"

张氏说："你当上保粮劳动模范，就是给毛主席争面子。"

李开文说："我要是不离休，还能好好地干几年。"

张氏说："人都有老的时候，都有干不动的时候。"

李开文说："我不服老！"

1958 年，李开文办了离休手续。李开文离休后就不用上班了，再住在响山寺粮站就不适合了。县里有关部门叫他全家一起搬到县城，住"红村"。

"红村"建在烈士陵园的山坡下面，环境幽雅，出行方便，周围的生活设施齐全。这是国家专门为这个"将军县"的老红军建造的。

李开文跟县里有关部门说："我不愿意进城，想留在响山寺。"县领导亲自上门做工作。县领导说："你年岁大了，住在这样偏僻的山沟里，想买一样东西都难，更别说生病住院看病了，还是搬到县城去吧。那里有医院，有商店，有学校，有菜场，这些地方出门几分钟就能到，大人孩子都方便，多好呀！"李开文依旧不想进县城。李开文跟县领导说："你们就不要劝我了，我这个人不习惯住城里,我要想住在城里,当年就留在北京不回来了。我喜欢住乡下,喜欢住山里。我住进县城去,闷也会把我闷死。"

县里研究,依照李开文的要求,决定给他盖房屋。盖在哪里呢?李开文说:"地点我早看好了,就盖在粮站后面不远的山坡上。"

县里找瓦工队,出钱买材料,叮叮当当一下盖起两幢房屋。一幢房屋李开文和张氏住,一幢房屋李锦旭一家人住。这个时候,李锦旭早已结婚成家,都有了三个孩子。一大家人再挤在一幢房屋里,显然不现实。两幢房屋盖起来一模一样,砖基、土墙、瓦顶,下三间,上一间,楼下有走廊,楼上有房廊。两幢房屋"丁"字形紧挨着。李开文和张氏搬过去,住坐北面南的西一幢。李锦旭一家人搬过去,住坐东面西的东一幢。

按照当地风俗,搬家这一天,李开文家噼里啪啦放了两挂炮仗,热热闹闹请了两桌客,就算把家安顿下来了。

隔天吃罢早饭,张氏扛锄挎篮下地干活,李开文紧紧地跟上去。

张氏问:"你不留在家里烧饭,跟我下地干什么呀?"

李开文说:"我离休回家就是一个农民,你说哪有农民不下地干活的?"

张氏问:"你下地干活,晌午饭谁烧呀?"

李开文说:"干一会儿活,你回家烧。"

张氏说:"看来我是没那个吃现成饭的福分了。"

李开文说:"有有有,哪天我留在家里专门给你烧饭。"

张氏说:"那我不成了中央首长啦?"

李开文说:"你在家领导我,算家庭首长。"

这些年,家里都是张氏烧锅做饭。李开文忙工作上的事,回家里不想烧锅做饭。张氏说:"我什么时候能吃几顿现成饭,享一享福就好了。"李开文说:"你不是中央首长,级别不够。"现在李开文离休了,张氏心想他没有理由不留在家里烧饭了。哪想到张氏前脚下地干活,李开文后脚跟着下地干活。

那一年,土地归入初级社、高级社,一家一户只留半亩菜园地。秋天,李开文家的半亩菜园地在山脚下的不远处,一小半种蔬菜,一大半种玉米。玉米半人高,张氏在前面锄地,李开文跟在后面锄地。张氏锄地快,李开文跟不上。张氏把李开文丢下一大截子。李开文锄地慢,不是因为这些年锄地少生疏了,而是他一边锄地一边想心思,一时半会适应不了离休后的新生活。

锄地锄到小晌午。

张氏说:"你回家烧饭吧!三分玉米地,我一个人一天工夫就锄下来了。"

李开文坚持说:"烧饭你回家烧,我要留下来转一转思想,磨一磨性子。"

三分地不算多,地荒,草多,活不算少。

张氏说:"那我回家烧饭,你留在这里慢慢锄地吧。"

李锦旭家喂了一头猪,张氏挎半篮猪草回家去。李开文比张氏大五岁。这一年,张氏56岁,头发半白,腰身弯勾,经常出现胸闷气短的毛病。张氏跟李开文说:"这毛病就是那一年我带三个孩子东躲西藏,担惊受怕落下来的。"

张氏走过后,李开文扔下锄头,找一片阴凉地坐下来歇息,两眼一闭,不知不觉就睡着了。一觉醒过来,李开文见张氏在地里锄地,急忙问:"你不是回家烧饭了吗?"张氏说:"我烧好饭,送饭过来啦!"李开文不敢相信地问:"我睡这么长一大觉?"张氏说:"你困的话就再睡一会儿。"李开文问:"家这么近,你还送饭?"张氏说:"我在家候你吃饭不见人,不就送过来了嘛。"

年轻时,在板棚,那个时候家里的两亩山地离家远,忙的时候都是李开文不回家,张氏回家烧好晌午饭,送到地里。吃罢饭,他俩一起忙庄稼。

李开文问:"你记不记得,那一年我去参加赤卫队,还是你叫我去参加的?"

张氏说:"怎么不记得?板棚村里的年轻人都去参加赤卫队,打土豪分田地,帮着红军担水劈柴做事,你不参加不是显得太落后?"

李开文说:"我落后,不是想着家里的两亩地玉米,你一个人忙不过来嘛。"

张氏说:"两亩地玉米,还不是赤卫队队员帮忙,一个晚上收回家。"

李开文说:"他们听说你肚子里怀着孩子,一个人干活不方便,夜里都跑来伸手帮忙收玉米。"

张氏问:"那一对双胞胎要活着,今年多大啦?"

李开文说:"我算一算,那一年我35岁,今年我61岁,六十一减三十五,26岁。"

张氏说:"26岁,早该娶亲成家了。"

李开文问:"你想不想两个孩子?"

张氏说:"身上掉下来的两团肉,怎么不想呀?"

李开文又问:"你想的时候,心里疼不疼?"

张氏说:"跟刀子扎的没二样!"

李开文和张氏说出这么一番话,两人脸上都挂满泪,谁都不去擦。

李开文问:"那一年,你叫我去参加赤卫队,后悔不后悔?"

张氏说:"不后悔!"

风一吹,玉米叶相互摩擦,刷啦刷啦一阵响。

张氏问:"那一年,你不跟我说一声,跟红军一块走,后悔不后悔?"

李开文说:"不后悔!"

七

1969年的一天,张氏心脏病发作,两眼直盯李开文,喊道:"我心慌难受,喘不过气来。"李开文一下慌了神,赶忙找人抬着张氏翻山越岭把她送进县医院。张氏住院的那个把月里,李开文一直在医院里看护着。经过一段时间的治疗,医生还是跟李开文说:"准备后事吧。"这一天,李开文回了一趟响山寺,杀一只母鸡,熬一锅鸡汤,几十里山路端到医院里。李开文跟张氏说:"我专门为你烧的母鸡汤,你看可能喝半碗。"李锦旭两口子都在医院里,李开文偏要亲手一勺一勺地喂张氏。张氏喝一口鸡汤,两行眼泪流下来。

张氏说:"我这辈子对不起你,拖累了你。"

李开文说:"你快别这样说,是我欠你的太多,这一辈子都还不清。"

张氏问:"你下辈子愿不愿意再娶我?"

李开文:"愿意!"

张氏猛地抓住李开文的两只手,声如游丝地说:"我这辈子跟你,值……没白活。"

李开文一直活到94岁,还自己照顾自己,不轻易去麻烦别人。他每天的生活极有规律,天麻麻亮起床,做操、拾粪。做操要做满三百二十下,拾粪要拾满一粪筐。他喜欢上山砍柴,把柴剁成一截一截,靠着墙整整齐齐地码放好。没事的时候,他就搬出"草鞋扒子",坐在太阳底下,慢慢地编草鞋。他一辈子很少穿布鞋、皮鞋,一年四季只喜欢穿草鞋。

李开文饭量大,早晨一碗稀饭,放红糖或白糖,外加一个鸡蛋,一块馍馍;中午晚上都是两碗干饭,一荤一素两样菜。他耳聋眼花,记性差,生活变得不方便。孙媳妇张明珍每天替他洗衣做饭扫地,照顾他。

1991年冬天,有一天傍晚,李开文对张明珍说:"张妹子,谢谢你! 你服侍了我两三年,我明年开春就走了。"

张明珍心想老人随口讲的,也没当一回事。第二年农历二月二十八,清明节前三天,李开文提出想吃红烧肉。这一天晚上,张明珍就给他做了一碗红烧肉。没想到,李开文一顿把一碗红烧肉全吃光了。饭后,李开文在门口溜达一小会,回屋里睡觉。睡下不久,李开文忽地坐起来,把铺在床上的稻草一根一根地拽出来,堆在床中间。随后他的两只手不停地上下翻动稻草,那样子像在埋头编草鞋。

开头,李开文不出声。过一会,李开文嘴里念念有词,一会说:"我编好草鞋穿脚上就上路。"过一会又说:"毛主席派人来接我了!"

张明珍吓坏了,赶紧去喊丈夫李运兵。李运兵见爷爷精神抖擞地看着窗外,激动地念叨说:"哎呀,来这么多人,又是马,又是轿,锣鼓喧天的……你们别急啊,我穿上草鞋就跟你们去!"

李运兵喊:"爷爷,你怎么啦?"

张明珍跟着一起喊:"爷爷,我们送你去医院?"

李运兵和张明珍一声不停地喊李开文。李开文不搭理,好像什么都听不见,只是一个劲地拽稻草,异常兴奋地挥着手,一声接一声地跟别人说话:"我是李开文,你们不认识了? 我是李开文呀!"

就这样,李开文坐在床上,手上扯拉了一夜的草,嘴上念叨了一夜的话。天亮时分,李开文安静下来,一动不动了。李运兵伸手试一试李开文的鼻息,他已经咽气了。

李开文活着时,就为自己选好了墓地。墓地在房屋后面的半山腰上,这里是他家承包的一块山地。坟墓坐北面南,正好面对他家的房屋,面对响山寺的寺庙,面对响山寺的粮站。

墓室和墓门前廊由李开文生前修建。墓室是从一面土山坡挖掘进去

山上的云朵:

的,已被封实的墓门前廊,呈半圆形,酷似延安窑洞特有的门廊。门廊的顶部,居中位置,雕刻出一颗硕大的、红得耀眼的五角星,好像在告诉人们:这里睡着的是一名永远的红军战士。

后记:金寨县是中国工农红军第一县,是红四方面军的诞生地之一,也是毛主席的炊事员——李开文的家乡。2019 年 5 月,我在金寨县委宣传部副部长王观全和诗人陈亮的陪同下,前往槐树湾乡响山寺村——李开文故乡实地采访,拜谒李开文的故居和墓地,从他孙媳妇张明珍那里听到许多李开文的故事。金寨县党史县志档案局局长胡遵远为我提供了大量相关资料,其中有闫荣安的《与传奇伴行的老红军李开文》,京隆的《红军寿星》,陈桂棣、春桃的《毛泽东的炊事员李开文》,史料部分多有引用,在此一并说明致谢!